MENEKÜLJ!

II. kötet

AnnieLynn Sullivan
2018
Publio Kiadó
www.publio.hu
Minden jog fenntartva!

ISBN: 9789634434641

Nyomdai előkészítés és gyártás: Publio Kiadó Kft.

XVI.

Kimberly behunyt szemmel állt a hajó orrában és élvezettel hagyta, hogy a szél játsszon a hajszálaival, nem törődve azzal, hogy teljesen összekuszálják. Biztos volt benne, hogy az életénél nem lehet kuszább semmi. Már azt hitte, hogy sikerült elfelejtenie, megbocsátania David árulását és most újabb derült ki. Megkért valakit, hogy csavarja el a fejét, amíg ő... nem is akar ebbe belegondolni, nem akar róla tudni! Számíthatott rá, hogy ez előbb-utóbb úgy is bekövetkezik, hiszen mire is számított? David is megmondta! Sokkal jobban fájt neki az, hogy akit a barátjának gondolt, az is az orránál fogva vezette! Zorró is csak egy nagy hazugság volt! Egyik szava sem volt igaz!

Vízpermet csapta meg az arcát és a hajó nagyot ugratott a váratlanul érkező kereszthullámokba. Kimberly kinyitotta a szemét és érdeklődéssel figyelte, ahogy a másik hajó komótosnak éppenséggel nem nevezhető sebességgel hagyja el a kikötőt. Visszacsukta a szemét és megpróbált visszatérni gondolataihoz, de nem sikerült. Túlságosan össze volt zavarodva és ezen az sem segített, hogy most itt lehet. Kimberly, próbáld meg elfelejteni, próbálj másra gondolni! Hiszen nézz körül, milyen csodás helyen vagy? – nyitotta ki újra a szemét, hogy megcsodálja a szürkéskék árnyalatban csillogó vizet, a ragyogó kék eget és a rengeteg káprázatosan csillogó vitorlást és jachtot, melyek damiljai csilingeltek a szélben. Milyen csodás zene! A szeme elhomályosodott. - Tudom, hogy telhetetlen vagyok, hiszen mennyien cserélnének velem! – kezdett magához beszélni. Körbevesz a luxus és a gazdagság! Ennek ellenére végtelenül magányos vagyok. Vissza akarom kapni a régi életemet! Haza akarok menni a lerobbant lakásunkba, hallani akarom apám zsörtölődését, megtört anyám kérlelését. Edényt akarok súrolnia konyhán! Ott legalább boldog voltam, igen, az voltam! Ennél biztosan boldogabb, mint most – futottak végig a könnyek az arcán.

.

4

David a kikötőben tanyázó hajó hátsó részében ücsörgött Tommy és két üveg sör társaságában és a lányt figyelte. Bosszús volt amiatt, hogy Kimberly nem hozta a szerepét és ez Tommynak is feltűnt. Látható volt rajta, hogy bánatos.

- Te, ennyire összekaptatok? – vette elő újra Tommy a témát és David már kezdte nagyon unni. Hányszor mondja még el neki, hogy összeszólalkoztak a Zorrós vacsora miatt?

- Igen, túlreagáltam. Féltékeny voltam Will miatt – szólta el magát.

- Will? Hogy jön ide Will? – nézett rá furcsán Tommy. Akkor jól sejtette, hogy itt többről van szó!

- Ja, te nem is tudod, hogy Zorró nem volt más, mint Will? – nézett rá David oly módon, mintha ezt a legtermészetesebb dolog lenne tudni.

- Nem mondod! – egyenesedett fel Tommy, majd mély gondolkodóba esett. – Szerinted Cecile állhat a háttérben? – kérdezte meg pár perccel később.

- Nekem is megfordult a fejemben – hümmögte David.

- Meg is kérdezted tőle? A vacsoránál? – tette fel a kérdést Tommy, mire David bólintott.

- Tagadta – tette hozzá. – Te, kérhetek valamit? Kimberly nem tud a Cecile-es vacsoráról, ne szóld el magad kérlek! Azt hittem, hogy ugyanoda visznek minket is és azért vállaltam be, de mivel nem… szóval nem akarnám emiatt is izgatni. Majd később elmondom neki, amikor lenyugodott – nézett kérdőn a barátjára. Tommy megértően hunyorgott és Davidet figyelte. Nem merte neki bevallani, hogy mennyire megváltozott a viselkedése! Nem látta még izgatottnak egy női incidens miatt sem – és ez felkeltette érdeklődését. Mintha tényleg zavarná Davidet, hogy megbántotta a lányt. Lehetséges volna, hogy ez a házasság mégsem olyan gyanús, mint gondolná? Hiszen láthatóan féltékeny! Sőt, biztos volt benne, hogy nem véletlenül licitált rá a partin, hanem szándékosan! Hmm…

- Te, szabadnapot adtál magadnak? – terelte más irányba a beszélgetést.

- Aha, rám fért! Az elmúlt pár napban annyit dolgoztam, mint előtte egy év alatt sem! Nem nekem való ez… Most is bármikor kereshetnek – és rábámult a néma telefonra. Remélem nem szólal meg! - fújtatott egyet és elgyötörten kászálódott fel a helyéről.

Tommy komoly gondolkodóba esett: ha David ilyen féltékeny volt egy vacsora miatt, akkor vajon áll-e még a fogadás a lány elcsábítására?

•

- Kimberly, nem fázol? Nem vagy szomjas? Ne hozzak valamit? – állt meg a lány mögött és kezét óvatosan a lány vállára tette.
- Nem, köszönöm – zökkent ki a magányból a lány és igyekezett kedvesnek tűnni. Értékelhetné, hogy David próbál figyelmes lenni vele. De annyira megbántotta...
- Tommynak feltűnt, hogy bánatos vagy és... nézd, sajnálom... - kezdett magyarázkodásba David, de fogalma sem volt arról, mit is mondhatna. Nem tudta azt sem, hogy mennyire haragszik rá a lány.
- Értem, igyekszem boldognak tűnni. Elvégre az vagyok, vagy nem? – fordult meg egy kicsit, de ügyelt arra, hogy David ne lássa meg rajta, hogy sírt. Jól tudta róla, hogy a könnyeket nem tudja elviselni.
- Köszönöm! – hallotta még meg a férfi surrogó hangját, aztán követte a hajó hátsó irányába.

•

Laura tanácstalanul téblábolt a szállodai szobában és azon töprengett, hogy mi tévő legyen. Hogy tudna észrevétlenül, de minél hamarabb David közelébe férkőzni úgy, hogy szemmel tarthassa őket? A szombat este óta csak gyűlt benne a kétség Kimberly személye felől és szeretett volna minél előbb bizonyosságot találni. De ahhoz ott kéne lenni a közvetlen közelükben! Hogy tudná ezt elérni? Laura, gondolkozz, kell lennie más lehetőségnek is – járatta az agyát az elmúlt napokban, de minden út csak egy irányba vezetett. Nincs más lehetőség, nincs ennél jobb út – jutott mindig ugyanoda. – Laura, itt az ideje, hogy bejelentkezzél valakinél – emelte fel a telefont, hogy tárcsázzon.

•

- Ebéd! – harsogta Tommy és megkocogtatta egy evőeszközzel az edény fedelét, mely bongó hangot adott így ki. Kihasználva azt, hogy Kimberly eltűnt a hajó gyomrában kezet mosni, rá akart kérdezett Davidnél a helyzetre: lépjen-e vagy nem?

- Te, most akkor...– kezdett bele a mondatba, de félbeszakította David megcsörrenő mobiljának éles hangja.

- Francba! – káromkodta el magát David, majd belemordult a telefonba.

•

Laura igyekezett magában tartani felháborodását, amennyire csak lehetett azon, hogy a mai napra már nem kapott időpontot! Pedig világosan megmondta, hogy csak pár percről lenne szó. Ennyire nem lehet elfoglalt senki, hogy ne lenne pár perce! Ó, ha csak sejtése lenne arról, hogy kit utasított vissza – kezdett volna hozzá a prédikációhoz, de még nyugalomra intette magát. Ha nem megy telefonon, hát odamegy majd személyesen! – döntötte el és már dugta is a fejét a szekrénybe, hogy kiválassza a legmegfelelőbb ruhadarabot a fontos eseményhez. Sőt, talán fodrászhoz is el kéne mennie.

•

- Ó, hogyaza... - nyomta ki David a telefont és ráncolt homlokkal nézett rá Tommyra és az időközben előbukkanó lányra. Az iroda hívott, hogy ki kéne menjek a repülőtérre. Az új ügyfél... remélhetően az... hát nem előbb jön egy nappal, mint mondta! Szórakozik itt... - harapta el a folytatást. Persze illik nekem ott lenni fogadni! Rohannom kell – ugrott le a kabinba, hogy felhozza kézitáskáját. Még jó, hogy nem indultak neki, a vízről bajosabb lett volna visszajönni.

Tommy és Kimberly meredten bámulták a mérgezett egér módjára rohangáló férfit, ahogy a zakóját kereste és közben utasításokat osztott: - Kimberly, te maradj itt nyugodtan, rád fér egy kis pihenés! Megígértem a hajókázást és megkapod! Tommy, ugye vigyázol rá? Ugye nem baj, hogy elmegyek? – állt meg előttük és kérdően nézett rá.

- Nem akarnám feltartani Mr. McIntosht, biztosan van... - nem tudta befejezni a mondatot, mert ketten is kinevették.

- Tommy a nevem, kicsim, mondtam, hogy nyugodtan tegezzél. Méghogy Mr. McIntosh! – derült rajta.

- Szóval akkor rád bízhatom, ugye? Majd megbeszélitek, én rohanok! És elnézést! – fogott gyorsan kezet Tommyval és végigsimította Kimberly arcát.

•

- Lenne szíves egy kicsit távolabb állni tőlem? – kérte meg Kimberly a tőle telhető legudvariasabban Tommyt, hogy ne lapuljon teljesen hozzá kormányzás közben. Tommy zavartan krákogott egyet és készségesen lépett hátrébb, és igyekezett ugyanolyan lelkesedéssel magyarázni a hajó kormányzási technikáját, mint előtte. Nem volt hozzászokva, hogy egy nő ilyen fagyosan bánjon vele. Pedig ő igazán igyekszik a kedvében járni! Bár sokkal jobban örült volna, ha sikerül kivinnie a vízre. Kimberly azonban hevesen tiltakozott ez ellen. Nem akarta kipróbálni, hogy Tommy nem-e egy bérgyilkos. Simán el lehetne képzelni róla!

- Kérdezhetek Davidről? – terelte a beszélgetés folyamát más irányba. Kitűnő alkalom, hogy legalább kiszedjen valamit a lányból. Hiszen olyan egyszerű, könnyű kis prédának tűnik. Még ha nem is sikerül elcsábítania, tőle biztosan sokkal több mindent megtudhat erről az állítólagos házasságról.

- Tessék – egyezett bele Kimberly, mi mást is tehetett volna. Nem bánthatja meg David legjobb barátját. Megígérte neki, hogy rendesen fog viselkedni és ehhez is tartja magát. Különben is, meglehetősen udvariasnak tűnik idáig. Kimberly a csalódottság hatására észre sem vette, hogy eközben a felső vészjelző meglehetősen hangosan és folyamatosan jelez.

- Én furcsálltam a leginkább a barátom hirtelen házasságát és ezt szerintem nem is rejtettem véka alá előtted – kezdte egy vallomással Tommy, igyekezve mindeközben minél bűnbánóbb képet vágni. – De be kell valljam, mióta kezdelek megismerni, már lassan kezdem megérteni a barátom döntését – próbálta elaltatni a lány gyanúját és elégedettséggel töltötte el, hogy a lány láthatóan elpirult.

- Köszönöm. Ha már itt tartunk, bevallom elsőre te sem voltál szimpatikus nekem – felelte erre Kimberly, de szándékosan nem tette hozzá, hogy ez változott volna. Bár a vészcsengőt továbbra sem hallotta, de azt érezte, hogy van még mindig valami ellenszenves benne.

- Nos, megkérdezhetem, mivel nyűgözted le Davidet? Mivel érted el azt és főként ilyen gyorsan, hogy David elvegyen feleségül? – szegezte neki teljesen egyértelműen a kérdést. Kimberly kétségbeesetten próbált valami gyorsan emészthető és elfogadható magyarázatot adni erre a nyílt kérdésre. Azt mégsem mondhatja el, hogy teherbe ejtette?

•

David nyugtalanul téblábolt a reptéri váróteremben és idegesen tanulmányozta az érkező járatokat bemutató táblát. Hol késik ennyi ideje, hiszen már több, mint egy órája leszállt a gép? Ennyit nem szoktak vacakolni sem a vámnál, sem a csomagokkal! – nézett rá idegesen újra az órájára, nyugtalanul tartva a kezében a Mr. Alvarez feliratú táblát. Nehéz fába vágtam a fejszéjét hogy ennél az alaknál próbálkozom, hiszen közismerten különc és megközelíthetetlen. Már az is csoda, hogy egyáltalán eljött személyesen, nem szokása. De muszáj megpróbálnom! Remélem felismerem és nem lesz erre szükség – nyugtalankodott a táblára gondolva. Talán jobb, ha el is teszem, még itt égetném magam. Hiszen én hívtam... még úgy tűnne, hogy nem is ismerem és... - figyelte az újra kinyíló ajtókat. Á! – ismerte fel egyből a kalapot hordó, bajuszos, köpcös, jó negyvenes férfit, aki megrakott csomagtolóval izgatottan nézett körül a kijárathoz érve.

- Mr. Alvarez! Milyen öröm, hogy itt köszönhetem! David Wilson vagyok – rázott kezet a gyanúsan őt méregető úrral, aki a nevét meghallva megkönnyebbülését erős markolással fejezte ki. David ujjait tornáztatva bökött a csomagos lábára és már maga előtt látta szegény sportkocsijának telepakolt hátsó ülését, de bíztatóan mosolygott. Ez mind?

- Si, si! Que bellissimo! Que es la temperatura afuera? – jött a kérdés vagy válasz spanyolul és David megrökönyödve kapta fel a fejét. Nem tud angolul?

•

- A szemeim – vágta rá Kimberly némi habozás után. - Azt mondta, hogy a szemeim fogták meg – egészítette ki a mondatot. Fogalma sem volt róla, hogy David mivel etette meg a barátját és csak remélni tudta, hogy ez is benne volt. Mit is mondhatna? A férfiak különben is a külső alapján ítélnek.

- Tényleg? Ezt nekem nem is mondta – felelte meglepetten. A kis hazudozó, hiszen nincs is semmi különös a szemeiben!

- Meg hogy szórakoztatja a gyerekességem! – tette még hozzá őszintén. Ez már sokkal ismerősebbnek tűnt Tommy számára.

- És... lehetek indiszkrét? Mi fogja meg egy nőt – történetesen téged – egy olyan férfiban, mint David?

- Hát... mosolyodott el Kimberly, először a magabiztossága. Még nem láttam ennyire magabiztos férfit és ez furcsálltam. Tudja, szinte gyanús volt – nevette el magát, észre sem véve, hogy ezzel mennyire kiszolgáltatja érzéseit. - Aztán rá kellett jöjjek, hogy a felszín alatt egy nagyon is mélyen érző lélek lakozik, aki figyelmes és kedves – mondta ábrándozva Kimberly, majd visszarándult a valóságba. Tényleg, ezzel magyarázható lehetne a legutóbbi húzása is? – merengett el.

Tommy mindeközben feszülten figyelte. Tényleg ennyire hülyének tartja, hogy elhiszi, hogy nem a pénzéért ment hozzá? És miért nincs rajta még mindig gyűrű?

•

David teljes értetlenséggel állt azelőtt, hogy vendége nem beszél angolul! Már számos spanyol mondatot zúdított rá, de még mindig semmi! Hogy a fenébe lehet az, hogy erről ő nem tudott? Hogy lehet valaki egy amerikai autó értékesítő vállalat élén úgy, hogy ne tudjon angolul?

– állt teljesen értetlenül és igyekezett minél megnyerőbben mosolyogni. Most mi lesz, szereznie kell de sürgősen egy spanyol tolmácsot!

- Vamos! – nyögte ki az egyikét azon öt vagy hat spanyol szónak, aminek a jelentését ismerte. Nem érdekelte, hogy minden bizonnyal letegezte a vendégét. Remélhetően az autója látványa majd elfeledteti vele ezt a kis apróságot! – tolta a jármű irányába a bőröndmonstrumot.

•

- Bort? – nyújtotta Tommy a lány felé a félig megtöltött poharat, Kimberly azonban elutasítóan megrázta a fejét.

- Nem, köszönöm, nem szoktam inni.

- Na, egy kicsit, az nem árthat meg – unszolta a férfi, Kimberly azonban továbbra is makacsul ellenállt. Pont egy ilyen kicsi árthatna meg neki, nem beszélve a gyerekről. Újabb hajó érkezhetett be a kikötőbe, mert ismét ringatózni kezdett a hajó. Kimberly gyomra megfordult. - Jaj, ne, kérlek, nagyon szépen kérlek, most ne! – rimánkodott kegyelemért. Nem okádhatom el magam David legjobb barátja előtt! Az egyet jelentene a beismeréssel! – fordította el a fejét és gyorsan egy kis vizet ivott. Hátha ez segít.

•

- Nakérem – helyezte el az utolsó bőröndöt is a hátsó ülésen és megkönnyebbülve konstatálta, hogy a csomagtartója sokkal nagyobb, mint gondolta volna! Csak egy bőrönd került az ülésre és ők is kényelmesen elférnek elől. – Perfecto! – vigyorgott elégedetten az utasára és meglepődött magán, hogy mennyi szót is tud egy számára idegen nyelven. – Vamos a hotel – mondta el az uticélt, majd ült be a kormány mögé és kivételesen bekapcsolta a biztonsági övet. Jobb a békesség.

•

Kimberly megkönnyebbült, hogy gyomra mégsem fordult fel annyira, hogy az visszafordíthatatlan legyen. Nem is akart már rágondolni, inkább gyorsan kisietett a fedélzetre, hátha ott kevésbé lehet érezni a hullámzást. Hallotta, hogy Tommy is kijött utána.

– Én lassan mennék. Nem szeretném tovább rabolni az idejét – magázta továbbra is makacsul, mintha ezzel a köztük lévő távolságot növelhetné. Tommy viszont ügyesen mögé került és átkarolta.

– Ugyan, hova sietnél ilyen hamar? Tudod milyen szépek a naplementék innen a vízről? – duruzsolta a fülébe. Kimberly füléről leesett a védő végre meghallotta a vészcsengőket, melyek nem is akármilyen hangerővel szóltak.

– Elengedne! – parancsolt rá.

– Nem veszem be ezt a fagyos viselkedést! David azt mondta, hogy nagyon is tüzes vagy. Látni akarom! Teljesen felcsigázott ezzel! – fordította meg a lányt és még szorosabbra vonta a kezét. Kimberly megszólalni sem bírt annyira meglepődött. Eleget kedveskedtem már, itt az ideje, hogy te is az legyél... Kimberly agyában összeállt a kép! Hogy is nem jött rá, hogy Tommy volt az álarcos hódoló, hát persze! Hiszen David is megmondta, hogy a város legnagyobb nőcsábászával vacsorázott, ki másra is gondolhatott? Ő kérhette meg, az ő terve volt!

– Ennyit ér magának a barátság? – próbálta eltolni magát a férfitől.

– Minden nőt megosztottunk eddig – ismerte be Tommy azt, amit Kimberly nem is akart meghallani. Undorodva próbált kiszabadulni az ölelésből.

– Hát rajtam nem fognak! – mondta fenyegetően, majd meglendítve a térdét megcélozta Tommy érzékeny pontját. Pont úgy, ahogy azt a tévében látta.

•

David megkönnyebbülten szállt vissza a hotel előtt otthagyott autójába és nagyot fújtatva dőlt hátra az ülésen. Ezen is túlvan! – jutott eszébe Tommy és Kimberly, meg a hajó. Tényleg, fel is hívja őket gyorsan, hogy mi a helyzet, aztán meg beugrik apja irodájába. Úgysincs innen messze! – döntötte el, azzal máris Tommyt hívta. A telefon hosszan csörgött ki, de senki nem vette fel. – Nocsak – lepődött meg David. Csak nincs valami baj? Lehet, hogy csak lenn hagyták a kabinban és a fedélzeten a szélben nem hallják! De az is lehet, hogy mással lennének elfoglalva, azért nem veszik fel? – szállta meg a kisördög a gondolatait és dühödten taposott bele a gázba.

•

Tommy összegörnyedt a rúgásra és elengedte a lányt. Kimberly nem tudott ellenállni a kísértésnek, hogy ne tegyen még valamit azért, hogy a férfi teljességgel megértse mondandóját. Mi sem lenne jobb annál, ha lehűtené – billentette ki ingatag egyensúlyából a szenvedő képet vágó Tommyt és diadalittasan figyelte, ahogy teljes ruházatában elmerül a hajó mellett a vízben!

- Remélem érthető voltam, William! – kiáltotta és áthajolva a korláton utána dobott egy mentőövet. – Még meggondolom, hogy elmondjam-e mindezt Davidnek – tette még hozzá és sarkon fordulva távozott a hajóról. Hogy lehettem ennyire vak és süket? – szidta le magát. Mit is várhatnék David legjobb barátjától, ha nem pont azt, amit a férfitől! – indult el a parkoló felé. Jó magas taxiszámlát fog kapni David büntetésként – ült be az egyik jármű hátsó ülésére.

•

David távozva az irodából már sokadszorra próbálkozott, amikor végre a vonal túlsó oldalán felvette Tommy a készüléket!

- Mi van már, hogy nem vetted fel! – ordított bele David a vonalba, magyarázatot követelve.

- A drága kis nejed volt olyan kedves és belelökött a vízbe! – panaszolta Tommy és közben kicsavarta a nadrágszárából a vizet. Ha tudnád, hogy megalázott! – játszotta a sértettet. David viszont jólesően elnevette magát. Ezek szerint nem csábult el! – jutott eszébe vadmacska jelleme, ahogy ővele is elbánt legelsőre.

- Na mesélj, mivel bőszítetted így fel! – kérdezte még mindig nevetve. Kár, hogy nem volt ott, szívesen megnézte volna!

- Hát csak egy kicsit átkaroltam és...

- ...félreértette – fejezve be helyette David a mondatot.

13

- Te... te vigyázz ezzel a nővel, mert közveszélyes! Komolyan mondom neked! Nem elég hogy megrúgott... izé ott, aztán meg hidegvérrel a vízbe lökött! – panaszolta el Tommy mindazt, amit átélt.

- Ne már? – mosolygott David és biztos volt benne, hogy Tommy azért csak rászolgált minderre. Megkönnyebbülten nyomta ki a telefont és a másik ülésre hajította. Remek! Kimberly ezt a próbát is kiállta! Észre sem vette, hogy mennyire ínyére is való ez a hír.

•

- Tessék! – szólt bele John a készülékbe és türelmesen végighallgatta, hogy a titkárnője egy előre nem egyeztetett vendég érkezéséről tájékoztatta. - Szóval egy fiatal nő és öt percet kér – összegezte a hallottakat, majd az órájára nézett. Pár perce mindig van egy nő számára, főként ha fiatal. – Rendben, engedje be! – adta ki az utasítást és belehuppant a fotelba. Szerette, ha a vendégei úgy látják, hogy az mindenkire a kellő benyomást tegye! Hogy ő, a fontos ember ott ül a hatalmas íróasztala mögött és szörnyen elfoglalt. Hogy belépve az irodába érezzék, mennyire jelentéktelenek és meg vannak tisztelve azzal, hogy ő egyáltalán fogadja.

Érdeklődéssel fordította a tekintetét az ajtó felé. A belépő nő láttán óhatatlanul is a szemüvege után nyúlt és feltette. Vendége egy szót sem szólt, csak nézte, majd még közelebb jött. Türelmesen várt és reménykedett.

John hirtelen lekapta a szemüvegét és felemelkedett a székből. Hamuszürkére vált a színe és remegve csak ennyit mondott: - Laura...

XVII.

- Hát, olyan napom volt hogy el sem hinnéd! – lépett be David a hálóba és máris lehuppant az egyik fotelba. Volt már vacsora? – nézett rá a lányra, miközben gombolni kezdte kifelé az ingét.

- Megvártalak. Anyád valami orvosi izén van, apád még nem jött haza – tájékoztatta Kimberly a férfit az itthoni helyzetről és türelmesen megvárta, hogy lecserélje a fölsőjét. David eközben lelkesen számolt be a napi kalandjáról.

- ...És képzeld, ott állok ezzel a fazonnal és kiderül, hogy nem beszél angolul! Gondolhatod! Egy szót sem értettem a spanyol halandzsából, amit levágott nekem... aztán meg betuszkoltam az összes óriás bőröndjét a csomagtartóba... és a legjobb: megyek be apámhoz az irodába panaszkodni, hogy nem ért angolul és erre kiderül, hogy mindig megszívatja a leendő ügyfeleit. Képes szórakozni velük! Most épp azt találta ki, hogy eljátssza, nem érti a nyelvüket. Pedig tökéletesen beszéli! Érted? Ez a próba, hátha elszólják magukat, meg hogy lássa, hogy reagálnak. Azt hiszem átmentem a próbán, nagyon remélem! Holnap bejön a céghez és nagyon fontos lesz jó benyomást tenni rá. Kimberly épp szólalni szeretett volna, már ki is nyitotta a száját, amikor David rászólt:
- Na mehetünk, kész vagyok! – tudomást sem véve a lány megszólalási kísérletéről, maga előtt tolva kitessékelte a szobából. Kimberly úgy érezte, hogy a lehetőség már elszállt és nem erőltette. Majd később.

•

- David, beszélhetnénk? – nézett a férfira Kimberly, miután a vacsorát követően visszamentek a szobába.

- Aha. De fáradt vagyok és holnap nehéz napom lesz... - mondta és kinyúlt az ágyon. Élvezni akarta ezt a tökéletes estét. Tulajdonképpen akár hozzá is tudna szokni. Hiszen eddig senkivel nem tudta megbeszélni a dolgait vagy így elmesélni, mi is történt vele. Nem is olyan rossz ez így! – jött rá.

- Kimberly nem véletlenül várta meg, hogy David teletömje hasát. Csak remélni tudta, hogy így kevésbé lesz kedve ordítani vele. Az is kész csoda volt, hogy eddig türtőztette magát!

- El kell mondjam, mi történt a hajón, miután elmentél – kezdett bele, David azonban közbevágott:

- Tudom, Tommy elmesélte – nevette el magát. Hát, jól elintézted szegény barátomat!

- Mindent elmondott? És te ezt nevetségesnek találod? – kapta fel a vizet a lány. Hiszen kikezdett velem! – háborodott fel.

- Tommyról van szó, számítottam rá. Te viszont leszerelted és ez szép volt tőled! – zárta rövidre a témát. De Kimberly nem hagyta annyiban.

- Te, még hány rámenős barátodra számíthatok? Vagy te hatalmazod fel őket, hogy bepróbálkozzanak? – kérdezte meg élesen és villámló szemekkel állt meg a férfi felett.

- Mit képzelsz te rólam? – ült fel David az ágyban és szúrós tekintettel nézett vissza a lányra. Hogy én... hogy én... - kezdett el hápogni.

- Igen! Tommy a fejemhez vágta, hogy minden nőtök közös volt! Ezért repült a vízbe. Csak szólni szeretnék, hogy én nem vagyok a nőd! – kelt ki magából. David szája széle dühösen megremegett. Így már nem is tűnik olyan jó ötletnek, amit kért!

- Tommy túl messzire ment! – mondta ki hangosan. Én csak azt mondtam neki, hogy legyen kedves veled, mást nem! – pattant fel az ágyból és odalépett Kimberly elé.

- Én a feleséged vagyok, vagyis csak hozzád tartozom. Ha kételkedsz a hűségemben, kérdezz meg nyugodtan. De annyit mondhatok, hogy inkább megölöm magam, minthogy bárki hozzám érjen! – felelte és tiszta tekintettel nézett David szemébe. A férfi dühe egy szempillantás alatt eltűnt, helyette a döbbenet telepedett. Hogy lehet ilyen... apáca?

- Tényleg? – kérdezte meg gunyorosan. Valóban létezik-e ilyen nő? – kételkedett máris. Tényleg hihet-e neki? Minden nő csalfa, hazug némber... vagy mégsem?

- Igen, anyám a szülei kultúrájában és életszemléletében nevelt az ilyen kérdésekben.

- Ó – csak ennyit tudott kinyögni David. Vajon a bárkiben ő is benne van? – morfondírozott és próbaképp magához húzta a lányt. Ennyire

16

egyszerű lenne? – gondolt bele. Egy nő, aki csak az övé? Ilyen nincs! Kételyeit azonban nem osztotta meg vele, hangosan csak annyit mondott:

- Bocsáss meg kérlek...

Mivel ez meglehetősen őszinte megnyilvánulásnak tűnt részéről, Kimberly hagyta, hogy a férfi átölelje és hozzábújt. Megérezte, hogy milyen biztonságot is nyújthatna neki ez a hely. David felemelte a kezét és végigsimította a hátát. A lány megborzongott és lelke mélységesen felkavarodott. Elfojtott emlékek tömege tört utat, egyszerre felvillanva a lány tudatában. Ott volt minden, amit oly hevesen próbált elfelejteni, de nem ment. Kimberlynek a gyengéd érintésre eszébe jutott, mi is történt ott a kunyhóban. Megrázkódott és felkavarodott minden idegszála, majd teljesen elvörösödött. Kitépte magát David öleléséből és kivágtatott a szobából. Muszáj lesz egyedül lennie, meg kell emésztenie mindent! Rohant lefelé a lépcsőn, ki az udvarra és meg sem állt a rózsakertig. Nem is gondolt bele, hogy ezzel milyen lehetőséget szalaszt el.

David nem értette, hogy mi történhetett, fogalma sem volt arról, mi is zajlott le valójában a lányban. Viselkedését azonban teljesen félreértette és csalódottan állapította meg magában, hogy elutasította a közeledését. A bárkiben ezek szerint ő is benne van!

•

Kimberly teljesen elvarázsolva sétált végig a folyosón és nem is látta, hogy mi történik körülötte. Észre sem vette, hogy megjegyzésének és intézkedésének köszönhetően már számos kép díszítette a folyosói falat és többen is csatlakozva a kezdeményezéshez kirakták képeiket, naptárjaikat. Kimberly csak ábrándozva suhant végig a folyosón és még mindig a tegnap felszínre tört érzések kavarogtak benne. Ha csak ismét rágondolt, mélységesen elpirult és legszívesebben eltemette volna arcát saját maga elől. Hogy ő ilyet tegyen – jött teljesen zavarba, megérezve saját nőiességét. Biztosan furcsának hangzik, de ma, ma érezte először tényleg felnőtt nőnek magát! Pedig már elmúlt tíz hetes kismama, lassan meg is fog látszani – futott át az arcán egy kedves mosoly.

- Kim! – ütközött neki Michael és megigazgatta a szemüvegét. Egy nagy papírdobozzal hátrált éppen a folyosón és a lány szinte megsajnálta.

Már nem is bosszankodott azon, hogy szólította. Ma mindent szépnek látott, elfelejtve mindent, ami rossz volt.

- Látom elmész. Szeretnék sok sikert kívánni! – nyújtotta felé a kezét, békülésnek szánva. A férfi letette a dobozt és elfogadta a lány kezét.

- Köszönöm! – felelte és a lányra nézett. Biztos hogy jó döntés volt? – kérdezte. Kimberlynek fogalma sem volt róla, mire gondol.

- Mi is? – csicseregte vissza vidáman és közben mosolygott.

- Hát a választásod. Jó férjed? Becsül téged? Szereted is őt? – tett fel egy halom kérdést egyszerre. Kimberly nem tudott rá haragudni, hogy is tudott volna.

- Ó igen, boldog vagyok! – mondta és úgy is érezte magát. Tényleg boldog volt!

- Akkor... viszlát, vigyázz magadra! És... ne csalódj nagyot – tette hozzá sokatmondóan, ám Kimberlynek ez fel sem tűnt. A lány azt sem gondolta, hogy távozása után Michael még többször is utána néz, és összeráncolja a szemöldökét, majd gonoszan elvigyorodik.

⋅

John nagyot sóhajtva tette le a jelentést és egy fél fordulatot pördülve hatalmas fotelében kibámult az ablakon. – Ahogy sejtettem! – suttogta és merev tekintettel nézett előre. Akkor szokta ezt tenni, amikor gondolkozott és ez most sem volt másként. Hogy lehetne megszépíteni a tényeket? Hogy mondja el mindezt a családnak? – töprengett, kiutat keresve.

⋅

- Pszt, Mrs. Wilson, jöjjön csak – intette be a főnöki irodába a folyosóról Kimberlyt a titkárnő. Kimberly a felszólításra a háta mögé nézett, de aztán rájött, hogy a Mrs. Wilson az ő. - De jól néz ki ma! Csak úgy sugárzik, tudja! – udvarolta körül a titkárnő. Kimberly elpirulva fogadta a bókokat és nem tudta hova tenni ezt a csodálkozó tekintetet.

Nem tegeződhetnénk? – kérdezte meg váratlanul és örömmel látta, hogy Mary elmosolyodik.

18

Rendben! – felelte. - Ezt látnod kell! – tért gyorsan a tárgyra Mary. - Nézd csak, mit találtam – nyomta a lány orra elé az egyik papírt.

- Ó! – nyögte ki a lány és kitépte a papírt az asszony kezéből. Ezt meg hol találta? Izé, találtad? – fordult felé kissé szemrehányóan. Vajon másoknak is mutogathat ilyen bizalmas adatokat?

- Hát az aláírandó dokumentumok között volt ez is. Elég szép ár a nyugalomért, nem? – kérdezte meg gonoszul és fürkészve nézett a lányra.

- Aha – nyögte ki Kimberly és még mindig nem tudott napirendre térni az ügy felett. Nem pont David oktatta ki, hogy ne rúgjon ki senkit, mert az mennyibe kerül, hanem várja meg, amíg felmond? Erre tessék: képes volt egy kisebb vagyont kifizetni Michaelnek, hogy eltávolítsa. Hmm... miért volt ez ennyire sürgős? És miért érte meg neki ennyi pénzt adni?

- Drágaságom, ennél egyértelműbb bizonyítékot nem is adhatott a férjed – mosolygott a háta mögött, de Kimberly nem értett semmit az egészből. Milyen bizonyíték és mire? – nézett vissza rá és már majdnem megkérdezte, amikor kivágódott az ajtó és David lépett ki rajta teljesen feldúltan. Észre sem vette a lányt.

- Mrs. Hardy, kérem azonnal szerezzen nekem valakit, aki beszél spanyolul! Biztos van itt valaki a munkások közül, aki hajlandó lenne nekem fordítani – mondta szinte hisztérikusan, miközben színpadiasan emelgette a kezét.

- Én tudok spanyolul – szólalt meg csendben lapulva Kimberly. Két meglepett szempár is egyből rámeredt. – Spanyol szomszédunk volt és vigyáztam a gyerekére... – kezdett volna a magyarázkodásba, de David félbeszakította türelmetlen kérdésével:

- Mennyire?

- Elég jól szerintem – motyogta és furcsán nézte, ahogy David alaposan végigméri a ruháját.

Vehettél volna fel valami elegánsabbat is – tett megjegyzést, majd mielőtt még felocsúdhatott volna, berántotta az irodába.

- Mr. Alvarez, hadd mutassam be a feleségemet! – tolta Kimberlyt a vendége elé és a fülébe súgta: üdvözöld spanyolul!

.

David csendbe burkolódzva ücsörgött az étkezőasztalnál és asztaltársait tanulmányozta. Pontosabban tekintetével Kimberlyt fürkészte már egy jó ideje. Úgy nézett rá, mintha most látta volna először igazán. Mintha ma teljesen másmilyen lenne! Nevet, már megint nevet. De ahogy kacag, a szeme körül csak úgy táncolnak az apró hullámok és milyen kecsesen hátra hajtja egy kicsit a fejét. Zavarában a haját babrálja és lehet, hogy fogalma sincs arról, ezzel mennyire kacérnak tűnik. De biztosan tudja ezt, tudnia kell! És mindeközben milyen szépen csillog a szeme. Mintha sugározna az egész nő. Az arca kissé kipirult és olyan... boldog lenne? Miért is? Várjunk csak, nőt mondott? Tényleg, hol van a kislány? – kérdezte meg magától. Itt valóban csak egy elbűvölő nő van, akit nem is ismer. Aki mindig meglepi. Aki ellenállhatatlannak tűnik. Aki úgy csavarja az ujja köré ezt az ügyfelet, mint a haját. Hiszen teljesen egyértelmű, hogy Mr. Alvarez máris a tenyeréből eszik! Ez a lehetetlen, megközelíthetetlen alak, aki szinte senkivel nem áll szóba, itt cseveg Kimberlyvel. Érthetetlen! Hogy érte ezt el? És milyen kedvesen csinálja, semmi női praktika. Várjunk csak, biztos? És a hajizé? A kacérkodás? Pusztán a kedvességével érte volna mindezt el? Mit érdekli ez őt, hiszen nem pont ezt várja el tőle! De akkor is, mit mondhat neki? Hiszen nem is érti, hogy miről beszélnek, ki tudja. Akár róla is beszélhetnek a háta mögött, nem is jönne rá. Biztosan bájolog neki meg hízeleg - bárcsak tudná, miket is mond! - bosszankodott.

Fel sem tűnt neki, hogy a beszélgetés már réges-rég nem spanyolul folyik.

∙

- Mr. Wilson, szeretném megnézni a gyárat, ha nincs ellenére – fordult Mr. Alvarez vendéglátója felé, számára is érthető nyelven. David azonban nem reagált a kérdésre, annyira el volt merülve. - Mr. Wilson? – szólította meg újra, de semmi reakció.

- David? – fogta meg Kimberly a kezét, ezzel rántva vissza az elbambult férfit.

- Igen, elnézést, elgondolkoztam.

- Nem is csoda – vigyorgott Mr. Alvarez. Ha nekem is ilyen bájos asszonykám lenne, én is folyton rá gondolnék! – cukkolta kissé. Kimberly annyira a vendégre koncentrált, hogy fel sem tűnt neki David nézése, csak most értesült ebből. Furcsállva nézett a férfira. Tényleg bámulta volna? – ráncolta homlokát. David azonban csak egy futó mosolyt eresztett meg és érdeklődő tekintettel a vendéget nézte, legkisebb jelét sem mutatva az előbbi bámulásnak. Kimberly így csak egy bóknak fogta fel az előbbi megjegyzést.

- Parancsoljon – érdeklődött David.

- Arra gondoltam – ha nem lenne baj –, hogy szívesen körülnéznék az üzemben. Esetleg a kedves felesége körbevezethetne?

- Kimberly? – fordította tekintetét a lány felé, aki készségesen bólintott. David duzzogva ült tovább. Ez mégiscsak az ő üzlete! Vagy őrá már nincs is szükség?

•

Laura nyugtalanul toporgott a komor épület előtt és idegesen harapdálta a szája szélét. Biztosan jól teszi mindezt? – kérdezte meg magától már sokadszor és mindig ugyanazt válaszolta. Ha már elkezdted, fejezd is be! Gyors pillantást vetett a visszapillantó tükörbe, csekkolva, hogy nem ment tönkre a sminkje. Nem kéne mégis feltűznie a haját? Az valahogy kevésbé vallana rá – futott át rajta a gondolat, majd a táskájáért nyúlt. Kell itt lennie egy csatnak valahol – túrt bele a retikülbe, majd bosszankodva borította ki a tartalmát az első ülésre.

•

David türelmesen várta, hogy vendége végre megszólaljon. Látta rajta, hogy alaposan megrágja mondandóját, nem hamarkodva el a döntését. Húzza a perceket, olyan lassan kortyolja azt a kávét! Mereven ült vele szemben a fotelban és igyekezett nem mutatni, milyen feszült. Ó, bárcsak tudnának üzletet kötni! Ha ez létrejön, akkor nagyot lép előre! Apjának ugyanis ezidáig még nem sikerült behálóznia ezt a nagyhalat. Óva intette tőle, hogy egyáltalán szóba álljon vele, hiszen ez nem sokaknak sikerült.

Mennyien vallottak már kudarcot! Bárcsak... ó, ha sikerülne, meg fog pukkadni! Muszáj, hogy megmutassa neki, hogy ő is képes megállni a helyét az üzletben! Hogy nem bábu!

- Nos, Mr. Wilson, nem kertelek – szólalt meg végre. Davidnek nem tetszett a kezdés, de meg sem mert mozdulni. - Meg kell mondjam, hogy kétségeim voltak a személyét illetően – folytatta. Hogy is mondjam, túl fiatalnak és meggondolatlannak tartom. Lezserség, fiatalos hév, sportkocsi. Pontosan arra a forrófejű kölyökre emlékeztetett, aki én is voltam – tartott egy kis hatásszünetet. - Aztán, aztán megismertem a kedves feleségét – mosolyogott el.

Davidnek ökölbe szorult a keze erre. Tudtam, biztos voltam benne, hogy valami történt a gyárbemutatás során, hogy is nem... - szorította össze a száját. Mire volt képes Kimberly? Jó, jó, ő kérte meg, de akkor is, meddig ment el?

- Nos, azt hiszem túl hamar ítélkeztem – fordult meg a mondanivaló lényege és David visszafojtott lélegzettel kapta fel a fejét. - Ha ugyanis egy olyanfajta fiatalember, mint ön egy ilyen hölgyet választ párjának, az nem meggondolatlan. Az túllát, hogy is mondják, átlát a formaságokon – állt meg ismét a beszédben és mosolygott. Nem egy kikent-kifent nővel él, hanem egy kinccsel!

- David meghökkenve bámult rá. Tényleg így látja?

- Biztosan nem szívesen hallja, de bizony az üzletet kizárólag a nejének köszönheti, ő hatott meg! – adta meg a kegyelemdöfést és elégedetten szemlélte ügyfele arcát.

David biztos volt benne, hogy a meglepettség kiült rá, de ebben a pillanatban nem érdekelte. Határozottan biztos volt abban, hogy jól hallotta: az üzlet megköttetik!

- Én, én nagyon köszönöm a lehetőséget – pattant fel David és máris hálálkodásözönbe kezdett a jó hírre, de üzletfele leintette. Utálta a képmutató ömlelgést.

- Lassan fiam, lassan, mert még meggondolom magam ha ilyen... gyerekes – hűtötte le David lelkesedését és felkászálódott a helyéről. – Holnap küldöm az emberemet a részletekkel – szólt hátra kifelé menet, majd az ajtókilincsre tette a kezét és visszafordult: – Igazán tanulhatna egy kis komolyságot a feleségétől! – mondta és már az ajtón kívül is volt.

•

Kimberly bátortalanul nézegette a zárt ajtót és hagyta, hogy Mr. Alvarez kézcsókkal búcsúzzon el tőle. Miért nem mond senki semmit? – pislogott nyugtalanul. De ezeken a kontrolált arcon nem lehet olvasni! – mosolygott rá a távozó férfira. Hogy képes ilyen melegben is kalapot viselni? Csak nem a parókáját álcázza vele? – filózott.

- Kimberly, gyere be – vágódott ki az ajtó és a lány készségesen ugrott.

- Na? – kérdezte meg rögtön, amint becsukta az ajtót és feszülten várt.

- Sikerült! – vigyorgott rá David és két kezét a feje fölé emelte. Igen! Sikerült! Elértem, amit másnak nem! Juhé! – kiáltott. Kijött belőle a felhalmozódott feszültség és önfeledten élvezte a pillanatot, nem foglalkozva az esetleges gyerekességgel. Kimberly megfontolt módon, mosolyogva figyelte az örömkitörést. Nem is gondolta volna, hogy mindez ennyire fontos volt a számára. David aztán váratlanul elkomorodott.

- Kimberly, tudod hogy ez nagyrészt neked köszönhető? – fordult hirtelen a lány felé. Kimberly megdöbbent. Ahogy David közelebb lépett hozzá, megérezte a cigarettaszagot a férfi ruháján. Ezek szerint ideges volt és megint rágyújtott! – konstatálta.

- Hogy nekem? – kérdezett vissza megrökönyödve.

- Igen. Nem tudom, hogy mit műveltél a közismerten megközelíthetetlen fickóval, de megkedvelt.

- Pedig én semmi... - kezdett bele a magyarázkodásba, de David a szájára tette a kezét.

- Ne, kérlek. A finom mozdulatra Kimberly megremegett és felbámult a férfira. David szemei kifürkészhetetlenek voltak. A lány most először szeretett volna olvasni a gondolataiban. - Olyan kíváncsi lenne rá, mit is gondol. Mit akarhat... - nézett rá elvarázsolva. David egyre közelebb és közelebb húzta magához.

- Kimly – vékonyodott el a hangja és egyik kezével a lány haját kezdte el babrálni. - Én... - francba! – káromkodott és elengedte a lányt. Kimberly megtántorodott és az asztalba kellett kapaszkodjon, nehogy elessen. Értetlenül nézett Davidre, ugyanis nem hallotta a telefoncsörgést.

- Igen? – szólt bele meglehetősen élesen David, nem törődve azzal, hogy pontosan úgy hallatszik, mintha mindjárt leharapná Mary fejét. Szíve szerint meg is tenné!

- Az édesapja keresi telefonon...

- Miért nem mondta, hogy tárgyalok? – ordított bele a telefonba David és türelmetlenül dobolt az asztalon. Nem a megfelelő pillanat...

- Khr... izé egyfolytában keresi. Az előbb ő is üvöltött velem. Akkor esetleg visszahívná, amint... – mondta megszeppenve Mary és megszakította a vonalat. David értetlenül bámult a telefonra.

- Bocsáss meg kérlek... nézett Kimberly felé David és az égre emelte a tekintetét. Miért pont most? - Innen folytatjuk, jó? – mondta tárgyilagosan. Vajon mit tett volna, ha nem szólal meg a telefon? – nézett rá, visszaszerezve az önkontrollját.

Kimberly csalódottan vette észre mindezt és kiment a szobából.

•

Laura nyugtalanul ült a titkársági kanapén és idegesen nézett körül a kis szobában. Igyekezett nem venni tudomást a szipogó titkárnőről, sokkal inkább a szobát bámulta és a leendő feladatára próbált ráhangolódni. A berendezést tekintve már látja, hogy lenne itt dolga nem is kevés. Biztosan az iroda is hasonló stílusú lehet – morfondírozott. A nyíló ajtó hangjára felkapta a fejét és a kilépőre bámult. Egy fiatal, kusza hajú lény lépett ki, enyhén piros arccal. Laura oldalról bámult rá és biztos volt benne, hogy David felesége az! Összehúzott szemekkel figyelte, ahogy a titkárnőhöz lép és mosolyogva beszél hozzá, közvetlenül, minden bizonnyal nem véve őt észre. Laura nem hallotta, hogy mit mond, csak a szája mozgását és arcjátékát figyelte. Olyan egyszerű és kedves volt minden mozdulata, távol árt tőle bármi mesterkedés. Laura egyáltalán nem erre számított! Bár az újságban lehozott fényképet alaposan áttanulmányozta, akkor is meglepte mindez. Mindig is úgy képzelte, hogy David mellett nem ilyen nő lesz! Hiszen olyan fiatal! Hol van a drága kosztüm? És a több kiló arany meg gyémánt? Hol vannak a hosszú, tökéletesen ápolt körmök, a

24

most jöttem a fodrásztól frizura? És nincs rajta magas sarkú? – hökkent meg teljesen.

A lány távozásakor észrevette őt. A tekintetük keresztezte egymást. Laura viszonozta a jó napot megszólítást és bosszúsan ismerte be magának, hogy a lány szimpatikus neki.

•

David bosszankodva lépett ki az irodából. Előbbi jókedve és diadalérzete egy perc alatt eltűnt és újra csak azt kellett hogy érezze, hogy apja rövid pórázon tartja. Mit képzel, hogy a beleegyezése nélkül küld ide egy lakberendezőt? Azt hiszi, hogy képtelen kiválasztani még egy kanapát is? Miért kezeli még mindig éretlen tacskóként? Csak nem kémkedni küldte? Jó, jó, tényleg igaza van, hogy a berendezésre rá férne egy kis frissítés, de akkor is... Ezek után se mondta neki, hogy megcsípte az üzletet. Rá sem kérdezett, pedig biztosan tudja, hogy ma tárgyaltak. Ezek szerint nem bízott benne. De majd személyesen... majd este otthon elmondja a teljes sikerét. Látni szeretné, hogy milyen képet vág mindehhez! Végre, egyszer valamiben jobb nála!

- Parancsoljon – nyújtotta a kezét a vendége felé. David Wilson vagyok – szorította meg a feléje nyújtott kezet és felnézett a tulajdonosára, majd láthatóan rajta felejtette a szemét.

Mary megdöbbenve látta, hogy főnöke nem engedi el a nő kezét és hosszasan, túlságosan hosszan bámul rá.

•

John Wilson gondolataiba kerülve lépett be a házba és a kelleténél erősebben vágta be maga mögött a bejárati ajtót. A zajra a házvezetőnő egyből elé rohant, hogy fogadja. John hümmögve hallgatta végig, hogy felesége nem olyan rég érkezett haza, de egyből lefeküdt, nem kért vacsorát. John eldöntötte, hogy majd csak később néz be hozzá. Azután, hogy beszélt Joséval, akiért azonnal el is küldetett. Jobb, ha minél előbb túlesnek ezen a nehéz beszélgetésen.

•

Kimberly a szobájában ülve remegő ujjakkal bontotta fel a számára címzett borítékot és meglepetten látta, hogy egy másik boríték és egy levél hullik ki belőle. Nocsak! Már az is meglepő volt számára, hogy hazaérve Rose asszony azzal fogadta, hogy levele érkezett. De ez nem is egy levél! Felemelte a halványkék lapot és elpirult, amikor meglátta a Hófehérkének címzést rajta. Aztán dühös lett. – A szemét, még próbálkozik! – hajította a földre a borítékot. De kíváncsisága csak nem hagyta nyugodni és kihajtotta a mellékelt levelet, majd olvasni kezdte:

„Kedves Hölgyem! Annak az úriembernek a kérésére juttatom el önnek ezt a levelet, akivel az álarcosbálon együtt vacsoráztak. Az úr nevének eltitkolása mellett szeretné megköszönni a vacsorát és kifejezni jókívánságait. Megnyugtatom, hogy az ön személyazonosságát sem fedtük fel őelőtte, ahogy a levélről sem tudunk semmit. Üdvözlettel: A Szervezők"

Kimberly az ölébe ejtette a levelet és értetlenül bámulta a szőnyegen heverő borítékot. Kinyissa?

•

- Jöjjön be kérem, ne féljen és csukja be az ajtót – invitálta be John a teljesen zavart férfit az irodájába. José lehajtott fejjel a sapkáját gyűrögette és nem tudta, mit csináljon. Még soha nem járt itt az emeleten!

- Uram – nyögte ki és nem ült le a felkínált helyre, hanem továbbra is állva maradt és illedelmesen várt.

- Nos, Mr. Brown, ön pár hete kérte a segítségemet egy ügyben. A fia ügyében – tette hozzá és krákogott egyet, majd még egyet. Nos, nem volt egyszerű, de aztán sikerült a nyomára bukkanjunk... - folytatta a beszédét és figyelte, ahogy José arca felderült. – Kérem, üljön le! – mutatott újra a székre. – Szüksége lesz rá – tette hozzá nyomatékosan. A férfi elsápadt és nyugtalanul nézett fel főnökére.

- Meghalt? – kérdezte meg.

26

- Nem, nem! – tiltakozott hevesen John és elégedetten nyugtázta, hogy José egy megkönnyebbült sóhaj kíséretében lerogy az egyik fotel szélére. Felvett egy papírt az asztalról, a nyomozási jelentést, majd a férfi felé indult. – Talán az lesz a legjobb, ha elolvassa – nyújtotta át az iratot. José zavartan tapogatta meg inge zsebét, majd kivette a szemüvegét. Elvette a lapot és mereven nézni kezdte. A betűk azonban összefolytak előtte. Megdörzsölte a szemét és újra próbálkozott. John mindezt jól látta.

- Kérem, megtenné, hogy felolvassa? – nyújtotta felé a lapot reszkető kézzel. – Képtelen vagyok rá! – tette még hozzá. Johnból teljesen szokatlan módon előtört az együttérzés és elvette a papírt. Megköszörülte a torkát és hozzákezdett.

•

„Kedves Hölgyem! – látott neki Kimberly az olvasásnak. Be kell valljam, hogy nagyon kellemesen éreztem magam a vacsora alatt. Sőt, talán még soha nem éreztem magam ilyen jól. Ha nem veszi tolakodásnak, szeretném legmélyebb hódolatomat kifejezni ön iránt és reménykedem, hogy egyszer még lesz alkalmunk megismételni ezt az estét. Az ön lovagja"

A lány csak bámult rá a lapra és semmit nem értett. Ez nem illett bele a képbe! Lehetséges volna, hogy elnézett valamit? Hiszen ez nem vall Tommyra! Pedig David pontosan arra célzott, hogy ilyet tegyen. Vagy félreértett már megint valamit? Ilyet biztosan nem kért tőle! Vagy mégis? És ez egy újabb próba? Várjunk csak… - kapott a fejéhez. Hiszen Zorrónak copfban volt a haja! Nem is lehetett Tommy! Hogy lehettem ilyen ostoba! De akkor… akkor kicsoda? És őt is David küldte volna? – tipródott kétségek között, majd dühödten szétcincálta a levelet.

•

„A keresett személy, Anthonio Alcanzar Mendez két évet szolgált a tengerészetnél, ebből fél évet egy tengeralattjárón teljesített szolgálatot. Fegyelmi eljárás következtében szerelt le a kötelékéből és San Francisoba költözött, ahol alkalmi munkákból élt, majd a továbbjutás reményében nevet változtatott. Sikertelen üzletét követően lopásokból, csalásokból

27

tartotta fenn magát, míg le nem tartóztatták. Anthony Ford jelenleg a San Diegoi börtönben tölti le a rá kiszabott három éves büntetését, amelyből még pár hónap van hátra." – fejezte be az olvasást John és José vállára tette a kezét, majd kiment a szobából. Jobb, ha most magára hagyja. Meg kell emésztenie, hogy a fia bűnöző lett!

•

- Apa, beszélhetnénk? – lépett David az irodából éppen távozó John elé. A férfi bólintott.

- Rendben, de menjünk be hozzád – tessékelte a szomszédos szoba felé. Jobb, ha most nem zavarják Mr. Brownt. Látta, hogy fia milyen izgatott.

- Szeretnének tájékoztatni a fejleményekről – tért rá egyből a tárgyra David, amint lehuppant a fotelba és megvárta, amíg apja is helyet foglal. Szeretné pontosan látni az arcát, amikor elmeséli.

- Sikerült megállapodnod a lakberendezővel? – kérdezett rá John és várta, hogy reagál a fia. Biztos volt abban, erről akar beszélni, ezért volt olyan ideges. Titkon remélte, hogy fia talán megkönnyíti a helyzetét, de nem így történt.

- Igen. Ha már itt tartunk, igazán rám bízhatnád ezeket a döntéseket. Épp elég nagy vagyok már! – csattant fel David és felállt. Arról igazán nem kell tudnia, hogy a roppant vonzó hölgy tényleg profinak tűnt és Davidnek nagyon is tetszettek az elképzelései.

John eközben hunyorogva nézett fel a fiára és nem is tudta eldönteni, hogy megkönnyebbüljön-e vagy nem. Ezek szerint biztonságban van. Pedig ha tudná... ó ha tudná, hogy mindez csak álca, hogy nem is erről szól az egész... - futott át az agyán, de gyorsan elhessegette az érzelgősséget. Az ő fia ne oktassa ki, mit miért tesz!

- Tényleg olyan felnőtt vagy? Akkor miért nem tudod elintézni a házassági szerződésedet! – vágott vissza John és dühödten meredt a fiára. Hiszen a tojáshéj még mindig a fenekén van és ha ő nem figyelne rá, akkor sehol nem lenne! Azt hiszi hogy egy-két hét kemény munka és máris befutott?

- Á! Pont erről akartam beszélni. Csak közölném, hogy Kimberly már egy jó ideje átruházta a jogait rám! – nézett diadalmasan az apjára. Igen, ez hatott! John Wilson mintha meglepődött volna.

- Remek! És a vagyon? – ütötte egyből a vasat.

- Nem a céget akartad? – kontrázott a fia és összehúzta a szemöldökét. Már nem is olyan izgalmas a cég? Pedig jelentős potenciál van benne, de még milyen! Ha az apját nem érdekli... akkor majd ő, majd megmutatja, hogy nem csak egy pipa a listán, hogy ez is megvan. Majd ő felfuttatja. Bebizonyítja neki, lekörözi. Megmutatja végre, hogy kicsoda is ő valójában és hogy mire képes. Ezzel a céggel... – bosszankodott. De

- Engem a vagyon nem érdekel, különben sem tervezem, hogy elválnék – ismerte be hangosan.

- Hogy mi? – akadt ki az apja. Ja, persze, érthető – gondolta végig előbbi hirtelen felindulását és már egyet is értett. Hiszen valóban nem lenne most praktikus... - Fiam, lehet, hogy te nem válnál, de az a nő bármikor megteheti! – nyitotta fel fia szemét.

David meghökkent és elbizonytalanodott. Apjának már megint igaza lehet. És ahogy a dolgaik állnak, Kimberly tényleg bármikor ki akarhat lépni.

- David, hát mi a fene van veled? Képtelen vagy elcsavarni annak a kislánynak a fejét, hogy aláírja azt a nyamvadt papírt! Rád sem ismerek! Igazán lerohanhatnád már végre, pontot téve az ügy végére! – tartott kiselőadást fia számára.

- Majd... majd meggondolom – zárta le ezt az ügyet. Ha ez olyan egyszerű lenne... - morfondírozott el. Apjának fogalma sincs róla, hogy milyen nehéz ezzel a lánnyal. Hiszen nem egy szokványos nő, őt nem könnyű csak úgy levenni a lábáról...

- Lenne még valami – szólt a távozni készülő apja után.

- Igen? – kapta fel John a fejét. Bökd már ki, éhes vagyok! – mondta nem túl kedvesen.

- Nos, a Bergen Corp. megállapodott az Alvarez Logistic-kal - csak ennyit mondott.

David igyekezett az agyába vésni apja reagálását. Úgy érezte, hogy megérte minden fáradozás ezért az egy pillanatért: John olyan hirtelen pördült meg és olyan elkerekedett szemmel bámult rá, ahogy még soha.

David most először látta meg apja szemében az elismerést. És biztos volt benne, hogy ez csak a kezdet.

•

- Rose asszony, a többiek hol vannak? – lopódzott be Kimberly a konyhába és majd a frászt hozta a házvezetőnőre, aki nem számítva az érkezésére elejtette a kezében tartott kanalat.

- Jól rám ijesztett – hajolt le, hogy felvegye és egy rongy után nyúlt, hogy feltakarítsa a maszatot. Kimberly azonban megelőzte és gondosan feltörölte a szaftot.

- Ha már én okoztam – szabadkozott a meghökkent asszony láttán. A többiekről tud valamit? – kérdezte meg újra.

- Jaj hát az úr az irodájába ment az előbb, szerintem David úrfi is ott lehet vele. Az asszonyom ő meg már lefeküdt. Kimerítette a hosszú út a szanatóriumból idáig.

- Szanatórium? – nézett rá csodálkozva Kimberly és látta, hogy Rose idegesen az ajkába harap. Jaj, már megint elszóltam magam! – szidta meg magát az asszony és nagyokat pislogott a lányra.

- Igen, izé, kissé kimerült. Ugye az elmúlt napok meg a... - dadogott és érezte, hogy egyre melegebb van a konyhában és nem a tűzhely miatt.

- Kérem, árulja el, beteg? Szeretnék tudni róla, hogy ne bántsam meg esetleg és... - nézett rá könyörögen. Rose megsajnálta, hiszen ki más is mondhatná ezt el neki? David biztosan nem teszi meg.

- Rendben – ültette le a kisasztalhoz és ő is letelepedett vele szemben. De ígérje meg, hogy úgy tesz, mintha ez a beszélgetés nem is történt volna meg. Jó?

Kimberly bólintott és feszülten várta a fejleményeket.

- Szóval, hogy is mondjam... - kerülgette Rose a kényes témát. Beszéltem a családi tragédiáról és... és szóval ezt mindenki máshogy dolgozta fel. Elizabeth asszonynak... vannak periódusok az éven belül, amikor jobb, aztán meg rosszabb és... a felejtés... az alkohol... - dobálta a szavakat. Kimberlyben összeállt a kép:

- Csak nem... azt akarja mondani, hogy Elizabeth asszony...?

- Igen, az asszonyom… hol igen, hol nem, de… de alkoholfüggő – bökte ki a megdöbbentő tényeket.

XVIII.

Elizabeth Wilson eltöprengve kortyolt bele az ásványvizébe és elfintorogva tette le a poharat. Ezen a löttyön a citromkarika nem sokat segített – állapította meg. Elábrándozva gondolt egy jó nagy adag vodka-tonikra, de aztán gyorsan elhessegette a csábító gondolatot. Nem juthat ilyesmi az eszébe, hiszen már egy hete tiszta! Csak most jött ki a szanatóriumból és nem eshet vissza. Különben is küldetése van, hiszen tehetetlen fiának még mindig nem sikerült megszereznie azt az aláírást! A balfék! Hát persze, hogy ezt neki kell elintéznie!

- És mi a helyzet a házban? Van valami újabb gyanús ügy? – hallotta meg a vele szemben ülő Cecile újabb kérdését. Már lassan egy órája csak mindenféléről beszélgettek, kerülve a legfontosabb témát. Végre Cecile rákérdezett! – értette meg a célzást.

- Nos, semmi érdemleges. Kezd aggasztani, hogy vajon a fiam tényleg együtt alszik azzal a kis fruskával – szólta el magát.

- Nem kell aggódnod – jegyezte meg titokzatosan Cecile és hogy fokozza a feszültséget, hosszasan kortyolt az ásványvizéből.

- Mondd már! – kapaszkodott meg két kézzel az asztalba és izgatottan nézett a nőre. Cecile lassan tette le a poharát és cinikus mosollyal csak ennyit mondott:

- David nagyon ki volt éhezve!

- Te lefeküdtél a fiammal! – egyenesedett ki Elizabeth és nyugtalanul nézett körül. A mértékletesség soha nem volt az erőssége és most is túl hangos volt, biztosan meghallották a körülötte ülők – kapkodta a tekintetét, de ennek semmi jelét nem látta. Cecile eközben teljes nyugalommal ült és a csodás körmeit bámulta.

- Úgy is mondhatjuk – válaszolta kimérten. Felbőszítette, hogy a drága kis feleségecskéje egy másik férfival vacsorázott – közölte oly módon, mintha mindez nem is lenne izgalmas. Elizabeth felemelkedett a székéből és csodálkozva meredt a barátnőjére:

- Nem mondod! Mégis kivel és mikor? – tette fel a kérdéseit.

Cecile azonban kivárt. Élvezte az információ birtoklását és ki akarta facsarni minden egyes cseppjét.

- Igen, önként jelentkezett az álarcosbálon és hagyta, hogy licitáljanak érte! – mondta közönyös hangon és szándékosan kerülte, hogy az összeget is megemlítse. Azt még visszakapja tőle, amikor Davidet ténylegesen is megszerzi magának!

- Volt ilyen is? Hogy én mikről maradtam le! – hüledezett Elizabeth és a folytatást követelte. Kellett neki annyit innia!

Cecile kissé elferdítette a tényeket, de ez igazán megbocsátható volt a számára.

- Aztán egy Zorró ruhás figura nyert és ő vitte el – hagyott ki fontos részleteket, de ez talán barátnője számára annyira nem is fontos. – Erre David nálam vigasztalódott – zárta rövidre a történetet.

- Nocsak, nocsak, ki nem néztem volna abból a kis szukából – motyogta Elizabeth és Cecile-re nézett: - Ez a nő sokkal veszélyesebb, mint gondoltam volna! Sürgős lépésekre van szükség! És ehhez talán Cecile együttműködésére is szüksége lenne.

•

Kimberly halálosan unatkozott. Bár még csak rövid munkatapasztalattal rendelkezett a postázóban, azt azonban tisztán látta, hogy a pénteki napokon semmi nem történik. Most mivel töltse ki a még hátra lévő órákat? Csak nem mehet be Davidhez könyörögni, hogy vigye haza! David... már megint rá gondol! Azóta sem folytatták ott, ahol abbahagyták az irodában két napja. De hol is hagyták abba? Mi is van most tulajdonképpen? És még a nőkre mondják, hogy szeszélyesek, mikor Davidnél kiismerhetetlenebb emberrel még nem találkozott! Még csak nem is közelített hozzá, bár ha jól belegondol alig is szólt hozzá az elmúlt két napban. Vajon mi történhetett? – tette fel a kérdést, amit nem tudott megválaszolni.

Talán sétálnia kéne egy kicsit, az mindig segíteni szokott. Ki kell szellőztetnie a fejéből ezeket a gondolatokat – indult el kifelé és öntudatlanul egyenesen a harmadik felé vette az irányt.

- Kimberly? Mi járatban? – ocsúdott fel Mary üdvözlő hangjára és értetlenül nézett körül. Miért pont ide jött? Nem éppen a teljesen ellenkező irányba kéne haladnia?

- Szia! Csak gondoltam felnézek tudnék-e valamit segíteni – próbált gyorsan füllenteni, de tudta, hogy ez túl átlátszóra sikerült. – Lent unatkozom! – telepedett le az egyik székre. – Jé, te fodrásznál voltál! – jegyezte meg. Mutasd csak – járta körül Mary vadiúj frizuráját.

- Már untam a régit – ismerte be a nő és mosolygott.

- Sokkal előnyösebb a fufru! És ezek a csigák is jól állnak – dicsérte meg a végeredményt, majd saját lelapult hajához nyúlt. Neki sem ártana egy kis újítás.

- Miért nem hordod feltűzve a hajad? – kérdezte meg váratlanul Mary. Várjál csak, itt van valahol, odaadom a fodrászom számát! Ha akarod, megtanít hogyan kezeljed – kotorászott a táskájában, majd gyöngy betűkkel felírta egy kis papírra a telefonszámot. – Tudod nem árt, ha figyelsz az ilyenekre, sok a csinos nő és David meg... - harapta el a mondatot, de már túl későn. Hogy lehettem ilyen ostoba! – szidta magát.

- Tudnom kéne valamit? – kérdezett rá Kimberly. Kérlek – nézett könyörgően.

- A férfiak azok csak férfiak, erre akartam célozni – beszélt mellé Mary és aggódva pillantgatott az iroda felé.

- Ki van benn nála? – látta át hamar a helyzetet Kimberly.

- Az új lakberendező. És nagyon csinos – ismerte be őszintén. Szerintem jobb, ha rajta tartod a szemed! – adott jó tanácsot a lánynak.

·

David eközben az ajtó túloldalán elégedetten bólogatott a tervrajzokat tanulmányozva. Soha nem bírt túlságosan nagy jelentőséggel számára az irodai berendezésének a színe vagy az anyaga, pusztán a praktikussága és a székének a kényelmessége izgatta. Már amennyit eddig töltött az irodában, ahhoz ez is elég volt. Nem kell neki aktuális divatirányzat vagy a tekintélyt emelő óriás tölgyfaíróasztal, megelégszik egy új kanapéval meg fotelokkal. Na jó, esetleg kifesthetnek. Nem vetne jó fényt rá, ha vagyonokat költenének új, felesleges bútorokra. Még jó, hogy ezt megértette a nő.

Hmm, milyen helyes kis apró keze van – suhant át figyelme a szoba tervrajzáról a berendező kezére. Olyan finom – nézte meg alaposan a csuklóját is.

- Rendben lesz – nézett fel a nőre, aki kissé meglepetten pillantott vissza rá.

Davidnek sejtése sem volt, hogy Laura mennyire retteg a lebukástól, ahányszor csak a férfi ránéz. Vajon eléggé megváltozott az elmúlt évek során, hogy ne ismerje meg? Vagy ennyire vakok lennének a férfiak?

- Hiszen még a másik lehetőséget nem is látta! – nyögte ki. Mi a fenének akar még itt időzni, hiszen veszélyes! – szidta le magát. David közelsége azonban erősebbnek bizonyult bármilyen veszéllyel szemben.

Bár a férfinek nem nagyon volt kedve még egy rajzot végignézni, a hölgy társaságát azonban igencsak kívánatosnak találta. És milyen kellemes illata van!

- Kettőt hozott? Na mutassa – egyezett bele és feltűnés nélkül nézte, ahogy áthajol a táskája fölé és egy újabb tekercsel fordul vissza. Régen látott ennyire természetes szépségű nőt és ez persze nem kerülte el a figyelmét. Csak valahogy... emlékezteti valakire...

- Tökéletes – ejtette ki hangosan, amint a rajzot böngészte. Megjegyzése azonban sokkal inkább vonatkozott a nő hosszú szempilláira, melyek minden bizonnyal teljesen eredetiek voltak. – Most aztán nehéz helyzetbe hozott – tette hozzá David, miközben a nő lábait bámulta. – Nem is tudom melyik a jobb? – tanácstalanodott el. Ön szerint? – nézett fel a nőre, igyekezve ellenállni a kísértésnek, hogy közben a dekoltázsát is szemügyre vegye. De mi történik vele? Ennyi idő alatt már rég heves udvarlásba kezdett volna, most meg csak megelégszik holmi szemlélgetéssel? Ennyire nem tompulhatott el! Hahó, David, itt van egy csinos, fiatal nő és még csak be sem próbálkozol? De miért nem? Mi történik veled? Csak nem vagy beteg?

- Nos, ha engem kérdez, önhöz talán az első illik jobban – magyarázott Laura és igyekezett teljesen higgadt maradni. Nem volt viszont ostoba és észrevette, hogy David alaposan végigmérte. Megigazgatta az orrán lévő szemüvegét és a férfira nézett. – Ha viszont a cég profilját nézzük, akkor a második mellett döntenék – zárta le a mondatot. – Szóval, hogy döntött?

Ha ez ilyen egyszerű lenne – futott át David agyán.

•

Kimberly sietősen lépett be a házba és örült, hogy megszabadulhat a melegtől. Elviselhetetlenül forróak a napok ezen a héten is. Itt az ideje, hogy ma is megmártózzon egyet a medencében, amilyen gyorsan csak lehet! – futott volna felfelé a lépcsőn, de Rose asszony megállította.

- Kisasszony, levele jött! – szólt utána. Kimberly látszólag érdektelenül fordult vissza a lépcsőn és színlelt közönyösséggel nyúlt a boríték után. Belül viszont nagyon is biztos volt abban, hogy Zorrótól jöhetett az üzenet. Csak nem hagyja békén! – bosszankodott, de egyben izgatott is lett.

- Rose asszony, maga sírt? – látta meg a házvezetőnő vörös szemeit és ledobta a levelet, majd aggódva lépett közelebb: - Mi történt?

- Á semmi, kisasszony, ne is törődjön velem – szabadkozott a nő és elfordult.

- Ha nem akarja... de szívesen meghallgatom – mondta kedvesen Kimberly és kezét a nő vállára tette.

- Tudja... most mondta el a férjem, hol van a kisebbik fiam.

- Van még egy fia? – szólt bele feleslegesen Kimberly és már bánta, hogy félbeszakította a felkavart nőt a felesleges megjegyzésével.

- Igen – szipogta. Elhagyta a házat jópár éve a haszontalan. A hálátlan. Most meg meg kell tudjam, hogy a semmirekellőből mi lett! Hát erre neveltem? Hogy lopjon! Elsüllyedek a szégyenemben, ha arra gondolok... az én fiam, hogy börtönben legyen! – mondta és zokogva beszaladt a konyhába. Kimberly tett egy pár lépést utána, aztán meggondolta magát: mit is tudna rajta segíteni? Biztosan sokkal szívesebben van egyedül. Mélységes sajnálatot érzett a nő iránt.

•

David dühödten csapta a földhöz az ütőjét és nagyot káromkodott. Tommy értetlenül állt az eset felett, nem tudta mire vélni barátja kitörését. A játék alatt is teljesen szétszórt volt, nem egy labdát el sem talált. Mi lehet vele, hogy még a fallabdát sem élvezi?

- David, jól vagy? – ment oda hozzá és leguggolt az előrehajolva fújtató férfihoz.

- Azt hiszem nem – ismerte be őszintén David. Elegem van az irodából! Nézd meg, ott ülök egész nap, most meg fújtatok! Hagyom is az egészet a francba az öregemre! – temette a kezébe az arcát.

- Mi történt? – kérdezett rá Tommy, jól ismerve Davidet. Tudta, hogy van konkrét magyarázata a dühkitörésének.

- Képzeld, apám küldött egy lakberendezőt, anélkül, hogy szólt volna! Nem mondom, nem semmi numera az a nő, de még csak be sem próbálkoztam nála! Érted te ezt? – nézett kétségbeesetten a barátjára.

- Csak nem vagy beteg? – kérdezte meg egyből Tommy és kezét a homlokára tette gyors hőmérsékletvizsgálatra. Vagy inkább nős? – tette fel a kérdést másként. David hangosan felnyögött.

- Gondolj bele, ott van ez a nő. Fiatal, fekete, pont az esetem és gyönyörű és én meg csak felületesen futtatom rajta a tekintetemet! Ha arra gondolok, hogy... várjunk csak – állt meg egy pillanatra. Lehetséges volna? – nézett barátjára.

- Mi? Miről beszélsz?

- Hát apám műve... tudja, hogy a feketékre bukom... francba, hogy nem jöttem rá? Kísértésbe akar ejteni! Ó, pedig milyen átlátszó és nem jöttem eddig rá! – kapott a fejéhez és mindjárt jobban érezte magát. Hát ez zavart engem! – hajtotta el a felhőket. Na gyere, most már biztosan jobban fog menni! Tudod, hogy te jobb vagy, mint egy pszichológus! Bár sokkal többe kerülsz – vigyorgott rá és már lendítette a labdát. Azt azonban jól érezte, hogy egy felhő továbbra is ott maradt és kellő árnyékot vetített: honnan olyan ismerős neki?

•

Kimberly izgatottan húzta magára a fürdőruhát és az imént elolvasott levélen járt az agya. Zorró hagyott neki megint üzenetet! Találkozni akar

37

vele, vacsorára hívta! A szemét, még próbálkozik! – dühöngött. De hogy is mehetne el ma este bárhova is, hogy ne keltsen feltűnést? Mit mondott, hogy mehetne? Miért is menne? Hiszen csapda! Egyáltalán elmenjen-e? Már ma? Mert azt írta, hogy minden este ott várja. Hogy nézne ki, hogy rögtön megjelenik? Hülyeség, nem megy el! – csapongott.

Leszaladt a lépcsőn és a medencéhez igyekezett. Mindenesetre előbb mártózik egy kicsit, aztán ráér tovább tipródni. Bárhogy is dönt, hétig még rengeteg ideje van! Kivágtatott a hátsó nyitott üvegajtón és egyenesen Elizabeth-tel találta magát szemben, ahogy egy napernyő alatt békésen olvasgatott. Hogy nem nézett ki az ablakon előre?

- Á! – üdvözölte hosszasan anyósa és letolta napszemüvegét, hogy alapos mustra alá vegye Kimberly alakját.

- Jó napot! – erőltetett némi mosolyt magára a lány és sietősen elhaladt mellette. Elizabeth tökéletesen nézett ki az egyrészes, aranyszínű dresszében és hozzá illő kendőjében. Kimberly rápillantott és nem tudta elhinni róla, hogy titokban iszik.

- Nocsak, megtisztel a jelenlétével? – kezdeményezett látszólag beszélgetést, de ismét az újságjába fordult. – Ribanc! – mondta elég hallhatóan. Kimberly elvörösödött a dühtől, de inkább nem válaszolt. Figyelmét a hűsítő vízre összpontosította.

- Davidet merre hagyta? – ejtette az újságot az ölébe, anélkül, hogy rá nézett volna.

- A klubba ment fallabdázni – elégítette ki a kíváncsiságát és megpróbált egy tempót úszni. Gyakorolnia kell.

- Szóval lerázta a fiam, már megint! – jegyezte meg epésen és ismét felemelte az újságot. – Nem tűnt még fel magának, hogy mennyire a terhünkre van, főleg neki? Miért nem megy már el? Mindnyájunknak jobb lenne! – mondta olyan hangszínnel, hogy Kimberly karján felállt a szőr.

Menekülj! Fuss el innen, hagyj itt mindent! – szólalt meg a belső hangja, aztán lecsillapodott. Nem hagyhatja győzni! Ha most innen elmegy, akkor az egyenlő a beismert vereséggel. És nem ebben állapodott meg magával, igenis itt marad még egy ideig! – szorította össze a száját és megcsappant élvezettel úszkált tovább a medencében.

Este pedig igenis bemegy a városba!

•

Kimberly izgatottan toporgott az étterem bejárata előtt és bekémlelt az ajtón. Vajon itt lehet? – morfondírozott és tovább nyújtogatta a nyakát.

- Segíthetek, hölgyem? – szólította meg a pincér és biztatóan ráhunyorgott.

- Én csak nem tudom, hogy be merjek-e menni – ismerte be a lány és félszegen elmosolyodott.

- Megnézzem, hogy itt van-e az illető? – állt rögtön a szolgálatára. Ha esetleg ad egy személyleírást én szívesen megnézem.

Kimberly elgondolkozott. Tulajdonképpen erre most mit mondjon, hogy nézze már meg legyen szíves, nem ül-e Zorró véletlenül az egyik asztalnál? De várjunk csak... hiszen nincs rajtam sem álarc, sem Hófehérke ruha, nem ismer fel engem! Én viszont tudom, hogy copfja van. Marha nagy segítség!

- Nem, köszönöm. De talán itt az ideje, hogy rászánjam magam – tökélte el magát és az ajtó felé lépett.

Ekkor váratlan dolog történt: egy fekete köpenyt látott elsuhanni maga mellett. Kimberly érdeklődve fordította arra a fejét és meglátta a maszk nélküli férfi profilját. Elhűlt benne a vér! De hiszen ez a férfi nagyon, de nagyon hasonlít Tomra, David barátjára. Csakis a testvére lehet! Szóval igaz, mégis igaz... Milyen piszkos játék folyik itt? – fogta menekülőre és hogy az illető ne vegye észre, gyorsan hátat fordított neki.

•

- Á, gondoltam hogy itt leszel – hallotta meg David a háta mögött Cecile ellenállhatatlan hangját és már fordult is felé.

- Mit csinálsz te itt? – nézett megbotránkozóan a nőre, aki mindösszesen egyetlen éppen eltakaró törölközőbe csavarva belépett mellé a férfizuhanyzóba. – Ne, még meglátnak! – tiltakozott, bár nagyon is ínyére volt a dolog.

- Ugyan, ez mióta érdekelt! – dobta le magáról a törölközőt és érzéki szemeivel a férfire nézett: - A legutóbb mintha félbehagytunk volna valamit – búgta és közelebb lépett hozzá. Davidnek a lélegzete is elakadt.

- David, melyikben vagy? – hallották meg Tommy hangját, ahogy bekopog az egyik, majd a másik kabinba.

- I-itt – préselte ki magából a szavakat és megpróbálta eltolni magától Cecilet. Ekkora őrültséget még ő sem képes elkövetni!

- Jó, jöttem ide a melletted lévőbe – kiáltotta Tommy és jól hallhatóan csukódott a szomszédos kabin. David intett Cecile-nek, hogy maradjon csöndben, bár kételkedett benne erősen, hogy ez így is lesz!

- Te David, milyen volt az a kis fekete? Az jutott eszembe, amelyik itt a múltkor úgy nézett. Biztos hülyeség, sok a fekete, csinos lány errefelé, de lehet, hogy követett.

David csuklott egyet és kétségbeesetten emelte az égre a tekintetét. Már csak ez hiányzott neki! Lopva mert csak a nőre nézni és nem lepődött meg, hogy paprikavörös színt öltött magára. David villámgyorsan kinyitotta a csapot, hogy megpróbálta eltompítani a most következőket.

- Szóval egy fekete! – lendült meg Cecile keze és hatalmas pofon csattant David arcán. Cecile kivágta az ajtót és hátrahagyva törölközőjét teljesen meztelenül indult neki a férfiöltözőnek.

- Te, mi volt ez? – kérdezte meg Tommy a szomszédból.

- Megcsúsztam! – lódított és fájdalmasan tapogatta meg az arcát. Ez biztosan meg fog látszani! Kérdés, hogy hihető lesz-e az a verzió, hogy a csempétől kapta.

•

Kimberly neszezésre és zörgésre ébredt és ijedten kapcsolta fel a lámpát.

- David, te részeg vagy! – üdvözölte a kissé tántorgó férfit és már szívta is volna vissza. Nem lett volna szabad provokálnia!

- Nem is vagyok részeg. Bár ittam, ez nem kétséges – felelte tökéletesen forgó nyelvvel David. Kimberly megkönnyebbült, hogy nincs elázva.

- Mi történt az arcoddal? – látta meg a férfi duzzadt baloldalát.

- Csak megcsúsztam a zuhanyzóban – válaszolta és a fürdő felé vette az irányt. – Új haj? – nézett a lányra meglepetten. Kimberly mukkanni sem bírt. Ha ezt észrevette, akkor vagy nagyon rossz lett, vagy tényleg nem ivott annyit. Vagy mindkettő.

- Merre jártál? – nézett rá szigorú tekintettel. És főként kivel? – követelte a választ.

- Csak nézelődtem, vásárolgattam – felelte ártatlanul.

- Hazudsz! – kiáltott rá David. Melyikkel voltál, Tommyval vagy azzal a Willel? Hm? – szorította meg a karját vérben forgó szemekkel.

- David, ez fáj! – rémült meg a lány. Mondtam, hogy egyedül voltam! – ismételte meg nyugodt hangon.

- Nem hiszek neked! Te is átversz, mint a többi! Biztosan van benned apád kalandozó véréből! – vágta a fejéhez.

- Hogy mi? Hogy merészeled az apámat sértegetni? – állt fel az ágyra, hogy a férfi fölé tornyosuljon.

- Ha-ha, pedig megér egy misét! Mindent képes volt feltenni egy kártyalapra! Eljátszotta a farmotokat, aztán a munkáját, majd a becsületét! Nem tudta abbahagyni, a vérében volt! Ahogy a tiédben is! – nézett fel a lányra. Kimberly elsápadt és reszketni kezdett. Hogy az ő apja nemcsak akkor kártyázott? Hogy előtte is? Hogy nem is a rossz időjárás vette el a farmot? – fogta be a két fülét és ordítani kezdett.

- Neeem! Ez nem lehet! Nem akarom hallani, nem akarok tudni róla! – borult el az agya. David csak nézte, ahogy a lány vergődik és nyelt egyet. Nagyon úgy nézett ki, hogy túllőtt a célon.

- Én sajnálom... azt hittem, hogy tudod... - karolta volna át, de Kimberly ellökte a kezét.

Hogy tehetted ezt velünk? Hogy voltál képes mindent elvenni tőlünk? Feltenni az életünket holmi lapokra! Gyűlöllek, David Wilson, gyűlöllek! És gyűlölöm a gyerekedet is! – ordította kikelve, majd ki akart rohanni a szobából. David engedte. Megsemmisülten nézett utána és csak azt látta, hogy a lány ájultan esik össze a szőnyegen.

XIX.

Cecile álmatlanul forgolódott az ágyban és már órák óta nem jött álom a szemére. Nyugtalanul fordult egy újabbat és nyitott szemmel bámult a sötét szobában. Gondolatai az élete körül forgolódtak. Mit ronthatott el, hogy senkinek nem kell? És neki miért olyanok kellenek, akiknek ő nem? Miért? Miért hagyta elszalasztani a szenátor keresztfiát ezért a szemétért? Miért pont David kell neki? Hiszen megnősült, megalázva ezzel, most meg már egy másik nőnek is csapja a szelet? És itt van ez a Will is, hát nem ugyanazt a nőt koslatja? És képes volt idejönni, hogy elpanaszolja, mennyire felültették! Láthatóan kiakadt, mintha még soha nem ültették volna fel. Helyes, legalább megkapta! Meg is érdemli, hogy a lány nem ment el a találkozóra, ezt legalább elismeri benne. Valamit tud, az biztos, hogy megszédítette ezt a két férfit. De mit tud, amit ő nem? Mi hiányzik őbelőle, miért nem kell ő senkinek? Hiszen mindene megvan: fiatal, szép és gazdag! A férfiakkal meg maximálisan készséges. Akkor meg miért nem képes bárkit is megszerezni? Férjhez akar menni, igen, férjhez, mindenáron! – fordult egy újabbat az ágyban. Majd ő megmutatja, hogy akkor is férjhez fog menni!

•

David türelmetlenül járkált a kórház folyosóján és az orvosra várt. Szíve szerint rágyújtott volna, de hát ezen a helyen nem lehetett. Millió gondolat cikázott a fejében, de legfőképp egy dolog aggasztotta: ha bármi baja történik a gyereknek, azt soha nem bocsátja meg magának! A gyerek, akivel nem törődött eddig, akinek a létezését nem vallotta be senkinek. Még önmagának sem hagyta felfogni. Itt a legfőbb ideje, hogy vállalja mindezt! Ha nem bünteti meg őt az ég. Hiszen mennyi gonoszságot követett el! Van-e egyáltalán joga azt kérni, hogy mentse meg a gyereket? Megérdemelné-e egyáltalán ezt? Megérdemli-e egyáltalán a lányt? Nem kéne inkább elengednie? Hiszen amióta csak betette a lábát a házukba, csak rossz éri. Ő is folyton bántja, pedig nincs is oka rá. Hiszen annyit tett

42

érte! És annyira, annyira ott van az életében. Muszáj lesz tisztáznia ezt a félreértést is, hiszen neki semmi köze nem volt ehhez az egészhez! Nem büntetheti azért, amit az apja elkövetett! Meg kell tudnia, hogy ehhez nincs köze! Pedig vigyáznia kellett volna rá! – szállta meg a férfit az eddig számára teljesen ismeretlen érzés: a bűntudat.

Az alkohol, már megint az az átkozott ital! Miért nem képes kontrolálnia magát? Hiszen már megint amiatt került bajba! Már megint! Itt van az esküvő, akkor is ez tehetett róla! Nem is, már korábban, a vihar napján is az tett keresztbe! Most meg ez is… ideje lenne, ha nem inna annyit!

- Doktor úr, hogy vannak? – esett neki egyből a kilépő orvosnak. Nem tartotta jó jelnek, hogy komor képet vág.

- Ön a hozzátartozója? – kérdezte meg az orvos hivatalos hangon.

- Igen, a férje vagyok! – mondta sebesen David. Kérem, ugye nincs baj? – nézett rá aggódva.

- Nos, erős stresszhatás érte. Benntartjuk egy napig megfigyelés alatt. Szerencsére nincs semmi komplikáció – jött a szokásos orvosi szakzsargonnal.

- A gyerek is jól van? – kérdezett rá David, nem értve az eddigiekből túl sok mindent, majd mélységesen megkönnyebbült az igen választól. – Kérem, bemehetnék hozzá egy kicsit?

- Nos, a hölgy nyomatékosan megkért, hogy ne engedjem be. Sajnálom – felelte az orvos. Ugye nem bántotta? – kérdezte meg őszintén.

- Csak veszekedtünk és… egy hülyeség miatt – tört meg David és kétségbeesetten nézett fel az orvosra. – Tényleg nem akar látni? – kérdezett vissza, hátha csak rosszul hallotta. Bár őszintén bevallva nem csodálkozott rajta.

- Nos, akkor tiszteletben tartom a döntését és nem zavarom – mondta csalódottan és lehajtotta a fejét. Késő re jár. Majd holnap bejövök hozzá. Kérem vigyázzanak rá! – mondta és elindult a kijárat felé.

Doktor Carpenter elmerengve ment tovább a folyosón. Szívén viselte a bántalmazott nők sorsát, de a férfi reakcióiból világossá vált számára, hogy itt szerencsére nem erről van szó.

●

Kimberly hamuszürke arccal ült a kórházi ágyon és gondolkozni próbált. Próbálta összerakni teljesen szétesett életét, ami nem volt könnyű. Üres tekintettel bámult ki az ablakon, de a szürkeségen kívül mást nem is látott. Még a napfelkelte előtti szürkület is lehangoló volt. Hogy tudná ezt megemészteni? Hogy is lehetne felfogni, hogy apja teljesen tönkretette az életüket? Egy világ omlott össze benne arra a hírre, hogy apja eljátszotta a farmjukat. Ez életük, ami teljesen tönkrement emiatt. Ó, milyen mélységesen megveti őt! Miért van az, hogy a férfiak ilyenekre képesek? Miért? És ő erről miért nem tudott? – tele volt miértekkel, amelyekre nem tudta a választ. És egy részükre már nem is kaphatja meg. De nem is akarja.

Valóban, tényleg hihet-e Davidnek, hogy nemcsak kitalálta az egészet? Hihet-e egyáltalán el neki bármit is? Hogy volt képes ilyet tenni? Hogy tudott ilyen tétekben egyáltalán játszani? Lehetséges volna, hogy ő találta ki azt is, hogy ő legyen a tét, a biztosíték is? A gyárnál? Képes-e ilyenre? Ennyire félreismerte volna? Tényleg? Hihet-e még egyáltalán neki? És miért? Miért? Miért?

•

David nyugtalanul közelítette meg a kórtermeket és némi rossz előérzete volt. Főként az aggasztotta, hogy nem is szokott előérzete lenni, az ilyesmi marhaságokat meghagyta mindig is a nőknek. Most viszont határozottan nyugtalanította valami.

Óvatosan, lassan nyitotta ki az ajtót és belesett a szobába. Csak remélni tudta, hogy a lánynak elég időt hagyott a gondolkozásra. Majdnem egy teljes napot. Ennyi idő alatt csak meg tudta emészteni mindazt, amit hallott. Az ágy felé sandított.

Kimberly felpolcolt párnahalmoknak dőlve, egykedvűen ücsörgött a takaró alatt és a legkisebb jelét sem mutatta annak, hogy indulásra készen lenne. Pedig az orvostól tudnia kéne, hogy délután érte jön! Mintha nem is itt lenne – nézte meg jobban David a lányt. Mintha egy másik dimenzióba lenne! Hiszen észre sem vette, hogy bejött! Tisztára úgy viselkedik megint, mint egy gyerek! Egy gyerek, akire ő nem vigyázott,

44

pedig ez lett volna a dolga! Igen, felelősséget vállalt érte és csúnyán, de nagyon csúnyán elbukott. Csak nem atyai érzések éledtek fel bennem? – hitetlenkedett.

- Kimberly – szólította meg a lányt, aki rá sem hederített, hanem elfordította a fejét tőle. Nem szólt semmit, csak karba tette a kezét. David előre megfogadta magában, hogy türelmes lesz, így fogta magát és letelepedett az ágyra. Ő bizony innen nem fog mozdulni egészen addig, amíg nem szól hozzá! – döntötte el és ő is karba tette a kezét.

Kimberly negyed órát őrlődött magában, majd csak rászánta magát arra, hogy megszólaljon:

- Nem akarlak többé látni! – mondta anélkül, hogy megmozdult volna. David nem válaszolt rögtön.

- Az egy kicsit nehezen fog menni – felelte és mozgolódni kezdett a helyén. Tudta, hogy nyugodtnak kell maradnia.

- Pedig én el akarok válni! – fordította meg a fejét a lány és Davidre nézett. Jól látta, hogy a férfi teljesen meghökken.

- Miért is? – kérdezte meg, miután nagyot nyelt. – Hiszen egészen jól megvoltunk, vagy nem?

Kimberly erre gunyorosan felnevetett:

- Ezt ugye te nem gondolod komolyan! – mondta szárazon.

- De igen! – felelte legnagyobb meglepetésére a férfi. – Nézd, valóban nem volt túl felhőtlen a kapcsolatunk, de szerintem egészen jó csapatot alkottunk!

- De hiszen a családod utál! Anyád folyton sérteget és csak arra vár, mikor tűnök már el végre. És neked is csak a terhedre vagyok! – ellenkezett a lány. Mindnyájunknak jobb lesz csak... - tette még hozzá.

David ezzel egyáltalán nem értett egyet, lelki szemei előtt ugyanis megjelent Mr. Alvarez képe, amint közli, hogy nincs feleség, nincs üzlet. Ezt pedig nem hagyhatja!

- Miért is? Kimberly, te nem mehetsz el! Hova mennél? – próbálta meggyőzni a lányt, elég gyenge kísérlettel.

- Az mindegy. Aláírok bármit, bármilyen szerződést. Nekem nem kell semmilyen pénz tőletek!

- Pokolba a pénzzel! – heveskedett David. - Nem mehetsz el és kész! Nem engedlek el! Gondolj a gyerekre! – mondta, nem zsarolásnak szánva.

Ha Kimberly most csak egy kicsit is figyelt volna David reakciójára, hangsúlyára, akkor sok mindenre választ kapott volna. Azonban az előbb elhangzott szavak elszálltak füle mellett és makacsul kitartott az elhatározása mellett. Ő elmegy. Elmeneküll!

- De én nem tudok együtt élni azzal, aki képes volt tönkretenni mindent!

Hogy én? – kapta fel a vizet David, de ismét nyugalomra is intette magát. Muszáj lesz nem kihoznia a sodrából a lányt, mert csak tovább ront a helyzeten. Így is nagyon úgy néz ki, hogy borotvaélen táncol. A lány nagyon elszánt! Nem létezik, hogy ne lenne képes meggyőzni, hogy maradjon. Pont ő ne lenne képes rá meggyőzni egy nőt?

Igen, te! Hiszen képes voltál feltenni kártyán a vagyonunkat!

- Én? Te meg honnan veszed ezt a képtelenséget! Én nem is kártyázom! – állt fel erre a vádra és kérte ki magának. A rulett meg a fogadás, az okés, de a kártya, azt ő soha nem szerette!

- Hiszen te mondtad hogy... hogy – akadt el a mondatban. Davidnek viszont végre leesett, hogy mit is akar ezzel a lány mondani.

- De hiszen az az apám volt!

•

Kimberly álmatlanul forgolódott az ágyban és folyamatosan járt az agya. Hol a szüleire gondolt. Arra a két emberre, akikről egyre többet tudott meg. Akiket egyáltalán nem ismert és akik őt sem ismerték. Mintha teljesen idegenek lettek volna egymás számára. Mintha az egész korábbi élete nem is lett volna. Mintha nem is ő lett volna, hanem valaki más... Hol meg Daviden töprengett. Egyszerűen már nem tudta, hogy mi valós és mi nem. Mégsem David volt! – visszhangzott az agyában a felmentő ítélet. De biztos? Nem mintha így nem lenne elég sok minden a rovásán, de ez akkor is alapos enyhítő körülmény. Egyértelmű, hogy kizárólag csak emiatt volt hajlandó mégiscsak letenni a szándékáról. Átmenetileg. És ezt meg is mondta neki! Hiszen mihez is tudna kezdeni? Muszáj lesz mindent alaposan végiggondolnia! Bárcsak ne lett volna megint olyan gyanúsan kedves vele David. Nem, nem szabad ellágyulnia! Egy kicsit sem! Hiszen a szemébe vágta, hogy gyűlöli és ez nem is változott! Jaj, ha ez így megy tovább, be fog csavarodni! – fordult egy újabbat az ágyban. Miért nem volt képes elmenni?

A szomszéd szobában David is nyugtalanul forgolódik és a helyét keresi. Mi a fenét csináljon most? – tépelődött David és fordult egyet. Már az is nagy lépés volt tőle, hogy Kimberlyt nem haza vitte, hanem a legénylakására. Úgy, ahogy a múltkor is, amikor távoztak a kórházból. Oda, ahol minden rossz elkezdődött, oda, ahol azt a képtelen házassági ötletet is kitalálta! Jó lesz, ha most is előrukkol valami fergetegessel, mert ez így nem mehet tovább! Távol a szüleitől talán többre lesz képes. Hmm... ha a lány ilyen labilis, akkor alaposan veszélyben van a jövője az üzleti életben. Pedig erre épített, erre tett fel mindent. Ezért vállalta be ezt a kínszenvedést, hogy megmutassa apjának, hogy lekörözze. Várjunk csak, kínszenvedést mondott volna? Tényleg annyira szenvedne?

Kimberly egy újabb forduló után felült, hogy megigazgassa a párnáját. Teljesen lelapult és így biztosan nem fogok tudni elaludni - motyogott. Nem mintha az a veszély fenyegetne – ült fel az ágyban és szórakozottan bekapcsolta a távirányítót. Bömbölő zene töltötte meg a szobát, mire Kimberly ijedtében elejtette a kapcsolót.

•

- Mi az, mi van? – rontott be David a szobájába és felkapcsolta a villanyt. A lány addigra már négykézláb ereszkedve próbálta kitapogatni az irányítót, kevés sikerrel. David felkapta a távkapcsolót és kinyomta a készüléken a hangot.
- Csak nem tudtam aludni és bekapcsoltam és... - harapta el a mondatot, meglátva, hogy a férfin csak egy alsónadrág van. Az ajkába harapott és elkapta róla a tekintetét. Már régen kavarta fel ennyire bármi is. És az is pont hozzá kapcsolódott! – bosszankodott. Kimberly, te gyűlölöd ezt a férfit, mi ez a marhaság? Mik ezek a felkavaró gondolatok? Tessék elfelejteni! Tudod, hogy csak újabb fájdalmat okozna!
- Semmi gond – adta át David az aprócska tárgyat és zavartan topogott előtte. Rápislogott. Hogy is mondhatná meg neki, hogy nagyon is ingerlő

az ő egyik ingjében? Főként így, hogy a felső gombolás hiányában félrecsúszott és elővillanó melltartópántja csábító látványt nyújt. Nem beszélve a lábairól... - fordult el David. Mégsem ugorhat rá, hiszen most hozta haza a kórházból! Nem beszélve arról, hogy megmondta neki, hogy gyűlöli őt. Egy nő, akinek ő nem kell semmilyen formában sem. De vajon ugyanezt mondaná, ha hozzáérne? Nem, nem kényszerítheti rá magát! Odáig nem fog ereszkedni! A legjobb, ha nagy ívben elkerüli és nem szenveszti magát. Neki úgysem kell. – Egy teát? – kerülte máris el a lányt.

- Az jól esne – helyeselt Kimberly és elpirult. Most vette észre, hogy a ruhadarab nem a megfelelő helyen állt rajta és zavarodottan húzgálni kezdte. Arra viszont nem gondolt, hogy a felemelt kezének köszönhetően már az egész combja is elővillant. David ekkor jött rá, hogy a lány női praktikák terén teljességgel tapasztalatlan, nem beszélve arról, hogy mindez milyen hatással van egy férfira. De nagyon ígéretes jövő áll előtte!

·

- Szóval te sem tudsz aludni – törte meg a csendet David és a forró teáját fújogatta. Nem volt éppen a legépületesebb belépő, de mit is tudott volna mondani így hajnali fél három táján? És hogy jutott eszébe a forró tea, amikor különben is tombol a hőség még éjszaka is? – indult el a mélyhűtő felé, hogy egy vödör jégkockát előszedjen. A jeges tea sokkal jobban hangzik, nem beszélve arról, hogy alapból ráfér egy adag hűtés, ha még idén szeretné elfogyasztani.

- Gondolkoztam... - felelte ábrándozva a lány és elmerülten beleivott a forró lébe. – Au! – kapott a szájához. Alaposan megégette!

- Tegyél rá jeget – nyújtott David feléje egy jégkockát. A kis mafla, tényleg meg lehet zavarodva! – gondolta magában, miközben hanyagul a teájába dobálta egymás után a jégdarabokat. Figyelte, ahogy sisteregve egy szempillantás alatt váltak az enyészetévé. Oldalra sandított, de a látvány megragadta a figyelmét és szinte felnyögött: ahogy Kimberly pirosan égő ajkára szorította a jeget, az minden volt, csak nem nem felkavaró! Davidnek igencsak kényszerítenie kellett magát, hogy ne nézze tovább.

48

- Te miért laksz még mindig a szüleiddel egy házban? – kérdezte meg tök váratlanul a lány.

- Mi? – kérdezett vissza bután David. Mi ez az újabb gyerekes... - gondolatát azonban nem tudta befejezni, mert merőben más irányba fordult. Kimberly kezéből ugyanis a kicsúszó jégkocka az ingébe landolt. A lány azonban csak felkacagott a hideget megérezve, majd zavartalanul nyúlt bele a vödörbe és mintha ez lenne a legtermészetesebb dolog, egy másik kockát helyezett a szájára.

- Hát mert már ideje lenne elszakadnod, nem? – csacsogta tovább, nem is nézve a férfira. - Szerintem egy csomó konfliktust megspórolhatnál és a szüleid sem kezelnének úgy, mint egy gyereket – bölcselkedett a lány, fogalma sem lévén izgató viselkedéséről. David azonban csak arra tudott összpontosítani, hogy erősen kapaszkodjon az asztalba. Mert biztos volt benne, hogy ha elengedné, akkor egy szempillantás alatt az előbbi jégkocka nyomába eredne.

•

Ismét egy forró nap virradt fel, de kevesen várták ezt a napot annyira, mint egy nyugtalan férfi. Már hajnalban fenn volt és egyesével számolta a perceket, ami még hátra volt nyolc óráig. Nyolcig, addig a pillanatig, amikor végre ismét szabad lesz! Végre megkötések nélkül oda mehet, ahova akar, azt teheti, amit csak akar. Csak egy hétig nem szabad zűrbe keverednie. De ide nem fog visszajönni, az biztos, ennyi bőségesen elég volt ebből a szörnyű helyből! Persze, hogy megbánta, amit tett, hogy is ne bánta volna. Hiszen a nap minden egyes percében keményen szembe kellett néznie ezzel. De ma, ma új nap virrad, ma itt az ideje, hogy mindent újra kezdjen!

- Anthony Ford! Ide! – hallotta meg a kemény őr hangját. Ó, hányszor de hányszor érzett rá kísértést, hogy megropogtassa a csontjait, hogy visszaadja neki mindazt a megaláztatást, amit el kellett viselnie. De összeszorította a száját és befogta. Tudta, hogy a jó magaviselettel hónapokat spórolhat.

- Igen! – lépett a rács mellé és élvezettel nézte, ahogy az ajtó kinyílik. Most utoljára! Mosolyogva ment végig a folyosón és nem nézett se jobbra, se balra. Nem érdekelte semmi, amit itt hátrahagyott. Ezt az időt örökre ki fogja törölni az emlékezetéből!

- Itt írja alá! – toltak elé különböző papírokat, majd visszakapta az iratait és némi pénzt. Visszaadták neki az életét!

- Van hova mennie? – kérdezte meg a másik őr, mire Anthony bólintott.

- Igen. Itt az ideje, hogy meglátogassam a családomat – mosolygott vissza. Van egy kis elszámolnivalóm velük – tette hozzá magában, majd élvezettel lépett ki a rács nélküli napfényre. Igen, végre, újra szabad!

•

Pár nappal később David délelőtt az irodájában ült és a munkájába próbált összpontosítani – kevés sikerrel. Ez nem lehet igaz, hogy folyton elkalandoznak a gondolataim és képtelen vagyok bármi másra gondolni! Folyton a lány jár az agyamban, hogy mit csinál, mit nem csinál. És a múltkori esti jelenet... még jó, hogy azóta nem ismétlődött meg... a felkavaró közelsége. David! – szólt rá magára. Ó, hogy mennyire ki van éhezve, ez már szinte elviselhetetlen! Egy iratot vett a kezébe, de a betűk összefolytak a szemei előtt. Pedig alaposan figyelnie kéne! – csapta le a papírt és felpattant a székről. Idegesen kezdett járkálásba az iroda közepén és ezerrel járt az agya. Mi a fene bajom van? – tette fel a kérdést magának, de nem jött rá az oly egyszerű válaszra.

Kimberlynek tényleg igaza volt és mégsem mondott olyan butaságot. Jó külön lakni! Tényleg itt lenne a legfőbb ideje, hogy teljesen kiszakadjon a családi házból, a jól megszokott helyről, kényelemből és új életet kezdjen? Tényleg ilyen egyszerű lenne? Hiszen az igaz, hogy azóta nem mentek haza és milyen jól elvoltak. Mármint mintha sokkal nyugodtabb volt bizonyos értelemben – a másikban meg sokkal nyugtalanabb, de ez ott is így lenne. Egyszerűen nem mer lépni. Én, David Wilson félek az elutasítástól! – beszélt önmagával. Nem, azt nem tudnám elviselni! Őt még senki nem utasította el!

Csudába! – bámult rá az egyik szerződés utolsó oldalán üresen tátongó vonalra. Ezt pedig apjának is alá kell írnia, méghozzá azonnal! Nem lehet ennyire szétszórt és figyelmetlen! Ráadásul egy olyan iratról van szó, amelyik meglehetősen bizalmas, ezt egy futárra semmiképp sem bízhatja. Neki személyesen kell elmennie a központi irodába, nem várhat vele még egy napot! De talán nem is olyan nagy baj, hogy elmegy egy kicsit és kiszellőztcti a fejét. A vezetés mindig is megnyugtatta! – szólt oda titkárnőjének, hogy elmegy egy órára. Gyorsan megjárja az utat, fel sem fog tűnni senkinek, hogy nem lesz benn egy kicsit – ugrott be az autójába és már ki is lőtt a parkolóból. Távozásának csak egyetlen néma szemtanúja volt, aki elégedetten osont be a hátsó ajtón terepszemlét tartani, gonosz tervet forgatva magában.

·

David lendülettel lépett be az óriási irodaházba és anélkül, hogy körülnézett volna, máris a lift felé vette az irányt. Káromkodva csapott egyet az éppen bezáródó ajtóra és szíve szerint egy csúnyát be is intett volna annak a férfinak, aki nem volt képes megfogni az ajtót, hogy őt is megvárja. David utálta a felesleges holtidőket, amely a várakozásra megy el. Hiszen itt értékes másodpercekről van szó! – dobolt türelmetlenül a falon, majd a másik lift hívógombját is megnyomta. Az egyik csak előbb fog érkezi – állt a két ajtó közé. Nem bírt magával mit kezdeni. A liftút alatt is folyamatosan dobolt a falon és meg sem várta, hogy az ajtó teljesen szétnyíljon, szinte kipattant a résen.

Csak egy ellenállhatatlan mosolyt küldött Joan felé és mielőtt a nő tiltakozhatott volna, hogy Johnnál vannak és tárgyal, David már le is nyomta a kilincset és tágra nyitotta az ajtót. A bent látottaktól azonban földbe gyökerezett a lába.

·

Kimberly láblógatva ült a titkársági váró egyik székén és egy szívószál segítségével kortyolgatta a hideg üdítőjét. Ebben a melegben nem képes senki dolgozni, pláne levelet írni. Teljes az uborkaszezon és nem is tud mit tenni. Unatkozik! Ebben pedig az a legrosszabb, hogy így rengeteg ideje van a gondolkozásra. És folyton csak a férfi viselkedésén tépelődik. Fogalma sincs róla, hogy mit is érez iránta valójában, annyira zavaros minden. Pár napja még azt vágta a szemébe, hogy gyűlöli és most mégis még mindig vele van. De miért is? Arról nem is beszélve, hogy a közelsége a múltkor úgy felkavarta, hogy ez teljesen összezavarta. Mi van vele? Miért nem ment már el? Biztos hogy csak azért, mert nincs máshova mennie? – ráncolta a homlokát oly módon, hogy az Marynek is feltűnt.

- Kimberly? Hol jársz ilyen messze? – hallotta meg a nő kérdését.

- Hát csak Daviden járt az eszem – ismerte be őszintén. Mary sokat sejtetően elmosolyodott. Vajon miért nincs meglepve ezen? Hol is járhatna az agya! Hiszen Davidet is rajta kapta már nem egyszer elmerengeni. Érdekes egy pár...

- És mire gondoltál? – próbált puhatolódzni. Ha jól sejti, Kimberlynek nincs kebelbarátnője, akinek kiöntheti a szívét. Egy ismerős, aki segíthet neki, tanácsokat adhat.

- Hát... kérdezhetek valamit? Izé... szóval... a te férjed szokott hazudni?

- Hát persze aranyom! Minden férfi hazudik! – mondta nevetve. - Na persze ezek szerintük kegyes hazugságok meg ártatlan füllentések és fogalmuk sincsen arról, hogy ezzel mennyire meg tudnak bántani egy nőt – kezdett volna egy hosszú eszmefuttatásba, de visszafogta magát. Jobb, ha hagyja most őt beszélni. – Mi történt? Ha akarod, nekem elmondhatod! Ígérem, lakatot teszek a számra – tette keresztbe a szája előtt a két mutatóujját. – Tudom, hogy ez nehezen hihető, hiszen közismert, hogy milyen pletykás vagyok és megértem, ha nem hiszel nekem, de... de az ilyen ügyekben maximálisan lojális vagyok – nézett várakozón a lányra. Kimberly egy mosollyal nyugtázta a parádés kiselőadást, majd elkomorodott.

- Szerintem megcsal – ejtette ki a szavakat, melyek kimondva komoly fájdalmat okoztak.

- Hogy mi? – esett le az álla Marynek és felpattant a székéből. Kisanyám, ne butáskodj! Hiszen mióta is vagytok házasok? Öt hete? Biztosan félreértettél valamit! Hiszen David olyan szemekkel bámul rád!

- Tényleg? – lepődött meg Kimberly és elpirult. - De... megkarmolták...

- És? Hol? Rákérdeztél? – esett neki egyből.

- Nem de... butaság... én... a mellkasán és... - hebegte Kimberly és egyre vörösebb lett.

- Kérdezhetek valamit? De nem fogsz megsértődni, ugye? Szóval úgy tudtam – természetesen a pletykalapokból meg minden – hogy volt neki egy barátnője.

- Cecile – présclte ki magából a szavakat és mardosó féltékenység szállta meg. Mary meglátta a felvillanó lángnyelveket. Ez jó jel!

- Igen. Veszélyes egy perszóna. Szóval nem gondolod hogy az ő mesterkedése? Holmi bosszú vagy ilyesmi? Hogy megbántson és elbizonytalanítson? Mit mondtál, hogy a mellkasán? Nem a hátán?

- Nem. Miért?

- Ó kicsim, te annyira naiv vagy, nem is értem. Ott nem szoktak karmolni és... Jó, a férfiaknak vannak igényeik, nem is kicsik – ugye érted – sandított a lányra, de ez nem azt jelenti, hogy máris – zavarodott ő is bele a mondandójába.

- Igények? – kérdezett vissza Kimberly. Mennyi? – tette hozzá. Mary hatalmasat sóhajtott és szorosan Kimberly mellé ült, majd átkarolta. Ezt nem hiszi el!

- Nos, kedvesem, ugye minden rendben van nálatok a hálószobában? – kérdezte meg bizalmaskodva.

•

A szobában csak ketten álltak: egy férfi és egy nő. David nagyon is jól ismerte mind a kettőt, de az, hogy ők ennyire jól ismerik egymást, az eddig nem volt bizonyított. A látottak alapján azonban sokkal többről volt szó, mint amit David valaha is feltételezett volna! Apja ugyanis teljesen félreérthetetlen módon szorosan magához ölelte Laurát!

Davidben volt annyi lélekjelenlét, hogy kiugorjon a szobából. Csak egy árnyalatnyi hezitálás után úgy döntött, hogy mégsem szólal meg. Jobb, ha nem tudnak arról, hogy ő látta őket.

De ezt meg kell emésztenie – lépett be a saját irodájába és lerogyott az első útjába eső székre. Ez meredek, nagyon meredek. Képes volt az apja az egyik íncsiklandozó nőjét rászabadítania? Mit akar elérni? Mi a fene folyik itt a háttérben? – morfondírozott.

•

- Ez igazán nem tartozik rád! – pattant fel Kimberly a székből és elutasítóan lépett pár lépést, majd háttal állt meg. – Túl indiszkrét! – tette hozzá.

- Nézd, én nem akarok a részletekről tudni. Csak hogy... olyan feszült most és... elcsábítottad már? – próbált finoman fogalmazni. Volt ugyanis egy olyan érzése, hogy nem egészen stimmel valami.

- Ez... én... mióta megtudta... kiderült a gyerek ő nem... - ha csak szaggatottan és összefüggéstelenül is, de kitört belőle. Végül is tényleg ez az igazság! És biztos volt benne, hogy az ő hibája, de fogalma sem volt róla, hogy mit tegyen. Szörnyen zavarban érezte magát. Mary csodálkozva emelte a tekintetét a lányra.

- Te gyereket vársz? – mondta elhűlve és ráemelte a tekintetét. Hiszen ez csodálatos! – vigyorodott el. - Ez meglepő és... és gyors és gratulálok! Én nem is gondoltam volna! – Anya leszel és - nyögdöste.

- Kimberly megrémült: hogy árulhatta el pont neki? Ha ezt David megtudja! Ha ezt bárki megtudja!

- Kérlek, kérlek ez még titok! Senki nem tud még róla! – mondta riadtan.

- Nem mondom senkinek, megígérem! – nézett rá furcsa, fürkésző tekintettel, melyet Kimberly nem is tudott állni. És az a hamiskás mosoly ott a szája szélén. Tényleg bízhat benne? Hiszen alaposan megrendült a bizalma az emberekben. Főképp egyben. Kettőben. Többen is – nőtt egyre a lista.

- Te, ugye te örülsz neki? – nézett egyenesen a szemébe Mary, elűzve Kimberly rossz gondolatait.

- Persze – mosolygott el angyali módon a lány. Ennyi elég is volt Mary számára.

- És David persze nem – komorult el a nő. Bosszús volt, nem? Túl korainak tartotta? Azt mondta, hogy nem ebben egyeztünk meg, meg hogy elárultad? – jöttek elő az ő sérelmei. Kimberly viszont meghökkenve nézett rá:

- Nem, egyáltalán nem! – sietett is a válasszal, nehogy hozzátegye, hogy emiatt vette el. Ami végül is szép gesztus volt, még ha talán részben, de fedte a valóságot.

54

- Akkor végképp nem értem – merengett el Mary. David egyáltalán nem mutatta ebből a tekintetből a tipikus férfivonásokat. Pedig nem is nézte volna ki belőle. - Hmm... a férfiakat nehéz kiismerni, belelátni a fejükbe. – szólalt megfontoltan. - De talán... George, a férjem, több hétbe telt neki, nem, talán még többe is, amíg felfogta, megemésztette a gyerek dolgot. És... és egy olyan macsónak, mind amilyen David is, ez biztosan még hosszabb. Kimberly, adjál neki időt! A férfiaknak ez mindig sokkal nehezebb! Ne erőltess semmit, hagyd, hogy ő kezdeményezzen. Légy türelemmel, kismama! – adta somolyogva a jó tanácsot Mary.

•

David órákkal később az irodaszékben ülve a fejleményeken morfondírozott. Legalább anyja módszere egyértelmű volt Kimberly irányába, na de apjáé? Ezt a csavart, hogy rajta keresztül akar bármit is elérni? Nagyon ravasz, nagyon, de most ő került fölénybe! Kész szerencse, hogy megtudta... nem mintha az a nő túlzott fenyegetést jelentett volna a számára. Szép volt, na ez igaz, csinoska, de valahogy... valahogy nem indította be nála azt a bizonyos vadászösztönt. Van az úgy... van hogy egy szoknya látványa nem bolondítja el teljesen. Volt ilyen már máskor is, hogy nem akart egy nőt megszerezni... David, mikor volt ilyen? – mondott ellent saját magának. Hiszen melyik nő nem jelentett számára kihívást? Melyik megrebbenő szempilla nem hatott rá vonzóan több kilométer távolságból is?

A telefon csörgése riasztotta ki belső viaskodásából, megmentve a válaszadástól önmaga számára.

- Uram, Miss Bertran van itt – szólt bele Mary a készülékbe. David érzékeny füle kihallotta a nő hangjából a szemrehányást. Már akkor is olyan furcsán nézett rá, amikor visszajött, olyan rejtett mosollyal. Most meg itt ítélkezik?

- Kicsoda? – kérdezett vissza értetlenkedve. Nem tűnt ismerősnek számára a név.

- A lakberendező – világosította fel Mary. – Anyagmintákat hozott – tette még hozzá fontoskodva. David habozott.

- Mary, szóljon kérem Kimberlynek, hogy várom – adta ki az utasítást David, majd levágta a telefont. Itt az ideje, hogy kicserélje ezt a vackot. Utálja állandóan emelgetni ezt a készüléket is.

•

Bár Laura csak pár nappal ezelőtt találkozott Daviddel, mégis szentül meg volt győződve arról, hogy valami történt a férfival. Hiszen csak futólag nézett fel rá és meg sem bámulta! Pedig mennyit öltözött ma reggel is, hogy jól nézzen ki! – csalódott egy kicsit Laura, annál is inkább, hogy hamar rájött: a férfi le akarja pattintani őt. Vajon mit rontott el? – tanakodott. Vagy az is lehet, hogy rájött valamire? – esett volna már kétségbe. Nem, az biztosan nem lehet, mert akkor már elmondta volna. Ismeri annyira, hogy ha tudná, kicsoda, nem így reagálna rá! De akkor meg mi lehet vele? Pedig minden olyan jól ment és itt lehetett a közelében, most meg nagyon úgy néz ki, hogy a továbbiakban nem is fog vele találkozni! Egyszerűen képes volt azt mondani neki, hogy erre nem ér rá! – húzta fel egyre jobban magát Laura. Ki kell találjon valamit, hogy ismét a férfi közelébe tudjon férkőzni! És főként úgy, hogy ez a lány ne legyen ott. Meg tudná fojtani, amiért így néz rá David. Ilyen furcsán...

•

Kimberly értetlenül nézett hol Davidre, hol a szobában ülő nőre és csak nehezen akarta felfogni, hogy David mire is kérte meg. Még hogy ő válasszon anyagot a kárpitmintából, meg a színskáláról David szobájába? Hiszen ez az ő szobája, mit szóljon bele? Vagy ez is csak valami újabb csel? – bámulta a férfi arcát, de az kifürkészhetetlen volt. Miért nem képes érzelmeket tükrözni? – bosszankodott és a hölgy társaságában távozott.

Kimberly csak akkor nézte meg jobban a nőt, amikor leült vele szembe, hogy átnézze a vaskos könyvet. Csodálkozva állapította meg, hogy milyen szép! Mellette szürke kisegérnek érezte magát. Fekete haj, fekete szemek, sudár alkat. És van a nézésében valami... valami zavaró. Kimberly szíve egy másodpercre összeszorult. Ez a nő túlságosan is vonzó és minden

56

bizonnyal minden férfi így gondolja. Még Davidnek is látnia kell ezt, főleg neki! De akkor vajon miért akart ilyen gyorsan megszabadulni tőle? – állt értetlenül az okok előtt, még kevésbé értve bármit is. Nem is hallotta, ahogy Laura beszélt hozzá, egyre csak bámulta. Aztán hirtelen bevillant valami: látta már ezt a nőt! Ismerősnek tűnt neki! De honnan?

•

Laura igyekezte leplezni fürkésző tekintetét, de nem tudott ellenállni annak, hogy ne tanulmányozza áthatóbban Kimberlyt. Egészen közelről. Szép lány, azt el kell ismerni, de annyira semmi extra. Mondjuk a szeme, igen, a szemében van valami érdekes, megragadó, de ez kevés. Kell lenni itt valami másnak, ami miatt David elvette! De mi lehet az? Meg lehet-e fogni Davidet olyan tulajdonságokkal, mint a belső értékek? Kedvesség, engedelmesség? Valaminek kellett lennie, különben nem bízná rá az irodája színét. Egy férfi – a feleségére! Egy ilyen példánya a nemének, egy olyan hím, mint David!

- Tényleg van olyan, aki ilyen mintát kér? – hallotta meg a lány őszinte kérdését és ránézve a sárga alapon piros csíkokra, elmosolyodott.
- Igen. Ez tipikusan a lázadó tini korosztálynak az egyik kedvenc mintája! El se tudná képzelni, milyen sok megrendelés van ebből! – adott kielégítő választ és tovább figyelte a lányt. Tartotta a távolságot vele szemben, hiszen miért is kéne kedvelnie? Nincs rá oka, nagyon nincs!
Kimberly nem siette el a lapozást és a választást és ez tetszett Laurának. Nem úgy állt hozzá, hogy gyors és felületes munkát végez. Ha már egyszer ott van előtte egy ilyen könyvecske, akkor bizony minden egyes oldalt át akart lapozni.
- Hú! – fejezte ki őszinte csodálkozását a következő oldalt meglátva és a lelkesedés az arcára volt írva. – Szabad? – kérdezte meg, majd az engedélyre óvatosan megérintette a piros bársonyt. – Isteni a tapintása – mondta ábrándozva.
Laura nem volt hozzászokva ilyen megnyilvánulásokhoz és elnéző mosollyal nézte e gyerekes lelkesedést. Mert az volt, egyértelműen! Figyelte, ahogy a lány vonásai teljesen megváltoztak és szinte kivirágzott.

Olyan bájos és megragadó volt ez a szokatlan viselkedés és mégis, olyan jóleső. Hogy még vannak olyanok, akik meglátják ebben az egyszerű és apró darabban is a szépséget. Mert biztos volt abban, hogy Kimberly ábrándozó tekintete előtt egy hatalmas függöny jelenik meg. Ebben a pillanatban rájött, hogy mi lehetett az a plussz, ami megfoghatta Davidet. Ez az ártatlanság. Hát ezért nem tudott rá annyira haragudni, ezért volt szimpatikus neki! Biztos volt benne, hogy ez a lány semmivel nem buzdította fel az álarcosbálon megismert, őt zaklató férfiakat. Sőt, meg volt győződve arról, hogy pont ez a naivitás lehetett olyan vonzó azon férfiak számára is. De lehetséges ez? Van-e még ilyen nő? Nem csak álca? – bizonytalanodott el rögtön.

- Nos, itt az ideje, hogy hasznosítsam magam, elég a nézelődésből! – szólalt meg teljesen váratlanul Kimberly. – Mit mondott David, milyen színekben gondolkodik? – szegezte tekintetét Laurára. Ebben a pillanatban leesett, hogy hol látta a nőt! Ó, hát hogy a fenébe nem jött rá eddig? Laura nagyon, de nagyon emlékeztette David húgára! Hát persze! Nyilvánvaló ez a magyarázat arra, hogy miért nem bírt David együtt dolgozni vele! – jött rá az észszerűnek tűnő magyarázatra. De biztos, hogy csak ennyiről van szó? – méregette továbbra is bizalmatlanul a nőt. Valami akkor sem tetszett neki benne.

•

Elizabeth elégedett mosollyal rogyott le a hűvös nappaliban és gondos mozdulatokkal törölte meg izzadó homlokát. Egészen elfáradt a sok beszédben és egyeztetésben és ezt most itt az ideje, hogy kipihenje. Nyugtalanította, hogy az elmúlt napokban egyetlen fiacskája mintha elköltözött volna tőlük és ez nagyon rosszul esett neki. Az a szuka csak elérte, hogy kikerüljön a szeme elől! Muszáj volt végre kieszelnie valamit. Egy zseniális tervet, amellyel több legyet is üt egy csapásra! Nemcsak hogy a fiacskája fog visszaköltözni hozzájuk, hogy kellő felügyelet alatt legyen, hanem végre az a perszóna is eltűnik az életükből örökre! A nagy terv végre megszületett és itt az ideje, hogy kivitelezésre is kerüljön. Csak előbb még kifújja magát, aztán már akcióba is léphet. Az ő zseniális terve! Ilyen másnak biztosan nem jutott volna az eszébe! Muszáj lesz megjutalmaznia egy kicsit magát. Csak egy kicsit. Egyetlen korty még nem árthat – indult meg férje italszekrénye felé.

•

Laura vegyes érzésekkel lépett ki az autógyárból és a megszerzett információkat igyekezet összegezni magában. Több dolog is volt, ami nem tetszett neki és felettébb zavarta. Az ellentmondások, amikkel nem tudott mit kezdeni. Egyáltalán nem érdekelte a reá váró rutinfeladat, David feleségének kérdése viszont annál inkább. - Na akkor – ült be a volán mögé és szusszant egyet. Mit is tudok? David családja utálja a lányt, barátai kikezdenének vele, kollégái viszont tisztelik. És David? Ő a jelek szerint mellette áll és nagyon is oda van érte! Akkor most mi van? Mi is az igazság? Ennyi arca nem lehet senkinek, még egy nőnek sem! Melyik oldalnak hihet és melyiknek akar egyáltalán hinni? Elbeszélgetve a lánnyal ugyanis vagy egy nagyon rafinált nőről van szó, vagy egy nagyon naivról és ártatlanról. Már csak azt kell kideríteni, hogy melyik. Mert ha az előbbi, akkor semmiképp nem hagyhatja, hogy David a hálójában maradjon! Hmm... itt az ideje, hogy körülnézzek az otthonukban – azzal elindította az autót.

•

- Tessék, David – szólt bele az aprócska készülékbe a férfi. Meghallva Rose asszony hangját azonnal nyugtalanság fogta el. – Hogy mi? – állt fel a székéből és zavartan a fejéhez emelte a szabad kezét. – És hogy van? Orvos már látta? – kiáltotta bele a telefonba, majd megenyhülten lerogyott a székére. – Igen, ühüm, rendben – mondta még a telefonba, majd kikapcsolta a készüléket és az asztalra dobta.

Anyja rosszul lett – futott át az agyán és elgondolkozott a következményeken. Szerencsére nem komoly és az orvos is csak pár napos nyugalmat rendelt el neki, de akkor is, illik megnéznie személyesen is. Biztosan megint ivott – jutott a szokásos következtetésre. Vagy éppen nem ivott és az volt a baj – egészítette ki. Más variáció nem nagyon jött szóba. Ez most tényleg nem hiányzott neki! – bosszankodott és a telefonjáért nyúlt.

- Kimberly? – szólt bele. – Igen, itt David. Csak szólok, hogy munka után hazanézünk. Anyám rosszul lett és illik... nem, szerencsére semmi komoly, de meg kéne látogassuk, jó? Így készülj – adta ki az utasítást és letette a telefont.

A legkisebb sejtése sem volt arról, hogy eközben Elizabeth teljesen egészségesen egy takaró alatt fekszik és hajlandó elviselni a rekkenő hőséget és az idegesítő gondoskodást. A lényeget biztosan elérte: David ide fog jönni! És ha már itt lesz, akkor nem engedi elmenni!

•

Elizabeth tökéletes színészi alakításra készült, ezért kellőképpen berendezte a szobát. Volt az ágya mellett minden: kis tálcában érintetlenül hagyott enni és innivaló, egy halom gyógyszeres doboz és üvegcse, használt és félig használt zsebkendő, vizes borogatás, ágytakaró, lázmérő – minden, ami egy nagybeteg közelébe elengedhetetlen. Mesteri látszatot akart kelteni és a belépő fia arcát meglátva ez elég jól sikerült: David szokásától eltérően érzelgősen az ágya mellé rohant és aggódva fogta meg a kezét.

- Anya, te tényleg beteg vagy! – Mit mondott az orvos pontosan, tőled akarom hallani!

- Jaj, kisfiam, én annyira de annyira odavagyok! Az orvos nem tudta megmondani mi a baj, de én érzem, hogy közel a vég – játszotta a halálán lévőt, ezzel csak még jobban megijesztve fiát. Tudta, hogy halálsápadt és remeg a keze De pontosan ez volt a célja! Esze ágában nem volt még elpatkolnia, csak szerette volna érzékeltetni ennek az esélyét.

- De anya, ha ez így van, akkor máris bevitetlek a kórházba! Olyan nincs, hogy ne tudnának veled mit kezdeni! – nyúlt máris a telefon után.

- Ne, kérlek fiam, nem akarok oda bemenni, hiszen úgysem tudnának mit kezdeni velem. Inkább maradj itt a közelemben, az megnyugtat!

- Rendben, itt leszek anya – szorította meg a vékony kis kezet és bíztatóan ráhunyorgott. – A kedvedért itt maradunk.

Elizabeth a félsiker örömére egy halovány mosolyt megengedett magának és már rá is tért a terv második felére.

- Lenne még teendőm is – próbált meg felülni az ágyban, közben szándékosan nyöszörgött, kifejezve tehetetlenségét.

- Nem, ne mozdulj! Tessék csak pihenni! Nincs semmi olyan fontos, amit ne tudnánk helyetted elvégezni.

- Ne... ez az én dolgom lenne – mondta szándékosan nem túl meggyőzően.

Micsoda? – kíváncsiskodott David.

- A szombati kerti parti – mondta elhaló hangon és lopva a fiára nézett. David meghökkent.

- Lemondjuk – jelentette ki határozottan.

- Ne, azt tényleg nem kell – fogta le a kezét és rátért a lényegre: végül is nincs már olyan sok munka. Csak a levezénylés. Esetleg idehívhatnám Cecile-t, hogy segítsen. Neki ez a kisujjában van...

- Nem, lemondjuk és kész. Itt nem lesz ricsaj, amikor te ilyen beteg vagy! – makacskodott David.

- Ezt... ezt nem tehetjük meg, hiszen annyit készültem már. Egy hónapot. És... addigra biztosan sokkal jobban leszek! David, kérlek – fogta könyörgőre. Tudta, hogy ez meghatja a fiát.

- Nos, anyám, ha ez a kívánságod, akkor legyen. De ma már csak pihenni fogsz. Én is megyek és hagylak – indult kifelé David.

Elizabeth elégedetten nyugtázta az elért eredményt és alig csukódott be az ajtó, már szedte is elő mobilját, hogy tájékoztassa cinkostársát a fejleményekről.

•

Rose meghökkenve fedezte fel a bejárati ajtó előtt toporgó Cecile-t, aki anélkül, hogy üdvözölte volna, egyszerűen átnézett rajta és máris a nappaliba vonult. Hát ezt meg vajon mi vetette ki ily korán az ágyból, hogy már nyolc előtt itt toporog? Nagyon fontos lehet valami, hogy még dél előtt méltóztatott egyáltalán felkelni – tört pálcát a kisasszony felett. Nem fáradt azon, hogy kedveskedjen neki, egyszerűen csak ránézett. Cecile leereszkedően csak Elizabeth állapota felől érdeklődött, majd megjegyzést tett arról, hogy miért nem nézett be eddig még hozzá. Rose asszonyt nem ejtették a fejére és tökéletesen átlátta, hogy a korai érkezés mögött egyetlen dolog áll: szeretne közösen reggelizni a háziakkal – főként David úrfival.

Kénytelen-keletlen vezette be az étkezőbe, majd nekiveselkedett a lépcsőknek. Nem árt figyelmeztetnie a fiatalokat a lent váró veszedelemről.

•

David törölközővel a derekán mászott ki a fürdőből és kilépett a folyosóra. Ideje, hogy átmenjen a szobájába felöltözni – lépett hármat és felpillantva Rose asszonnyal találta magát szemben.

– Uram? – David határozottan csodálkozó és szemrehányó kérdésnek értelmezte ezt a megszólítást és igyekezett természetesen viselkedni. Semmi esetre sem akarta a házvezetőnő orrára kötni, hogy bizony külön hálóban aludt most éjjel is. Ahogy ezt már oly régóta tette. Így egyezett meg magával, hiszen hogy is lett volna képes egy ágyban aludni a lánnyal anélkül, hogy ne ért volna hozzá.

– Igen? – nézett rá kérdőn. Kimberlyt keresi? Remélhetőleg már nem zuhanyozik, nem győztem kivárni – nyitotta ki az ajtót és elégedetten látta, hogy Kimberly már fel is öltözött. – De gyorsan végeztél – nézett rá, intve a fejével, hogy nem egyedül érkezett.

– Ne haragudj hogy kiszorultál – vette a lapot a lány és jó reggelt-tel köszönt Rosenak.

– Csak nincs valami baj? Anyámmal? – jutott eszébe, hogy mit kereshetett itt váratlanul az asszony és kétségbeesetten nézett.

– Nem, uram, minden rendben. Csak szeretném figyelmeztetni önöket, hogy Cecile kisasszony már itt is van, leültettem az ebédlőben.

– Cecile, itt? – nézett össze David és Kimberly értetlenül, majd Davidnek leesett:

– Á, a parti szervezésre! Hát nem mondanám, hogy nem igyekezett – dünnyögött, majd kinyitotta a ruhásszekrényt.

– Te, David, ma nem kilencre hívtad össze az értekezletet? – nézett rá a lány ártatlan szemekkel. David magában nagyot mosolygott.

- Ma lenne? – játszotta a tudatlant David, és mintha lényegtelen dologról lenne szó, szórakozottan válogatott az ingek közül. Ez a nő egy zseni! – örült magában. Neki egy ilyen húzás eszébe sem jutott volna!

- Én már itt sem vagyok – hátrált ki Rose és elégedetten csukta be maga mögött az ajtót. A két fogaskerék meglepő gyorsasággal és minőséggel dolgozik együtt – jegyezte meg magában lefelé menet a lépcsőn.

- Köszi – fordult David Kimberly felé, aki csak szárazon megjegyezte:

- Magamért tettem. Nincs kedvem találkozni vele!

•

Cecile füstölögve rontott be Eizabeth szobájába és köszönés nélkül beszélni kezdett:

Képzeld el, képesek voltak reggeli nélkül elmenni! Úgy, hogy nem is köszöntek be! Szerintem még az sem érdekelte őket, hogy veled mi van! Ezt a szemétséget, ezt a megalázást! Hát mit képzelnek magukról! Erről is az a fruska tehet, biztosan telebeszélte David fejét mindenfélével ellenünk! – dőlt a panaszáradat elő Cecileből és nyugtalanul rohangált a szobában.

- Hogy micsoda? – ült fel villámgyorsan az ágyában Elizabeth, majd káromkodott egyet. – Azt hiszem fokozni kéne a bajomat – döntött gyorsan. Itt az ideje, hogy kórházba kerüljek!

- Ne, az nem biztos, hogy jó ötlet. Akkor nincs okom az ittlétre – érvelt cinkostársa, de Elizabeth gyorsan megoldotta a kérdést.

- Dehogynem! Hiszen te leszel a háziasszony, még szép, hogy itt kell lenned! Most pedig menj és pánikolj! Szólj annak a némbernek, hogy elájultam! – hunyta be a szemét Elizabeth majd igyekezett minél jobban elernyeszteni izmait.

XX.

Cecile teljesen berendezkedve otthonosan mozgott egész nap a Wilson rezidencián és tökéletesen természetesnek vette, hogy családtagként kezeljék. A személyzetet kénye-kedve szerint ugráltatta, ki is mert volna ellentmondani neki. Cecile teljesen elemében volt, egyetlen bánata pusztán csak David tüntető távollétében volt kereshető. Csüggedni azonban nem csüggedett egy percet sem: hiszen este muszáj lesz találkozniuk. És akkor majd támadásba lép! Addig is még megerősítést kér a virágokra, illetve leegyezteti, hogy holnap hányra jöjjenek az előkészületeket megtenni. Aztán jöhet a vacsora!

Elizabeth mindeközben önkéntes száműzését töltötte a szobájában, beteget játszva, bár alakítása nem volt maradéktalanul tökéletes. Az áhított kórházi beutaló sajnálatosan elmaradt, így viszont itthon gyötörte éppen azt, aki felbukkant nála. Azonban nemcsak a személyzet, hanem Cecile is egyre több időt töltött a másik szobában, legnagyobb bosszúságára. Nem örült, hogy teljesen kicsúszik minden az irányítása alól. Mit szervezkedhetnek most a háta mögött? A csudába, hogy nem kellhet ki az ágyból! Pedig nagyon ott szeretne lenni a vacsoránál, biztosan műsor lesz!

.

- David, egy szóra – intette be fiát a vacsora előtt John az irodájába. – Mondanivalóm van! – szólt kemény hangon és erősen csukta be az ajtót fia mögött – Kimberly orra előtt. A lány igyekezett nem magára venni a viselkedését. Hogy is tudná megszokni, hogy teljesen levegőnek nézik ebben a házban? – azzal vállrándítással előreszaladt a konyhába. Addig beszélget egy kicsit Rose asszonnyal, hogy hogy van. Biztosan még nem emésztette meg a fiának az ügyét.

Davidnek nem tetszett a hangnem, ahogy apja berendelte magához és tudta, hogy nem számíthat sok jóra. Minden bizonnyal anyjáról fog beszélni vele. Igaza lett.

- David, anyád tényleg rosszul van – vágott bele kertelés nélkül a mondanivalójába. És erről te tehetsz! Teljesen kikészítette előbb a hirtelen házasságod, majd a távozásod! – hárított minden felelősséget a fiára.

- Micsoda? – nézett értetlenül apjára. – Hogy csak az én hibám? - méltatlankodott szelíden.

- Igen, pontosan. Gondolj csak bele: csak úgy felbukkansz itt egy nővel, aki egyáltalán nem felelt meg az ízlésének, utána meg már máshol laksz – anélkül, hogy erről egy szót is szólnál! - David, te vagy az egyetlen gyermeke, mit vártál? Hálátlan vagy, tudd meg! – szúrta le. David elszégyellte magát és legbelül érezte, hogy a vádaknak van valóságalapja. Ő tényleg bosszúságot akart okozni, de ezt azért nem akarta.

- Én sajnálom, hogy nem szóltam... hogy pár napig nem itt leszünk. De levegőre volt szükségünk, itt folyton zaklattátok Kimberlyt! – védte meg a lányt.

- Zak-lat-tuk? – emelte meg a hangját John, kikérve magának a többes számot. - Én biztosan nem! – nyomatékosította mindezt. Hiszen nem is szóltam hozzá! – füstölgött, majd gyanút fogott. Miért akartak kettesben lenni?

- Na pont ezzel – mondta ki végre, amit gondolt. Ennyire szemtelen még talán soha nem volt az apjával.

- David, elfelejtetted, hogy mivel tartozol a családodnak! Hogy kötelességeid vannak velünk szemben! – dörrent rá. Ez az átkozott kölyök, mit bosszant itt engem? És mi ez a lázadozás, hogy merészel neki ellentmondani?

David viszont már nem ijedt meg tőle. Azóta, hogy sikerült leköröznie apját az üzleti életben, ez magabiztossággal töltötte el. Azóta, hogy leleplezte az ócska kis trükkjét Laurával, úgy érezte, sérthetetlen. Hogy sokkal felette áll. Most először meg volt győződve arról, hogy ő is képes irányítani egyedül és nincs szüksége arra, hogy ezt mások megtegyék helyette.

- Nem, apa, ezt folyamatosan az orrom alá dörgöltétek – szólt vissza. Tényleg itt az ideje, hogy szakítson az eddigi életével – jutott el a végső elhatározásra. Kimberlynek nagyon is igaza van! El kell költöznie!

- Szóval ez a válaszod: a feleséged az anyáddal szemben? – tette fel másként a kérdést. Addig nem hiszi el, amíg a szájából nem hallja. Mert... mert ha ez igaz, ha tényleg igaz a gyanúja és David kezd érzelmeket táplálni a lány irányt, akkor elvesztek. - Csak aztán próbálj tükörbe nézni, ha az anyád miattad belehal a bánatba! – túlzott szándékosan John.

- Mit vártok el tőlem? – kérdezett vissza türelmetlenül David. - Nem értem, miért is kell választanom? Hiszen ez nevetséges! - Johnt kiverte a víz és ennek nem a meleg volt az oka. Lehetséges, hogy David elszólta magát? Ha ez tényleg igaz és nem csak bosszantani akarja őt, akkor komoly bajban vannak!

- Nos, szerintem érthető, ha a kis feleséged a lojalitásunkra pályázik, akkor igazán tanújelét adhatná a sajátjának is. Egy aláírással a házassági szerződésre! – tette fel a koronát a beszélgetésre, megadva az utolsó lehetőséget a fiának a javításra. Az utolsó esélyt, mellyel őket választaná.

•

David gondolataiban merülve ült a vacsoraasztal mellett és az előbbi beszélgetésen elmélkedett. Nem volt benne egészen biztos, hogy jó irányba haladnak az események: hiszen apja egyszerűen sarokba szorította. De hogy jutott ilyesmit kérdezni, hogy melyiküket választaná? Tényleg, kit is? Nem teljesen egyértelmű, hogy a családja mellett a helye? De várjunk csak, végül is most Kimberly is a családja. Vagy nem? Mert ha azt nézzük, hogy mi mindent tett meg érte, akkor sokkal inkább rászolgált a bizalomra, mint az anyja vagy akár az apja. Hiszen anyja még így betegen is áskálódik ellene! Mert annyira nem hülye, hogy ne lássa át, vajon miért is van itt Cecile. Apja meg képes volt a saját nőjét ráereszteni! – nézett végig az asztaltársain és szeme megállapodott Kimberlyn. A lány lehajtott fejjel ült az asztalnál és úgy tett, mintha ott se lenne.

Cecile lelkes szövegelése csak foszlányokban jutott el eddig hozzá, a partiról csacsogott. David nézte, ahogy apja időként egyetértően bólint az elhangzottakra.

- .... És aztán a zenekari színpad az istálló mellé kerülne – halotta meg David a következő mondatot.

- Hogy mi? Az kizárt, a lovakat nem zavarjuk a hangos zenével – jelentette ki David, mire Cecile hápogni kezdett.

- De... de akkor hova? – nézett csodálkozva a férfira. Mi a fene ütött bele, hogy ellentmond neki? Egyáltalán hogy képzeli? Ő itt kiteszi a lelkét és csak egy „oda nem kerül" a válasz?

- Nekem mindegy, de oda nem. Keress egy másik helyet! – mondta olyan hangsúllyal, ami nem tűr ellentmondást. Cecile nyelt egyet, de nem mert ellentmondani. Vacsora után kimegy terepszemlére.

David elbambult és csak apja közbeszólására kapta fel ismét a fejét:

- Gondolom örömmel vállalod a házigazda szerepét? – tette fel a kérdést John. David azt hitte, hogy rosszul hall. Mi köze van Cecile-nek a családhoz? Nem most papolt itt az apja a kötelességekről meg az egységről?

- Azt már nem – szólalt meg éles hangon. A háznak van még egy nőtagja, és az Kimberly. Így ezt a szerepet neki kell betöltenie! Mondatára ketten is felpattantak az asztaltól, de a szót Cecile ragadta magához:

- David? Ezt nem teheted meg velem! Hiszen édesanyád engem kért meg a szervezéssel és...

Amit te szépen teljesítettél is. Háziasszony viszont nem lehetsz, hiszen nem tartozol a családhoz! – mondta el még egyszer David, újabb tőrt döfve Cecile-be. A nő elvörösödött képpel megszólalni sem bírt. Ennyire még soha nem alázták meg, és pont hogy David legyen az... Kimberly kihasználta a lehetőséget.

- Én erre úgyis képtelen lennék... - David azonban félbeszakította.

- Itt az idő, hogy beletanulj! Egy Wilsonnak vannak kötelezettségei – fordította a tekintetét közben apjára. John megértette a célzást és újragondolta a felkérést.

- De... de John, kérlek, mondj te is valamit! Hiszen az előbb még... – jött ki végre hang Cecile torkán. John nem reagált azonnal, előbb mérlegelt.

- Cecile, nézd, tényleg köszönjük Lizzie nevében mindazt, amit értünk tettél – tartott egy kis szünetet, mielőtt folytatta volna. – Davidnek azonban igaza van – hajtotta le a fejét. Tisztában volt azzal, hogy

67

megbántja Cecile-t, de ezt kell tennie. Most rajta a sor, hogy kiálljon David mellett.

- Szóval így állunk – vörösödött tovább Cecile, majd lecsapta az asztalkendőt. Nem, nem teszi meg azt a szívességet, hogy toporzékolni kezd. Ő úrinő és ilyet nem fog csinálni! - Akkor rám itt nincs is szükség a továbbiakban. Sok sikert a végsőkhöz – állt fel és emelt fővel kivonult a szobából. Majd kiderül, hogy boldogulnak, ha időközben visszalépnek egypáran! – körvonalazódott a gonoszság benne.

Kimberly nagyon megörült Cecile távozásának. Tényleg jól értette és David kidobta őt! És az apja is erre voksolt? Ezt most akkor úgy kell értelmeznie, hogy David őt választotta? – pirult el kissé. Ne, várjunk csak, mit is mondott: hogy háziasszony lesz? – pottyant vissza a valóságba keményen. Ő? Egy olyan partin, amiről semmit sem tud? – esett kétségbe. Hiszen még a házat sem ismeri rendesen, nemhogy egy partit... - kezdett el remegni a lába és az előbbieket mindjárt más színezetben látta. David kitolt vele! David szándékosan kellemetlen, nem is, lehetetlen helyzetbe hozta. Fel fog sülni és ezt ő is nagyon jól tudja! Pont ezért! És képes őt beáldozni! De miért tette mindezt vele? Miért? Miért?

•

- Hogy mi? – kérdezett vissza Kimberly és kétségbeesetten próbálta értelmezni, hogy mit is hallott. - Hogy a zenekar egyik tagja gyomorrontást kapott? – ismételte meg hangosan amit hallott, hátha úgy tényleg eljut az agyáig. Az egész délelőttje teljes kuszaságban telt: hol a világítókat, hol a színpadépítőket irányította és már teljesen kikészült. És még sehol sincs semmi! De most úgy érezte, hogy az idegösszeomlás szélére került. Ha nem segített volna neki senki, már rég feladta volna. Így, Maryvel – akit David rendelt mellé segítőtársnak – és a rutinos Rose-sal eddig egész jól elboldogultak. De egy zenekar, az már sok. Honnan keríthetnének elő? Ők mégsem ugorhatnak be játszani! Most mit csináljon? Hogyan szerezzen egy zenekart egyetlen nap alatt szombatra, amikor kerti partis főszezon van? Most mi lesz? – nézett körül.

68

- Mary! – kiáltotta el magát. – Merre vagy? – nézett körül, a nőt keresve. Talán erre is lesz valami ötlete!

•

- Hölgyeim, egy kis meglepetésem van – üdvözölte David az előkészülő siserehadat és vigyorogva pörgette meg a hulla fáradt Rose asszonyt. – Na, kérem mosolyogjanak, ahogy elnézem minden a legnagyobb rendben halad! – mutatott közbe, tekintetével a lányét kereste. Az elcsigázott Kimberly odavonszolta magát a közelébe és lerogyott a fűre:

- Ja, persze, sehol nem áll semmi! Nézd meg, el tudod te képzelni, hogy itt egy nap múlva minden tökéletesen készen áll a tömeg fogadására? Egész nap itt dolgoztunk és még a tized előkészület sem történt meg. David, én teljesen kész vagyok és bármennyire is igyekszem, látom, hogy ez az egész kész kudarc lesz és...

- Csss – hajolt le hozzá és rátette a mutató ujját Kimberly szájára. A lány a szokatlan kedvességre megremegett és egy szemvillanás alatt elfelejtette gondjait. David közelsége, érintése úgy hatott rá, mint egy gyógyír: ha a férfi vele van, nem történhet semmi rossz vele. Olyan erőt érzett, hogy bármire képes lenne, hogy nincs az a hegy, amit ne lapátolna el egyedül. Alig tudott figyelni a szavaira:

– Nem ismerek rád! Te nem szoktad feladni, nem igaz? Különben is, szerintem kitűnő munkát végeztetek! – mosolygott rá. Kimberly közel állt az elolvadáshoz.

David azonban felegyenesedett. A távolság egyből kijózanítólag hatott a lányra, elfelejtve az előbbi érzéseit, mintha soha nem is lettek volna. Ráeszmélt, hogy az iménti előadás nem is neki, hanem sokkal inkább a körülötte lévőknek szólt. Amit el lehetett várni tőle.

- Hol? David tudod, hogy nincs zenekar és semmilyen program sincsen? – akadékoskodott egyből. Az előbbi erő érzete eltűnt és sokkal fáradtabbnak és nyűgösebbnek érezte magát, mint előtte. Az sem esett neki jól, hogy Elizabeth bár láthatóan sokkal jobban volt, mereven elzárkózott a segítség legkisebb szikrája elől.

- Álljunkcsakmeg – szólt közben Mary. - Kimberly, neked nem mondtam volna, hogy szereztem egy vonósnégyest? Meg ott van a hifi is.

- Tényleg? – szaladt fülig a lány szája. - Ó, Mary, nem is tudom mit mondjak!

- Én meg hoztam programot! – szólalt meg David és jobbra intett. – Mit szólnátok, ha a kifutó a medence fölött lenne? – kérdezte, miközben fiatal, roppant gebe lányok tömege lepte el a kertet, színlelt érdeklődést mutatva a helyszín iránt.

- Ez meg mi? – nézett felháborodottan Rose a lányokra.

- Hát divatbemutató lenne! Miért, mire gondolt?

- Hogy divatbemutató? – kérdezett vissza Mary és csillogni kezdett a szeme. – Mégis, milyen ruhák?

- Hát természetesen estélyik, meg partikra valók. Meg mit tudom én – elégítette ki a kíváncsiságát.

- És férfi modellek is lesznek? – incselkedett Mary, amit David csak egy kacajjal nyugtázott.

- Na de Mrs. Hardy! Bár nem is olyan rossz ötlet – felelte. - Talán még megoldható – nézett a felháborodott Rose-ra.

Kimberly ebből már nem is hallott semmit: kezét a feje alá téve elaludt a fűben.

·

- Kimberly? Hol vagy? Gyere, megjöttek az első vendégek, üdvözölnünk kell őket! – harsogta be a nappalit David erős hangja, hogy a lányt hamar a bejárathoz invitálja. Gyors tekintettel még végigfuttatta szemét a szobán és elégedett volt a látvánnyal. A díszítés tökéletes, a vékony ezüst fonatok diszkréten vonják be a lépcsőkorlátot és a mennyezetet. A belső büféasztal megterítve. Kinn a színpad áll, a zenekar ugyan még nincs itt, de hamarosan ők is befutnak. Akárcsak a modellek, akiknek az emeleten biztosítottak átöltözésre megfelelő helyet. Az inge, ahogy ő látja, minden a legnagyobb rendben van. És nem is érzi magát fáradtnak, sokkal inkább jóleső izgalom járja át.

- De még nincs itt a kávéstermosz az asztalon és a kertben sem állítottuk fel az összes széket, meg... - vergődött a lány.

- Kimberly, kérlek, nyugodj meg – szakította félbe a kétségbeesett szóáradatot David és megsimogatta a lány aggodalmat tükröző arcát. –

70

Remek munkát végeztél és itt az ideje, hogy jól érezd magad! – hajolt közelebb és egy futó csókot lehelt a szájára. – Mosolyogj! – mondta a megtántorodott lánynak és egyenesen a szemébe nézett. Kimberly határozottan érezte, hogy lebeg. Megpróbálta kivenni a szemmel küldött üzenetet, de nem ment. Nem tudta mire vélni az előbbieket, hiszen tudomása szerint nem volt senki a teremben rajtuk kívül. Akkor ez most tényleg neki szólt? – nézett fel tágra nyílt szemekkel a férfira, aki továbbra is csak őt bámulta. - Mi ez? Mit akar? – bizonytalanodott el, majd gyorsan döntött. Talán itt az ideje, hogy megmondja neki, hogy nem gondolta komolyan, amikor azt mondta, gyűlöli. Hogy talán nem is gyűlöli annyira...

- David, én... - kezdett bele a mondatba, de nem tudta befejezni. Egy komor hang félbeszakította.

- David, innentől átveszem – szólalt meg mögöttük Elizabeth, teljes pompájában díszelegve. David reagált előbb és méltatlankodva nézett anyjára.

- Anya, de hiszen te beteg vagy! – mondta felháborodottan.

- Annyira tökéletesen jól vagyok, hogy üdvözöljem a vendégeimet – jelentette ki ellentmondást nem tűrő hangon és félretolva őket bűbájos mosolyt küldött a belépő pár felé, a legkisebb jelét sem mutatva holmi betegségnek.

- David szeméről leesett a hályog és villámokat szórt a szeme. Anyja képes volt az orránál fogva vezetni! Képes volt megjátszani a nagybeteget! – fújtatott, és sebesen távozott a helyszínről, teljesen megfeledkezve az összezavarodott Kimberlyről.

•

John elégedett vigyorral az arcán lépett oda egy újabb összeverődött társasághoz, hogy a házigazdai kötelezettségeinek eleget tegyen és érdeklődjön a vendégek hangulatáról, majd bíztassa őket a töménytelen mennyiségű étel és ital fogyasztására. Hamiskás mosollyal rázta le már sokadszor a meglepetés programra vonatkozó kérdéseket, mindig ugyanazzal a mondattal ecsetelve, hogy ha elárulná, akkor nem is lenne meglepetés. Pedig fogalma sem volt arról, hogy mit készített elő az éppen akkori aktuális szervező. Mert Elizabeth semmit nem tudott mondani erről. Az a boszorka – szitkozódott magában felesége viselkedésén. Legutóbbi akcióját ugyanis tényleg túl erősnek tartotta, még ha az indokait meg is értette. Legalább őt is beavathatta volna a tervébe, akkor nem aggodalmaskodott volna annyit miatta. Tényleg komolyan kétségbe esett attól, hogy komoly baja van. Hiába a sok veszekedés, vita és mindaz, ami közéjük áll, akkor is a felesége és akkor is érdekli, hogy mi van vele! – bosszankodott befelé, de ebből kifelé mit sem mutatott. Majd még elbeszélgetnek erről.

Elhagyta ezt a csoportot is, megindulva a konyha irányába, hogy utánakérdezzen az ételutánpótlásnak. Belépett az épületbe és a konyha felé vette az irányt. Mivel épp nem állt ott senki az ajtónál, így személyesen ő nyitotta ki az imént csengető előtt. A küszöbön álló hölgy látványára azonban földbe gyökerezett a lába.

- Szervusz, apa! – szólalt meg a nő és puszit nyomva az arcára ellibbent mellette.

•

Kimberly tulajdonképpen hálás volt azért, hogy Elizabeth átvette tőle a háziasszony szerepét. Az előkészületekkel még csak-csak elboldogult, a fesztelen csevegés azonban soha nem volt a kenyere. De örült, hogy nem kell teljesen ismeretlen emberekkel bájolognia és általánosságokról beszélnie. Hamar kiderülne, hogy mennyire tájékozatlan. Helyette tökéletesen jól érezte magát a konyhában, felügyelve a pincérek munkáját, koordinálva az italok és ételek tálalását. Néha ki-ki sandított a kertre, figyelve a létszám gyarapodását, ingatva a fejét a kellemes komolyzenére. Elégedett volt, hiszen minden remekül alakult.

- Kimberly! – hallotta meg David kemény hangját a konyhaajtóból és pontosította előtti mondatát. Remekül alakul minden – eddig. – Már mióta kereslek! Kimberly a férfi felé fordult és ránézett. A szeme egyértelmű üzenetet küldött feléje, a legkisebb szikráját sem mutatva a korábbi kedvességnek.

- Megtaláltál! – mondta kézenfekvően, majd visszahajolt az egyik edény fölé, hogy megtörölje a szélét. Csalódott volt, elhagyatottnak és feleslegesnek érezte magát.

- Neked a vendégek között lenne a helyed, nem itt a konyhában – lépett közelebb és megrökönyödve bámult a derekára kötött zsírfoltos kötényre, melyet az előbb még nem látott. – Ez meg mi? – mutatott rá.

- Kötény. Mivel háziasszonyunk már van, gondoltam máshol teszem magam hasznossá – felelte közönyösen és tovább serénykedett, igyekezve nem venni tudomást az őket bámuló Rose-ról és egy-két megálló pincérről.

- Gyere ki velem egy kicsit – ragadta meg a karját és kivonszolta a konyhából, letépve róla a kötényt. Üres hely után kutatott, ahol beszélhetnének, de ez persze hiú ábrándnak tűnt. Hol is lehetne nyugodtan beszélni egy százvendéges kerti partin? Legjobb, ha a hálószobába mennek fel, itt lenn úgyis nagy a ricsaj – húzta maga után kifelé a konyhából, továbbra sem véve tudomást az őket bámulókról.

- Mosolyt! – nyomott az arcukba egy fényképezőgépet a föld alól felbukkanó figura és mielőtt ocsúdhattak volna, már villant is a vaku.

•

- Mit akarsz? – nézett fel rá Kimberly, amikor David lenyomta az ágyra.

- Tájékoztatni a történésekről – felelte szárazon. Tisztában vagy azzal, hogy milyen kötelezettségeid vannak? – kérdezte meg kemény hangon. Kimberly megszeppenve ült előtte és értetlenül bámult rá.

- De hiszen semmi, az anyád ott van mindenhol és...

- És? Hiszen te is szervezted!

- Ó, hát én igazán semmit és szívesen lemondok erről a forgolódásról meg... - bámult továbbra is a férfira. Nagyot fújt. – David, én szinte senkit sem ismerek! Mit tudnék lenn tenni? Még valakit megsértek vagy butaságot mondok – nézett rá kétségbeesetten.

David pontosan ezt szerette volna elérni. Hiszen ezért is indult minden, ezért ment bele a házasságba! És itt van a célegyenesben! De várjunk csak, Kimberly tökéletesen tisztában van a korlátaival! – lepődött meg és elbizonytalanodott. Ennyire átlátható lenne? A szándékai, a tervei...?

Tényleg meg akarja alázni? Tényleg szeretné megszégyeníteni? De hát nem is szolgált rá, ezt igazán nem teheti meg vele! Nem, nem és nem! – visszakozott. Megsajnálta a lányt.

- Így látod? – kérdezte meg tőle.

- Igen. David, hadd segítsek a konyhában. Ígérem, hogy elvegyülök majd a tömegben is, de addig is hadd érezzem magam hasznosnak. Elvégre nekem is ki kell vennem a részem a munkából, mint családtag. A színfalak mögött is lennie kell valakinek! – győzködte a férfit. David némán figyelte és egyre inkább igazat adott neki. Hiába volt a célvonal látható közelségben, egyszerűen visszatántorodott. Hogy lenne képes bármit is ráerőltetni? Hiszen olyan kedves és naiv. És egyre jobban vonzza az elutasító hűvössége...

- Ha a konyha neked megfelel – lépett távolabb tőle, mielőtt megint elragadtatta volna magát.

Még arra sem lennék képes, hogy a megfelelő időben lapozzak a kottában! – mondta zavartan, mire David is elmosolyodott.

Az ő gyerekes Kimberlyje, aki mindig beszól valami meglepővel – nézett rá.

- Rendben – egyezett bele David és felállt. Mielőbb el kell hagyja a szobát, különben még... - - De szólhatok, ha jönnek a modellek? Érdekel? – fordult hátra, mielőtt kilépett volna.

- Igen! – csillant meg a lány szeme.

•

Rose egy újabb adag izzadtságcseppet törölt le a homlokáról, de ugyanolyan lendülettel folytatta a zöldségek aprítását. Gondolatai Kimberly kisasszony körül forgolódtak. Sehogy nem tudta megérteni, mit keres itt ez a fiatal lány a konyhában, mikor kinn javában áll a parti. Hiszen élveznie kéne a társaságot, a zenét, a fényeket, sőt még az őt körüldongó férfiakat is. Abban nincs semmi gond! Ha ő ilyen fiatal lenne, biztosan nem itt robotolna! Csak rá kell néznie Marthara, akinek esze ágában sincs a konyhában lebzselni. Helyette Elizabeth asszonytól kellő távolságban, de most is épp két férfi társaságában mulat, megfeledkezve kötelezettségeiről. Nem úgy, mint a kisasszony.

74

- Mary kedves, istenien néz ki! – bókolt a konyhába lépő nőnek és élvezettel futtatta végig tekintetét a csillogó, vékony anyagon. Bár csak két napja ismerte az asszonyt, máris megkedvelte a nyitott szívű, beszédes és közvetlen természetét. – Kérem, próbálja meg kicsalni egy kicsit a kisasszonyt mulatni, eltemeti magát itt a konyhában. Hiába mondom én neki, hogy elleszünk nélküle is, akkor sem tágít!

- Valóban? – nézett az asszonyra, majd Kimberly felé fordult. – Szeretnélek bemutatni a férjemnek! Nem is értem, hogy nem találkoztatok eddig! De azt csak kinn lehet – azzal karon ragadta a tiltakozó lányt és cinkos kacsintások közepette kivonszolta a konyhából.

Rose elégedetten nézett utánuk, majd dudorászva folytatta az aprítást és utasítgatta a személyzetet. Igazán elemében érezte magát!

Hirtelen megérezte, hogy jópár perce figyelik, hogy valaki megáll mögötte és őt nézi.

- Igen, miben segíthetek? – kérdezte anélkül, hogy megállt volna a munkában.

- Csak szeretném megszorongatni, anyám – mondta szelíden a hang.

Rose elsápadt és kiejtette a kezéből a kést. Villámgyorsan megfordult és a hang irányába nézett.

•

David határozottan érezte, hogy ráfért ez az új ing. A sok rohangálástól ugyanis annyira megizzadt, hogy az látható nyomokat hagyott a hátán. Még jó, hogy csak felszaladt az emeletre és felvette az újat. Az egész nem tartott tovább két percnél. Hamarosan befutnak a lányok is, utána már nem rohangálhat errefelé. Az öltöző a kék szobában lesz és még félreértenék, mit mászkál itt. A sok pálcika vékony nő között.

A dolgozószobák előtt elhaladva eszébe jutott, hogy az asztalon kiterítve csak Kimberly aláírására vár a házassági szerződés. Már csak ide kéne csalogatnia valahogy, hogy kanyarintsa már alá és akkor végre békén hagyják és... - ez meg mi? Figyelt fel a bentről kiszűrődő beszédfoszlányokra, melyeknek nem tulajdonított volna jelentőséget, ha nem hall meg egy nevet: Laura. Csak nem? Mit keres ez itt? Apja képes volt meghivatni a szeretőjét ide is! – háborodott fel és fülét az ajtóra tapasztotta. Talán valamit meghall, amit nem árt tudnia – kíváncsiskodott. A szobából azonban nem jött több hang. David feldühödött, elképzelve, hogy mi folyhat odabenn. Ezt nem gondolta volna apjáról, hogy a saját házában képes megcsalni az anyját. Ez azért már az ő ízlésének is sok. Már épp indult volna tovább, amikor ismét hangok szűrődtek ki. David nem hallotta elég tisztán, így még közelebb hajolt a kulcslukhoz. Így már szinte teljesen érthető volt minden.

- Nem, nem tartom jó ötletnek – mondta éppen apja. Davidnek feltűnt, hogy ideges.

- De miért nem? Hiszen legfőbb ideje, hogy kiderüljön! – hallotta meg tisztán Laura hangját.

- Nem, szerintem nem kéne felszakítani a sebeket – jött a válasz.

- De apa, igazán nem értelek – mondta Laura.

- Kislányom... - reagált rá a másik, de David ezt már nem hallotta.

Úgy kapta fel a fejét, mintha bolha csípte volna meg. Hogy apa? Hogy kislányom? Hogy mi...? Lehetséges volna...? Hogy apjának van még egy gyereke? Hogy van egy féltestvére...? – zsongott a feje. Nem, ezt nem hiszem el, ez lehetetlen! – indult meg falfehéren lefelé, de két lépcsőfok után lerogyott a szőnyegre. Ez... felfoghatatlan! – temette az arcát a két kezébe. Szóval azért nem vonzotta ez a nő! Mert a testvére! A testvére... Van még egy testvére...

.

Rose már a harmadik zsebkendőjét fújta tele az örömkönnyeivel, de még korántsem fogyott ki belőlük. Úgy szorongatta kisebbik fia kezét, mintha soha nem akarná elengedni. Az elmúlt napok szidalmai és fájdalma eltűnt és nem volt képes haragudni többé rá. Hiszen az ő fia! Abban azonban korántsem volt olyan biztos, hogy José ugyanilyen tárt karokkal fogadja majd. Nem, erre fel kell készítenie párját – csüngött a fián és itta minden egyes szavát. A bocsánatkéréseket, a megbánást, a szégyent, hogy mit tett. De mindez a múlté, hiszen itt van vele. Megtért és ennél semmi sem lehet fontosabb. Az ő fiacskája, aki megerősödött és amióta elment, azóta teljesen felnőtt.

•

Kimberly már vagy a huszadik vendégnek nyújtotta oda a kezét bemutatkozásként és ugyanazokat a válaszokat adta mindenkinek. Hát semmi más mondanivalójuk nincs ezeknek az embereknek, mint hogy „De jó, hogy végre személyesen is megismertem." Meg hogy „Csodálatos a parti és hogy köszönik a meghívást." Mit lehet ebben annyira élvezni? – töprengett el. Eleve úgy érezte magát, mintha egy borzalmas filmet nézne. Egy végtelenül unalmas, sablonos, felszínes maszlagot. Ennyi pucc, ennyi csillogás és ékszertömeg. Az az óriási némber képes volt magára aggatni egy egész államkincstárnyi aranyat, hogy lifeg a karján vagy nyolc-tíz aranylánc. Csak úgy csörög! Tiszta borzalom. És ennyi kikent-kifent macát? Komolyan, ez a mérhetetlen pénzkidobás. Nem tudott azóta sem hozzászokni a luxushoz, hogy is tudott volna! Sekélyes az egész – nézett körül a társaságon lenézően.

Hirtelen olyan érzése lett, hogy valaki bámulja – nézett körbe és megakadt a szeme az egyik asztal mellett álló férfin, aki nem is leplezve magát, szinte levetkőztette tekintetével. Hmm... Zorró! – ismerte fel Kimberly a lovagot az étteremből és dühösen fordította el róla a tekintetét. Vele nem fog senki szórakozni, az biztos! – remegett bele a pillantásba. David igazán szólhatott volna neki, hogy állítsa le magát. Hiszen nem jelzett neki két hét óta, nem érti mire ez a nagy felhajtás – azzal a konyha felé vette az irányt. Ideje visszatérnie, épp elég időt töltött már itt.

Mielőtt belépett volna az épületbe, még lopva visszanézett a lovagra, aki továbbra is őt bámulta. Kimberly végképp összezavarodott és kiverte a víz. Sietősen szaladt fel az emeletre, magányra vágyott. A nagy igyekezetében alig vette észre a lefelé siető apósát.

•

Laura nyugodt léptekkel haladt a büféasztal felé, hogy felmérje a kínálatot. Megrakott tányérral igyekezett a kert hátsó részébe, hogy nyugodtan elfogyassza vacsoráját, aztán pedig sétáljon egy kicsit. Nem vágyott senkinek a társaságára, csak egyedül szeretett volna lenni.

Nosztalgiázni egy kicsit, magányosan. Ezért nem örült annak, hogy David titkárnője kiszúrta magának és egyenesen feléje tartott.

- Nocsak, ön itt? – fogadta nem túl kedvesen, de Laura igyekezett nem túl sok jelentőséget tulajdonítani mindennek.

- Igen. Az idősebb Mr. Wilson volt olyan kedves és meghívott, hogy mérjem fel a dolgozószobáját. Újítani szeretne, de sürgősen – adott remélhetően kielégítő magyarázatot a nőnek és nagyot harapott az egyik szendvicsbe. Maryt azonban nem lehetett lekoppantania. – Azonkívül ahogy elnézem, sok ígéretes további ügyféllel is összehozhat a sors – mutatott a tömegre. – És ön? Mit csinál egy ilyen partin? – kérdezte meg legalább olyan udvariasan, ahogy azt az előbb Mary tette vele.

- Unatkozik – felelte Mary és a férje irányába emelte a poharát. Laura csak gondolta, hogy már nem az elsőn van túl, de ennek nem sok jelét mutatta. A nyelve olyan sebességgel forgott, hogy nehéz volt követni. – Tudja a férjem a cég egyik vezetője – magyarázkodott. Csalódott volt, hogy George egy szemernyi időt sem volt hajlandó rá áldozni, most is üzleti vitában állt a másik osztályvezetővel. – Hogy miért nem képesek lazítani egy kicsit? Pedig ő táncolni akar! Mulatni és jól éreznie magát! – tört elő belőle az elfojtott indulat.

- Ön férjnél van? – kérdezte meg váratlanul Laurát.

- Nem, még nem – felelte tele szájjal és kíváncsian bámult a nőre. Csak nem fogja itt neki elsírni az elhanyagolt feleség szöveget? – rökönyödött meg.

- Hát addig örüljön! Tessék, nézze meg! Hát még itt is csak a munkáról beszél! És eszébe sem jut, hogy táncoljon velem, hogy foglalkozzon velem vagy hogy megvédjen. Nem úgy, mint a Főnök. Ó, bárcsak értem is úgy harcolt volna valaki, ahogy azt ő tette! Képzelje, úgy kipenderítette a cégtől azt a palit, mert csak rá mert nézni a feleségére! Hát mikor tenne ilyet értem George? Pedig pont egy ilyen örültségre vágyom! – dalolta Mary, majd az órájára nézett. – Hú, a mindenit. Mindjárt itt lesznek a modellek! Megyek, hátha nem jött el egy és én is feljutok a kifutóra! – csiripelte és már faképnél is hagyta a megdöbbent Laurát.

•

78

Kimberly kétségbeesetten nézett körül a dolgozószobában és kiutat keresett. Tommy ugyanis határozottan tartott felé és egyre szorította hátra a szobában egészen addig, amíg neki nem ütközött a saroknak. Rémülten nézett a fölé tornyosuló férfira és egyáltalán nem tudott magabiztos arckifejezést vágni. A férfi ugyanis minden bizonnyal már korábban is figyelte és most utána osont az emeletre. Hogy nem vette mindezt észre! A szándékai pedig nem tűntek barátinak. Kimberly érezte, hogy most nem fog tudni egykönnyen megszabadulni tőle.

- Nocsak, csak nem félsz tőlem? – támasztotta neki a szabad oldali falnak a férfi az egyik kezét, megakadályozva, hogy egyáltalán távoznia tudjon.

- Ééénn? – mondta reszketek hangon. Miééért, kééééne? – préselte ki magából ezt a pár szót. Nem mert felnézni a férfira.

- Természetesen nem. Ha készséges vagy velem, akkor nem. Biztosan tetszeni is fog, ha hagyod magad... - mondta egyre mélyebb hangon és még közelebb húzódott a lányhoz. Kimberly ziláltan vette a levegőt és elfordította a fejét. Nem fogja magát harc nélkül megadni. Ha kell harapni és hadakozni fog, de minden telhetőt megtesz, hogy kiszabaduljon.

- Úgy is tudtam, hogy az enyém leszel – hajolt egészen közel a lányhoz és az álla alá tette a kezét, kényszerítve arra, hogy a szemébe nézzen. Kimberly meglátta az eltökéltséget benne és ettől csak még jobban megrémült. A csókja elől azonban nem volt menekvés. A férfi szája durván ért hozzá az övéhez. Egyáltalán nem olyan volt, ahogy David megcsókolta. Ebben semmi gyengédség nem volt, kizárólag erőszakosság és fölényesség. Kimberly hirtelen cselekedett és örült, hogy Tommy egy pillanat alatt hátrahúzódott.

- Te szemét – kapta a kezét a szájához és fájdalmasan ordított egyet. Ujjain meglátta az ajkából előszökkent vért. Kimberly kihasználva a megnyílt menekülési utat, kisurrant a férfi mellett. Tommy azonban gyors volt és a szabad kezével utánakapott és megragadta a csuklóját. – Még nem fejeztük be! – sziszegte és visszapördítette. Kimberly lendületből küldte a pofont.

- Soha nem kapsz meg! – kiáltotta újra menekülni próbált. Tommy azonban elkapta a derekát és visszarántotta.

- Azonnal engedd el! – hallották meg mindketten David vérfagyasztó hangját.

•

Cecile nem siette el a megjelenésének időpontját, sőt, komolyan gondolkozott is azon, hogy egyáltalán nem jön el. Túlságosan megbántották ahhoz, hogy azon egykönnyen túltegye magát. Kíváncsisága azonban felülkerekedett benne és most itt van. Bosszankodva vette észre, hogy bár nagyzenekar nincsen, a vonósnégyes egészen jó hangulatot képes csinálni. Vajon honnan szalasztották ezeket az embereket, csak nem a helyi lelki közösségből? Más elérhető társaságról ugyanis egyáltalán nem tudott – cukkolta magát, majd kiszúrta a hanyagul egy fának támaszkodó Willt a távolban. Megcélozta. Itt az ideje, hogy figyelmeztesse arra, lejárt az ideje. Ha a mai nap nem sikerül megkaparintania Kimberlyt, búcsút inthet a csodás hajának!

•

David úgy állt a dolgozószoba ajtajában, mint egy feldühödött sárkány és úgy fújtatott, akár egy gőzmozdony. Kimberly kétségbeesetten nézett a férfira és nagyon remélte, hogy David képes pontosan azt látni, ami történt. Nem hinni annak, hogy most jelen esetben tényleg a legjobb barátja karjaiban van, de nem önként. Figyelte, ahogy David egy szempillantás alatt melléjük rohant és egy jól irányzott ökölcsapást mért Tommy állkapcsára. A férfi a hirtelen jött ütéstől hátratántorodott és azonnal leeresztette a lány derekát. Kimberly rémülten tett meg pár lépést az ajtó irányába és onnan nézett vissza. Megkönnyebbült: David ezek szerint hallotta, hogy ő menekülni próbált! A két férfi látványa azonban egyáltalán nem nyugtatta meg: David és Tommy szeme is villámokat szórt. Kimberly kétségbeesett: ezek még itt összeverekednek! Hoznom kell segítséget, hogy szétválasszák őket! Én ehhez kevés lennék! – határozott gyorsan és már ki is szaladt a szobából, hátrahagyva a két kakast. Nem fogja megvárni, amíg elkezdődik a harc.

•

Mary izgatottan figyelte a ház előtti kisbuszból kiáramló, betegen sovány nőket, ahogy kényeskedve nyújtózkodnak, mintha a világ másik feléről ideáig utaztak volna. Érdeklődése azonban merőben más irányt vett, amint felfedezte a ruhákat tartalmazó járművet. Nem okozott nehézséget számára, hogy eljátszva az egyik szervezőt – végül is tényleg az volt – mindjárt magához ragadja az irányítást. A Főnök ugyanis ígéretével ellentétben egyáltalán nem toporgott itt a vendégeket várva, pedig jócskán elkéstek.

- Gyorsan, ki kéne zavarni a vendégeket a kertbe, nehogy meglássák a besurranó modelleket – súgta Rose fülébe, miközben kedves szavakkal próbálta meg feltartani a határozottan az ajtó irányába induló sereget. Nem szabad, hogy idő előtt kiderüljön a meglepetés!

•

Ezalatt az emeleten Tommy és David szemben állva, harcra készen méregették egymást, észre sem véve Kimberly távozását.

- Hogy merészeltél kezet emelni a feleségemre! – kiáltotta David és azon volt, hogy újabb csapást mérjen Tommyra. A férfi azonban félrehajolt és az ütés célt tévesztett. Kihasználva barátja átmeneti bizonytalanságát, ő vitt be egy jól irányzott ütést, majd leragadta a földre, ahol birkózni kezdtek.

- Te mondtad, hogy próbálkozzak be nála – mondta az éppen felül kerekedő Tommy, miközben David nyakán húzta egyre szorosabbra az ingét.

- De azt nem mondtam, hogy erőszakoskodjál vele! – lendül meg David és ő kerekedett felül. A birkózás közepette nekiestek az útjukba kerülő kisasztalnak, amelyről egy értékes antik váza hangos csörrenéssel csapódott be mellettük. David hátára és Tommy fejére virágok potyogtak, alattuk méretes víztócsa támadt.

- Ha bármi baja lesz a gyereknek, én nem tudom mit csinálok veled! – nyomta eközben hátra Tommy fejét az állánál fogva David egyenesen a vízbe, a másik azonban abbahagyta az ellenállást. Megértve a szavakat megmerevedve kapta a tekintetét Davidre.

- Te ilyen gyorsan felcsináltad azt a nőt? – kérdezte megrökönyödve. Hiszen még csak pár hete vette el! Davidnek nagyon nem tetszettek a nyers szavak és egy pofonnal honorálta barátja reakcióját. Aztán megrémült: eleddig még senkinek nem árulta ezt el!

- Te nem beszélhetsz így róla! Ő a feleségem! – sziszegte dühödten, önmagára is idegesen és újabb ütésre emelte a kezét. Tommy azonban még mindig teljesen erőtlenül hevert a földön, letaglózva a hírtől.

- Te tejesen belezúgtál abba a nőbe! Tényleg odavagy érte! – hallotta meg barátja hitetlenkedő szavait, mire döbbenten eresztette le a kezét.

•

Mary egész egyszerűen a testével állta el a bejárati ajtót, így tartva vissza a nekiveselkedett libákat. Ez egyszerűen nem lehet igaz, hát nem értik meg ezek a kis fruskák hogy legyenek türelemmel még két percet? – méltatlankodott és kétségbeesetten nézett hátra. Hol marad már Rose, mi tart ennyi ideig? És miért nem takarodnak már ki a vendégek a fenébe? Na végre – kapta meg a jelet a házvezetőnőtől és megfordult.

- Kérem, kövessenek – indult el befelé a nappali felé, nyomában húsz felháborodott, gágogó libával.

•

Kimberly Tommal és Dylannal együtt, fújtatva érkezett vissza a kissé átrendezett szobába, amelynek közepén egy víztócsában, virágokkal körülvéve találták a két férfit. David és Tommy megráncigált ingben, összegyűrt nadrágban, rendezetlen hajjal, piros foltokkal az arcukon átkarolva ültek a földön egymás mellett és nevettek! David épp Tommy felálló gallérját hajtotta le, amikor meglátta a három csodálkozó arcot.

- Ti meg mi a fenét csináltatok itt? – jutott legelőször szóhoz Tom és értetlenül nézett hol az egyikre, hol a másikra.

- Csak egy kis félreértés volt köztünk, igaz? – nézett Tommy Davidre, aki egyetértően bólintott, majd cinkosan összekacsintottak. Az elmúlt

82

pár percben jót beszélgettek, tisztázva a köztük lévő alapvető félreértést. David talán nem is bánta, hogy nem maradt több idejük, Tommy ugyanis kezdett egyre kellemetlenebb kérdéseket feltenni neki. Méghogy belezúgott volna – ő, valakibe? Képtelenség, a legnagyobb badarság!

- De már tisztáztuk is – szólalt meg. – Tommy – mutatott Kimberly felé, aki értette a célzást. Itt az ideje, hogy elnézést kérjen. Semmiképp sem akarja magára haragítani barátja feleségét. Pláne most! Tommy ugyanis kezdett meglehetősen tisztán látni Daviddel kapcsolatban, mégha Davidnek minderről fogalma sem volt.

Tommy felállt és megigazgatta a nadrágját, de nem ment közelebb a lányhoz és ránézni is csak lopva nézett. A fejlemények tükrében már szégyellte magát. Rájött, hogy itt valóban nem a szokásos kis cafkáról van szó. De azt egyszerűen nem értette, mi a fenével tudott ilyen hatást elérni barátjánál ez a látszólag jelentéktelen kislány. Hogy volt képes arra, ami eddig senkinek sem sikerült: hogy összeugrassza őket.

- Én... szeretnék elnézést kérni a viselkedésemért és ígérem, hogy soha többé nem teszek ilyet! Becsületszavamra! Remélem idővel megbocsáthatsz és újra kezdhetjük a kapcsolatunkat, tiszta lappal! – mondta őszintén és komolyan is így gondolta.

Kimberly végképp nem értett semmit és tátott szájjal bámult rá Davidre, hátha megtud tőle valamit. Összehúzta a szemöldökét.

- David...! – szólt rá pont úgy, ahogy a nők szokták számon kérni a férjüket. Meglátva David lehajló fejét, nem volt szükség magyarázatra. Szóval ő áll emögött is!

- Kimberly, kérlek... - kezdett bele a bocsánatkérésbe, de a lány félbeszakította:

- Nem akarom látni egyikőtöket sem! – mondta keményen és sarkon fordulva hátrahagyta a négy férfit: a két értetlenkedőt és a két bűnbánót, és leszaladt a zsúfolt lépcsőn.

- Kimberly, várj kérlek – lendült a lány után David, az ajtóban azonban tumultus fogadta és egy hangrögzítőbe ütközött.

- Nyilatkozna kérem? – rebegte a láthatóan kezdő újságíró és várakozva nézett fel Davidre, nem véve észre, hogy ennél rosszabb időben nem is érkezhetett.

•

David csak mordult egyet az újságíró felé, majd félretolta az útból.

- Később! – lendült volna újra neki a lépcsőnek. A következő lépésben egy dühös nő keményen az útját állta. Mary eltökélt volt és könyörtelen: egyetlen férfi feltartása már nem okozott neki gondot az előző húsz nőhöz képest. Esze ágában sem volt kiengedni, főnök ide vagy oda. Mérhetetlenül dühös volt rá azért, amiért elfelejtette az érkezőket.

David megadóan hagyta abba az erőlködést, nem akart nyilvános jelenetet. Úgysem gond, ha időt adnak maguknak, hogy lenyugodjanak. Egy duzzogó gyereknél kevés az esélye bármire is.

- Uram, megjöttek a modellek. Lenne szíves fogadni őket! – adta ki Mary az utasítást, miközben mintha ez teljesen természetes lenne, kiszedett egy virágot a férfi hajából. Érdeklődve nézetetett be a háta mögött és majd megette a kíváncsiság, hogy megtudja, mi történt. Elnézve a főnököt, egy kisebb bunyó állhat mögötte! Csak nem már megint a feleségéért harcolt? – nézett végig a díszes férfikompánián, akik nem elég gyorsan hajtották be az ajtót. Nem kerülte el figyelmét az ajtónak támaszkodó, diktafont tartó firkász sem. Na ez is a legjobbkor bukkant fel! Az érdektelen lányok felé fordult:

- Hölgyeim, kérem kövessenek. A házigazda azonnal jön, csak épp most egyeztet a sajtóval, de illően szeretné fogadni önöket – tett célzást arra, hogy Davidnek nem ártana egy tiszta inget és nadrágot húznia. Olyat, amelyikből nem csöpög a víz.

•

- Kimberly kedves, zavarhatom egy kicsit? – szólította meg Tom a kert túlsó felébe menekülő és ott magányosan álldogáló lányt. Kimberly David összes ismerőse közül egyedül az udvarias Tomot becsülte valamennyire, így egy halvány mosoly kíséretében ránézett.

- Parancsoljon – mondta udvariasan. Csalódott volt, amiért David nem futott utána. De mit is várhatott volna tőle, az egyáltalán nem a stílusa. A David-féle macsók nem futnak a nők után, megszokták, hogy ez fordítva

84

van. És azt is megszokták, hogy kényük-kedvük szerint játszhatnak a nőkkel. De ezt nem fogja sokáig tűrni, nem bizony!

- Hölgyem, tudom hogy nem ismerem sem önt, sem a helyzetet annyira, hogy beleszóljak, vagy ehhez egyáltalán jogom lenne. Pusztán csak szeretnék elmondani valamit, amit tudnia kell - ömlesztette rá sebesen a szavakat. Kimberly annyit már megtanult az élettől, hogy soha nem szabad megtagadni bárkitől, hogy elmondja a véleményét. Attól még, hogy meghallgatja, semmi baja nem származhat. Hány félreértés adódott már abból, mert nem hallgatta meg a másikat. Bár itt félreértésről nem lehet szó, de talán... talán fontos lehet.

- Hallgatom – felelte és tekintetét a férfira szegezte.

- Davidet már nagyon rég óta ismerem. Tudja együtt nőttünk fel, együtt értünk meg. Ki előbb, ki később – nevette el magát, majd ismét komollyá vált és úgy folytatta. – Számos nőkalandját követtem nyomon, sokról nem is tudtam. De itt most nem ez a fontos. Ez a múlt. Amit viszont tudnia kell, hogy David egyiket sem kezelte komolyan és ebből adódóan ők sem így kezelték Davidet. Közismert volt a természete és a mentalitása és így álltak hozzá. David pedig hozzászokott, hogy a nők ilyenek. Azok a nők, akiket ő ismer.

Kimberly értetlenül ráncolta a homlokát és nem látta, hova vezet ez a beszélgetés.

Szóval hogy megértse, a lényeg: David nem bízik a nőkben, meglátása szerint ugyanis ők is ugyanúgy kihasználják, ahogy ő tette ezt velük. Ezért lett olyan, amilyen. Elutasító, megközelíthetetlen. Amíg maga fel nem bukkant. Kimberly, maga más, maga nem olyan és ezt mindenki látja egyből, aki egy kicsit is önre néz. Ő viszont már nem lát! Adjon neki időt, próbálja meg megérteni, hogy ez számára nem ilyen egyértelmű. És bocsássa meg neki, hogy ilyen kegyetlen módon akar erről megbizonyosodni. Remélem nem lesz túl késő a számára és nem riasztja el önt. Kérem, gondolkozzon el ezen és nézze el a merészségemet. Ha nem becsülném önt, biztosan nem jöttem volna ide – fejezte be a beszédet. Távozás közben még hátraszólt: - Ja, és üzeni, hogy itt vannak a modellek, ha tud menni és érdekli – hagyta magára a megdöbbent lányt.

•

- Kimly, kérlek hallgass meg – ugrott rá egyből David az előtte elhaladó lányra. Már percek óra várta lesből és úgy rontott rá. Zuhany után, új ruhában – már a második nadrágot és a harmadik inget használva el pár órán belül – a résre nyitott ajtóból fürkészte a folyosót.

- Ne most David, most más dolgunk van. Majd utána – hárította el a közeledést a lány. Még szüksége van időre, hogy rendezze a gondolatait, ez pedig ebben a felfordulásban nem megy.

David mindezt egy vállrándítással tudomásul vette. Ezek szerint nem érdekli a magyarázatom, nem érdeklem – futott át az agyán, majd már lépett is tovább. Tényleg jobb, ha most nem ezzel foglalkoznak.

Kimberly hagyta, hogy David élő pajzsként felhasználva maga előtt tolja a modellek szobájához. Daviddel kapcsolatban már rég túl volt azon, hogy meglepődjön valamin. Egyszerűen nem tudott kiigazodni rajta és ahhoz már most túl fáradt volt, hogy ezt ma megpróbálja.

- Hölgyeim, üdvözlöm önöket – köszöntötte a modelleket egy széles mosollyal, továbbra is maga előtt tartva a lányt. – David Wilson vagyok, a házigazda és örülök, hogy mind itt vannak – folytatta a kedveskedést. Kimberly a vékony lányok David iránti gyors reakciójából kapizsgálni kezdte, hogy miért is van rá szüksége. Ha ő nem állna az útjukba, akkor már hat is lógna rajta, meglehetősen hiányos öltözékben! Hiszen nem is foglalkoznak azzal, hogy egy férfi van a szobában, tovább öltöznek-vetkőznek! – lepődött meg Kimberly. Vagyis David a letámadások ellen, mindezt megakadályozandó hozta őt ide! Tovább hűtendő a kedélyeket és a szemvillanások káros mértékűvé emelkedését, David gyorsan bemutatta Kimberlyt.

- A hölgy a feleségem – tolt rajta egy csöppet – és ő fog segíteni önöknek az eligazodásban – mondta gyorsan és már távozott is. Kimberly ott állt húsz irigy nő társaságában és kétségbeesetten pillantott az ajtó felé, felmentő seregre várva.

.

Mary izgatottan kukucskált ki a színfalak mögül és a közönséget leste, akiknek még mindig nem volt fogalmuk arról, mi vár rájuk.

86

Nyugtalanul ültek-álltak a színpad körül és próbálták kitalálni, mi is fog történni. Mary nyugtalanul futott hátra megérdeklődni, hogy minden a legnagyobb rendben van-e és indulhat a zene, felsorakoztak-e a lányok. Oldalra húzódott és átadta a helyet a felkonferálónak. Ökölbe szorított kézzel, feszülten várta a kezdést.

•

Laura kihasználva a csődületet tökéletesnek találta az időt arra, hogy beosonjon a házba. Mivel úgyis mindenki az előadásra vagy mire figyel, senkinek nem fog feltűnni, hogy ő közben körülszimatol a lakásban és nyomok után kutat. Itt az ideje, hogy belessen David lapjaiba és fiókjaiba. Muszáj körülnézzen egy kicsit a hálószobájukban, hogy jobban lásson mindent – osont el két beöltözött nő mögött és megörült, hogy a lépcsőt teljesen üresen látta. David és Kimberly is minden bizonnyal a színpad túloldaláról figyeli az eseményeket – osont be az emeleti szobájukba és keze már a kilincsen volt, hogy a lehető leghalkabban becsukja maga mögött az ajtót. A mögötte lévő zajra azonban megfordult és halkan felsikított a látványtól.

•

Elizabeth még soha nem feszengett ennyire egy újságíró jelenlétében sem, most viszont fogalma sem volt róla, mit is mondjon. Hiszen azt sem tudta, mi lesz a műsor! Ráadásul mérhetetlenül bosszantotta, hogy a társasági élet magazin egy teljesen tapasztalatlan firkászt küldött az ő partijára! De legalább a fotós profinak tűnt és mindent megörökített anélkül, hogy a vendégeket zavarta volna.

Magában füstölögve figyelte, hogy a meglepetés, amiről még ő sem tudott és amit az a perszóna készített elő, bomba sikernek bizonyult. Eleve az egész este kifogástalan mederben haladt és ez is meglehetős elégedetlenséggel töltötte el. Hiszen arra számított, hogy az a lány teljes kudarcot vall és belátja, hogy egyáltalán nem illik bele az ő köreibe. Erre tessék, minden igyekezete ellenére nem pont fordítva sül el minden? Ebbe bele kell örülni! Hát most mit csináljon vele, hogy elüldözze innen?

Talán a legjobb lenne, ha ráküldené ezt a firkászt... hmm... és talán... igen... nem is rossz ötlet! – vidult fel az újabb gonosz tervén.

- Édesem, szédületes ötlet ez a divatbemutató! Hadd gratuláljak hozzá! – hajolt feléje a szenátor felesége és lelkesedése az arcára volt írva. Elizabeth azonnal magára véve az ötletgazda szerepét, illendően szabadkozott és a „semmiség" – szót vagy háromszor is a mondatba tette. Kezdett fortyogó vulkánként viselkedni és csak remélni tudta, hogy pont a megfelelő időben fog csak kitörni.

•

David fejjel a szekrényben egy újabb ing után kutatott. Az előbb ugyanis sikeresen nekiütközött az egyik pincérnek, aki volt olyan kedves egy fél tálca salátát ráborítani. Még jó, hogy csak ecetes lével öntötte le az ő Armani ingjét, különben minden bizonnyal a teljes maradékot lenyelette volna az esetlen pincérrel. Ilyen kétbalkezes flótást! – húzta elő a fejét a szekrényből és meghökkenve vette észre az éppen besettenkedő Laurát.

A friss ingét az ágyra hajítva egy szemvillanás alatt a nő mellett termett és elkapta a kezét.

- Remek! Most pedig azonnal megmagyarázza, hogy ki a fene maga és mit keres a hálószobámban! – ordította a képébe David és felemelt csuklóját egészen közel húzta az arcához. Laura fejéből az összes vér egyszerre távozott, de legnagyobb sajnálatára ez sem volt elég ahhoz, hogy elájuljon. Tátott szájjal mered fel a férfira és egy mukkot sem tudott kinyögni!

- Nos, hallgatom! – kiáltott rá újra a férfi és Laurát remegés fogta el. Most mit csináljon, hogy magyarázhatja ezt ki?

- Én csak a mosdót kerestem és – habogta, David azonban a képébe nevetett.

- Hazudsz! Pontosan tudom, hogy ki vagy! Hallottam, amikor apámmal beszéltél! De a te szádból is akarom hallani! – nézett rá dühösen.

•

Kimberly kíváncsian indult el kifelé az öltözőből, hogy meglesse, mikor érnek vissza a lányok. Á, már jönnek is! – látta meg a kanyarban feltűnő szőkeséget és gyorsan félreállt. Tudta, hogy a lányok sebes átöltözésbe kezdenek, hogy fürdő- és strandruhákba térjenek vissza a kifutóra a forgatókönyv szerint. Az ajtónak támaszkodva észrevette, hogy a hálószobájuk ajtaja résnyire nyitva van. Gyorsan átlépett a túloldalra és kezét már a kilincsen tartotta, hogy az illetéktelen szemek elől elrejtse a szobát, amikor bentről hangokat hallott meg kiszűrődni. Mégpedig egy női hangot! Kimberly rosszat sejtve összehúzta a szemét és tövig kivágta az ajtót. Most rajtakapja őket, bárki is legyen az!

•

Anthony szomorúan ült az egyik széken és hagyta, hogy anyja fürge ujjakkal megszabadítsa a saláta és petrezselyemlevelektől. Pedig ő csak jót akart, amikor kitalálta, hogy beáll segíteni a pincéreknek. Ki gondolta volna, hogy David úgy vágtat elő a semmiből és keresztezi az útját. És milyen udvariatlan és lekezelő volt vele és hogy ordibált! Anthony lelke hiába kérgesedett meg odabenn a börtönben, ez akkor is fájt neki. Ezt még vissza fogja kapni! – döntötte el magában. Miért van az, hogy neki tényleg nem sikerül semmi, bármibe is fog? És miért van az, hogy minden igyekezete ellenére nem tud beférkőzni a gazdagok világába? Dühösen lökte el anyja kezét és felpattant.

- Fiam, kérlek, ne csinálj jelenetet! Az úrfi nagyon ideges, hiszen ő az egyik főszervezője. És hidd el, nem gondolta komolyan! – csitította fiát, aki anyjára való tekintettel visszafogta magát. Egyenlőre.

•

Kimberly nem éppen erre a látványra számított, bár igazából nem számított semmire. De az a tény, hogy a hálószobában ott találta a félmeztelen Davidot, szorosan közel tartva magához egy fiatal lányt, az mindenképpen magáért beszélt. Laura keze ugyanis hozzáért David mellkasához és egyáltalán nem úgy tűnt, mintha nagyon vergődne.

Nem úgy, mint ahogy azt ő tette! Sőt, meglehetősen vörös színben kezd pompázni!

Kimberly olyat érzetett, amit előtte még soha: mintha egy tőrt döftek volna a mellkasába. A látványtól megroggyant a térde. David megint szórakozik vele, megint, újra átverte! És ő meg bedőlt neki! Hogy vehette be azt a jelenetet, hogy nem is érdekli őt a nő? Hogy gondolhatta azt, hogy azért küldte ki az irodából, mert figyelemre sem méltatja? Hiszen az egész csak egy színjáték volt, amin ők minden bizonnyal jól szórakoztak. A szegény kis naiv feleség gyanúja elaltatva és ők meg itt, az ő hálószobájukban... képesek... - Kimberly szemét ellepték a könnyek. Csak egy fájdalmas nyüszögés tört elő belőle, amely pont úgy hangzott, mint egy csapdába esett állaté. – Menekülj! – szinte üvöltötte a belső hang! Fuss és ne gyere vissza többé! Már fordult is sarkon és szélsebesen távozott a szobából. A könnyektől és a nagy igyekezettől nem láthatta, hogy egy magas sarkú lány épp előtte halad el. Kimberly akaratlanul is ellökte a lassan tipegő lányt és tovább rohant lefelé a lépcsőn. A lány elvágódott a szőnyegen és fájdalmasan a bokájához kapott.

Mary roppant éles füle messziről, radarral befogta a hangot és akaratlanul is elmosolyodott. – Ha jól hallom, eljött az én időm! – rohant máris felfelé a lépcsőn, nem is véve észre a mellette felzaklatott állapotban távozó Kimberlyt.

.

David nem kapcsolt azonnal és meglehetősen késve jutott el agyáig Kimberly reakciója. Ellökve magától Laurát megborzongva jutott el tudatáig, hogy mit is láthatott a lány. Egy sajnálatosan meglehetősen egyértelműnek tűnő helyzetet, akit valóban nem lehet mivel magyarázni. De mégis! Ha Laura tényleg a testvére, akkor követelni fogja, hogy ismerje be a lány előtt is. Hiszen így egyértelmű, hogy ő sem akart semmit! Meg kell állítsa, mielőtt valami meggondolatlanságot követ el vagy valami történik vele, hiszen még az előzőek miatt is zaklatott lehet – futott utána, majdnem átesve egy földön fekvő lányon. Ez azonban a legkevésbé sem zavarta, utol akarta érni Kimberlyt. Útját azonban ismét Mary állta el, a téblábboló újságíró társaságában.

- Na de uram! Nem segítene gyorsan ezen a lányon? Hát milyen férfi maga! És igazán felöltözhetne már, annyira azért nincs meleg, hogy félmeztelenül rohangáljon ennyi csinos lány között! – háborodott fel teljesen Mary David viselkedésén. A férfi nagyon csúnyát káromkodott, majd visszalépett és felnyalábolta a szőnyegen vergődő lányt és az öltözőbe cipelte. Lehet, hogy sokba fog kerülni Marynek ez a mai nap!

·

Kimberly az ámokfutásának köszönhetően kis híján a kifutón találta magát. Az utolsó pillanatban azonban visszalépett és fújtatva dőlt neki az egyik paravánnak. Tehetetlenségében egy nagyot dobbantott a lábával! Hát innen még kiszabadulni sem tud? Egyszerűen még elmenekülni sem lehet! – vergődött. Ha nincs a tömeg, ki tudja hol állt volna meg, így viszont kénytelen volt itt maradni. Arcán patakokban folyt a könny. Hogy tehette ezt vele! Hogy lehetett ennyire vak, hogy azt hitte, beéri egy nővel! Mikor három sem elég neki! Hogy is gondolhatta azt, hogy ha nem ér egy ujjal sem hozzá, akkor máshoz sem? Kimberly, csak magadnak tehetsz szemrehányást, hiszen te okoztad a bajt! – szidta magát. Ha készségesebb lettél volna, akkor minden bizonnyal ez nem következik be. Nem most! – egészítette ki gyorsan. David soha nem fog megállapodni egyetlen nőnél, nem elégszik meg eggyel. És erre nem is lehet kényszeríteni, ez a vérében van! – folytak kiapadhatatlanul a könnyek a szeméből. Ó, hogy gyűlöli ezt a férfit! De akkor meg mit érdekli mindez?

Magában, némán zokogott, miközben tőle pár méterrel lendületes zene szólt és vidám arcok vigyorogtak, tapsoltak és élvezték az életet. Kimberly soha nem érzett még ekkora kontrasztot. Soha nem érezte még ennyire, hogy milyen kirekesztett és végtelenül magányos.

·

A paraván túloldalán a mit sem sejtő párocska beszélgetésbe kezdett. Kimberly először nem is értette, miért kezdi rázni a hideg, aztán ismerős hangokra kapta fel a fejét. Cecile hangszíne bármikor hátborzongató érzést keltett benne és ez most is így volt. Kíváncsiság fogta el, abbahagyva a sírást. Ha tudná ez a szörnyeteg, hogy az imént David nemcsak őt, hanem Cecilet is megcsalta, biztosan nem kacagna ilyen csilingelő módon! – fogta el a méreg. Legalább annyi élvezete hadd legyen neki is, hogy nem ősi riválisával szemben marat alul, hanem megjelent egy nevető harmadik!

- Will drágám, figyeltelek egész este és úgy látom meglehetősen eredménytelen voltál – hagyta abba a nevetést Cecile és ezeket mondta. Kimberly feszülten tapadt a paravánra, elfelejtve korábbi bánatát.

- Hát a kislány nem sokat futkos a vendégek között így nincs sok esélyem. De a tekintetem ha jól sejtem meglehetősen felkavarta! – hallotta meg a röhögést Kimberly és ökölbe szorult a keze. Hiszen ezek róla beszélnek! Zorró, alias William, vagyis Will személyesen! És ismeri Cecile-t! – fortyogott.

- Nos, még egy pár óra és elveszted a fogadást, ne feledd! Még három órád van, hogy megszerezd a lányt! – mondta Cecile.

Kimberly előbb elsápadt, majd elvörösödött. Szóval így állunk! Ezek itt fogadást kötöttek arra, hogy elcsábítják! Még ezek is! Micsoda egy piszkos társaság ez, egyszerűen undorító! Hogy ezek a gazdagok nem tudnak magukkal mit kezdeni, hanem azzal szórakoztatják magukat, hogy... hogy... - inkább nem is gondol bele! – fordult sarkon. De ezt nem úszzák meg ennyivel! – határozta el magát. David fején akkor is elég sok a vaj, ha ebben történetesen tényleg nem volt benne – indult vissza az emelet irányába. Szüksége van egy kis magányra és ha már innen nem is szabadulhat, már tudja, hova menjen – lépett volna be az épületbe.

- Adna egy interjút, Mrs. Wilson? – szólt hozzá egy ismeretlen illető és egy diktafont nyomott a szája alá.

•

Kimberly némi elemózsiával és itallal felfegyverkezve felrohant a lépcsőn és meglepetten tapasztalta, hogy az egész emelet üres. Hova tűnt el mindenki? Biztosan mind lenn tolongnak a színpadon. Annál jobb, legalább nyugodtan felosonhat. Szüksége van egy kis pihenésre az előbbi nyilatkozata után, nem beszélve az azt megelőző megrázkódtatásokról. Te jó ég, most adtam egy interjút! – mosolyodott el. Hogy lehet az, hogy

92

valakit képesek azért fizetni, hogy olyanokat olvassanak, hogy hány gyümölcskosár volt vagy hogy hány szál rózsa díszítette a teraszt. Tiszta őrület! Na meg hogy milyen ruhát hord? Ez volt a legészveszelytőbb! Hát s-es méretet, meg virágosat. Nem lát a szemétől! Tegyen be egy képet és kész! – nyitott be felajzottan a hátsó piros szobába, tenyerén egyensúlyozva a salátástálat, hóna alatt szorongatva az üdítős dobzt. Nem éppen alkohol, de az idegeinek lenyugtatására talán tökéletesen megfelel és bánatában akár ezzel is leihatja magát – komorodott el és a szekrényhez lépett, majd kinyitotta. Belépett a szekrénybe, majd gondosan becsukta maga mögött és a sötétben kitapogatta a belső elválasztó ajtót, majd lassan félrehúzta. Már itt is van – tolta ki a másik szobában a szekrényt és kiosont. A sötétben határozottan egy alak közvonalait látta meg az ágyon. A doboz kiesett a kezéből és Kimberly csak egy rémült sikolyt eresztett meg: - Istenem!

XXI.

David kényszeredetten vigyorgott a kifutón és felettébb zavarban érezte magát a nem éppen önkéntes szerepléstől. Készségesen előre engedte az elemében lévő Maryt és tekintetével követte, ahogy a nő fülig érő szájjal lassan lejt végig a kifutón, hogy a túlsó felén megpördüljön és pózba vágja magát. Kizárólag az unszolásnak eleget téve vonult ő is színpadra, hogy aztán illő módon köszönhesse meg a modelleknek és a tervezőnek a bemutatót – a szokásos formaságoknak megfelelően. Arról nem is beszélve, hogy a színpadról sokkal jobban nézelődhet és átláthatja a vendégek hadát. És esetleg megláthatja a lányt is. Hova szaladhatott? Csak remélni tudta, hogy tényleg nem jutott messzire – forgolódott, hátha meglátja valahol. Beszélnie kell vele, meg ott az aláírás is, de fog-e az menni az előbbiek után? A vendégek kíváncsi tekintetén kívül azonban mást nem látott így a keresést is abbahagyta. Úgysem tud most mit tenni, elvégre kötelezettségei vannak – emelte tapsra a kezét, majd kézen fogva kivezette a kifutó közepére a tervezőnőt, hogy ott kézcsókkal és egy hatalmas virágcsokorral köszönje meg a bemutatót, miközben a modellek felsorakoznak körülöttük. A lelkesedés átragadt rá is, és már el is felejtette, hogy valami az előbb kissé felzaklatta. Hogy is gondolhatott volna a problémáira, mikor Mary lelkesen kurjongatott mellette és felajzotta az a tudat, hogy munkamániás férjét kizökkentette bokros teendőiből.

Nem beszélve arról, hogy a lelkes férfi vendégek – köztük az ő haverjai is – határozottan közelebb húzódtak a modellekhez, várakozó álláspontra helyezkedve.

•

Kimberly egy sikolyt hallott és nem tudta eldönteni, hogy ezt a hangot ő adta-e ki, vagy az a valami, ami ott volt. Úgy állt az emeleti szoba közepén, mintha odafagyott volna és mozdulni sem mert. Biztos volt benne, hogy szellemet lát, csakis arról lehet szó! Hiszen ki más osonhatott volna ide?

– futott át az agyán a gondolat, majd hátrált egyet. Ha szellem, akkor vajon képes-e bántani, ártani neki? És vajon csak a sötétben látható, vagy akkor is, amikor fény van? – hátrált tovább és nekiütközött az ablaknál lévő íróasztalnak. Kétségbeesetten kezdett el tapogatózni és megkönnyebbülésére egy kapcsolózsinórba gabalyodott bele a keze. Miért nem mozdul az árnyék? Miért marad ugyanúgy? Reszketve tapogatta ki rajta a kapcsológombot és megnyomta. Világosság gyűlt. A látványtól elállt a lélegzete és kezét a szája elé kapta. – Istenem! Ez nem lehet igaz! – suttogta és tágra nyílt szemmel bámult az ágy felé. – Lehetséges volna? – hápogott és csak úgy cikáztak a gondolatok az agyában. – Mariann? – ejtette ki a nevet halkan, kérdőn.

•

Cecile unottan nyomott el egy ásítást és megpróbált a mellette állók beszélgetésére figyelni. Legfőbb ideje, hogy pár szót váltson Lizzievel – jutott eszébe és faképnél hagyta a kisebb társaságot, melyek még mindig a divatbemutató lázában égtek. Megpróbálta átverekedni magát a tömegen, egyenesen abba az irányba tartva, ahol az előbb az asszonyt látta. Nem volt azonban könnyű dolga, mert a show végeztével a lökdösődő tömeg egyszerre indult el a büféasztalok felé, hogy enni és innivalót vegyenek magukhoz. Cecile lemondóan legyintett egyet a csürheeffektusra és inkább nyugton maradt. Annál is inkább, mert figyelmét egy kecsesen mozgó pincér kötötte le. A nő szakértő tekintete egyből meglátta, hogy nem hivatásos tálcaforgatóról van szó. Ennek ellenére a mozgásában volt valami megnyerő. Cecile azon kapta magát, hogy egyenesen bámulja a férfit és közben szinte szuggerálja, hogy nézzen felé.

•

- Szervusz, Kimberly – szólalt meg a nagyon is valóságos nő az ágyon és mosolygott.
Kimberly úgy érezte, hogy azonnal le kell ülnie. Ez... ez felfoghatatlan! Értetlenül nézett a nőre. Mi folyik itt? Mi ez az újabb hazugság? – volt tele kérdéssel a tekintete és zsongott a feje.

- Miért? – nyögte ki.

- Nagyon okos vagy, el kell ismerjem! – szólalt meg Mariann. Hány ismerőssel futott össze az elmúlt napokban, olyanokkal, akiket hosszú éveken át ismert és ők nem jöttek rá semmire! És itt van ez a lány, aki nem is találkozott vele és ő felismerte! És felfedezte a titkos ajtót is!

Te... te akkor nem... és David és...? – dadogta Kimberly. - Ő tudja? – emelkedett meg a hangja. Mariann egyenesen Kimberly szemébe nézett és megrázta a fejét.

- Nem, ő nem tudja... de tudja hogy vagyok vagyis nem... hogy én én vagyok és... de meghallotta hogy apát mondtam és – dadogta összefüggéstelenül, majd intett a lánynak, hogy jöjjön közelebb. Úgy érezte, hogy jóval hosszabb magyarázattal kell neki szolgálnia és volt egy olyan sejtése, hogy benne megbízhat. Megérezte, hogy sok közös lehet bennük.

- Gyere, azt hiszem itt az ideje, hogy meséljek neked egy kicsit a múltról. Először is megkérnélek, hogy továbbra is Laurának hívjál.

•

Will kitartott megfigyelő helye mellett és a tömegtől kissé távolabb egy fának dőlve tanulmányozta a társaságot. Legfőképpen egy hevesen társalgó csoport irányába fordult a tekintete és azt próbálta megfejteni, vajon miről is beszélgethetnek és min szórakoznak olyan jól. Kirekesztettnek érezte magát és a rossz közérzetén a kitűnő konyak sem enyhített. De bármennyire is szeretett volna csatlakozni barátaihoz, büszkesége visszatartotta. Ő bizony nem fog odamenni előzetes kérés nélkül David közelébe. Még csak azt kéne! Hiszen neki kell odajönnie hozzá, úgy illik! Elvégre ő bántotta meg, ő sértette meg! Bár fogalma sincs, hogy pontosan mivel, de ez nem is lényeges. Megalázta és teljesen egyértelmű, hogy nem neki kell lépnie! Ó, pedig hogy hiányoznak a közös bulik. Hiszen neki David a legjobb haverja! De nem, csakazértsem megy oda hozzájuk! – szorította össze a száját és elfordította a tekintetét róluk.

•

96

Laura nagyot szusszant és próbált nem tudomást venni arról a nyilvánvaló tényről, hogy Kimberly értetlenül és csodálkozva bámul rá, mint aki kísértetet lát. Láthatóan millió gondolat cikázott az agyában, amelyeknek szüksége van egy kis időre, hogy rendeződjenek. Neki is át kell értékelnie jópár dolgot vele kapcsolatban.

Laura most úgy érezte, hogy semmi nem tudja kizökkenteni. Attól a pillanattól fogva, hogy ismét a saját kis szobájában lehetett, tudta, hogy lelki egyensúlya teljesen helyrebillent. Visszakapta az életét! Hiszen milyen régen vágyott arra, hogy újra megérinthesse a puha selyemhuzatot, a cicás takarót, lássa a kedves könyveit a polcon vagy azt a csodás kilátást, amit annyira szeretett bámulni az ablakból. Mintha lelkének egy részét itt, ebben a szobában hagyta volna annyi éven át és most visszajött érte, hogy újra eggyé váljon. Igen! Micsoda jeges rémület fogta el arra, hogy az imént David olyan durván fogta vallatóra, szinte egy szemvillanás alatt menekült el a karmai közül. Ha nem bukkant volna fel ez a lány, akkor inkább nem is akart volna belegondolni, mi történt volna. David... istenem, micsoda sebeket szakított fel már így is benne! Hiszen tudta, érezte, hogy az iménti irányába mutatott gyűlölete kizárólag annak a haragnak szól, hogy megpróbálja átvenni az ő helyét. Micsoda egy helyzet! De ez mutatta meg számára, hogy David szereti őt... igen, még mindig szereti! Ez a fiatal lány, a felesége pedig nem vette el tőle. Nem kell osztozkodnia rajta! A Davidben lakozó érzelmek nem csökkentek azáltal, hogy egy újabb személy bukkant fel az életében, sőt! Laura mintha úgy érezte volna, hogy megsokszorozódott benne az érzelem, az adni tudás. Ilyen hévvel még soha nem támadta őt, soha nem védte őt korábban! Istenem, David! Mennyire is hiányzott neki a bátyja! Ó, miért is hallgatott az apjára és miért nem avatta be őt is?

Ismét rámosolygott Kimberlyre, aki továbbra is türelmesen várt. Hagyta, hadd rendezze gondolatait, neki is volt mit. Laura most más szemmel nézett a lányra, mint eddig. Most már nem látott benne riválist, sokkal inkább egy lehetőséget, hogy új barátnőre tegyen szert. Hiszen az a lány, aki David ilyen mértékű féltékenységének a tárgya, és aki így reagáljon arra, hogy ott találja egy másik nővel a karjában, az megérdemli a bizalmát. És annak ellenére, hogy nem vagyonos családból származik, viselkedése nem is lehetett volna ennél előkelőbb és elegánsabb.

- Nos, hol is kezdjem – nyitotta száját beszédre, majd egy nagy levegőt vett. – Azt hiszem a legelején kéne – vágott bele a mesélésbe. Tudta, hogy nem lesz könnyű számára elmesélni, mi is történt vele. Életében először feltárni valaki előtt, szavakba önteni azt, hogy mi vezetett ide.

- Szóval volt egy fiatal és gazdag lány, akinek megvolt mindene. Bármit szeretett volna, azt megkapta. A családja férfitagjai körülrajongták és lesték minden kívánságát. Az apja kényeztette, a bátyja büszkén hozta-vitte. Egyedül az anyai szeretet és gyöngédség volt az, ami néha mégis hiányzott az életéből. És ez, ahogy egyre nagyobb lett, csak fokozódott. Anyja egyre inkább riválist látott benne, aki túltesz rajta minden tekintetben. De ez a lány akkor erről még mit sem tudott, csak élte áloméletét, távol minden rossztól, egy védett kis fészekben. Aztán egy nap az álom szertefoszlott, a kislánynak fel kellett nőnie egy pillanat alatt. Meg kellett egyedül állnia a saját lábán, pedig még csak 17 éves volt. Mindez azért, mert rossz helyen volt rossz időben és olyat látott, amit nem lett volna szabad látnia... - tartott szünetet Laura. Annak a pokoli éjszakának a rossz emlékei még ennyi év után is meglehetősen felkavarták. Keze reszketni kezdett és képtelen volt folytatni.

•

David igyekezett teljes figyelmét Dylanre összpontosítani, ahogy teljes átéléssel legutóbbi szaftos sztoriját tálalta eléjük, tekintete azonban el-el cikázott. Nem kerülte el figyelmét a tőlük nem is olyan messze, egyedül álló férfi látványa. Will láthatóan egyáltalán nem érezte jól magát egyedül. De erről csakis ő tehet! Hiszen miért is veszett össze vele! Miért húzott vele újat! Miért távolodott el tőlük? Hiszen megjárta, most magányos és egyedül van. De ő bizony nem fog odamenni hozzá, azt már nem! Hiszen ő sértette meg! Hogy kigúnyolta az autóverseny után, pedig ő a kezét nyújtotta feléje, elismerve a vereséget. Neki kell közelednie, rajta van a lépés sora. Ő biztosan nem fog odamenni hozzá beszédbe elegyedni, azt már nem!

•

Laura kortyolt egyet a Kimberly által felhozott és elejtett üdítőből és igyekezett összeszedni magát. Bármennyire is próbálta az elmúlt évek során száműzni a gondolataiból annak a szörnyű éjszakának a nyomait, nem sikerült. Újra és újra felszínre tört és jeges rémülettel töltötte el! Eszébe jutott, hogy érezte magát akkor, ott. Ó, miért is ment oda felügyelet nélkül! Miért pont akkor ért oda? Miért ő? Miért? – volt tele kérdésekkel, melyekre senki nem tudott választ adni. Egész addigi élete, felfogása, hiedelmei abban a néhány percben gyökeresen megváltoztak. Bizonyos szempontból teljesen igaz volt az, hogy mintha meg is halt volna. Attól kezdve már nem ugyanaz a lány volt. Felnőtt.

- Én... én a részleteket nem mondhatom el – borzongott bele újra az emlékekbe. – Nem szabad. Én szemtanú voltam. Szemtanúja egy olyan esetnek, ami túl veszélyes és ha bármit mondok, az a másikra is veszélyes. Én... el kellett tűnjek, különben én lettem volna a következő. Megláttak és... - remegett meg a szája és könnybe lábadt a szeme. Ismét érezte azt a leírhatatlan rémületet, ahogy őt vették célba. A halálfélelmet, ahogy azok a kíméletlen szemek rámeredtek. Amíg él, nem tudja elfelejteni! Azok a szemek...

Kimberly óvatosan és kedvesen átkarolta és oda húzta magához.

- Most már nem kell félned, itt biztonságban vagy – mondta anyáskodva és hagyta, hadd sírja ki magát Laura. Hadd szabaduljon meg mindattól a feszültségtől, amit érez.

•

Mary úgy érezte, hogy a föld felett lebeg és azt kívánta, bárcsak ne múlna el ez az érzés! Mióta lejött a kifutóról, úgy érezte, hogy bármire képes. Egy percet sem fog többet arra várni, amit elvárnak tőle, a kedves és szende feleségtől, nem bizony. Ő itt és most magához ragadja az irányítást és nem hunyászkodik meg a második sorban – ahogy eddig tette férje társaságában. Elviselte a sok idegesítő partit a felszínes csevegéssel és bájolgással, de ennek a mai nappal vége! Ő nem fog többé kellékként viselkedni, igenis ő is élvezni akarja ezeket az összejöveteleket! Azt szeretné, ha a férje végre vele is foglalkozna, ne csak az üzlettel. Hiszen annyi pénzük van, ami bőségesen elég, akkor meg miért nem élvezik ki?

Mary cselekedett: odament Georgehoz és nem foglalkozva azzal, hogy épp egy mondat kellős közepén járt, megragadta a nyakkendőjénél fogva és a táncparkett irányába húzta – illően elnézést kérve a többiektől. A legnagyobb csoda viszont csak ekkor történt: George nem tiltakozott! Sőt mintha pontosan erre vágyott volna! Mary egyáltalán nem értett semmit, de ez most a legkevésbé sem érdekelte. A lényeg most az volt számára, hogy Georgehoz simulva táncolhatott. Beszélgetni majd később is ráérnek.

•

- Aztán megjelent a rendőrség – folytatta hüppögve Laura a beszámolót – és... tanúvédelem... de számukra el kellett tűnjek. Megrendezték a halálomat a bűnözőknek. Baleset. De a családom, ők is veszélyben voltak... ha kiderül a személyazonosságom, akkor ők jöttek volna. És döntöttem: a családom számára is meg kellett halljak! Semmi kapcsolat nem volt megengedhető! Az ő életük az enyémért. David és apa minden volt számomra... Egyedül apát vonták bele, hogy hihető legyen... David, ő nem tudott semmit! Túl veszélyes lett volna. Hiszen fiatal volt és meggondolatlan. Zabolázatlan. És rajongott értem! Nem bírta volna ki, hogy ne lásson és azt nem akartam. Hogy baja essék. Apám Angliába küldött tanulni új névvel és mélyen őrizte a titkot. Aztán Németországba kerültem... most ott élek. Nyolc év távol a családtól, család nélkül, új élettel... egy nő, akinek nincs múltja, nem lehet az. Nincsenek gyerekkori történetei, mert nem szabad... - hajtotta le ismét a fejét. Nagyon megviselte mindez.

- És a bűnöző? – kérdezte meg Kimberly félve. Beleborzongott arra a gondolatra, hogy Laurának örökös félelemben kell élnie, állandóan figyelve és körülpillantva. Mélységes fájdalmat és sajnálatot érzett iránta. Hogy tudott, hogy volt képes mindezt elfogadni? Ezen túllépni? Együtt élni a tudattal, hogy az életét, a gyökereit elvették tőle? Egyben mérhetetlenül csodálta önfeláldozását családja életéért.

- Ő... ő börtönben van. De a veszély nem múlt el és... Mariann soha nem jöhet vissza! Mariann halott! Nem tudhatja meg senki, hogy él! Én

Európában teljesen biztonságban érzem magam, itt nem. Itt tényleg nem – ismerte be félelmeit.

- David? – nézett kérdőn Kimberly. Érezte, hogy ez lehet az, ami miatt mégis kockázatott és visszajött.

- Igen, miatta vagyok itt. Látnom kellett végre! De nem így... azt hiszi, hogy a testvére vagyok, de nem tudja, hogy ki is. Meghallhatta, ahogy apával beszéltem és... - morfondírozott el Laura.

- Hogy? – kapta fel a fejét Kimberly. Egy mukkot sem értett. Most akkor hogy is van ez? David akkor tudta, hogy Laura a testvére! Vagyis nem...?

- Tudod, hogy miattad is jöttem ide? – terelte el a beszélgetést Laura és rátette a kezét a lány kezére. Kimberly felkapta a fejét és kérdőn nézett rá.

- Miattam? – kérdezte meg hangosan is.

- Igen – hajtotta le a fejét Laura. – Bevallom, szégyellem magam, de amikor olvastam, hogy David megnősült, akkor nem bírtam magammal. Ő... ő úgy éreztem, hogy csak az enyém lehet – mosolyodott el. Felidéződött benne egy beszélgetés bátyjával kinn a kertben. – Gyerekes marhaság – folytatta a beszédet. - Még kislánykoromban megkérdeztem, hogy miért nem nősült még meg. Erre azt mondta, hogy ő soha nem fog, mert itt vagyok neki én és soha nem találna hozzám hasonlót. Gyerekes, nem? Hiszen mit is mondhatott volna egy tizenkét éves lánynak egy huszonegy éves férfi. De én szentül hittem ebben egészen mostanáig – fordult Kimberly felé és a szemébe nézett. – Makacsul ragaszkodtam ehhez, mint az utolsó kapocshoz a gyerekkoromból. Bocsásd meg az önzőségemet. Bocsáss meg egy lánynak, aki kisajátítani akarta az imádott bátyját! – nézett rá könyörgőn.

- Nincs mit megbocsátanom – mondta Kimberly nyugodtan és egyáltalán nem értette az egészet. Hiszen nem tett neki semmi rosszat! Sőt, neki kéne bocsánatot kérnie, amiért befurakodott a helyére! – De hiszen én jöttem ide később és – kezdett hozzá a mondathoz, de Laura egy intéssel félbeszakította.

- Kérlek, ne – mondta. Kimberly elmosolyodott a látványtól és önkéntelenül is hangosan állapította meg: David is pontosan így szokta.

- Te nagyon szereted, igaz? – kérdezte meg váratlanul Laura. Kimberly érezte, hogy elvörösödik. Mit is felelhetne erre a kérdésre? Méghogy ő szeretné? Ez nevetséges, hiszen gyűlöli! Nagyon is! Devárjunkcsak, miért is? Hiszen a testvérével nem csalta meg! Akkor most mi is van? Attól még gyűlöli, nem? Persze, hogy gyűlöli, bár éppen most nem tudja megmondani, miért! Jaj, fogalma sincs, mit is érez iránta és ebbe most tényleg nem is akar belegondolni – kavarodott össze teljesen. Lehajtotta a fejét és gyorsan el akarta terelni a számára oly kényes témát.

- Szerintem meg kéne tudnia, hogy élsz – mondta csendesen. Laura szerencsére vevő volt a témára. Elgondolkozott.

- Igen – mondta kissé bizonytalanul egy kis idő után – azt hiszem, igazad van. - Neki, csak neki talán tényleg itt az ideje, hogy elmondjam! De nem ma! Arra már képtelen lennék!

•

David a bejárati ajtóban állva intett búcsút a modelleket elszállító kisbusznak és megkönnyebbült sóhajjal csukta be maga mögött az ajtót. Lassan szállingózhatnának már a vendégek is, elvégre lassan éjfél lesz – méltatlankodott magában és nyakkörzést tartott. Behunyta a szemét, így nem vette észre a villanó vaku fényét. Pokolian fáradt! Nem vágyik már semmi másra, minthogy kinyúljon az ágyon és mély álomba merüljön, ne gondolva semmi zavaróra. Laura – villant be legújabb problémájának forrása és szeme összehúzódott. Talán itt az ideje, hogy apját is faggatóra fogja a témában! Nem, talán mégsem olyan jó ötlet – gondolta meg egyből magát. Biztos tagadna mindent. A lányt kell sarokba szorítania, ezt kell tennie! Ott folytatni, ahol abbamaradt! De hol lehet az a nő? Biztosan már elment! – suhant el a közelében sündörgő újságíró mellett. Nem vette észre a lépcső felé ügető kutyát sem.

•

Laura ebben a percben pontosan David felett állt egy emelettel és Kimberly háta mögött kukucskált ki a piros szobából csöndes folyosóra. Hát innen meg hova tűnt a sok liba? – néztek értetlenül egymásra, majd

102

egy gyors vállrándítással elintézve a dolgot osonni kezdtek a lépcső irányába.

- Szerintem jobb, ha te mész előre – bökte meg Laura Kimberlyt a lépcső legtetején. Biztosan keresnek már, jó régóta eltűntél.

- Ja, világgá is mentem majdnem – felelte Kimberly és próbált lekukucskálni a lépcsőn.

- Te, ha ott van David, csald ki a kertbe. Nem akarok már vele találkozni! Adok rá két percet.

Rendben – indult el Kimberly lefelé a lépcsőn, de visszafordult, hogy kérdezzen még valamit: - Ugye összefutunk még? – suttogta felfelé.

- Hát persze! Közös ebédek, vásárlások – mondta izgatottan. Majd hívlak, jó! – integetett, hogy menjen már és már előre örült a jövő héten várható új programoknak.

Kimberly nekivágott a lépcsőnek és majdnem feldöntötte egy hevesen száguldó állat felfelé. Csillag meghazudtolva korát lelkes farkcsóválások és vakkantások közepette szelte a lépcsőket, majd egy lendülettel Laurának vetette magát.

- Kiskutyám, hát megismersz – hallotta a nő hangját és visszanézve látta, ahogy a hálás állat összevissza nyalja rég nem látott, könnyben úszó gazdáját.

•

David éppen kilépett a bejárati ajtón, amikor kis híján nekiütközött Willnek. Ijedten ugrottak odább mindketten és farkasszemet néztek pár másodpercig. Mereven állták a másik tekintetét, egyik sem kezdeményezett vagy visszakozott. Minden bizonnyal az örökkévalóságig így is maradtak volna, ha közben Elizabeth asszony nem ragadta volna karon a fiát, hogy szót váltson vele, nem véve észre a közte és Will között dúló szemháborút.

Will dühödt pillantásokat lövellt a távozók után és ismét megkísérelt belépni az épületbe. Ezúttal viszont az összeütközést egyáltalán nem kerülhette el: Kimberly egyenesen a karjaiba hullott. Will önkéntelenül is óriási mosolyra húzta a száját. A szerencse csak az ölébe pottyant! – vigyorgott elégedetten a karjaiban nyugvó lányra.

•

David először csak a szeme sarkából látta meg, hogy mi folyik. Will fogdossa az ő feleségét! – kapta el a pulykaméreg és teljes tekintetével a táncparkett felé fordult. A két pár közül, akik a lassú zenére andalogtak az egyik határozottan Kimberly és Will volt! Mi a fene folyik itt? – pislogott arra és közel járt ahhoz, hogy odarohanjon. Kit érdekel a botrány! Mit képzel ez a kis tacskó, hogy szórakozik itt vele! Azt hiszi, hogy felbosszanthatja azzal, hogy az ő nőivel cicázik? – kelt ki magából teljesen. És ez a némber... ez is csak olyan, mint a többi! Nem tud ellenállni senkinek – keseredett el arra a tényre, hogy Kimberly mit tesz.

- Interjú? – pislogott rá a lassan teljesen kétségbeeső újságírójelölt. Davidnek elég volt csúnyán ránéznie, hogy eloldalogjon.

•

Kimberly összeszorított fogakkal tűrte, hogy Will túlságosan is közel hajoljon hozzá, közben tekintetével Davidet leste. Most visszakapod! – gondolta magában gyerekes daccal és hagyta, hogy Will még lejjebb csúsztassa a kezét a hátán, vészesen közeledve a derekához. Bár nem tudod, hogy én tudom kicsoda Laura, de hidd csak azt, hogy most én vágok vissza! Hidd, hogy nem is érdekelt a fenti jelenet, hogy már el is felejtettem! Hadd egyen egy kicsit a féltékenység téged is! Várjunk csak, miért is lenne féltékeny? Hiszen nincs is miért! Akkor viszont hadd érje csorba a büszkeségét. Elvégre ő semmi rosszat nem csinál, csak táncol az egyik barátjával – nyilvánosan. Ebben nincs olyan rossz! Vagy igen? Ó, bárcsak láthatná most David tekintetét! De Will mindig úgy fordul, hogy ő háttal áll neki, hogy ő tarthassa szemmel. Persze, hiszen mindez Cecile bosszúja! Tudatos. És a hatása minden bizonnyal látható. Itt az ideje, hogy véget vessen, hogy visszaadja. A fogadás, amit nem nyerhet meg! Mikor lesz már vége a számnak? – nyugtalankodott és kétségbeesetten nézett körül. Csak most vette észre a mellette lévő párt: Mary és George teljesen egymásba felejtkezve egyáltalán nem is az ütemre ringatóztak. Legalább ők jól érzik magukat!

104

•

David gondos házigazda módjára intézkedett: egész egyszerűen kirántotta a zenét szolgáltató berendezésből a dugót. A kertben váratlanul csönd lett, mégpedig mélységes csönd. A beszélgetések is félbemaradtak és minden szem értetlenül nézegetett körbe. David nem gondolt bele igazán tette következményeibe és most tudatosodott benne, hogy pontosan mit is csinált. Villámgyorsan ki kell találnia valamit! – cikázott át az agyán és mentő ötlet után kutatott.

Kimberly mindezzel mit sem foglalkozva megkönnyebbült a csöndre és már ki is szabadult a vasmarkok szorításából. A megterített asztalok felé vette az irányt. Muszáj lesz valamit innia!

•

- Egy kis figyelmet kérnénk, kedves vendégeink! – kiáltotta el magát David és hirtelen remek mentőötlete támadt. – Úgy gondoltam, hogy a hangulat további fokozása érdekében karaokit tartanánk. Nos, akiket érdekel, azokat szeretettel várom a keverőpultnál, hogy leadják a rendeléseiket. Hölgyeim, uraim, csak bártan! És hogy kellően inspirálódjon mindenki, megkérnénk a közismerten jó hangú Will Morgant, hogy alapozza meg a hangulatot! Will? – nyújtotta a megdöbbent férfi felé az időközben ki tudja honnan előkapart mikrofont. David legszívesebben tapsikolt volna örömében, ha ez illett volna az ő korában és helyzetében, ahogy Will kénytelen-keletlen irányt változtatva nem Kimberlyt cserkészi be, hanem feléje tart. Egy-egy barátocskám – sziszegte a fogai között, majd széles mosoly kíséretében átadta a mikrofont Willnek, miközben tapsra bíztatta a közönséget.

•

Kimberly tökéletesen jól érezte, hogy David ezek után őt veszi célba. Neki viszont most még egyáltalán nem volt kedve találkozni vele, főként nem veszekedni. Hiszen nagyon jól tudta, hogy az lenne az ő beszélgetésükből. Nem és nem, amíg nem fejezte be a teljes akciót, amíg David nem látta a végkifejletet, addig nem szabad találkozniuk! – határozta el magát és egy hirtelen ötlettől vezérelve besurrant a földig érő abrosszal leterített étkezőasztal alá, még éppen időben. Bár meglehetősen gyerekes, de nagyon is hatásos mód! – elégedett meg önmagával. Csak kaját nem volt már ideje hoznia.

David öles léptekkel haladt az asztal felé, majd megtorpant. Hova a csudába tűnt Kimberly? Hiszen az előbb még itt állt, pontosan látta! Képtelenség, hogy káprázott volna a szeme. Vagy mégis? Lehetséges volna, hogy kezd becsavarodni? Mindenhol őt véli látni?

David értetlenül nézett körül a vendégek között, háttal az asztalnak. Így nem láthatta, hogy egy alulról jövő kéz lelkesen tapogatja végig a felhozatalt, majd leemelve egy pár süteményt eltűnik az abrosz alatt.

·

Elizabeth elérkezettnek látta az időt, hogy látványosan távozzon. Egy kis megszédülés kíséretében. Bár az is igaz, hogy meglehetősen elfáradt és nyűgös volt, de erejének csökkenése mögött nagyrészt a parti sikeressége állt. Bosszantotta, mélységesen, hogy a kedves kis menye egyáltalán nem sült fel, minden igyekezete ellenére. Sőt, a vendégek mind áradoztak arról, hogy milyen kedves és helyes lány. Hát hova tették ezek a szemüket? – pufogott, miközben eljátszotta a végtelenségig kimerült, elgyötört háziasszony szerepét. Legalább róla beszélnek egy kicsit – élvezte ki a helyzetet. Sajnálkozva vett búcsút néhány vendégtől, a nem létező betegségére hivatkozva és hagyta, hogy David és John is a szobájába kísérje.

·

Kimberly tökéletesen megfelelőnek találta az időt arra, hogy előmásszon rejtekhelyéről. Nem foglalkozva a meglepett tekintetekkel vigyorogva mutatott fel egy villát, mint az épp most a földön megtalált zsákmányt és tekintetével végigpásztázta az ételeket. Itt az ideje, hogy valami salátát is egyen – söpört mohón egy méretes kupacot a kistányérjába, majd elindult a terasz irányába. Ülve sokkal kényelmesebben tud enni.

A színpad közelsége felborzolta idegeit, annál is inkább, mivel az aktuális, önjelölt énekes éktelenül hamis hangon kornyikált. Kimberly igyekezett nem tudomást venni a ricsajról és mechanikusan lapátolta magába a salátaleveleket és uborkakarikákat, apró sajtszerű darabkákkal. Fogalma sem volt arról, hogy mit eszik, de ízlett neki. Közben azon tipródott, hogyan és miként tudna visszavágni Williamnak.

·

Will türelmetlenül nézegette az óráját és egyre jobban kétségbeesett. Már csak tíz perc és éjfél! – fújtatott egy napot és újabb pohár italt döntött magába. Nyugtalanul nézett körül, majd szeme megakadt a teraszon. Navégre! – mondta ki hangosan is és két pohárral a kezében lendületesen indult meg a ház irányába, egyenesen megcélozva Kimberly asztalát.

- Hölgyem, hoztam egy kis innivalót és ha nem bánod, szívesen csatlakoznék – mondta Will és kedvesen hátba veregette a félrenyelt falattal küszködő lányt. Nem éppen az a belépő volt, amire számított. Kimberly ugyanis annyira elmerült a gondolataiban, hogy szabályszerűen megijedt a hangra és egyszerre próbálta lenyelni az éppen a szájában található összes zöldséget.

- Köszönöm – krahácsolt még mindig Kimberly és párás szemeit törölgette egy szalvétával.

Will kihasználta a csöndet és heves udvarlásba kezdett. Kimberly hagyta, hadd stapálja magát, kíváncsi volt, meddig képes elmenni. A mondanivalóját elengedte füle mellett és a szavaknak csak egy kis töredéke jutott el hozzá, az is meglehetősen későn.

„...Hogy szép és elbűvölő és kívánatos, hogy teljesen felkavarta és felizgatta, és hogy többet, jóval többet szeretne tőle..." – vette ki a lényeget a túlságosan is nyálas monológból. Azt viszont tökéletesen jól érzékelte, hogy Will közelebb húzódott hozzá és a fülébe súgta: - Itt és most szerelmeskedni akarok veled!

•

David elgyötörten lépett ki a házból és akaratlanul is összerázkódott. Mi ez az éktelen nyivákolás? – nézett egyből a színpad felé, ahol két meglehetősen ittas vendég egymást átkarolva, söröspohárral a kezében megpróbálta követni az ütemet, mérsékelt sikerrel. David megmasszírozta sajgó halántékát. Még soha nem kívánta ennyire, hogy egy rendezvénynek vége legyen! Hogy a fenébe tudná illően kihajítani a tömeget? Mindenkit! Igazán elkotródhatnának már, főként hogy látták, hogy a háziak nincsenek jól. Hát ennyi tisztesség sincs bennük! Szüksége van a csöndre, hogy átgondolhasson szépen mindent.

Ez meg mi? – fedezte fel a tőle pár méterre, neki háttal ülő Kimberlyt és a szorosan a füléhez hajoló Willt. Nem, ez már tényleg sok! – indult el az irányukba, de megtorpant. Kimberly ugyanis épp egy pohár pezsgőt töltött Will legnemesebb pontjára, majd felpattant a székből. David önkénytelenül majdnem felkacagott. Hiszen ez sokkal hatásosabb, mint egy pofon! Ennél nagyobb megalázás nem is létezhet! – figyelte a láthatóan megdermedt férfit, aki önkéntelenül felállt, majd visszacsuklott a székre szégyenében.

- Remélem kellőképpen lehűtöttem! – hallotta meg a lány éles hangját. – Kérem, ne is fárassza magát tovább kedves Zorró, hallottam a fogadásról – sziszegte. – De enélkül is, hogy merészel? Mit képzel rólam? Egy pár hete mentem férjhez és ágyba bújok egy másik férfival? - Nos, erre még várnia kell – úgy nyolcvan évet! – vágta hozzá, majd sarkon fordult és a kert felé vette az irányt.

Az ő Kimberlyje, jól megadta neki! Ez a szemét kis tacskó, nem le akarta fektetni a feleségét és volt olyan ostoba, hogy ezt nyíltan be is vallja! – képedt el teljesen a merészségén. És az egész csak fogadásból! Vajon ki...? Cecile – mormogta. Csakis ő állhat mögötte! – világosodott meg az agya. De hogy jött erre rá Kimberly?

David örült, hogy a lány nem látta meg. Azt azonban a világ minden kincséért sem hagyta volna ki, hogy ne lövelljen egy megsemmisítő pillantást Willre.

- Interjú? – próbálkozott ismét, jelentősen megcsappant lelkesedéssel és kissé megemelkedett alkoholszinttel a firkász. David az égre emelte a

108

tekintetét, majd megadóan sóhajtott. Egy pár érdektelen mondatot végre csak le tud diktálni ennek a szerencsétlenségnek, talán sikerül is neki lejegyzetelnie. Ha már annyit legyeskedik itt körülötte.

•

David a pár perces elbeszélésnek köszönhetően ismét szem elől tévesztette Kimberlyt, aki eltűnt a tujalabirintus mélyén. Meddig akar vele fogócskát játszani ez a lány? Pedig most tényleg nem akart tőle semmit, pusztán csak közölni vele, hogy mivel örökölte a háziasszony szerepet, álljon az ajtóhoz, hogy a távozóktól elbúcsúzzon. Mert ő bizony hozzákezdett a vendégek eltávolításához. Ha kell, erőszakot is alkalmazni fog, mit bánja ő, de egyesével kihajigálja a maradékot. Úgyis részegek és nem fognak semmire emlékezni! Majd elolvassák ezt a minden bizonnyal fergeteges cikket, hogy mi volt a végén. Méghogy hány modell volt és hány bemutatott ruha? Meg hogy hány kiló szőlőt szolgáltak fel? Ezt a marhaságot megkérdezni! – méltatlankodott. Ahelyett, hogy az illusztris vendégekről kérdezett volna!

David a hátsó kert felé vette az irányt. Itt az ideje, hogy az elkószált vendégeket innen is kitoloncolja – nézett körül. Egy fa mögül kinyúló kéz azonban lerántotta és mielőtt bármit tehetett volna, már a földön találta magát.

•

Kimberly diadalmámorban úszva úgy érezte, hogy repülni tud. Végre, elintézte az összes függőben lévő férfiügyet. Kifejezetten eredményes egy nap volt! – élvezte ki a pillanatot. Remélhetően több őt is érintő fogadás egyenlőre nem várható, igazán megérdemelne egy kis nyugalmat végre – morfondírozott. Meg egy kis örömet is – jutott eszébe Laura. Egy barátnő, egy sógornő. Végre valaki, akire számíthat majd. Legalább egy rövid ideig.

Kimberly öntudatlanul kóválygott a tuják között és mire feleszmélt, már alaposan a közepében járhatott. Ijedten nézett fel, de csak sötét, magas ágak vették körül mindenhonnan. Jajistenem, csak nem tévedtem el a bokrok között? – esett kétségbe és idegesen futkosni kezdett.

•

David mérhetetlenül dühös lett arra a tudatra, hogy ez az inge is piszkos lesz. Hogy juthatott egyáltalán Cecile eszébe, hogy a földre tepertesse magát? – próbált meg kiszabadulni az erős karokból.

- Cecile, kérlek ne! – tiltakozott és lefejtette a kezeket magáról. – Még megláthatnak! – mondta szabadkozva és nyugtalanul nézett körbe.

- Ugyan már, drágám, mióta izgat az téged? – duruzsolta Cecile a fülébe, majd felült és nézte, ahogy David megpróbálja a fűszálakat lesöpörni az ingujjáról. Sötétben!

- Cecile, ez egyáltalán nem vicces – állt fel David is már indult is volna tovább, de a nő visszatartotta.

- Hova sietsz? – bújt hozzá és kezével a hajába túrt, majd ajkát a nyakához nyomta. David ellenállásra kezdett csökkenni és ezt tökéletesen megérezte.

- Ne! – tolta el David ismét magától a nőt és megpróbálta visszaszerezni önuralmát. Cecile azonban már a célegyenesben érezte magát és nem törődve az iménti határozott tiltakozással száját David ajkára tapasztotta.

David az oly régóta áhított gyöngédségnek nem tudott ellenállni és hagyta, hogy a nő irányítson. A forró csók mámorában égve elborult az agya.

- Kimly – suttogta, amikor egy kis levegőhöz jutott. Az arcán csattanó pofon azonban kijózanította. Cecile dühében szinte remegett és a sötét ellenére tökéletesen látható volt a szikrázó tekintete.

- Te szemét! Hogy tehetted ezt velem! Az a kis ribanc, mitől tud többet mint én? – esett neki két ököllel és a mellkasát kezdte püfölni. David némán tűrte, közben gondolataiban nagyon messze járt. Úgy érezte, hogy pár perccel tényleg tartozik Cecilenek, ezért most nem hagyja faképnél.

•

Kimberly kétségbeesése csak tovább fokozódott azzal, hogy már hosszú percek óta hiába kering ezek között a magas bokrok között. Hogy is lehetett ilyen bolond, hogy idemerészkedett? Hiszen nappal sokkal egyszerűbb a helyzet, de így éjjel? Legalább lenne egy kis fény, hogy bármit is meglásson! – méltatlankodott. Az az idióta zene hogy a fenébe jöhet minden irányból? Legalább egy kis fény szűrődne ide valahonnan! – nézegetett felfelé. Á, talán ez az – indult meg az egyik irányba, de a következő kanyarban ágak állták az útját. Na most erre tényleg nem érek rá! – morgott és nekiment az ágaknak és leveleknek. Most ő bizony itt átpréseli magát, nem fogja találgatni a megfelelő utat! – esett neki a bokornak.

•

Cecile hiszti rohama nem látszott csitulni. David égre emelt tekintettel morgolódott, majd egy határozott mozdulattal eltolta magától a nőt. A sírás abbamaradt.

- Vége, Cecile – mondta nyugodt hangon és sarkon fordult, hátrahagyva a némán a földre rogyó nőt. Tényleg itt volt a legfőbb ideje, hogy elszakítsa a közöttük meglévő maradék vékony és ingatag köteléket. Ha egyáltalán még volt ilyen.

•

- Auuú! – pattant vissza az egyik bokorról Kimberly és fájdalmasan kapott a kezéhez. Juj, ez karcol! – morgott, de nem adta fel. Akkor is nekimegy még egyszer – nyomult neki egy kicsit odébb a sövénynek. Itt talán nem olyan sűrű. Igen! – kászálódott ki a másik oldalon és fújtatott egyet. Ha jól látja, ez lesz az utolsó bokor! – ütközött bele a következőbe és tapogatta körbe. Ez nagyon sűrű! – állapította meg csalódottan. Talán jobb lenne, ha megnézném, nem találok ki hagyományos módon – indult el jobbra, az út azonban visszafelé fordult. Ez nem fog menni. Muszáj lesz átvágjak ezen is – döntött. De hol lehet a legvékonyabb? – hajolt egészen le és észrevette, hogy legalul talán könnyebben átcsúszhat. Pillanatnyi

111

hezitálás után beáldozta ruháját és lehasalt a földre, majd verekedte át magát az utolsó bokron is.

Kimberly széles mosollyal, elégedetten konstatálta, hogy partizánakciója sikeres volt. Igen, kiért! És csak néhány karcolás – jónéhány – van a karján és a ruháján – söpörte le a ráakadt leveleket és apró kis ágakat a szoknyájáról, majd megindult a ház felé. Nem látta meg, hogy balról a hátsó kert sötétjéből ekkor bukkant fel David, szintén a ház felé tartva.

- Kimberly! – kiáltott David a lány után, várj meg kérlek – szaladt mellé a férfi. – Legfőbb ideje, hogy megszabaduljunk a vendégektől – biccentett a tömeg felé.

- Veled meg mi történt? – nézett rá a kissé koszos ingujjára a lány és megpróbálta leporolni.

- Á, csak elcsúsztam – mondta David, majd elkapta a lány karját.

- Ezt meg hol szerezted? – látta meg az apró vörös karmolás nyomokat a lány karján. Aztán észrevette a ruháját is. – És ez? – mutatott rá. Kimberly elkapta a kezét és rámeredt.

- Tényleg vérzik – bámult rá. Megremegett a karja David érintésétől. Már megint. Még mindig.

Csak eltévedtem a bokrok között és átmásztam. Kúsztam – szabadkozott, miközben David egy levelet szedett ki a haja közül és szórakozottan mosolygott rá.

Kimberly újabb gyerekes húzása! Ki másnak jutna eszébe bokormászás? – nézett végig rajta.

- A vendégeknél tartottunk – préselte ki magából Kimberly a szavakat. David átható pillantása minden volt, csak nem felkavaró. Mi ütött ebbe a férfiba? – merengett.

- Ja igen – tért magához David az elképzelt jelenetből: Kimberly katonai, terepszínű ruhában, arcfestékkel sáros árkokban hasal, fegyverrel a hóna alatt. Brr.

Öles léptekkel indult meg a még mindig nagyszámú vendégsereg felé. Kimberly alig tudta követni. Már megint mi a fene baja van?

.

David egyre kevésbé találta mulatságosnak a helyzetet, mely a távozók számára olyan egyértelműnek tűnt. Sőt, szinte már bosszankodott. Legalább lett volna idejük átöltözni! Mit is gondolhatott az a sok vendég róluk, ahogy ott állnak földesen, összekarcolva, kissé csapzottan és megviselten egymás mellett és kidobják őket? A kiéhezett fiatal pár, aki nem bír várni és a bokorba ugrik. Pedig nem is igaz! De bárcsak tényleg igaz lenne! Ez az egyértelmű látszatnál még jobban zavarta: hogy nem történt meg! Különben is a pokolba mindenkivel, hogy ki mit gondol! Ez meg mit kattogtat még itt? Bár ne állna annyi minden közöttük. Főként az, hogy a lányt ő nem érdekli. Hiszen olyan mereven áll mellette. És hogy összerándult, ahogy átkarolta. Vagy lenne némi esélye? Elvégre hogy hajtotta el magától Willt! Ó, annyi megbeszélnivalójuk van – vigyorgott rá a távozó párra.

- Mary kedves, köszönöm a sok segítséget – adott csókot a becsiccsentett titkárnője kezére, aki úgy csüngött az osztályvezetőn, hogy nem is volt kétséges, mi vár rájuk, amint hazatérnek. Davidet irigység fogta el.

- Látom, nem tétlenkedtek – kacsintott rá Mary, majd Kimberlyhez lépett. David inkább nem is akarta hallani, hogy miről fecseghet ez a két nő. Most már egyértelmű, hogy az ő szexuális élete köztéma lett! Pedig nincs is...

•

Cecile önkívületi állapotban kóválygott a réten, kezében egy szinte üres üveggel és közben halkan dudorászott. Megmagyarázhatatlan módon tökéletes nyugalmat érzett. Mintha egy mázsás súlytól szabadult volna meg. És erről nem biztos, hogy az ital tehet! David szakított vele! De miért nem érez semmit? Hiszen megalázta, lecserélte egy másik nőre? Nem, nem is igaz, hiszen ő előbb tette meg. Az elmúlt, közösen eltöltött 14 év hosszú idő, túlságosan is hosszú. Miért is nem vette észre már korábban, hogy a kapcsolatuk tényleg kihunyt? Hogy már nem is volt jövője? Most szabad, végre szabad! – perdült táncra, majd hirtelen sírásban tört ki. Hogy lesz képes megbirkózni azzal, hogy teljesen egyedül van? Hiszen soha nem volt egyedül! Világ életében David volt a barátja, kimondvakimondatlanul. Most meg már nem. Magányos, egyedülálló. Szingli! Az ő irányába miért nem táplálnak mély érzéseket? – hüppögött. Hiszen Will érdeklődése is meglehetősen egyirányú!

- Ez meg mi? – szólalt meg hangosan, amint megérezte, hogy valami síkosra lépett. Elfintorodott. – Na ez az én formám mára – konstatálta, ahogy megérezte a szagát. - Erre lovak járnak? – rémült meg. Nem emlékezett arra, hogy átmászott volna akár egy karámon is – nézett körül. Hunyorgott, mint aki tényleg nem jól lát, majd csuklott egyet. A látványtól elakadt a lélegzete. Soha nem gondolta volna, hogy a holdfényben csillogó férfi felsőtest ilyen vonzó tud lenni! – állapította meg tátott szájjal, majd mint akit megbűvöltek, elindult az ismerősnek tűnő férfi felé.

•

Anthony élvezettel kergetőzött egy fiatal, játékos kancával és rég nem érzett boldogság járta át. Múltját maga mögött hagyva csak arra koncentrált, hogy most milyen jól érzi magát. Szabad és a saját ura, legfőbb ideje, hogy kezdjen is ezzel valamit. Itt az ideje, hogy Antonio újra visszatérjen és csak a jövőre gondoljon! – nevetett egy nagyot, ahogy a fiatal állat nekidörgölődzött és finom szőrével csiklandozni kezdte. Milyen egy hálás állat – paskolta meg a fejét. Meglátta, hogy a fülei forgolódni kezdenek. Valaki vagy valami lehet itt – nézett ő is körül, gyanakvóan. A gyenge csillagfényben egy tökéletes női alak nem éppen egyenes vonalban közeledett feléje. Antonio visszafojtott lélegzettel ismerte fel benne David úrikisasszony barátnőjét, Cecilet. Mennyit bámulta ezt a nőt titkon, lopva és epekedve. És most tessék: a jószerencse az útjába sodorta. És ha jól látja, eléggé bánatos – és ittas. De majd ő megvigasztalja! – eresztett meg egy elbűvölő mosolyt felé. Elvette tőle az üveget és a tartalmát egyszerre gurította le. A bátorság egyből hatott.

- Hmm... - pásztázta végig tekintetét a vékony ruhadarabon és egy cseppnyi kétsége sem volt, mit is akar tőle ez a nő. Őtőle! Végre! Minden benne van a tekintetében! Annyi hosszú hónap börtön szörnyen sok idő – futtatta végig ujjait óvatosan a lány bársonyos vállán. De ilyen kárpótlásért megérte várni, megérte a szenvedés és nélkülözés.

- Hölgyem – hajolt kissé előre és megcsókolta a kézfejét. Felnézett, egyenesen a szemébe. Érezte, hogy a nő megremeg és meglátta a fellobbanó tüzet a tekintetében. Nem, nem rohanhatja le egyből, az nem illenék – jutott gyors következtetésre. Még megijesztené. Ez a nő egy kis gyengédségre és szeretetre vágyik, ez egyértelmű. Bánatos. Biztosan lapátra tették. De ő megértő lesz. Meg nem is megfelelő a helyszín. Füttyentett egyet. – Szabad? – tette a kezét a lány derekára és játszi könnyedséggel a mellette álló lóra emelte a nőt, majd mögépattant. – A nevem... - kezdett volna az illendő bemutatkozáshoz, Cecile azonban félbeszakította:

- Ne, kérlek. Nem kellenek a nevek. Most csak te és én vagyunk, egy férfi és egy nő – mondta és szinte beleolvadt a karjaiba. – Légy velem nagyon gyengéd, kényeztessél, kérlek – suttogta. Antonio lassú léptekre noszogatta az állatot az istálló felé.

•

Kimberly dudorászva lépett ki a fürdőszobából, de Davidet meglátva megtorpant. A férfi ugyanabban a viharvert ruhájában teljes nyugalommal ült az ágy szélén és szemlátomást rá várt.

- Beszélnünk kell – mondta békülékeny hangon és a szemébe nézett.

- Muszáj ma? – rogyott le a lány az ágy másik oldalára és álmos szemekkel pislogott a férfira.

- Tisztáznunk kéne egy pár dolgot – kelt fel a férfi és Kimberly elé guggolt. - Magyarázattal tartozom – tette hozzá. Azonban a lány közelsége, a kellemes illata, na meg a vékony hálóingének a látványa komoly hatással volt rá. Elfordította a tekintetét, majd érezte, hogy távolabb is kell mennie. A végén még ráugrik és azt tényleg nem akarja. Nem így akarja...

- David, nem akarsz előbb zuhanyozni? – próbált meg időhöz jutni Kimberly. Biztos volt ugyanis abban, hogy amire a férfi végez, addigra ő már régen elalszik. Félt a közelségétől, félt attól, amit ez a beszélgetés rejt.

- Nem. Most szeretném tisztázni a helyzetet – felelte komoran a férfi. – Megmagyarázni, amit láttál – ismételte önmagát.

- Én túl fáradt vagyok ahhoz, hogy most veszekedjünk – szólalt meg a lány. David azonban nem bírta tovább: odaszaladt a lányhoz és felnyalábolta az ágyról:

- Tényleg nem tudod, miért veszekedek veled? Tényleg nincs róla fogalmad? – szorította magához. Kimberly meghökkenve nézett fel rá és a szemében olyat látott, amit eddig még nem. Megremegett.

- Én... én nem és... - nyögte ki. David eltolta magától és pár lépéssel odábbment.

- Fogalmad sincs róla, hogy mit művelsz velem? Hogy milyen igényeim vannak? – túrt a hajába. – Kimberly, én nem bírom tovább ezt az elutasítást, nekem igenis szükségem van rá! A szexre! Én már nem tudom, meddig bírom – borult el az agya. Annyi mindent szeretett volna megkérdezni tőle, vagy megmagyarázni, megbeszélni, most viszont már csak egyvalamire tudott gondolni.

- De a... a nők? Körülötted és... ez meg mi? – mutatott rá a gallérján éktelenkedő rúzsfoltra. David láthatóan elsápadt.

- Cecile próbálkozott be nálam – mondta beletörődötten, majd nagyot sóhajtott. - Laura meg... arról nem beszélhetek – szorította össze a száját, mintha egy titkot őrizne. - Bár a látszat ellenem szól, de... Kimberly, hinned kell nekem! Én nem csaltalak meg! – mondta David kétségbeesetten és két kézzel megragadta a lányt.

Kimberly az ajkába harapott. Tényleg hihet neki? Mindazok után? David nem bízik benne és ez nemcsak abból derült ki, hogy ráeresztette Tommyt, nem is egyszer. Lauráról sem mond semmit!

- Hogy bízhatok benned... mikor te sem bízol bennem? – nyögte ki nagy nehezen.

A férfi közelsége azonban veszélyes mértékben hatott rá. Érezte, hogy a halántéka lüktetni kezd és forog vele a világ. Kétsége, bizonytalansága olvadni látszott.

David viszont továbbra is látta a kételkedést a szemében. És már csak ez a rúzsmicsoda hiányzott! De eleve mit is várhatna tőle, főként a Tommy ügy után? Na és amit Laurából látott? De akkor meg miért ilyen vörös és miért kapkodja a levegőt? Talán mégsem olyan közömbös neki? David, legalább próbáld meg! – ösztökélte magát.

- Ha nekem nem hiszel, akkor legalább ennek higgyél – szólalt meg és két kezébe fogta a lány arcát. A csók gyöngéd volt, mérhetetlenül szelíd és felkavaró. Kimberly határozottan úgy érezte, hogy lebegni kezd és tetszett neki ez az érzés. Még ha csak jobb híján is van csak vele, az sem érdekli. Még a bizalmatlansága sem zavarta ebben a percben. Csak érezni akarja a gyengédséget. Szüksége van rá! Nem is gondolta volna, hogy mennyire!

XXII.

Cecile mélységesen elégedett mosollyal fúrta bele a fejét a puha szénába. Már nagyon rég nem érezte azt, hogy nő, hogy igazi nő és úgy is kezelik. Ez a férfi... hmm, még a nevét sem tudja, de olyan gyengéd volt vele, mint talán még senki sem. Ebben a percben nem érdekelte, hogy mindez hol történt és hogy az illető csak egy pincér. Nem és nem. Most a társadalmi különbségek, amelyekre olyan büszke volt, eltűntek. Egy igazi férfi fekszik mellette, aki azt teheti vele, amit csak akar. Ő biztosan nem fog tiltakozni bármilyen folytatástól – fordult felé és egy röpke csókot lehelt az ajkára. Antonio készségesen magához húzta és feléje fordult. A tekintetük egymásba kulcsolódott. Cecile úgy érezte, mintha a szemei, a nézése áramütésként hatna rá. Ilyen meghittséget még soha nem érzett! Ennyire biztonságban még nem volt!

•

David maga sem értette, hogy mit művelt, de eltolta magától Kimberlyt és bemenekült a fürdőbe. Háttal nekitámaszkodott az ajtónak és zilálva vette a levegőt. Nem és nem, nem folytathatja! Nem ugorhat rá egy terhes nőre! Nem élheti ki rajta állati ösztöneit. Nem teperheti le! Nem, nincs joga hozzá! – ugrott be ruhástól a zuhany alá és kinyitotta a hidegvízcsapot.

- Belezúgtál, odavagy érte! – visszhangzottak Tommy szavai a fülében. Nem, ez nem igaz! – tiltakozott hevesen és a fejét is a jeges víz alá tette. Mi történik vele? Miért hullik szét teljesen az élete? Hiszen csak egy jó viccnek indult, egy kis leckének az egész házasság-ügy. Hogy csúszhatott így ki minden az irányítása alól? Nem, vissza akarom kapni az életemet! A régit! Újra szabad és független akar lenni, kötöttségek nélkül. Egyedülálló! Ki kell vernem ezt a lányt a fejemből! Annyira nem lehet nehéz, nem lehetetlen. Hiszen csak egy kislányról van szó! Igen, megszabadul tőle és minden a régi lesz – tekerte át a csapot kissé melegebbre.

Mi a fenét tett? Hiszen megkaphatta volna! Olyan rég vágyott erre és most visszalépett? Mi ez? Megszólalt volna a lelkiismerete? Túl könnyen ment? Hiszen bármit tehetett volna vele! – tértek vissza a hőfok emelkedésével vágyai is. Igen, ez a gond! Nem, túlságosan fáradt és túl sok minden jár az agyában, így nem lehetséges! Hiszen Kimberly alig áll a lábán és azt sem tudja, mit csinál! Nem is, tökéletesen tisztában van vele! A kis szuka! Csak bosszúból kellene neki, igen! Hogy visszavágjon a többiért! Lauráért meg Cecileért. Hiszen látta őket! És milyen könnyen odaadta volna magát! És nem tudhatta, hogy ő meg látta Willt és a poharat. Vagy igen és ez is csak játék volt a részéről? Pontosan, biztosan! Csak be akarja bizonyítani magának, hogy ő is van olyan vonzó, mint a többi, hogy birtokolhatja. Hogy játszhat vele. De nem, nem hagyja magát. Nem és nem. Erős lesz és ellenáll, még ha ez pokoli erőfeszítést is kíván tőle. Legfőbb ideje, hogy leszámoljon a nőkkel! Az összessel – nyúlt a törölközője után.

•

Kimberly úgy érezte magát, mint akit leforráztak. Ennyire még nem sértette meg senki, ez sokkal rosszabb érzés volt, mint amikor meglátta Laurát David karjában és nem tudta, hogy kicsoda. Teljesen egyértelmű: ő nem kell neki és soha nem is fog! Ő még játékszernek sem megfelelő és ennek az előbb egyértelmű bizonyítékát adta. Igen, csak szórakozott vele, be akarta bizonyítani, hogy bármikor megszerezheti magának. Hogy érzelmileg teljesen képes az irányítására és a befolyásolására! Ő meg bedőlt neki. Ó, a gyengesége, a gyöngédség utáni vágya! Most meg biztosan jót röhög a markába! De nem, David meghalt számára! Soha többet nem fogja megengedni neki, hogy hozzáérjen! Egyetlen férfinek sem! Ő soha nem fog kelleni senkinek. Senkinek. Teljesen magányos. Nincs semmi, ami itt tartsa.

– Menekülj! – szólalt meg a belső hang. Fuss, rohanj és ne állj meg! – sürgette egyre jobban. Kimberly feltépte a szobaajtót és lerohant a lépcsőn. A mai nap már nem először.

•

- Mi a bánat – emelte fel a fejét az istállóban a Cecilebe feledkező Antonio és eltolta magától a nőt. – Te is érzed? – szimatolt bele a levegőbe és hátranézett. Elhűlt a látványtól. – Tűz van! Gyere, gyorsan, siess! – és már húzta is magára a nadrágját. Cecile a pillanatnyi dermedtségből viszonylag gyorsan felocsúdott és kisebb dráma közepette nekiesett a szénakazalnak, hogy előtúrja a ruháját. De minden igyekezete ellenére sem találta meg az elkeveredett darabot, sem a melltartóját, viszont a férfi ingét meglelte. Habozás nélkül magára rántotta és már rohant is elfelé a tűztől.

- Mit segítsek? – lihegte és aggódó pillantásokat lövellt az egyre terjedő lángcsóvára.

- Engedd ki a lovakat, gyorsan! – utasította a férfi és már szaladt is kifelé a csap felé, hogy vizet locsoljon.

Cecile lovaktól való félelme azonban erősebbnek bizonyult mindennél és lebénultan bámulta az istállóba zárt, tomboló állatokat.

- Nem megy! – kiáltotta a slaggal visszaérkező férfinak, aki erre a kezébe nyomta a csövet.

- Tartsd! – parancsolt rá és elkezdte kitereli az állatokat az épületből. Nem kellett megmutatni az állatoknak a menekülési irányt, tudták azt jól saját maguktól. Prüszkölve, fejvesztve hagyta el valamennyi paripa a helyszínt.

- Menj te is! – kiáltott rá Antonio és a lovak után mutatott. – Jobb, ha biztonságba helyezed magad! Ezzel majd megbirkózom! – locsolta tovább a pattogó szénára a folyadékot és igyekezett nem mutatni a kétségbeesését. Talán még épp időben van.

.

Kimberly fordult egyet a hintaágyban, amelyik a heves mozdulatra beingott. A lány a szokatlan jelenségre kinyitotta a szemét. Hol vagyok? – nézett körül, aztán eszébe jutott, hogy került ide. Nem jutott messzire most sem, csak a teraszig. Fészkelődött egy kicsit, hogy megigazgassa az alatta lévő szivacsot, majd ismét átfordult a másik irányba. Talán a háttámla jobb, ha háttal van neki – tette a kezét a feje alá. Hmm, milyen

120

szokatlanul fényes a hold – motyogta és ismét kinyitotta a szemét, hogy megnézze. - Istenem! – dermedt meg. – Tűz van – suttogta, majd felocsúdva a kábulatból felpattant a helyéről. A hirtelen mozdulattól megszédült. – A gyerek, mindig elfelejtem – tette a kezét a hasára és egy halovány mosoly suhant át. Annyi baja van, hogy rá nincs is ideje – jutott eszébe. Most is ez a helyzet – lendült az istálló felé. Ki kell menekítenie az állatokat!

•

- Antonio, kérlek menj el innen, mielőtt valaki meglát! – üvöltötte át a füstoszlop túlsó oldaláról Manuel az öccsének. Mindketten tudták, hogy a valaki egy konkrét személyt rejt: az apjukat.

- Nem, nem megyek amíg nem csitulnak a lángok. Nem érdekel, ki mit gondol, nincs hozzá közöm! – makacsolta meg magát Antonio és kitartóan eresztette a vizet a lángok elé.

- Tiszta szerencse, hogy itt voltak és időben léptek, különben komoly baj lett volna. De mitől ütött ki a tűz? – morfondírozott.

Manuel a hagyományos módszert követve vizes pokróccal állta a kijáratnál a tűz útját és csak bízni tudott benne, hogy az istállóban küzdő öccse biztonságban van. Innen egyáltalán nem lehet látni, mekkora a tűzterület!

- Manuel, mi történt? – érkezett meg lihegve Kimberly és aggódó tekintettel pásztázta az épületet. – A lovak? – telt meg könnyel a szeme.

- Kisasszony, kérem menjen innen, még baja lesz! – tolta odább a nőt és újabb rohamra indult, észre sem véve a lenge ruhákat a lányon.

- De a lovak – indult meg ismét az épület felé a lány. – A másik oldalról – kerülte volna meg. Manuel kétségbeesett: nem szabad meglátnia az öccsét! El kell innen távolítania!

- Ne, inkább kérem vizezzen be újabb pokrócokat, az nagy segítség lenne. Az istálló üres – tette hozzá. Kimberly a szája elé húzta a hálóingét és már futott is a medence felé. De hol vannak a pokrócok? – nézett körbe.

Eközben Manuel és Antonio meglátta egymást a tűz két oldalán. Megkönnyebbülten sóhajtottak fel. A tető nem kapott lángra!

- Menj, innen befejezem! – szólt át öccsének Manuel. – Nagy voltál! – tette még hozzá és nézte, ahogy a másik irányban kiszalad az épületből.

- Remélem hamar viszontlátlak – szólt még utána.

•

Kimberly két újabb víztől csöpögő takaróval tért vissza és Manuel kezébe nyomta, majd követve az utasítását feldöntötte az odakészített vízzel teli vödröket. A lángok eltűntek, már csak a parázs és a sűrű, gomolygó füst maradt. Közel volt a győzelem!

Egyikük sem sejtette, hogy nemcsak ők vannak ébren. Bár más nem jött segíteni a tűzoltásban, tekintetével azonban követte az eseményeket és le is vonta a következtetéseket. Hiszen mit is kereshet hajnalok hajnalán a hátsó kertben hiányos öltözékben egy férfi és egy nő? Micsoda szokatlan véletlen! Hogyhogy Kimberly itt van és David nem? Hogy láthatta meg a tüzet, mikor nem is ide néz az ablakuk? És miért nem öltözött fel? – fűzte tovább a gondolatokat egyre felindultabban.

•

- Én... én csak éppen lejöttem az emeletről... inni, amikor megláttam a tüzet. Kimentem segíteni Manuelnek az oltásban – magyarázta másnap délelőtt a felügyelőnek a tegnap esti történteket Kimberly és igyekezett elég meggyőzőnek látszani. Mi ez a faggatózás, ha nem gyanúsítás? Eleve mit keres ez itt, mikor nem is tettek feljelentést? Hiszen csak egy kis tűzről volt szó és senki nem sérült meg, akkor meg mit vesztegeti itt az idejét?

- Hölgyem, bocsássa meg az indiszkréciómat, de megmondaná, milyen méretű és márkájú melltartót hord?

- Tessék? – hökkent meg a kérdésre és elkerekedett szemmel bámult a rendőrre. Mi ütött ebbe a férfiba?

- Kérem... - nézett rá komor tekintettel. Broxton nyomozónak ebben a pillanatban jutott eszébe, hogy ki is ez a fiatal nő. Hát persze! Neki lettek öngyilkosak a szülei pár hete és aztán a Wilson család vette gondozásába. Mint most megtudta, a férfi közben el is vette feleségül. Ez aztán a gyors

122

karrier! De láthatóan neki nem ismerős, hogy is lehetne. Az emberek szerint minden rendőr egyforma – legyintett csalódottan. Mondjuk amilyen állapotban akkor volt, hogy is emlékezhetne rá, hiszen csak egyszer találkoztak. Na mindegy, most nem cz a fontos, sokkal inkább ez a bizonyos melltartó.

- Nos, 75B-t – nyögte ki zavartan Kimberly, majd elkapta az idegesség. - Ahogy a nők legtöbbje – tette hozzá fontoskodva. - Még valami? 37-es a lábam és 31 fogam van – ironizált, de a rendőr nem volt vicces kedvében. Arról azonban Kimberlynek fogalma sem volt, hogy eközben a nevét egy határozott mozdulattal kihúzta a gyanúsítottak listájáról és helyette egy kérdőjelet vésett oda.

- Nem az övé volt a megtalált megégett csipkés izé – rágta meg a dolgokat a nyomozó és vakart egyet a fején. Több fiatal nő nincs itt. Ha itt tegnap buli volt, akkor bárki itt hagyhatta azt a ruhadarabot. Talán nem is lehet a tűzhöz köze. A gyújtogatáshoz. A névtelen bejelentéshez. Hmm... csak arra kéne rájöjjek, kinek állt érdekében ilyet tenni? – biccentett a lány felé és a helyszín felé vette az irányt. Hátha újabb nyomra bukkan. Vagy csak valaki itt szórakozik vele?

- Megtudhatnám, hogy hol van a kedves férje? – fordult még vissza az ajtóból és jól látta, hogy a kérdésre enyhén megremeg a nő szája.

•

- Nem, tényleg nem láttam semmit! Hogy valaki gyanús, nem, nem – ismételte Rose kezeit tördelve és bevallotta, hogy ő bizony bevett este egy altatót, hogy el tudjon aludni a sok izgalom után. Nem ébredtem fel, csak reggel! – nézett riadtan a felügyelőre.

Nem szabad, hogy megtudja, itt járt a fia! Hiszen még nem mondta el Josénak. Nem merte.

Hogy lehet az, hogy mindenki mélyen aludt, akinek a kertre néző szobája van és pont azok voltak itt, akiknek nem – morfondírozott a nyomozó. Kivéve a szobalányt, Marthát és David Wilsont... - hmm. Mindenki ennyire aludt volna? Kérdés, hogy hol.

- És nem látott senkit az istálló körül tegnap este? – kérdezte meg szinte feleslegesen a nyomozó, majd valamit feljegyzett a füzetébe.

- Nem, hiszen a konyhában voltam szinte végig! – kérte ki magának Rose. Persze leszámítva azt a majdnem egy órát, amit a fiával, Antonioval töltött. De az nem tartozik ide! Nem az istállóban beszélgettek, akkor meg?

- A fiát nem látta? – tette fel a spontán kérdést. Rose egy árnyalatnyit megingott.

- Nem, Manuel a kertben felügyelte a rendet – felelte a legártatlanabb módon, majd elfordult.

Nos, rendben, végeztünk – állt fel a nyomozó és egy kérdőjelet írt a füzetébe. – Á, még valami. Meg tudja mondani, hogy mikor ment el David Wilson itthonról?

•

- Nem, én aludtam. Nem, a feleségem is végigaludta az éjszakát – mondta a szűkszavú José a felügyelő kérdésére és már ment is volna kifelé, amikor a felügyelő utána szólt:

- Kérem, egy pillanatra. A fia nem jelentkezett? Várjunk csak, á, igen, Antonio Mendez? Egy pár napja szabadult – szólt utána és figyelte a reakcióját. José először megdermedt, majd nyelt egyet. A keze ökölbe szorult.

- Nem tudtam, hogy kiengedték – felelte látszólagos nyugodt hangon és villámgyorsan távozott. Szóval ezért sunnyogott Rose, hát persze! – jött rá José az igazságra. Antonio biztosan jelentkezett nála. És neki nem is szóltak az egészről! Lesz mit számon kérnie a feleségén, az biztos! – kapta el a nála ritkaságba menő idegesség.

Mindez természetesen nem kerülte el Broxton nyomozó figyelmét. Mint a város legjobb nyomozóján egy ilyen aprócska kis ügy nem fog kifogni! De most értetlenül vakarta a fejét, újabb kérdőjelet vésve a jegyzetfüzetbe. Már a sokadikat.

•

124

- Nos, Manuel, akkor kívülről locsolta a vizet és Mrs. Wilson pedig az utánpótlást hozta – ismételte meg az előbbi szavakat a nyomozó és megpróbálta elképzelni a helyzetet.

- Pontosan – bólintott Manuel és megtörölte a homlokát. Azt kell mondania, hogy mit csinált, a többire nem szabad figyelnie. Nem beszélhet Antonióról, nem szabad. Még ha biztos is abban, hogy nincs köze hozzá, akkor sem kavarhatja bele. Hiszen feltételesen van szabadlábon és ha bármibe keveredik... visszaviszik. Csak figyelte, ahogy a nyomozó hümmögve sétálni kezd.

Broxton nyomozónak egyáltalán nem stimmelt semmi: kezdve azzal, hogy nem látják itt szívesen – a családfő nem is állt vele szóba, se a felesége, valaki vagy valakik nem mondanak igazat a személyzetből, fedezik David Wilsont, aki értetlen módon eltűnt, a fiatal felesége hajnalok hajnalán a nappaliban flangál, ahonnan nem is látni a hátsó kertet, arról nem is beszélve, hogy a tüzet egyértelműen két irányból oltották. Ki lehetett az a másik személy? Talán köze lehet a tűzhöz? És miért védik annyira ezt az Antonio gyereket? Mit rejtenek és miért? Ki miért nem mond igazat? És ha így is volt, akkor mégis ki tett feljelentést? Micsoda egy kényes ügy!

•

Cecile meglehetősen másnaposan kóválygott a lakásában és nyomasztó fejfájásán kívül másra nemigen tudott gondolni. Már egy fél dogoz aszpirint magába tömött és egy liter kávét is legördített, ennek ellenére nem érezte magát jobban. Lerogyott a hatalmas ágyára és összegömbölyödve kinyúlt rajta. Bárcsak már holnap lenne! – gondolt bele. Akkor már nem érezné ezt a pokoli érzést. Gyűlölt másnapos lenni. Csak múlna már ez az érzés – markolt bele a takaróba. Ez meg mi? – emelte meg az ismeretlen anyagdarabot. Az inge – tapogatta végig, majd belefúrta az arcát. Érezni lehetett a kellemes illatát. Cecile kissé megborzongott és a tegnap esti kellemes élmények villantak fel benne meglehetősen tisztán. És még a nevét sem tudom – hangolódott le. Na mindegy, úgysem fontos – lépett máris túl az egészen és lehajította a nem éppen az ő ízlését sugalló ruhaneműt az ágyáról.

•

Broxton nyomozó a cipőjével tologatta odább a megszenesedett szénát és igyekezett a tűz terjedésének pontos irányát feltérképezni. Valahol itt kell lennie – tolt el még egy kupac hamut. Lehetséges, hogy csak egy eldobott csikket kell keressen. Mint megtudta, a lakók közül a köddé vált David Wilson számít egyedül dohányosnak. Lehet, hogy véletlenül felgyújtotta az istállót és csak őt akarják fedezni? Elkerülve a botrányt? – vakarta a fejét. Biztosan többet is ivott a kelleténél... Broxton örült, hogy nincs sok pénze és nem ismert személy. Bár ennek ellenére sokkal több rosszakarója van, mint a háziaknak – nyugtatta meg saját magát, gondolva a cellában ülő sok-sok gonosztevőre.

- Nocsak – emelt fel egy kormos lámpát a földről és forgatni kezdte az összetört szerkezetet. Lehetséges volna? – tapogatta meg az eszközt és felnézett a tetőre. Lehetett ez annyira forró, hogy leszakadva felgyújtsa a szénát? – vakarta meg a fejét, majd zsebre vágta a lámpát. Gyomra hangosat korgott. Ideje lesz hazamennie, elvégre vasárnap dél van.

•

John Wilson gondolataiba merülve ücsörgött a dolgozószobájában már órák óta és megtiltotta, hogy bárki is zavarja. Gondolatai Laura körül forogtak. Hogy tudná megakadályozni a teljes katasztrófát? Hiszen lánya nagyon eltökéltnek tűnt! Biztos volt abban, hogy David hamarosan megtudja a teljes igazságot és akkor elindulhat a lavina. Hogy tudná megvédeni a lányát bárkitől is, ha kiderül róla az igazság? Akkor ismét veszélyben lesz, de nemcsak ő. Az egész család is. Ó, miért is kellett felbukkannia, miért nem tudott nyugton maradni Európában. Miért lett kíváncsi, hogy megnézze őket? Főleg az új családtagot? Miért jutott eszébe pont odaküldeni Davidet! Hiszen ez kavarhatta fel a lányt. Erről is Kimberly tehet! Mióta belépett a családja életébe, mindent a feje tetejére állított! Elizabeth idegei már megint kikészültek. Anyagi helyzetük továbbra is kiszolgáltatott. És David, az az idióta! Nagyon jól látta tegnap este, mi zajlik közöttük. Persze, hogy nem képes aláíratni semmit vele, hiszen már az irányítása alatt tartja! Az a némber képes volt becsalni az

126

ágyába – vagy a bozótba. De ez mindegy, a lényeg, hogy az ő fiacskája már megint elvesztette a fejét. Hogy nem bírt neki ellenállni? Hogy volt képes így elárulnia? Lépnie kell, mielőtt még minden visszafordíthatatlanul clromlik. El kcll távolítsa a lányt – örökre!

.

David már órák óta a köröket rótta a tesztpályán, iszonyatos sebességet diktálva magának. Úgy érezte, hogy még így sem elég gyors ahhoz, hogy elhagyja a gondolatait és rémképeit, amelyek gyötörték. Tele volt kérdéssel, feszültséggel és kétellyel. Teljesen összezavarodott. Már hajnalban kiosont a házból, mivel képtelen volt elaludni. Nem szólt senkinek, nem hagyott üzenetet sem. Egyedül akart lenni, csak ő és a gondolatai. Leginkább az bosszantotta, hogy nem találta Laurát a szállodában. Pedig beszélnie kell vele! Mindent meg akar róla tudni. Hogy ki ő és honnan jött. És miért most. És legfőképp, hogy mit akar tőlük!

.

Laura Bertran nyugtalanul nézett megint bele a visszapillantó tükörbe és a mögötte haladó autókat kémlelte. Annak ellenére, hogy semmi gyanúsat nem látott, rossz érzése volt. Mintha követné valaki! – kapta el ismét a pánik és lassított. A mögötte haladó autók nyugodtan haladtak el mellette, egyik sem követte példáját. Laura sóhajtott egy nagyot. Tisztára paranoid vagyok! – szidta meg önmagát, de ettől sem lett jobb. Azóta, mióta megérkezett az országba, ilyen erős félelmet még nem érzett. Nem, nem futhat el most, amikor már csak egy hajszál választja el Davidtől. Most nem. Meg akarja neki mondani, meg akarja neki magyarázni. Szeretné, ha megbocsátana neki. Mert haragudni fog rá, az biztos. Egy-két napot még ki kell bírnia! – szorította össze a száját és benyomta az indexet. Muszáj lesz elmennie vásárolni egy kicsit, hogy lenyugtassa idegeit – fordult be az egyik forgalmas bevásárlóközpont parkolóházába. Nem láthatta, hogy jelentősen lemaradva az autójától egy másik jármű pontosan ugyanígy tesz.

XXIII.

Kimberly unott arccal ült az irodában és szórakozottan lapozgatta a postát. Még mindig fáradt és elcsigázott volt a szombati partit követően, melyről sokkal inkább az éjszakai alváshiány tehetett. Tegnap is nyugtalanul aludt. David azóta sem jött haza és még üzenetet sem hagyott! Most meg már lassan 11 óra és még nincs benn az irodában! Kimberly komolyan aggódott, hogy utolérni sem lehet. A telefonja kikapcsolva, senki nem látta. Felhívta már az összes haverját, de nem tud senki róla semmit. Talán Laura – csillant fel benne a remény, hogy húgával lehet. Hát persze, hogy nem jutott ez eddig az eszébe! Hiszen biztosan felkereste tegnap és azóta annyi megbeszélnivalójuk van. Legalább szólhattak volna neki is, hogy ne aggódjon! – méltatlankodott egy kicsit, majd nyugodtabban folytatta a munkáját.

- Idenézz! – vágta ki Mary az iroda ajtaját és máris dőlni kezdett belőle a szó, miközben egy szétnyitott újságot terített le az asztalára. Kimberlynek nem kerülte el a figyelmét, hogy Mary a szokásosnál is jobban sugárzott. A szombati parti minden bizonnyal jót tett a házasságának – mosolyodott el a lány. Legalább az ő estéje akkor összejött - morfondírozott, majd figyelmét megpróbálta az előtte heverő képekre összpontosítani. Nem volt szüksége arra, hogy beszéljen, szerencsére ezt Mary megtette helyette.

- Nézd meg ezeket a képeket, szerintem elég jól sikerültek és tökéletesen visszaadják a hangulatát. Gondolj csak bele, hat oldal is van a hétvége legszenzációsabb és legnívósabb kerti partijáról a lapban! Mindenki a divatbemutatóról és a szívélyes házigazdákról beszél és nyugodj meg, semmiképpen sem az anyósodra és apósodra gondolnak. Olvasd a cikket, hogy dicsérnek benne! – bökött az egyik bekezdésre.

Kimberly alig tudta követni a nyelve pörgését és a kezeinek ide-oda szaladgáló ívét, miközben láthatóan égett a vágytól, hogy nyugodtan végigböngészhesse a lapot – egyedül.

.

Elizabeth nyaka egyre paprikavörösebb lett, ahogy ugyanezen lap adott cikkét olvasta, majd zilálva kezdte szedni a levegőt. Ezt az arcátlanságot! – kiáltott fel és elhajította a lapot. - Hogy képzeli az a kis kezdő, hogy így megalázza – sziszegte a fogai között és szíverősítő után nézett. Méghogy az ifjú Wilson házaspár szívvel-lélekkel kitett a háttérmunkák tökéletes működéséért, amíg az idősebb pár – ezt is hogy merészelte, még hogy idősebb, ő! – kizárólag a vendégek elbűvölésével volt elfoglalva, nem követve a színfalak mögött zajló összeszokott munkát. Hát egyáltalán nem ezt kérte tőle, hogy leírja és főként hogy megkérdezze attól a némbertől. De még ebből is szerencsésen jött ki! – pukkadozott.

•

A város másik felében egy szépen kifestett szem ugyanezen cikk képeit falta mohón, ismerősök után kutatva. Cecile nagyítóval esett neki az aprócska képeknek és egyesével igyekezett felismerni a nehezen kivehető miniatűr arcokat. Teljesen érdektelenül futott át a szövegen és a négy óriásképen: az egyiken David gondterhelt képpel áll, majd David és Kimberly valahova sietnek, majd mosolyogva, végül Elizabeth és John, két politikus és négy pohár pezsgő társaságában. Most sokkal inkább egyetlen személy után kutatott – és az kivételesen nem önmaga volt. Csak reménykedni tudott, hogy az egyik képen fellelheti az ing tulajdonosát. Muszáj lesz megtudnia, hogy ki volt az és főként szeretné újra látni! Nem, nem és nem – csapta le dühödten az újságot és idegességében csücsörített ajkaival. Tisztára nevetségessé teszem magam! – csapott oda vörös körmeivel az asztalra.

•

- Hallgasd csak – tartott felolvasást Mary Kimberlynek, aki már így is a szivárvány vörös tartományának valamennyi árnyalatát magára öltötte, köszönhetően Mary kommentárjainak. – Ó, mindjárt elolvadok! Ezt hallgasd meg! Ezt a firkászt teljesen lenyűgöztétek! – tett újabb megjegyzést és már olvasta is azokat a sorokat, amikre ez vonatkozhatott:

„A fiatal házigazda pár tökéletes összhangban működött közre a színfalak mögött, szerényen, meghúzódva, de jelentősen hozzájárulva a parti emlékezetessé tételéhez. Ki más is lehetne tisztában olyan alapvető részletekkel, mint hogy hány kiló szőlőt kell venni ennyi ember számára vagy hogy pontosan hány szál virágból áll a dekoráció és hány modellt kell elhelyezni az átöltözéshez? Gondolták volna, hogy mindketten pontosan ugyanazokat a számokat mondták? Ebből a jelentéktelennek tűnő részletből milyen jól látható, hogy mennyit dolgoztak ezen az estélyen ők ketten." – na, mit szólsz, sztárolnak? – nevette el magát Mary és tovább olvasta az olvasást, a partin résztvevő személyek felsorolásával.

Kimberly eközben a képeket tanulmányozta fél szemmel. Tekintete megakadt az egyik képaláíráson: „Az ifjú Mrs. Wilson volt az egyetlen, aki nem dicsekedett a ruhája márkájával." – Szóval azért kérdezte, hogy milyen ruha van rajtam! – esett le neki. Nem mintha úgy tudott volna válaszolni a kérdésre.

•

Cecile felkapta aprócska mobilkészülékét és már tárcsázta is az újságban feltűntetett szerkesztőség telefonszámát. Meg kell kaparintsa az összes képet, ami a vacsorán készült. Az egyiken biztosan rajta lesz az a férfi is, úgy gyorsabban tudja majd megkeresni. Szüksége van egy tartalékra, Will mellé. Will, te jó ég! – jutott eszébe a férfi és kinyomta a készüléket. Legfőbb ideje, hogy teljesítse a fogadás rá eső részét – húzta ajkát gunyoros mosolyra és új számot tárcsázott. Szermélyesen fogja elkísérni a fodrászhoz!

•

Egy órával később Mary fontoskodva tett Kimberly elé egy zárt borítékot, mely Davidnek volt címezve.

- Ez most jött és azonnali választ kér. Mivel azt mondtad, hogy David ma nem jön be, üzleti megbeszélésen van, ez viszont fontos, szóval szerintem ki kéne nyitnod, hátha el lehet nélküle is intézni. Még ha nem is tudod felhívni most Davidet, de biztosan tudod valahogy értesíteni –

beszélt már megint túl sokat Mary. Kimberly a szóözönre ránézett, mire Mary a szája elé kapta a kezét.

- Hadd nézzem – bontotta fel óvatosan a vékony borítékot és kivette belőle az összehajtott lapot. – Üzemi szemle – olvasta fel hangosan Kimberly, majd kinyitotta. Ma délután lesz. Kettőkor. Merre van a G pavilon? – nézett rá Maryre. Erről még nem hallott.

G? Hiszen azt nem is használják, csak raktárnak! – felelte Mary és ráncolni kezdte a homlokát. - Lehetséges, hogy újra használatba akarják venni, és most tartanak terepszemlét? – gondolkodott hangosan.

- Azt hiszem nem nekem kéne menni – mondta Kimberly és Maryre nézett. Mi a helyzet az osztályvezetőkkel? Csak van itt valaki igazán illetékes ezügyben?

- Kicsoda? Ha üzemszemle van, akkor a vezetőnek vagy a tulajdonosnak illik ott lennie. Az pedig most te vagy! De nem engedlek el egyedül!

•

Will úgy ült le a fodrászszékbe, mintha fogorvosi székbe ült volna.

- Kérlek, könyörülj meg rajtam! – próbálta meg legutoljára megúszni a vágást. Cecile tekintete azonban könyörtelen volt.

- Vesztettél, viseld a következményeket – fordította el a tekintetét róla és bólintott a fodrásznak. – Nyugi, azért nem leszel kopasz – azzal elhelyezkedett a mögötte lévő székben és élvezettel figyelte, ahogy a dús, hosszú copf egyszerre hullik alá a földre. – Lehet ebből parókát készíteni? – kérdezte meg az ollót csattogtató fodrászt és közben csilingelően nevetett. Mit is lehetett volna tenni arra a látványra, ahogy Will néz? Még a végén elsírja magát!

- Kegyetlen vagy – mondta a férfi és behunyta a szemét. Nem is bírta nézni, ahogy a rövid haj előrehullik az arcába. Már vagy tizenöt éve hosszú haja van. Volt.

- Ugyan már, drágám! – dalolta. - Egy év és újra a régi leszel! Arról nem is beszélve, hogy nem árt egy kis frissítés a hajadnak. Szerintem alaposan összetört és elvékonyodott – tett gonosz megjegyzést, miközben beletúrt a földön heverő kupacba. Nem tudta nem megállni, hogy egy tincset ne rejtsen el a táskájában. Tervei voltak vele!

- Ja, és még valami: azt hiszem jobb, ha itt befejezzük a kapcsolatunkat!
– adta meg a kegyelemdöfést Cecile és faképnél hagyta az elképedt
fodrászt és a teljesen összetört Willt. Biztosan sikerült visszamennie
hozzá! – villant meg gonoszul a férfi szeme. Teljesen egyértelmű, hogy
pótlékra akkor nincs már szükség, ha megvan a prototípus.

•

Kimberly Mary társaságában közelítette meg a G jelzésű raktárt és az
ajtó előtt várakozóan nézett körül. Korán jöttünk volna? – ellenőrizte
Mary az óráját. Kettő lesz három perc múlva. De hol vannak a többiek?
– pillantott körbe. Kimberly érdeklődve nézett be a nyitott ajtón, de bent
sem látott senkit. Mary mobiljának sipákoló hangjára összerezzent.

- Igen? – szólt bele a készülékbe a nő.

- Hol a fenében van? – hallotta meg David nem éppen nyugodt hangját.
– Azonnal jöjjön ide, rengeteg a teendőnk! – kiáltott bele a telefonba.

- De... – kezdett volna tiltakozni, addigra viszont David már letette a
telefont. Mary vállat vont és Kimberly felé fordult:

- Megjött David és kéret. Azonnal! Mindjárt jövök, várj meg – mondta
és szaladva indult meg felfelé.

Kimberly csak bámult utána egykedvűen, majd járkálni kezdett. Szemlét
kell tartania, azért van itt – nézegette meg az épület elhelyezkedését és
állapotát. Tökéletesnek tűnt. Kimberly nem éppen a szófogadásáról volt
híres és szokás szerint kíváncsisága erősebbnek bizonyult mindennél.
Az épületből áradó kellemes hűvös hívogatóan csábító volt az ajtó előtt
izzó aszfalthoz képest. Abból igazán nem lesz baj, ha egy kicsit bekukkant
– döntötte el és már be is lépett az épületbe. Csak ideáll és kész –
torpant meg rögtön az ajtóban, de figyelmét lekötötte az újdonság ereje.
Érdeklődve nézett körbe a láthatóan szinte üres raktárt, majd megindult
a belseje felé. Mint amit megbűvöltek, úgy bámulta a színes ablaküvegen
beáramló fényeket a földön és a falakon. Ötletes volt a vörös, sárga és zöld
egymást váltó üvegsor az épület legtetején, melyen csak úgy áradt be a
napfény. Kimberly a nagy bámészkodásba észre sem vette, hogy alaposan
bemászott az épület belsejébe és egy ajtó mögötti csigalépcsővel találta

133

magát szemben. Jé, itt emelet is van – nézett felfelé, majd kíváncsian felszaladt. Nem vette észre, hogy a csapóajtó bevágódott mögötte és a zár kívülről rázáródott.

•

- Ez meg mi? – kapta fel David a fejét a hangos robajra és kinézett az ablakon. A gyár túlsó felén az egyik épület felett gomolygó füstöt lehetett látni. – Mi lehet az? – pattant fel a székéből, hogy azonnal megnézze. Miközben már szélsebesen futni kezdett lefelé a főépületből, az egyik lépcsőfordulóban Marybe ütközött. – Gyorsan, valami összedőlt ott hátul! – szaladt el a nő mellett.

- Mi? Dőlt? Hol? – kérdezett zavartan a titkárnő és csak nézte, ahogy főnöke már rég messze járt. Kétségbeesett és már futott ő is lefelé a lépcsőn.

Kiérve az udvarra a gyártóüzemből már jó páran előjöttek és érdeklődve figyelték a kavargó füstöt az üzem hátsó felében.

- Mi történt? Volt ott valaki? Megsérülhetett? Nincs tűz? Hívta valaki a mentőket? – jöttek a hangok minden irányból. David félretolta az embereket és igyekezett minél közelebb kerülni a porfelhőhöz. A lassan ülepedő füstből egyértelműen kezdett kibontakozni a hátsó, használaton kívüli raktár beszakadt első fele. David elhűlt a látványtól. Valaminek történnie kellett, ez csak úgy nem szakadhatott be!

- Volt ott valaki? – fordult az emberek felé aggódva. – Ugye nem járt itt senki? Kérem nézzék meg, hogy mindenki megvan-e! Gyorsan! – utasította az embereket és előkapta a mobilját. A tűzoltóság számát tárcsázta.

- Igen, kérem, összedőlt egy épület a Bergen gyárban. Igen. Nem, egy használaton kívüli raktár volt. Nem, sérültekről nem tudunk – mondta épp David a telefonba, amikor Mary is odaért. Meglátva az összedőlt épületet halálsápadt lett.

Istenem, Kimberly – motyogta, majd hangosan kiáltotta a nevét. Nem jött válasz. - Ugye nem ment be, ugye? – ragadta meg David karját, aki még mindig a tűzoltósággal beszélt, épp az utat magyarázta. David csak

134

erre kapta fel a fejét és megértve a kérdést egyszerűen kiejtette a kezéből a mobilt.

- Hogy mondta? Kimberly odabent van? – lett falfehér.

•

Kimberly a robbanást követően a földön találta magát és érezte, hogy vakolat hullik a fejére. Kezével próbálta meg eltakarni az arcát, hogy kapjon levegőt és halálra rémült. A recsegő-ropogó hangok lassan haltak csak el. Kimberly egész testében remegve próbált megnyugodni. Óvatosan felemelte a fejét és megpróbálta megmozdítani valamennyi végtagját. Mindenét érezte és mozogni is tudott. Ijedten nézett maga körül és próbált terepszemlét tartani, a poron kívül azonban még semmit sem látott. Visszacsukta a szemét, majd ismét kinyitotta. Mi történt? – meredt rá az előtte heverő színes üvegdarabokra, beomlott deszkákra és egyéb építési törmelékre. Csak nem pont most dőlt össze az épület? Ilyen nincs! Ő pedig itt rekedt az emeleten. Kérdés, hogy még emeletnek számít-e ez a rész, bár zuhanást nem érzett. Felnézett: a mennyezeten jókora luk tátongott, mögötte a folyosó szinte eltűnt. Vajon meddig tarthat még ez a rész ki? Ha egy kicsit később jön ide fel a tetejére, ha nem megy ennyire hátra, akkor most… most ott lenne az egész alatt – futott át az agyán. Kimberly nagyon lassan és óvatosan négykézlábra emelkedett és tapogatva indult meg az abba az irányba, ahol az imént még egy folyosó volt. Érezte, hogy az alatta lévő padló veszélyesen behorpad. Ebbe az irányba nem mehet – tolatott vissza arra, ahonnan jött és a másik irányba próbálkozott. Eredménytelenül. Kimberly kétségbeesetten nézte meg a maradék menekülési irányt, ahol hatalmas lukak tátongtak. Úgy nézett ki, hogy az emeletből az egyetlen biztonságos hely csak az volt, ahol eredetileg is volt. A lány tehetetlenül ült le a földre és kétségbeesett zokogásban tört ki. Ez lenne a vég, itt fogok meghalni! – törölgette meg az arcát a könnyek hadától. Eszébe jutottak a szülei. Lehet, hogy hamarosan találkozik velük? Aztán eszébe jutott, hogy nincs egyedül. A gyerekem – jelent meg benne az élni akarás ösztöne. Ki kell jussak innen – szállta meg a harci szellem és eltökélten újra próbálkozott. Csak van egy kis rész, ahol lejjebb juthat.

135

●

David dermedten bámult Maryre és még mindig képtelen volt felfogni, hogy mit is mondott az előbb. Nem, az nem lehet, hogy Kimberly benn volt, az biztosan nem igaz! Mit is kereshetne errefelé egyedül?

- Mary, mi ez a...

- Épp itt voltunk üzemszemlén amikor elhívott a telefonon és én itthagytam hogy várjon meg de biztosan bement és... - dőlt az izgatott Maryből a szó.

- Milyen üzemszemle, mi? – ragadta meg a titkárnőt, továbbra is értetlenül. Mary szeméből előtűnő könnycsepp azonban egyértelmű bizonyíték volt számára.

- Kimberly! – kiáltotta az épület felé kétségbeesetten és ha nem tartották volna vissza, biztosan nekiront a terepnek.

●

Kimberly lassan kúszva indult meg az ép rész irányába és egy lépcső után kutatott. Muszáj lesz lejjebb jutnia minél előbb. Óvatosan tapogatva ellenőrizte azt a területet, ahova aztán a testsúlyát helyezte, így haladt egyre hátrább. Az épület egyre stabilabbnak tűnt, így Kimberly gyorsabb tempót kezdett diktálni. Volt ugyanis egy olyan érzése, hogy az épület továbbra sem biztonságos. A maradék bármikor összerogyhat. Végigvonult az emeleten és végre elért a legvégére. Kell itt lennie egy lépcsőnek – keresgélt a hátsó falnál. Jaj, ne! – találta meg az összedőlt fokokat. Most hogy fog innen lejutni? – remegett meg a szája.

●

- Gyorsan, talán a másik irányból be lehet jutni – indult neki a másik oldalnak David. Nem fogja itt tétlenül várni, amíg megérkeznek a tűzoltók. Kimberlynek szüksége van rá, ebben biztos. Nem, nem lehetséges, hogy nem élte volna túl. Az nem lehet! Nem is gondol bele! Nem veszítheti el! Nem halhat meg ő is! Nem hagyhatja el! Nem és nem, szüksége van rá!

136

•

Kimberly kétségbeesetten vizsgálta a lehetőségeket, hogy juthatna lejjebb a nyikorgó és ingatag épületből. Kell lennie valami megoldásnak, olyan nincs! Más összeköttetésnek is kell lennie a földszinttel! Újabb robaj hallatszott az épület túlsó oldaláról és Kimberly biztos volt benne, hogy az ideje egyre fogy. Vajon mit tenne kedvenc szappanopera hősnője ebben a helyzetben? Mert a filmekben mindig van valami másik menekülési út, csak ki kell találni. Egy kis ötlettel. Esetleg egy kötél, vagy egy csúszda, vagy felbukkan a Batman és megmenti. De ez itt a valóság, ez nem film! Itt nem feltétlenül van happy end! – tért vissza a valóságba Kimberly és kétségbeesetten nézett körül. Ez meg mi? – látott meg egy lukat a falon. Csak nem... csak nem egy szemétledobó? – csillant fel benne a remény. Talán az ő életét is hosszabb forgatókönyvként írták meg!

•

David megkerülve az épületet és bizakodóan nézett az ép részre. – Kimberly! – kiáltotta. Hallasz! Kérlek, válaszolj, ha hallasz! – ordította, majd hegyezni kezdte a fülét, válaszra várva, majd az épületet fürkészte. Kimberly mindebből semmit nem hallott, csak a körülötte egyre erősebb recsegést és ropogást. Sietnie kell, másra nem tudott figyelni. Gyorsan kell cselekednie. És ha megsérült a szemétledobó vagy mi, akkor mi van? – fogta el a kétség. Esetleg kipróbálhatom – vette le az egyik szandálját a lábáról és a lukhoz helyezte. Belökte a cipőt, majd fülelt, milyen hangokat ad ki. Kopogott, csörgött, majd gyorsan elhalt a hang. Még egyszer – küldte le a másik lábbelijét is, hátha többet hall. Semmi eltérés. Akkor bizakodhat, talán van egy-két zsák alul, ami elkapja – döntött és beült a szűk nyílásba. Csak nem olyan hosszú ez az út, hogy olyan nagy sebessége legyen – lógott le a sötétben, majd lábaival és kezeivel kitámasztotta magát. Esetleg lecsúszhatna, talán sikerül és... ha ezt túléli, mindig szót fog fogadni, bárki bármit kér tőle! – indult meg nagyobb tempóval a szűk és nyirkos csőben.

•

David arcát a kezébe temetve összegörnyedten ült a járda szélén és nézni sem mert. Hallani hallotta, ahogy a tűzoltók megérkeznek és terepszemlét tartanak, a dolgozók körülötte zsongnak és kiabálnak. Ez azonban őt már egyáltalán nem érdekelte. Mérhetetlen ürességet érzett, mintha a szívét tépték volna ki. Kimberly nem hallja, nem válaszol. Eszméletlenül fekszik valahol vagy még ennél is rosszabb. Nem, így nem büntetheti a sors, hogy elveszi tőle. Őt is és a gyerekét is. Nem, még nem, hiszen még nem is beszélt vele. Nem mondhatta el neki, hogy nem úgy van, hogy nem... és hogy ő... hogy ő...

- Kimberly... - nyögte ki kétségbeesetten és fel sem nézett. Egy kéz nehezedett a vállára.

- Itt vagyok – jött a válasz, amire David felkapta a fejét. A lány állt előtte, finom porral, törmelékkel borítva, elszakadt ruhában, cipő nélkül.

- Istenem, tényleg te vagy – tapogatta meg a kezét, hogy nem csak szellemet lát. – Hát élsz! – szorongatta meg az ájulás szélén álló lányt. Kimberly eddig bírta vonszolni magát, most viszont már nem vitték a lábai. Kissé megütötte magát, amikor kiesett a csőből a műanyag darabokra. Teljesen kimerült és felállni is alig tudott, nemhogy menni. Kibotorkálni az épületből és nem nézni hátra. Hagyta, hogy erős kezek felnyalábolják és vigyék. El innen.

Gyorsan, egy orvost! – kiáltott kétségbeesetten David és az integető tűzoltós felé vette az irányt. Óvatosan fektette le a mutatott helyre. – Kérem, óvatosan bánjanak vele, mert gyereket vár! – állt mellette és úgy fogta a kezét, mintha soha többet nem akarná elengedni.

•

Cecile lakkozott körmei csak úgy kattogtatták az egér jobbgombját, ahogy villámgyorsan végigpásztázta a monitoron megjelenő képeket. Ez sem az, ez sem, ez sem, ez meg kicsoda, ez nem rossz kép rólam, nem, nem, nem... pásztázott át már több száz képet. Az nem létezik, hogy egyiken sem legyen rajta! – méltatlankodott, majd dühösen vágott egyet a billentyűzetre. – Cecile, itt a legfőbb ideje, hogy abbahagyd ezt a nevetséges dolgot – nyomta meg a cd eltávolító gombját. Mióta szoktál te futni a férfiak után? És nehogy azt mondd, hogy mindezt csak azért csinálod, hogy visszaadd a ingét! – beszélt hangosan önmagával. Már mcgint ncm tud mit kczdcni a sok felesleges idejével, ez a baj! És mi lenne, ha felhívná Elizabethet? Ő biztosan meg tudja adni az ügynökség számát, ahonnan a pincérek vannak. Igen, ez az! Elvégre kérheti pontosan ugyanazokat a személyeket egy saját rendezvényhez, nem? – örült meg az ötletnek és már nyúlt is a telefon után.

•

Kimberly aggódva figyelte a monitort és a megnyugtató hangot várta. Tudta, hogy elég nagyot esett és bár nem tört el semmije és néhány zúzódással és kék folttal megúszta a hátsó felén, a gyerek miatt aggódott. Egy ekkora megrázkódtatás akár… akár végzetes is lehet. Mi tart már ennyi ideig? – pislogott kétségbeesetten az orvosra, aki mindezzel mit sem törődve mérhetetlenül lassan mozgatta a készüléket Kimberly lapos hasán.

- Igen! – hallotta meg David megkönnyebbült sóhaját, ahogy az egyenletes és veszedelmesen gyors szívverés hangja végre megtörte a feszült csendet. – Minden rendben lesz! – simogatta meg a fejét David és bíztatóan rámosolygott. Kimberly óhatatlanul is elsírta magát. Mérhetetlenül megkönnyebbült. Az égiek mégis meghagyták neki a gyermekét. Az egyetlen dolgot, amiért még érdemes élnie.

- Nos, megnyugodhatnak, úgy látom minden rendben van. Nem repedt meg a placenta és belső vérzésnek sincs nyoma – mondta az orvos tárgyilagos hangon. – Szeretnék tudni a nemét?

- Igen! – mondta David.

- Nem! – mondta ezzel egy időben Kimberly. Az orvos rájuk nézett.

- Nos, akkor mi legyen?

- Akkor legyen… - mondta beletörődve Kimberly.

- Ha nem akarja - kontrázott David, mire az orvos elnevette magát, lazítva eddigi komolyságán.

- Látom teljes az egyetértés. Nos, még van idejük eldönteni, ugyanis a kérdésem egyenlőre elméleti volt. A gyermek még túl kicsi ahhoz, hogy ez látható legyen, de majd pár hét múlva – paskolta meg Kimberly karját. – Addig is sok pihenés és nyugalom!

•

Broxton nyomozó idegesen szállt ki szolgálati autójából és rágyújtott. Ki gondolta volna, hogy egy nappal később egy másik ügy kapcsán szintén a Wilson családnál köt ki? Pedig épp le akarta zárni az istállótűz esetét, hiszen bebizonyosodott, hogy a felhevült izzó okozhatta a tüzet. Bár a névtelen bejelentés továbbra is rejtély maradt, akárcsak az ellentmondásos vallomások és hiányzó részletek, de a baleset ténye szinte biztos volt. Most meg egy újabb ügy – indult el az összedőlt épület felé. Lehet, hogy a két eset nagyon is összefügg? Vagy csak itt is egy szerencsétlen balesetről van szó és a család csak peches szériát fogott ki? Bár a szándékosság kiderítéséhez idő kell! – vegyült el a vizsgálócsoport között és előszedte apró jegyzetfüzetét, hátha azért már most megtud valamit.

•

David egyik lábáról a másikra állt Kimberly ágya mellett és nem tudott mit mondani. Nem tudta, hányadán állnak épp most. Mit mondhatna neki? Hogy sajnálja? De hát ki gondolta volna, hogy az az épület csak úgy behorpad. Épp akkor – lépett közelebb az ágyhoz.

- Itt akarsz maradni ma éjjel? – kérdezte meg gyengéden és figyelte, ahogy a lány ráemeli tekintetét.

- Én... nem is tudom... hozzád nem mehetnénk? – emelte rá ártatlanul szemeit.

- Ahogy akarod. Még van egy vizsgálat aztán ha elenged, akkor mehetünk is – lépett hátrébb a férfi és az órájára nézett. Fél öt volt.

- David – kapta el Kimberly a kezét. Én... én úgy féltem – vallotta be neki.

- Én is – hajtotta le David a fejét. Nem is tudod, hogy mennyire aggódtam! – tette hozzá magában.

- Én sajnálom és...

140

- Csss – tette David az ujját a lány szájára, úgy, ahogy szokta. - Bocsáss meg nekem.

- Én... én ott benn jutott először eszembe, hogy... nemcsak magam miatt, hanem a gyerek miatt is ki kell jöjjek. Hogy nem is készültem még rá. Még nem is gondolkoztam neveken sem, mintha nem is lenne fontos és...

- Annyi minden más volt közben így érthető volt... - nyugtatta saját lelkiismeretét is.

- És te? Te már gondoltál rá? – mosolyodott el a lány és kíváncsian várta David reakcióját.

- Én... én... - befejezni azonban már nem tudta, mert az orvos épp akkor lépett be a szobába, félbeszakítva az ígéretesnek induló beszélgetést.

•

- Laura! – örült meg Kimberly a látogatónak és ellépve az ablaktól a nő felé ment, hogy puszival üdvözölje. Nagyon örült, hogy láthatta, de még mennyire. Hiszen ha jól belegondol, ő az egyetlen barátnője. Már ha nevezheti őt annak. – David épp az orvossal beszélget és aztán mehetünk is haza – mondta lelkesen.

- Hallottam, hogy beomlott egy épület a gyárban és meg akartam nézni, hogy tényleg jól vagy-e, de látom igen – nézett végig Kimberlyn. – Úgy aggódtam értetek és... - hagyta félbe a mondatot, mert David ekkor lépett be a szobába. A két nő várakozóan fordult felé.

- Ez meg mit keres itt – sziszegte David és szemei villámokat szórtak. A két nő kétségbeesetten nézett össze. – Mit akar tőled? – termett Kimberly előtt és fenyegetően nézett Laurára. – Tűnjön el innen és hagyjon minket békén! – vágta a megrökönyödött nőhöz.

- De David... - tiltakozott Kimberly, de a férfi agyát már elöntötte a vér.

- Már megyek is... - mondta elhaló hangon Laura és az ajtó felé nézett. David viszont határozottan elállta az útját.

- Mit akart a feleségemtől? Miért zaklatja? – lépett közelebb a nőhöz és elkapta a karját. – Válaszoljon! – mondta egyre fenyegetőbben. – Még úgysem fejeztük be a múltkori beszélgetésünket! – emelte meg a hangját.

Kimberly nem bírta tovább és közéjük ugrott.

- David, ezt nem teheted vele!

- Te ebből maradjál ki kérlek, nem tudod miről van itt szó – tolta félre a lányt az útból.

- Dehogyisnem! – kontrázott Kimberly. - Azt látom, hogy teljesen vak vagy! David, nézd meg jól ezt a nőt! Nem ismerős? – tolta elé Laurát és kivette a hajából a csatot.

Laura hagyta, hogy fekete haja aláomoljon a vállára. Elővette őzike tekintetét és a férfira szegezte.

- David, megismersz? – mondta Laura remegő hangon és figyelte a férfi arcát.

David keze láthatóan megrándult és értetlenül nézett hol az egyik, hol a másik nőre. Ez a hang, ezek a szemek, ez a száj és a haja... ez nem lehet, ez képtelenség. Mi folyik itt?

- Mariann... - mondta elhaló hangon.

- Igen, én vagyok – felelte Laura. David viszont csóválni kezdte a fejét, majd ordítani kezdett:

- Ez nem lehet, ez egy nagyon otromba tréfa, ezt igazán nem kéne. Ő meghalt!

- Nem David, csak eljátszottuk és...

- Nem... nem... ez nem lehet, nem hiszem el, nem akarom hallani... hogy tehettétek ezt velem... miért... miért? Csak játék...? – bámult a nőre, majd feltépte az ajtót és kiszáguldott a szobából.

Laura utána akart futni, de Kimberly visszatartotta:

- Adjál neki időt, amíg megemésztheti!

•

Kimberly nehezen viselte, hogy David egyszerűen levegőnek nézte az elmúlt napon. Azok után, hogy Laura kilétére fény derült, a férfi szó nélkül eltűnt egy teljes napra. És most sem szól hozzá. Kimberly tudta, hogy idő kell, amíg megemészti a hallottakat, na de ennyi? Elég büntetés volt már az is számára, hogy tegnap végül bár nem önkéntesen, de csak bennmaradt a kórházban, lehetőséget adva Davidnek a gondolkozásra. De miért bánik így vele? Azért, mert ő tudta és nem mondta el neki előbb? Hiszen csak egy napról volt szó!

142

- David, kérlek, többet nem állsz velem már szóba? – kérdezte meg tőle, amikor beszálltak az autóba. David viszont nem szólt semmit egészen a következő piros lámpáig. Mintha annyit kéne rágódnia egy egyszerű igenen vagy nemen.

- Nem könnyű megbocsátani neked, hogy elhallgattad... hogy tudod... - felelte, majd a zöldre úgy lőtt ki, hogy Kimberly belapult az ülésbe, szólni sem bírt. Tudta, hogy David mindezt szándékosan csinálja. Gyerekesen viselkedik és ez a duzzogás. Ahelyett, hogy felnőtt módjára, értelmesen közelítené meg a témát.

- De megkérte, hogy ne beszéljek. Ő akarta elmondani csak... én... már nem bírtam – nyökögte. Tényleg ő fedte fel a titkot – esett le neki. De nem bírta nézni, hogy David bántja a húgát. Volt egy olyan érzése, hogy Laura talán soha nem lett volna képes elárulni önmagától.

És szabad tudnom, mióta tudod? – nézett rá száguldás közben, hogy lássa, miközben válaszol. Kimberlyt elkapta a pánik. Itt veszekednek már megint egy száguldó autóban. Ez veszélyes!

- A partin jöttem rá – felelte és lehajtotta a fejét. – Később, miután együtt láttalak titeket – tette még hozzá, mintha ez fontos lenne. Számára nagyon is az volt!

- És mégis hogyan? – tette fel a következő keresztkérdést David, és újabb sebességbe kapcsolt, nem törődve semmivel. Kimberly nem tudta, hogy mit mondjon erre hirtelen. Beszéljen-e Davidnek a titkos ajtókról? A futkosó gyalogosok látványa viszont pánikkal töltötte el.

- David, mi most inkább kiszállnánk – mondta kétségbeesetten az őrült sebesség láttán. Most először használt többes számot és egyáltalán nem volt tudatos mindez. De tényleg aggódott, talán még jobban, mint a beomló raktárban.

- Jó, ahogy gondolod – fékezett egy nagyot David, nem törődve azzal, hogy itt egyáltalán nem szabad megállni. A belső sávban szépen megállt és várakozón nézett a lányra. – Ez legyen nálad, majd kereslek! – nyomta a kezébe a mobilját.

- Kérlek, David, legalább hallgasd meg! Beszélj vele! Ennyivel igazán tartozol neki! – mondta Kimberly és a duduló autók között kiszlalomozott a járdára. Csak remélni tudta, hogy a férfi észre tér és elmegy a húgához.

•

Broxton nyomozó értetlenül bámult a telefonkagylóra, pedig már régóta csak sípoló hangot adott ki. Nem örült a következő kérdőjelnek, amit az iménti hír hallatán a kis füzetébe vésett. Egy új név, Cecile Boreaux, aki máris egy kérdőjellel nyit. Az ex. Minek kellettek annak a nőnek a parti fényképei? – tudta meg az előbb a szerkesztőségből, ahova betelefonált. Vajon mit keresett, mit akart ellenőrizni? Gyanús, nagyon gyanús! Most még egy személy, akit ellenőriznie kell a felső tízezerből. Ez a legkellemetlenebb az egészben: ez a sok ismert, közismert, gazdag és befolyásos ember, aki ha felbukkan egy rendőr, pláne egy nyomozó, akkor máris a topügyvéde után rikkant. Megtudni bármit szinte lehetetlenség.

Ma sem jutott előbbre, sőt! De addig nem fogja zaklatni az érintetteket, amíg nem tudja pontosan, miről is van szó. Addig inkább nem szól. Ez az ügy egyre szövevényesebb.

•

Kimberly nagyon is megbánta előbbi felelőtlen kijelentését, miszerint nem tud táncolni... Úgy kezdődött minden, hogy eleve úgy ért haza, hogy a mai napon már nem volt kedve semmihez, pláne nem egy morcos férfi társaságát elviselni. David ugyanis láthatóan semmit sem csillapodott azóta, hogy úgy kidobta az autójából egyetlen telefonnal a kezében és csak órákkal később jött érte. És még mindig olyan mogorván és elgondolkodva nézett maga elé! Nem ment el Laurához, nem beszélt vele, teljesen egyértelmű! És rá is még mindig neheztel, bár egy szót sem szólt hozzá! De ő ma nem adja alá a lovat, az is teljesen biztos. A legjobb, ha teljesen elkerüli – vonult be egyenesen David legénylakásában fenntartott saját hálószobájába, a férfi azonban követte. Csak nem akar mégis társalogni vele? – lepődött meg Kimberly, de csalódnia kellett. David pusztán csak annyit közölt, hogy holnap bálba mennek. Ezt igazán mondhatta volna előbb is! Már megint egy parti! Ilyen nincs! Egy újabb unalmas puccparádé. Már elege van belőlük! – méltatlankodott magában a lány és csak egy bólintással konstatálta az elkerülhetetlen tényeket. David már

144

menni is akart, de még visszafordult az ajtóból és inkább megjegyezte, mint megkérdezte: ugye tudsz táncolni?

És tessék: most el kell viselnie meggondolatlanságának következményét! Hiszen lötyögni a parketten biztosan menne, egyéb táncokat meg úgysem vállalna be. David viszont mindezt láthatóan másként gondolta. Ellentmondást nem tűrően a hálószobájából nappaliba vonszolta és már méregetni is kezdte a szobát, hogy tudná a lehető legnagyobb táncteret kialakítani. Tologatni kezdte az egyik kisasztalt, majd két fotelt is odábbtaszajtott. Kimberlynek rá kellett jönnie, hogy a férfi most épp azt találta ki, hogy a bál előtt táncórát ad – neki. Ó, miért? Mi jöhet még ezután? Hova fogja alázni?

- Muszáj tudnod keringőzni, ezekben a körökben ez alapkövetelmény! – jelentette ki és intett a lánynak, hogy ő is vegye le a papucsot. Most pedig figyelj és próbálj utánozni – mondta. Kimberly megdöbbenve nézte, hogy David, ez a mogorva férfi tanítani akarja őt. David tud keringőzni!

- Látod, egy-két-há, egy-két-há – kezdte az alaplépésekkel.

Kimberly összeszorított szájjal igyekezett maximálisan összpontosítani és alaposan megfigyelte a mozdulatokat, majd engedelmesen utánozta. Egyáltalán nem volt táncos hangulatban és ez nagyon meglátszott rajta! Bár a lépések nem tűntek nehéznek. Sőt! Mintha... hú... nem gondolta volna, de mintha a rosszkedve... lassan kezdene elpárologni és kezdte élvezni, ahogy a meztelen lába hang nélkül süpped bele a finom szőnyegbe, kényeztetően simogatva a talpát. Megragadta a ritmus, az egyszerű és lassú ütem. Keringő... hmm, micsoda tánc! Nem kell ide tüzes tangó vagy szamba, ez a tánc annál sokkal fejedelmibb! – jött rá felengedve.

- Igen, ez az, gyorsan tanulsz! – riadt fel a férfi dicsérő szavaira. Akkor nézzük a kéztartást – lépett mellé és állította be a megfelelő pózba. Kimberly nem volt felkészülve a váratlan érintésére és ösztönösen húzódott el. David leengedte a kezét.

- Ja, elfelejtettem, hogy Tom keresett telefonon – mondta gyorsan, hogy eltérítse a figyelmét. Miért nem tudja még mindig kontrollálni magát? – szapulta önmagát.

David viszont úgy viselkedett, mintha semmiségről lenne szó és észre sem vett volna mindebből semmit.

- Biztos Tom volt? Nem Tommy? – kérdezett vissza szenvtelenül. Hiszen Tom nem szokta keresni telefonon!

Kimberly igyekezett megőrizni a nyugalmát. Csak képes megjegyezni egy nevet, hiszen David barátairól van szó! Ennyire nem ostoba! Tom volt az, azt a nevet mondta. Tommyt mondott. Várjunk csak, ezt nem hiszem el, miért van két azonos nevű barátja ennek a férfinak? – bizonytalanodott el. Ilyen nincs! Gondolkozz Kimberly, gondolkozz!

- Tom volt – mondta még egyszer. Biztosan – tette még hozzá. Csak annak kell lennie, ha elsőre azt mondta!

- Jó, majd visszahívom. Most viszont táncolunk. Zenére – mondta és a hifihez lépve a cd-k között kutatott. Kellemes dallam töltötte be a teret. David a lány elé állt és mielőtt még tiltakozhatott volna, a karja körbefonta. Kimberly nem tolta el, még csak meg sem remegett. Félelme, hogy rátapos, kiesik az ütemből vagy összekever mindent, teljesen alaptalan volt. A férfi annyira jól vezette, hogy teljesen rábízhatta magát.

David érezte, hogy még soha nem táncolt ilyen összhangban senkivel. Élvezte, hogy partnere teljesen ráhagyja az irányítást és tökéletesen követi minden mozdulatát. Tekintetük egymásba kulcsolódott.

- Elmentem Laurához – szólalt meg váratlanul David, mintha csak egy ártatlan apróságról lenne szó. Kimberly abbahagyva a táncot kissé eltolta magától és rábámult:

- És? Ezt csak így mondod? Na és? – nézett rá várakozón, csillogó szemekkel, mintha épp egy óriási ajándékot kapott volna.

- Semmi és. Meghívtam vacsorára, mindjárt itt lesz – mondta David a legnagyobb lelki nyugalommal, majd magához húzta a teljesen értetlenkedő Kimberlyt, hogy folytassák a táncot. - És Köszönöm! – súgta a fülébe békülékeny hangon.

- Te szemét! Én meg itt azon tipródom, hogy mit tehetek még... – csapott az öklével a férfire és rávigyorgott. Az már biztos, hogy soha nem fogja kiismerni!

XXIV.

David türelmetlenül nézegette az óráját ebben a percben már másodszor. Szeretett volna minél hamarabb elindulni, még a szülei előtt. Ha felbukkan itt valamelyikük, akkor ülhetnek közös autóba. Azt pedig nem szerette volna! Így is elég volt az, hogy hazasettenkedtek átöltözni a bálra és még nem vették észre őket. Hol lehet már az a lány, tíz perc alatt nem igaz, hogy nem lehet elkészülni? Mikor pontosan megmondta, hogy fél hatra itt lesz érte, addigra készüljön el. Még egy fél perce maradt, utána viszont felmegy érte és... - indult volna már neki, ám Kimberly ekkor jelent meg a lépcső tetején. Davidnek földbe gyökerezett a lába a látványtól. A lány fantasztikusan nézett ki! Földig érő finoman csillogó hófehér egyenes szabású ruha volt rajta, hozzá illő rövid ujjú kis kabátkával. David úgy nézett rá, mintha most látta volna először, hogy milyen karcsú. Hogy a fenébe nem lehet rajta látni, hogy lassan három hónapos terhes? – pásztázta végig tekintetével a csípőjét. A haját kontyba fésülte és most sem hiányozhatott belőle a fehér rózsa. Mint az esküvőjükön – jutott eszébe Davidnek. És az arca szinte sugárzott! Láthatóan kiegyensúlyozott volt és boldog. Egy finom úrhölgy benyomását kelti, bármiféle kislányosság nélkül. Már egyáltalán nem olyan, mint akkor, amikor megismerte. Hogy mennyit változott, mennyit ért. Felnőtt. Az elegancia belülről fakadt belőle, nem pedig az öltözékéből. És nincs is rajta ékszer! Hú, a gyűrű! Még mindig nem vett neki! – jutott hirtelen eszébe. Azonnal pótolniuk kell! Hiszen mindez fontos kelléke a játéknak. Hmm, játék? Tényleg csak ennyiről lenne szó? – merült el a gondolataiban, majd elhessegette őket. Most tényleg nem ér rá ilyenekkel foglalkozni. Ma jól akarja érezni magát és kész. És erre megvan minden oka: az ő kicsi húga mégis él és virul és itt van újra vele! Kell ennél több ok az örömre?

- Jó leszek? Ha nem, akkor most szóljál, még át tudok öltözni vagy a hajamat átfésülni, ha így nem lesz jó – ömlött Kimberlyből a szó idegességében. Zavartan harapdálta a szája szélét, miközben a lépcsőket rótta.

- Nyugi, tökéletes vagy! – fogta meg David a kezét amint leért a lépcső aljára és körbeforgatta. Remekül áll rajtad ez a ruha, irigykedve fognak nézni! – próbálta tovább nyugtatni.

- Akkor jó – rágott egy újabbat a száján. Ki a fene találta ki a rúzst? – tört ki belőle. David elnéző mosollyal figyelte mindezt. Már egyáltalán nem találta gyerekesnek, sokkal inkább bájosnak. - Képtelenség viselni! Az íze meg rémes – morcoskodott tovább.

- Mutasd – mondta David és teljesen váratlanul szájon csókolta. Hmm... ízlelgette meg a terméket. Szerintem nem olyan rossz – mondta a teljesen elképedt lánynak. Ez nem is rúzs, hanem szájfény – jegyezte meg szakértő módjára. Ez finomabb.

- Tényleg? – kapta elő idegesen aprócska táskáját és remegő kézzel belenyúlt. Jé, tényleg az van ráírva. Az is jó? Mert akkor szenvedek – mondta beletörődve. - De kérlek szólj rám, ha feltűnően nyalogatnám, jó? – nézett rá ártatlanul. Istenem, milyen jól áll neki a fekete nadrág és a fehér ing, nyakkendő nélkül. És az a felső gomb, ahogy nyitva van, az olyan vonzóvá teszi, hogy... - pirult bele a gondolatba Kimberly és lesütötte a szemét.

Davidnek eközben óhatatlanul is azok a nők jutottak eszébe, akik kétpercenként előkapják apró kis tükreiket és magukat bámulják, majd a közbeeső időben a mosdóban teszik ugyanezt a nagytükör előtt. Kimberlynek eszébe sem jutott mindez, pedig számára is érthetetlen módon, de megcsókolta! Szétkenhette volna a sminkjét! Fogalma sem volt arról, hogy a lányt sokkal inkább más foglalkoztatta... az, hogy szíve majd kiugrik a helyéről. Ha ez így megy majd egész este és David többször is letámadja, akkor nem tudja, mi lesz a vége.

•

Bill Broxton felvéste füzetébe a helyszínelőktől imént hallott információkat. Robbanóanyag, időzítő, szándékosság. Szóval a raktárépület nem csak úgy összedőlt, hanem egy kicsit rásegítettek. Nem volt egyszerű annyi törmelék átvizsgálása, de csak kiderült, hogy szükség volt rá. Ez így már gondatlanság, vagy talán még rosszabb: gyilkossági kísérlet. Hiszen célszemély is volt ezúttal, bár nem éppen az, aki végül

148

bement és megsérült. Már megint a rejtélyes David Wilson. Hmm... őrá számítottak, de nem volt itt, helyette a felesége ment be. De ki akarhat rosszat David Wilsonnak? Hiszen tudták, számítottak rá, hogy ő fog odamenni és pontosan akkor. Szándékosan csalták oda! De kinek áll az útjában? Ki vagy kik küldték azt a meghívót? Hmm, lesz itt még mit kiderítenie! És az is biztos, hogy az istállótüzet is ismét elővesszi, bár még el sem tette. Egy lámpa sem esik le csak úgy magától, arra is rá lehet segíteni. Hmm, kérnie kell egy listát David Wilson rosszakaróiról. Mert ezek most már nem packáznak! A kérdés, hogy most mennyire van veszélyben... talán szólni kéne neki erről, minél előbb!

•

- Akkor még egyszer. Mosolyogjál, legyél elbűvölő, de ne beszélj sokat. Ha kérdeznek, csak pár szóval válaszolj és legyél udvarias. És ne mutasd, hogy kevesebbnek érzed magad náluk, ne feledd el, a társadalom kiemelt tagja vagy! – tartott kiselőadást David, teljesen feleslegesen. Kimberly ugyanis mindebből semmit sem hallott, sokkal inkább úgy érezte magát, mintha lebegne. A tegnap esti vacsorán járt az agya, hogy milyen jól sikerült. Remekül szórakoztak és mennyit nevettek. Ó, bárcsak mindig ilyen jó kedvű lenne David is, bárcsak megmaradva ez a viselkedése. Hiszen teljesen körülrajongta! És az előbb is...

- Menni fog? – hallotta meg David hangját és automatikusan egy igent felelt, bár fogalma sem volt mire. – Kimberly, hallani szeretném? – fordult felé David, már megint nem az útra figyelve. – Hahó, merre jársz? Szóval hogy kell viselkedned? – tette fel újra a kérdést mosolyogva. Biztos volt abban, hogy a lány a vadonatúj gyűrűjét bámulhatja titokban, amit az előbb vett neki az ékszerboltban. David már sokkal inkább azon lepődött volna meg, ha a lány nem tiltakozott volna hevesen egy óriás gyémántgyűrű ellen, amit rá akartak tukmálni. Csak egy sima karikagyűrűt akart, ha már mindenképpen muszáj. Más nők persze két kézzel kaptak volna a vagyont érő gyémánt után, Kimberly viszont csak ennyit közölt rá, hogy ronda nagy és nem tetszik neki. Még egy ilyen nőt! – nevette el majdnem magát azon, hogy eszébe jutott az ékszerész megdöbbent pillantása Kimberly beszólására: nagy és ronda. Egy annyi

149

karátos, tökéletes gyémánt? – hüledezett szegény ember. Talán azóta sem tért magához...

-Igen, a viselkedésem – hallotta meg a lány hangját és megpróbált rákoncentrálni. - Tudom, ne beszéljek sokat, pláne ne tele szájjal, ne lógjak rajtad, hagyjam hogy mások is felkérjenek táncolni és ne keverjek le senkinek se egy pofont, ha csak kedvesen megdicséri a ruhámat – foglalta össze a korábbi tapasztalataiból gyűjtött negatív eseményeket. David mindezt elégedett mosollyal nyugtázta: Kimberlynél jobb tanítvány nincs is!

- Na meg persze a rajongó nézés. Tudod, teljesen odavagy értem! – húzta ki magát a férfi.

- Ez egyértelmű, kérned sem kell – felelte ösztönösen Kimberly, majd megijedt, hogy mit is mondott valójában.

·

Kimberly tátott szájjal bámulta a hatalmas előcsarnok mennyezetét és nem tudott betelni vele. Legszívesebben egyesével végigcsodálta volna a terem valamennyi szobrát, a falak aprólékos és szemkápráztató mozaikját, erre azonban csak kevés esélye volt. Legalább a márvány lépcsőkorlátot, jaj azt bárcsak megérinthetné! Egyszerűen mesés, hogy ennyiféle színből van összerakva – nézett szomorúan hátra, majd tűrte, hogy sznobék beljebb rángassák egy kisebb terembe, amely zsúfolásig telve volt emberrel és parfümmel. Kimberly ábrándozva pislogott le a rózsaszín kis felhőcskéjéről, ahova tegnap este trónolt fel és ahol saját bevallása szerint is kitűnően érezte magát. Mióta megérezte a halál közelségét, azóta jobban értékelt mindent. Főként az emberi kapcsolatokat. És Davidet. Igen, David... mi is van akkor most? – kapta fel a fejét és meghökkenve látta, hogy egy pohár pezsgővel a kezében hét idegennel van körülvéve és hiába csavargatja a fejét, Davidnek a nyomát sem látja. Ma valahogy azonban nem tudott ezen bosszankodni, inkább csak elnézően mosolygott. Biztosan fontos emberekkel tárgyal és ők ragadták magukkal és biztos szólt is neki, csak ő ma valahogy nem igazán hall – jutott az észszerű következtetésre. Nem baj, ellesz ő itt addig és megpróbál bekapcsolódni a beszélgetésbe – kezdett fülelni arra, hogy

150

miről is folyik a diskurzus. Ez meg mi? – lepődött meg azon, hogy egy szót sem értett az egészből. Hogy a fenébe került ő ide? És miért is nem tűnt fel neki már előbb, hogy ezek a népek franciául vagy hogy társalognak? – vigyorgott rájuk és az egyetlen általa ismert francia szóval kimentve magát kihátrált a körből, megrökönyödött pillantásoktól övezve. Hú! – húzta volna meg éppen a pohara tartalmát, amikor megérezte, hogy alkohol van benne. Na ezt jobb, ha nem issza meg – nézett körül, hátha valami ihatót is talál. Nyakát nyújtogatva teljesen reménytelennek látszott, hogy bármit is megtalál ebben a tömegben, nemhogy aprócska, nedűket rejtő poharakat valahol a fal mellett. Akkor inkább kimegy, és megnézi azt a márványmicsodát. Meg felmászik a lépcsőn. Csak szabad neki ilyet tennie, elvégre hogy is mondta David: ő most már a társadalom illusztris tagja. Csak tudná, hogy mit is jelent ez? – libbent ki elgondolkodva az előtérbe, észre sem véve az épp akkor érkező anyósát.

•

David önfeledten nevetett az elhangzott viccen és pompásan érezte magát. Csillogó szemmel nézett körül és megállapította, hogy kivételesen egyáltalán nem zavarja sem a tömeg, sem az idegesítő társaság. Ma semmi nem tudja kihozni a sodrából, hiszen végtelenül boldog! Igen, az élet szép! Mégsem olyan rossz minden, mint ahogy az tűnt. Mennyire nem tudta megbocsátani, hogy az ő csodás, ártatlan kis húgát elragadták tőle. Mennyire nem tudta megérteni, elfogadni, hogy mindez miért történt. Most viszont úgy érezte, hogy újra tud hinni dolgokban. Hogy igenis vannak szépségek az életben, még ha ezek mocsokkal is vannak körülvéve. Az ő kicsi húga… mi mindenen kellett keresztülmennie szegénynek. De ez már a múlté, a lényeg, hogy újra itt van vele. Az élet szép! És ő meg vak volt, de még milyen! Ha nincs Kimberly, akkor még most is ott fújtatna valahol és átkozna mindent és mindenkit. Kimberly már megint kisegítette! Tényleg, hova tűnt az a nő? Az előbb még itt volt? – pillantott körül. Már megint hol hagyta el?

•

Kimberly felvont szemöldökkel futtatta végig tekintetét az ételkínálaton és lemondóan biggyesztette le az ajkát. Ezek meg micsodák? Honnan tudja, hogy melyik aprócska kis falat milyen ízű és mit rejt? – próbálta megszagolgatni az egyik, bizarr színű micsodát. Ez nem lehet igaz, mindjárt éhen hal egy megrakott asztal előtt! De nem tömhet akármit a szájába, mert ha nem ízlik neki, akkor itt még kidobja a taccsot. Bár annak is meglenne az előnye, legalább összecsődülne itt mindenki és akkor legalább találkozna egy ismerőssel is.

- Az finom? – kérdezte meg a mellette álló fiatal és meglehetősen kövér fiút, aki épp az imént tömött be a szájába az egyik falatkából kettőt.

- Aha, avokadókrémes – felelte tele szájjal és újabb falatok után lesett.

- Szóval a-vodka-vagy-mi? Milyen krém? Csak nem az is alkoholos? Na ezzel aztán ki van segítve! Jaj, éhen halok meg szomjan! – nézett kétségbeesetten körbe. Miért nincs valami normális innivaló? Kell itt lennie egy konyhának! Tápanyaghoz kell jutnia! – kezdte el figyelni a pincérek útvonalát, ahogy eltűnnek az egyik ajtó mögött. Szóval ez az! – ment oda és határozott mozdulattal belökte a lengőajtót.

•

- Apa, hát ideértetek? – lépett oda David, hogy üdvözölje az épp mellé keveredő apját.

- Milyen a felhozatal? – kortyolt máris egy italba John és nagyot sóhajtott. Elizabeth már megint kisebb patáliát csapott a parkolóban és ezt ki kell pihennie! De legalább itt nyugodtan legeltetheti a szemét a nőnemű lényeken és eltűnhet a férfiakkal traccsolni – üzleti megbeszélés címszó alatt.

- Nem is néztem – mondta flegmán David. – Majd sokkal fontosabb dologról kéne elbeszélgetnünk! Lauráról! – szórt villámokat a szeme és kétségek között magára hagyta apját. Hagy egye a fene, hogy egész pontosan miről is van szó! Igazán kibír pár órát, ha ő is elviselt nyolc évet! Az biztos, hogy ma nem fogja magát emiatt bosszantani.

•

Kimberly már el is felejtette, hogy nem is olyan rég a konyhabejárati ajtó utáni padló tányérdarabokkal és ételmaradékokkal volt beszórva. Persze ilyen is csak vele fordul elő, hogy kilökjön egy tálcát egy pincér kezéből! De ez már a múlté, most már itt ül a pulton lábát lógázva és hagyja, hogy három férfi is körülrajongja. Itt legalább nyugodtan ehet! – tömött egy újabb adag salátát a szájába és mosolyogva hallgatta a kintről behozott pletykákat. - Méghogy van a vendégek között egy igazi herceg is? Ezt nem hiszi el, biztosan csak ugratják! Az operaénekest és az olimpiai bajnok sportolót még elhiszi, na de egy ilyen méltóság mit keresne itt? – pislogott tágra nyílt szemekkel a hírhozóra.

Aztán az ismerős hangra nagyot nyelt:

- Kimberly, te meg mit csinálsz itt? Eszel? – döbbent meg. - Égre-földre kerestelek már! Miért nem vagy kinn? – esett neki finoman David, de igazán nem tudott haragudni rá. Észre sem vette, hogy férfikoszorú veszi körül. Pusztán annak örült, hogy végre rálelt, ami annyira nem volt nehéz. Hiszen hova máshova bújhatott volna? Az is igaz, hogy valóban nem volt túl izgalmas a kinti fogadás, túlságosan is merevre sikeredett.

- Csak itt benn van igazán ehető kaja. Kinn azt sem tudom mi micsoda! – méltatlankodott a lány, majd leugrott a pultról. – Megyek – indult el az ajtó felé készségesen, elnézően vállat vonva a láthatóan csalódott hátrahagyott társaságnak. – A férjem – bökött David felé magyarázatképp, majd intett nekik.

- Mi ebben a bál? – tette fel gyerekes kérdését Kimberly, melyen David is elgondolkozott.

- Komolyan nem tudom – felelte őszintén. A lány már túl is lépett ezen és újabb nyalánkságokkal zaklatta:

- Te, kinn van érdekes ember is? Úgy értem, akinek értem is a szavát? – kérdezte meg még azelőtt, hogy kiértek volna.

- Hogy mi? – kérdezett vissza David értetlenül, miközben a kezét a lengőajtóra tette. Mi a csudát akart ezzel? – bámult rá, aztán rájött: amikor megérkeztek, ottfelejtette annál a csoportnál!

- Hát a franciák...

- Te beszéltél a követség embereivel? – állt meg David és maga felé fordította a lányt, láthatóan meghökkenve. Nem létezik, hogy még más nyelven is beszél!

- Hogy beszélhettem volna velük? Egy mukkot sem tudok franciául! – értetlenkedett a lány.

- Hollandul – javította ki David. De ugye nem...? – nézett rá kérdőn.

- Nem, tényleg, csak elnézést kértem. Ugyan franciául, de biztosan megértették. Ezek a nyelvek olyan egyformák. Annyi szókincsem azért van. Megnyugodhatsz, nem vallottam nekik szerelmet! – mondta lazán és kilibbent a társaságba, hátrahagyva a nevető Davidet.

•

John Wilson kétségbeesetten nézett körbe, menekülési lehetőség után kutatva. Mrs. Hynes – gúnynevén Mrs. Háj – ugyanis egyenesen és töretlenül feléje tartott, méretes utat vágva magának a tömegen keresztül. Közismert tény volt, hogy a milliomos özvegyasszony nagyon szívesen fogadná John esetleges közeledését, ha a férfinak valaha is teljesen elmenne az esze és véletlenül erre vetemedne. Addig is beérte azzal, hogy ő kergette a férfit, nem törődve a nyilvánossággal és a rosszindulatú megjegyzésekkel. Elvégre az állam leggazdagabb embere volt, mit számított mindez neki?

John már szinte látta, ahogy a nő méretes keblei két perccel előbb érkeznek meg, mint ő maga és már előre hallotta a sipákoló hangját, ahogy legyezés közben a tömeget és a hőfokot szidalmazza. Az utolsó szabad pillanatában aztán ismerős keveredett mellé.

- Szabad? – kapta el beleegyezés nélkül Kimberly karját és máris a táncparkett felé vonszolta. A lány kétségbeesett pillantásokat lövellt hátra David felé, aki minderről tudomást sem vett. Hiszen teljesen természetes, hogy apja felkéri a menyét.

Kimberly rettenetesen félt az apósától a legelső perctől fogva és ez az érzés azóta sem változott. Nem értette, mi ez a hirtelen érdeklődés irányába, hiszen nem szólt hozzá eddig két szónál többet. Talán mégis közeledni próbál – enyhült meg kissé és megpróbált jó képet vágni az egészhez.

•

154

Cecile sikeresen megérkezett Elizabeth mellé, pontosan a kellő időben. Megállt az asszony mögött és a fülébe súgta:

- Nocsak, lemaradtam valamiről? – intett a táncparkett felé. Elizabeth liluló feje egyre inkább kezdett hasonlítani Cecile pink színű extravagáns szabású ruhájának színéhez, de nem szólt semmit. Elfordította a fejét és végigpásztázta Cecilet.

- Új szín? – jegyezte meg mindössze azt, hogy a nő nem a szokásos piros kollekciójának egyik újabb darabjában pompázott.

- Ha nem vigyázol, a fiad után a férjedet is elcsaklizza tőled! – jegyezte meg epésen Cecile és már lépett is odább Elizabethtől, hadd főjön a levében. Nem fogja megbocsátani neki egy ideig, hogy magára hagyta az otthoni partijuk szervezésében.

•

- Nos, kedvesem, végre alkalmunk nyílik egy kis beszélgetésre – szólalt meg John és közelebb húzta magához Kimberlyt. A lány annyira megijedt erre, hogy tiltakozni is elfelejtett és mindezt némán tűrte. John félreértve a lány reakcióját felbátorodott. Hmm, szóval a kis szuka mindenre kapható! – konstatálta a félreértelmezett tényeket és hirtelen új tervvel állt elő. Mi lenne, ha nem is a lányt üldözné el, hanem rávenné a fiát, hogy ő csapja ki? Ha mondjuk rányomulna – ami a jelek szerint nincs ellenére – és utána meg rajtakapatná magukat vele, akkor David biztosan kidobná. Soha nem tudta elviselni azokat a nőket, akikkel neki dolga volt. Ez zseniális! A kis libának tényleg kell tudnia valamit, ha így be tudta hálózni a fiát. Pedig nem is tűnik olyannak – morfondírozott el, majd a tettek mezejére lépett: a kezét lassan lejjebb csúsztatta. Kimberly nyelt egyet. Most mi a fenét tegyen? Hiszen teljesen egyértelmű, hogy hova indult meg és... nem keverhet le neki egy pofont! Megígérte Davidnek, hogy nem fog verekedni, meg nyilvánosan nem alázhatja meg az apósát. Akkor mi lesz, ha – érezte meg a fenekére érkező kezet.

- Lenne szíves elvennie a kezét? – sziszegte és megpróbálta eltolni magától a férfit. Mi a fene ütött ezekbe a hímneműekbe, hogy mind tőle akarnak valamit? – háborodott fel teljesen.

- Miért nem próbálja ki a tapasztaltabb Wilsont? Biztosan többet tud mutatni, mint a fia – mondta rezzenéstelen arccal és tovább fokozta a szorítást. Kimberly azt hitte, menten elájul a dühtől. Ez nem is pofont érdemel, ez legalább... vért kíván! Ezt az arcátlanságot, hogy képes lenne a saját fia feleségét...

- Mit képzel, maga vén kéjenc? – tolta el magától, hogy a szemébe nézhessen. - Hogy miközben az unokáját várom, lefekszem magával? - préselte ki magából a szavakat és teljesen elborult az agya. Megfelejtkezve mindenről kibukott belőle a titok is.

•

- David, azonnal! – ordított rá John a fiára a tömegen keresztül és a terasz felé mutatott. Beletelt egy jó időbe, amíg felfogta, hogy a lány mit vágott a fejéhez, miután eleresztette. Méghogy vén kéjenc, ő! Ilyet még senki nem mert neki mondani! De ezt még visszakapja, az is biztos! És ez az állítólagos terhesség... nem veszi be! Majd ő felnyitja a kedves kis fia szemeit, milyen nőhöz kötötte az életét – papír nélkül! Mert ha igaz lenne mindez... ha... nemcsak kitalálta... nem, az biztosan nem...

- Mi van már? – mordult rá David az apjára. Igazán várhatna, amíg hazaérnek, hogy nem bírja ki! – nyúlt bele a zsebébe és előkotorta a cigarettáját. Ha már úgyis itt kinn van a friss és kellemes estében, miért ne szívhatna el egy szállal?

- Tudod, mit mondott nekem az előbb a drága kis nejed? – tolta neki Davidet a korlátnak és úgy nézett a mellette álló párra, hogy azok elkotródtak onnan. David teljesen nyugodtan nézte, ahogy apja toporzékol és élvezettel fújta ki a füstkarikákat.

- Csupa fül vagyok – bámult a távolba, nem túl izgatottan.

- David, a nejed azt állította, hogy terhes! – üvöltötte John és zilálva várta, mit reagál a fia.

- Ez így van, hamarosan nagyapa leszel – felelte David flegmán. Csak elárulta, pedig megkértem rá, hogy ne tegye! – bosszankodott közben magában. Bár talán nem is baj... ő úgysem lett volna rá képes. Igen, talán így jobb is, legfőbb ideje volt, hogy kiderüljön – értékelte át gyorsan a helyzetet David. Legalább van alkalma megcsodálni apját, ahogy tehetetlenül vergődik. Igen, csapdában van, a kora csapdájába. Nagypapa, nagypapa... - dalolta magában gunyorosan és felettébb élvezte a szituációt.

- Ez nem lehet igaz! Te ennyire hülye vagy? – kiáltott rá John a fiára. Hogy lehetne a te gyereked?

- Az én feleségem, az én gyerekem – adott egyszerű magyarázatot David.

- Három nap alatt? David, ébresztő! Nem lehet a tied! Biztos csak úgy kitalálta! Mi a fenét művelt veled, hogy ennyire vak vagy? – kelt ki teljesen magából.

- A gyerek nagyon is létezik, együtt voltunk ultrahangon. Én is láttam, semmi kétség.

- David, nézz rám kérlek. Azt mondtad, hogy nem érdekel a lány, ez rendben is van. Azt is láttam, hogy ennek ellenére bevitted az ágyadba. Még ez is rendben van. De mikor, David, mikor? Nem lehet máris terhes! Hacsaknem.... hazudtál nekem és már sokkal korábban az ágyadba cipeted! – adta meg önmaga számára is a kellő magyarázatot. David erre a kijelentésére nem reagált, nem is volt rá szükség. Emelt fővel odább sétált, magára hagyva a letaglózott apját.

•

- David, kérlek ne haragudj de bár megkértél hogy ne mondjak semmit de véletlenül elárultam apádnak a gyereket és... - kezdett bocsánatkérésbe Kimberly, amint meglátta Davidet a tömegben. A férfi viszont nem hagyta, hogy befejezze.

- Tudom – felelte David magától értetődően és kezét a vállára tette. – Kimly, mondta kedvesen, nem baj, nincs gond. Sőt, talán jobb is, hogy megtudta – nézett rá elnézően. Ne is foglalkozz vele, inkább gyere – húzta magával. Szerintem itt az ideje, hogy táncoljunk! – húzta a táncparkett felé. Addig üsd a vasat, amíg meleg – futott át az agyán. Hadd lássa mindenki, hogy mi is a helyzet, hadd kapjanak egy kis előadást.

Kimberly minderről semmit sem tudva örömmel fogadta férje felkérését a következő táncra. Már el is felejtette az előbbi közjátékot és azt, hogy nem is olyan rég még aggódott, hogy David haragudni fog rá. De most csak az övé lesz és nem adja át senkinek. Az övé! Végre! – omlott bele készségesen a karjába. Nem hallotta a környezete zajongását, nem látta az embereket maguk körül. Megszűnt a külvilág számára. Fel sem tűnt neki, hogy nem zavarja többet a férfi érintése és a legkisebb ellenállás nélkül hagyta, hogy David egyre közelebb húzza magához. Testük teljesen összeért és a lányt csodás érzések kerítették hatalmába. Megborzongott. Fejét férje mellkasára hajtotta, megállapítva, hogy még soha nem érezte magát ilyen biztonságban. Egyben megérezte a levegőt átható varázst. Eszébe jutott az egyik kedvenc filmjelenete: amikor a zsúfolt teremben táncoló pár annyira a másikat látja csak, hogy eltűnik mindenki és ők egyedül vannak az üres teremben. Nem gondolta volna, hogy ez valóság és tényleg érezhet ilyet! Pedig ez pont olyan!

David tökéletesen tisztában volt azzal, hogy veszélyes vizekre evezett. Pedig nem is ivott még semmit, ezután viszont nagyon is szüksége lesz rá. Erősen kezdi túljátszani a szerepét, sőt, mintha az irányítás kezdene kicsúszni a kezei körül. Ennek ellenére végigsimította felesége hátát, érezve, hogy megfeszül. Elképedve vette észre, hogy mennyire megkívánta! Mit tett vele ez az édes kis boszorka? Nem tudott ellenállni a kísértésnek és megcsókolta a lány haját. Kimberly erre felkapta a fejét és mélyen a férfi szemébe nézett. A sötét tekintet azonban kifürkészhetetlen maradt számára. Davidben nem is tudatosodott, hogy csak erre várt. Lassan lehajtotta a fejét és óvatosan vette birtokba a lány száját.

Kimberlynek az volt az érzése, hogy erre a percre várt egész életében. Az sem érdekelte, hogy a terem tele van emberekkel, akik bámulhatják őket és ez az egész nem is neki szól. Akkor is érezni akarta a férfi gyengédségét és azt kívánta, bárcsak a szám örökre tartana.

·

Tommy meghökkenve bámulta a táncparketten egymásba felejtkező párt és nem hitt a szemének. Ennyi vibrálást még soha nem látott két ember között és be kellett ismernie önmagának, hogy bizony irigykedve figyelte őket. Megtörtént az, amit nem gondolt volna soha, hogy bekövetkezik. És főként nem ennyire! Bár még pár napja csak úgy látta,

158

hogy David belezúgott Kimberlybe, most viszont a látottak még ennél is többet mutattak. David, az ő macsó barátja teljesen menthetetlen. Nem elég, hogy váratlanul megnősült, hogy hamarosan apa lesz, de mindezt még élvezi is. Nincs itt semmi gyanús, már nincs. A kérésc, miszerint csábítsa el Kimberlyt pusztán kétségbeesés lehetett csak. Félelem az ismeretlenségtől, a kötöttségektől. Ha képes ennyire elfelejtkezni arról, hogy hol van, akkor... akkor David tényleg szereti azt a lányt, semmi kétség!

•

Cecile alig tudta türtőztetni magát, hogy ne remegjen nyilvánosan. Ezt a megaláztatást! Hogy képes erre David, hogy lehet ez... hiszen nyilvános helyen vannak, akkor meg hogy süllyedhet idáig! Hogy ölelheti és csókolhatja ennyire szenvedélyesen! Igen, látható, hogy bosszantani akar mindenkit, be akarja mutatni mindenkinek, hogy mi a helyzet közöttük. Demonstráció, nem több. De ez a csók... ez több, mint színészkedés, ilyet nem lehet csak úgy! Egy felkavaró, megsemmisítő, elgyengítő csók. Ó, hogy vinné el a csuda őket! – fordította el a tekintetét róluk. Nézni sem bírja.

- Nagyon úgy fest, hogy veszítettél! – lépett mögé Elizabeth, hogy törlesszen egy kicsit. Biztos volt abban, hogy Cecile rontotta el az egészet, ő tehet arról, hogy nem tudta megszerezni magának a fiát. Pedig minden adott volt hozzá, megvolt a lehetősége, ő is támogatta. Ideje is volt, évek, de felsült. Most már viselje el a vereséget. Elizabeth szemében már nem bírt akkora értékkel a nő. Cinkostársnak sem jó már semmire, teljesen hasznavehetetlen. Ez azonban tényleg tűrhetetlen! David elvetette a súlykot, ez nem egy bárocska, ahol kedvére hetyeghet...

- Ahogy elnézem, David teljesen öleb lett. Az a kis nő jól keveri a lapokat – sziszegte John Elizabeth mellett, miközben az összegabalyodó párt figyelte. Elkéstek, ez teljesen egyértelmű. David menthetetlenül behálózva és csapdába csalva hever előttük és észre sem vették az ehhez vezető jeleket. Őt választotta, nem a családját! Alaposan alábecsülte ezt a lányt, de még hogy! Most pedig teljesen reménytelen a helyzet, ezzel nem tud mit kezdeni. De nem, olyan nincs, hogy ne találjon ki valamit, ez így nem mehet tovább! Mindig van valami lehetőség, most is kell lennie! Ő nem adja fel!

- Az a nőcske, előhúzott egy ászt a lapjaiból – morgolódott olyan hangerővel, hogy a mellette álló felesége és Cecile is jól hallhassa. – És nem is áll rosszul, sőt! Gyereket vár, ezt kapjátok ki! – bukott ki belőle.

•

Kimberly teljesen belefelejtkezve a mámoros érzésbe észre sem vette, hogy vége lett a lassú és andalító zenének. Fejét továbbra is David mellkasának hajtva behunyt szemmel itta magába a férfi illatát, mely csak még jobban elgyengítette.

- Jól vagy? – nézett rá David a lány kipirosodó arcára. – Gyere, kimegyünk egy kicsit a teraszra. Itt olyan fülledt a levegő! – ragadta meg Kimberly karját és már vonszolta is magával a kitárt dupla üvegajtó felé. Nagy szüksége volt neki is arra, hogy az esti fuvallat kiszellőztesse a fejét, nem beszélve az útközben begyűjtött pohár italról. Érezte, hogy teljesen össze van zavarodva és nem tudta, hogy mi a jobb: ha a lány mellette van, vagy ha nincs.

•

- Hogy ez nekem miért nem jutott eszembe! – kezdett hisztériába Cecile John iménti megjegyzésére és toporzékolni kezdett. Hiszen ez a legősibb, legklasszikusabb módszer, ő miért nem élt vele! Ez nem igazság! Pedig milyen egyszerű lett volna! – dühöngött és érezte, hogy ordítania kell. Azt pedig itt nem teheti meg. Cecile teljesen magából kikelve viharzott ki a teremből, nem is nézve hátra. Nem vett tudomást arról, hogy közben Elizabeth teljesen másként reagál az iménti hírre. A színe egyre halványabb lett, majd egész egyszerűen elájult.

•

Kimberly nyugtalanul forgolódott az ágyban és a helyét kereste. Túlságosan sok élmény érte ahhoz, hogy egyből el tudjon aludni.

160

Természetesen a bálon járt az agya, hol máshol is járhatott volna. Az a tánc... merengett el újra meg újra. Utána szinte nem is emlékszik, hogy még mi történt, annyira el volt varázsolva...

A szíve körüli nyomásra sehogy nem talált magyarázatot. Miért van az, hogy mosolyogni és táncolni lenne kedve? Olvasott olyasmit, hogy a terhesség harmadik-negyedik hónapjában a legboldogabbak a kismamák. Biztosan teljesen felborult már a hormonháztartása és emiatt van mindez. Részben. Biztos, hogy Davidre nem volt ekkora hatással mindez, de ez most nem számít. De most mi lesz, hogyan tovább? Nem akar aludni, még nem! Olyan szép este van, nem töltheti itt benn forgolódással, akkor inkább kimegy sétálni egy kicsit. Ó, hogy miért nincsen a szobájában egy erkély, akkor most kiülhetne és nézhetné a csillagokat, hallgatná a tücsköket. Le kell osonjon a hátsó kert felé, az lesz a legjobb – bújt bele a papucsába és a köntösébe. Óvatosan kinyitotta az ajtaját és igyekezett a lehető legkisebb zaj mellett becsukni. Lábujjhegyen tipegve botorkált a sötét folyosón, majd David ajtaja előtt nekiütközött valakinek.

Ez csak David lehet – érezte meg a férfi közelségét, de képtelen volt hátrálni. Mit csinálhat itt a férfi, miért nem alszik? Hiszen már több órája, hogy hazajöttek!

- Hova osonsz? – hallotta meg David számon kérő hangját.

- Csak megszomjaztam és... - motyogta zavartan.

- Én is – mondta David és hevesen átölelte.

Olyan szenvedélyesen csókolta meg, hogy Kimberly alig kapott levegőt. Ellenállás nélkül omlott a karjába. David a kezébe kapta a lányt és a szobájába cipelte. Kimberly mindezt teljesen természetesnek találta. Érezni szerette volna a férfit. Igen, ez volt a baja, ezt akarta! Teljesen világos volt a helyzet, csak ő nem látta! Hiszen mióta akarta mindezt! Nem is, mindig is ezt akarta! Szó nélkül hagyta, hogy a férfi lefejtse róla a köntösét.

- Teljesen megőrjítesz – suttogta David és fejét a lány szétborzolt hajába fúrta. Tudta, hogy ezen a szenvedélyen sem az ital, sem a hideg zuhany, sem más nő nem enyhíthet. Mindent megpróbált, de nem ment. Egyszerűen muszáj volt megkapnia! Ha nem botlik bele ott a folyosón, akkor biztosan rátörte volna az ajtót, mert nem bírta tovább. Az a tánc az utolsó csepp volt a pohárba. Soha nem kívánt még ennyire senkit!

XXV.

Kimberly nagyot nyújtózott az ágyban és lassan nyitotta ki a szemét. Szokás szerint beletelt egy kis időbe, amíg teljesen magához tért. Elmosolyodott, amint rájött, hogy hol is van. Belepirult a tegnap éjjel történtekbe. Hogy mit művelt vele a férfi? És ő mindezt hagyta, sőt! Még élvezte is. Igen, élvezted! – ismerte be magának. Csak az emlékére felkavarodott minden idegszála. Zavartan húzta feljebb magán a takarót és mosolyogva óvatosan oldalra pillantott. David felé fordulva, előre nyújtott kézzel oldalt aludt. Nyugodtan, békésen, egyenletesen lélegezve. Kimberly csöndben közelebb húzódott hozzá és nézni kezdte. Csak feküdt mellette és bámulta a férjét. Igen, a férje, most már tényleg az. Hogy is mondják, elhálták a házasságot. Most már minden törvényes. Most már... mi lesz? Hogyan tovább? David... komoly kísértést érzett, hogy ne kezdje el cirógatni a férfi haját vagy hogy ne bújjon oda hozzá. Fogalma sem volt, hogy mit kell ilyenkor csinálni. A férjem... - nézegette hosszasan. Olyan békés, olyan nyugodt és olyan kedves. Most olyan, mint egy imádnivaló kisfiú! Micsoda, imádnivaló? Mit is érzek iránta? – esett kétségbe. Hiszen... hiszen ő ivott, nem is keveset, ez egyértelmű volt, érezte rajta. Csak amiatt lett volna mindez? Lehet, hogy nem is neki szólt? Nem, az képtelenség, csak kellett lennie valami érzésnek is, csak van valami. Hiszen ő... mi is van vele? Pusztán elvesztette a fejét és gyöngédségre vágyott? Mit is érez? Ó istenem, csak nem... csak nem kezdek el vonzódni hozzá? Vagy még ennél is rosszabb? Csak nem szerettem bele David Wilsonba?

.

Bill Broxton nyomozó nyugtalanul nézegette az óráját és azon töprengett, hogy mikortól van illendő idő a telefonálásra egy munkanapon. De mi a helyzet, ha az előtte való nap egy látványos parti is volt, ahol részt vettek. Akkor hánykor telefonálhat? – morfondírozott, majd előszedte a jegyzetfüzetét. Egy üres oldal tetejére új címsort írt fel: David Wilson rosszakarói – és már sorolni is kezdte a családtagokat. A legtöbbször a közeli hozzátartozók között kell keresni a tettest, ez közismert. A feleség – nem, ő teljesen kizárt, csak nem robbant saját magára egy épületet. A szülők – nem, az ilyen gazdag népség nem robbantgatja a saját vagyonát, rontva a cég imázsát. Nos, a személyzet. Nem, egy idős házaspár, egy ostoba kis szobalány, ők nem robbantgatós típus. Ehhez ész kell és pénz. Kapcsolatok. Biztosan az üzemhez kapcsolódik a tettes. A munkához. Egy üzleti ellenfél, aki nem figyeli jó szemmel a terjedésüket. Igen, annak állhatott a leginkább érdekében ez a módszer. Hmm, és mi a helyzet a megunt szeretővel? Hogy is hívják, Cecile Boreaux. Hoppá, majdnem elfelejtette! Nincs is veszélyesebb egy megcsalt, megbántott nőnél. Neki meg van pénze. Igen, ő lehet a fejbújtó és ott vannak a fényképek is. Hmm, valahol el kell kezdeni és talán egy látogatás nála nem lenne rossz.

•

David egyre határozottabban hallotta, hogy valami rezeg mellette az éjjeliszekrényen. Mi a manó lehet ez a zaj – nyúlt oda önkéntelenül is és keze a telefonjába akadt. Hát persze!

- Igen – ásított bele a készülékbe és álmosan dörzsölni kezdte a szemét. – Hogy ki? – kérdezte meg újra, mert az előbb nem hallott semmit. – Hogy a rendőrség? – emelte meg a hangját, majd visszafogta magát. Mellette a takaró megmozdult. David felült az ágyban és halkabban folytatta. Nem gondolta volna, hogy jó, hogy ülve maradt: a nyomozó ugyanis olyat mondott neki, amitől biztosan leült volna. Méghogy gyilkossági kísérlet történt ellene? Hogy felrobbantották a gyárat? Hát nem egy véletlen baleset volt, hiszen az épület bontásra várt. Hogy mi? Veszély? Tűnjön el! Nem, várjunk csak, ezt meg kell beszélniük! – zsongott a feje. Eleve enyhén másnapos, ez neki sok egyszerre – fogta a kezében a rég kikapcsolt telefont, majd óvatosan kimászott az ágyból. Megremegett a lába. Csak nem a húga miatt van mindez? Lehet, hogy ő is veszélyben van. És Kimberly, ő vele mi lesz? – aggódott a családjáért. Nem, azonnal el kell tűnnie, nem kockáztathat. Nem bocsátaná meg magának soha, ha valami bajuk történne. Kimberly – állt meg mellette az ágyban és komoly kísértést érzett, hogy ne simítsa ki a haját az arcából. Micsoda éjszaka

164

volt! – futott át egy mosoly az arcán. Nem, most más dolga van, nem gondolkodhat ezen. Jobb, ha úgy megy el, hogy nem szól neki róla, ha nem tud semmiről – lépett be a fürdőbe, hogy ott öltözzön át. Gyorsan kell cselekednie! Valaki az ő életére tör!

●

Kimberly nagyot nyújtózott az ágyban és lassan nyitotta ki a szemét. David? – tért magához viszonylag gyorsan és átpillantott a túloldalra. Az ágy azonban üres volt. Enyhe csalódottság közepette mászott ki és dudorászva a fürdőszoba felé indult. Talán jobb is, hogy nincs itt David. Úgy sem tudna mit mondani neki – kavarodott fel teljesen és megborzongott. Ábrándozva bámult maga elé, majd tekintete az asztali órára siklott. Te jó ég, már 9 óra! David már biztosan az irodában van, amíg ő itt álmodozik. Rohannia kell! – kezdett el szaladgálni a szobában, mint egy mérgezett egér. Ez meg mi? – bámult rá a félig nyitott szekrényre és megdöbbenve vette észre, hogy a táskakollekció egyik darabja hiányzik. Feltépte David szekrényét: jópár inggel és nadrággal kevesebb volt benne. Mi folyik itt, hova utazott? – rogyott le az ágyra. Mi ez a váratlan út? És miért nem szólt neki? Csak nem… túl messzire ment tegnap éjjel és… és most megbánta és… és most elmenekült előle! – bámult maga elé.

●

Rose Mendez egyre nehezebben viselte férje tüntető némaságát irányába. A haragja tényleg érthető volt, de ez azért már túlzás! Hogy ez legyen az ötödik nap, hogy egyáltalán nem szól hozzá és levegőnek nézi! Mindez azért, mert nem mondta el egyből, hogy Antonio felbukkant. De hát a fia kérte meg rá, hogy ne szóljon, majd ő szól neki. Ki gondolta volna, hogy az itt hemzsegő fontoskodó rendőrök egyike túlságosan is jól informált és túlbuzgó! Nem büntetheti ezért José őt ennyire! Ezzel pont az ellenkező hatást érte el, hiszen Antonio azóta nem mert idejönni. Meghúzta magát a birtokon valahol és csak a bátyjával hajlandó érintkezni. De ez nem mehet így tovább! Van itt annyi munka, hogy még egy segítő kézre szükség lenne hivatalosan is. Majd ő beszél az úrral, megkéri, hogy

165

vegye őt is vissza. Egyenlőre. Addig, amíg ki nem találja pontosan, mit és hol akar. Jaj, miért ilyen bonyolult az egész? – fújtatott egy nagyot és pakolni kezdte a tányérokat. Ma sem esznek túl sokan reggelit ebben a kísértetházban. Hiszen az uraságék haza sem jöttek az este!

•

- Rose asszony, kérem – rontott be Kimberly a konyhába, majd eszébe jutott, hogy nem is köszönt. - Jóreggelt! – mondta gyorsan. – Kérem, meg tudja mondani, hogy mikor ment el - David? – nézett rá és igyekezett nem mutatni, hogy ideges. Ezt azonban nem lehetett nem látni.

- Jóreggelt Kisasszony. Már elment? Mert én nem találkoztam vele! – nézett rá a lányra. – Nem reggelizett, de máskor sem szokott – vont vállat, nem tulajdonítva túlzott jelentőséget az ügynek.

Kimberly szóra nyitotta a száját, aztán meggondolta magát. Jobb, ha nem tesz fel felesleges kérdéseket, mert ezek szerint azt sem tudja akkor megmondani, hogy hova ment. Sőt, talán jobb, ha nem is szól, hogy David elment. Csak van rá valami észszerű magyarázat.

- Jól érezték magukat az este? – kérdezte meg udvariasan Rose. Kimberlynek eszébe sem jutott, hogy a bálra gondol és elpirult. Csak nem voltak ilyen hangosak? – fordította el a fejét.

- Köszönjük, jól – felelte gépiesen és felkapott egy szendvicset, majd kimenekült az ajtón. Jaj de rosszul lett hirtelen, le kell üljön valahova!

•

- Uram, parancsol egy kávét vagy egy teát addig is? – kérdezte meg az iroda előtti várakozóban kényelmesen helyet foglaló nyomozót Mary és örömmel konstatálta a nemleges választ. Akkor legalább nem kell főzőcskéznie. – Egy pillanat, azonnal mutatom azt az értesítőt – nyúlt a precízen rendezett lefűzött irattartóhoz és már lapozta is az aznapi lefűzött postákat, közben azonban nem állta meg, hogy ne érdeklődjön. – Miért van erre szükség? Van valami gyanús? – tette fel a keresztkérdést. A nyomozók élete mindig is izgatta, az a sok rejtély, bűnügy meg a csavaros észjárás, ami ehhez a munkához kell, hogy felgöngyölítsék az ügyeket.

166

Bár most a technika fejlődésével már egy hajszál is elég, hogy felfedjék a tettest és nincs szükség hosszadalmas kérdezősködésekre. A nyomozók ideje leáldozott, most a helyszínelőké a szerep. Látta is a tévében ezeket az új sorozatokat, ahol mikroszkópok és számítógépes adatlapok mögött lelik fel a tetteseket – filozofált magában.

- Pusztán csak ellenőrzés, semmi több – felelte diplomatikusan a nyomozó. Maryt azonban nem lehetett ilyen könnyen lerázni, nagyon is jól érezte, hogy itt ennél többről van szó. Egy rendőr csak úgy nem jön ki feleslegesen holmi papírok után, arról nem is beszélve hogy ekkora véletlen nincs, hogy amikorra oda van rendelve valaki, akkor omlik össze az épület. Gyanús volt ez neki már korábban is, de most már egyértelmű. Persze titkolóznak meg minden, de ő készséges lesz. Hiszen csak fontos információk vannak a birtokában, kezdve például ezzel a meghívóval. És azt is csak ő tudja elmondani, mikor és hogyan érkezett. Ezek pedig nagyon fontos részletek lehetnek az ujjlenyomatokon kívül is.

- Nem értem… itt kéne lennie! – lapozgatott az oldalak között. – A 166-os iktatószámot kapta és itt nincs! Eltűnt! – bámult rá a nyomozóra.

- Ebben teljesen biztos? Kérem, azért nézze meg újra! – állt fel és lépett közelebb a titkárnőhöz. Mary készségesen újra fellapozta a könyvet, ahol makulátlan rendben sorakoztak az iratok. Azonban a 165 után valóban a 167-es irat következett.

Valaki kivette, szándékosan tűntetve el az ellene szóló bizonyítékot! – adta a rendőr szájába a szavakat. Broxton nyomozónak el kellett ismernie magában, hogy a nőnek nagyon is igaza van.

- Hmm… - nyitotta ki a jegyzetfüzetét, majd megvakarta a fejét. Hogy kérhet meg egy minden bizonnyal minden lében kanál és pletykafészek titkárnőt, hogy maradjon köztük mindez? – Nos, megkérdezhetem, hogy mikor és hogyan érkezett ide pontosan az az irat? És ki jöhet be ide és férhet hozzá a dokumentációhoz?

- Ez most kihallgatás? – csillant fel Mary szeme. Végre valami izgalom is akad ezen a napon! És egy igazi ügybe keveredett! Már látta is magát a bíróságon, amint bevonul a hallgatóság elé, ott ülnek a talárban a bírók, az esküdtszék morajlik, a háta mögött meg összesúgnak: a koronatanú, ő az, igen, rajta múlik az ügy kimenetele. A nagy izgalomban nem is gondolt bele, hogy pontosan mi is ez az ügy és hogy ez veszélyes is lehet.

- Igen – mondta keletlenül a nyomozó, majd remek ötlete támadt. Közelebb hajolt Maryhez és rejtélyesen körülnézett: - Ebből következően ami köztünk elhangzik, az szigorúan titkos! Nem mondhatja el senkinek, mert az befolyásolhatja az ügy menetét! – súgta a fülébe. Mary átszellemült arccal emésztette a hallottakat.

- Ígérem, hogy nem mondom el senkinek! – húzta ki magát, ahogy egy roppant fontos személynek illik.

·

Kimberly szinte berontott Mary irodájába és megdöbbenve bámult rá a nővel szemben ülő férfira. Nem ismerte meg a nyomozót, túlságosan lefoglalta a keresés.

- Jaj, bocsánat, majd visszajövök – fordult volna az ajtó felé, Broxton nyomozó azonban már pattant is fel a helyéről.

- Úgyis épp befejeztünk és menni készültem – hajtotta be a jegyzetfüzetét és tollát az inge zsebébe csúsztatta. Kimberly rábámult a füzetecskére. Ismerősnek találta... á, meg is van, ez az ember kérdezett tőle olyan furcsákat a méreteiről!

- Nos, ha még szüksége van rám, állok a rendelkezésére – mondta Mary és az ajtó felé kísérte a nyomozót.

- Egy pillanatra kérem – szólt utána Kimberly és ha más állapotban lett volna, minden bizonnyal feltűnt volna neki, hogy a férfi milyen kényszeredetten fordult meg. Broxton nyomozó ugyanis most még egyáltalán nem akart a feleséggel beszélni. Nem akarta ráhozni a frászt! Hiszen megbeszélték reggel a férjével, hogy őt egyenlőre kihagyják az ügyből. Épp elég megrázkódtatás volt a számára, hogy ő sérült meg, többre egyenlőre nincs szüksége. – Igen, szóval megkerült a kérdéses ruhadarab gazdája? – kérdezte meg Kimberly. Broxtonnak fogalma sem volt arról, hogy miről beszél, annyira benne volt a gyanúsított listában, hogy nem tudott mit reagálni. Milyen ruha? Miről van szó?

- Parancsol kérem? – kérdezett vissza.

- Hát a tűzkor megtalált izé... ruha – tette fel újra a kérdést. Egyáltalán mit keres itt? – jutott eszébe.

- Jaaa – dalolta Broxton. Végre leesett neki, hogy mit is kérdezett és megkönnyebbült. Csak erről van szó! Tényleg, el is felejtette a melltartót, milyen jó, hogy erre felhívta a figyelmét! – - Á, az rendben van. Megyek, viszlát! – húzta be maga mögött szélsebesen az ajtót, mielőtt újabb kellemetlen kérdéssel találja magát szembe. De még előbb felírja a melltartót, hogy ne felejtse el! – kapott elő egy tollat.

Kimberly csodálkozva nézett a férfi után, majd Mary felé fordult:

- Ez meg mit akart itt? – nézett rá csodálkozva. Mary azt sem tudta, hogy mit is mondjon. Hiszen ő eddig azt hitte, hogy nem ismerik egymást, akkor meg mi ez? És miről beszéltek, milyen ruha meg tűz? Mi folyik itt, amiről ő nem tud?

- Á, csak George-nak van valami ügye. Biztosítás – füllentette és gyorsan az asztala mögé ugrott. – Mr. Wilson mikor jön? – kérdezte meg, elterelve a szót.

Kimberly lába megingott. Szóval nincs benn! – döbbent rá. Pedig úgy bízott abban, hogy itt lesz. És Mary sem tud semmit! Pedig azt remélte, hogy ő legalább tud valami útról. De nem! Akkor talán jobb, ha nem mondja el neki. Mit is mondhatna, hiszen nem tud semmit?

•

David aggodalmasan kapta fel a fejét és megkönnyebbülve látta, hogy Tommy lép be a jacht belsejébe.

- Hoztam egy kis ennivalót – nyomott David elé egy papírzacskót, majd elhelyezkedett vele szemben és fejét már a sajátjába nyomta. – Te nem eszel? – kérdezte meg barátját, aki fintorogva tolta el magától a muníciót.

- Nem, majd később. Sokkal inkább a listán gondolkodtam. Meghallgatod? – nézett rá Tommyra, majd ölébe tette a papírját. - Ez olyan izé... - hagyta félbe a mondatot. Mit lehet erre felelni? Épp elég kellemetlen volt neki, hogy kilistázza mindazokat a személyeket, akik szívesen ártatának neki. Vajon mennyire van itt biztonságban barátja hajóján? És meddig kell itt lennie.

- Na mondjad – felelte tele szájjal Tommy és várakozón nézett Davidre. – Remélem, én nem vagyok rajta! – vigyorgott rá.

- Ha-ha, rém vicces vagy! – David elsőre egyáltalán nem találta humorosnak barátja megjegyzését. De ha jobban belegondol... - Te, Tommy, ugye amiatt a kis bunyó miatt ott a partin, ugye nem lennél képes...? – nézett rá megrökönyödve.

- David – ült oda barátja mellé és barátian a vállára tette a kezét – kérlek a kicsinyes vitákat vedd ki a számításból! Jesszusom, ugye nem gondolod, hogy akár a családod, akár a barátaid ilyet tennének veled! Még talán Cecile sem lenne ilyenre képes, bár elég csúnyán elbántál vele, de... ez biztosan egy üzleti leszámolás! Ha javasolhatnék valamit, akkor azon gondolkozzál el, hogy kinek lehetsz tüske a szemében a nagykutyák közül. Mert ezek tényleg képesek felrobbantgatni épületeket, de hogy például Will – na azt azért nem hiszem! – fejezte be a megnyugtatónak szánt beszédét.

David azonban továbbra is némán bámult maga elé. – Na mutasd – tépte ki a kezéből a papírt és olvasni kezdte. A nevek láttán azonban egyre világosabbá vált számára, hogy David halálosan fél! A listán gyakorlatilag mindenki fel volt írva rajta kívül, akit ismer, egyetlen név kivételével: ez pedig Kimberly volt.

•

Kimberly kimerülten rogyott le egy székre és megtörölgette gyöngyöző homlokát. Ennyire rosszul rég érezte magát, de most sokkal jobb, hogy mindent kihányt magából. Pedig már egy jó ideje elmúltak a reggeli rosszullétek, akkor ez meg micsoda? Mindenesetre most jobb, ha csak kekszet eszik. És nyomozni kezd. Végre elég erős ahhoz, hogy rámásszon a telefonjára. Most, hogy látja, Mary sem tud semmit, máshonnan kell megközelítenie a kérdést.

- Laura, itt vagy a városban? – kérdezte meg végre azt a nőtől, amiért igazán felhívta. Kimberly csak komoly erőlködések árán volt képes három percet beszélni a tegnapi bálról és a vendégekről, hogy kielégítse sógornője kíváncsiságát. Ő ugyanis nem tudott volna milyen ürüggyel megjelenni.

- Persze, miért? – felelte csilingelő hangon Laura. Fel sem tűnt neki, hogy Kimberly milyen nyugtalan.

170

- Á, csak megfordult a fejemben, hogy máshol is körül akarnál nézni – beszélt mellé Kimberly. Hátha elárul olyat, hogy van-e nyaralójuk máshol is, nemcsak Európában. Várjunk csak, lehetséges volna, hogy David Monacoig szaladt volna? – villant be a képtelen ötlet.

- Nem, itt maradok még egy ideig, hova is mehetnék. Vacsora? – ajánlotta fel. Kimberly ráhagyta, majd gyorsan elbúcsúzott. Szóval ő sem tudja, hogy David elutazott. Talán Tommy! – ütötte be máris a férfi számát. Nocsak – hallotta meg a foglalt jelzést. Persze, dolgozik, mit is csinálhat csütörtök délben? Különben is, mit kérdezne tőle? Egy tiszta nevetséges helyzetbe keverné magát. Melyik férfi örül, ha ellenőrzik és a barátokat hívogatják, hogy hol van? Kimberly, szállj már le a földre, biztosan van rá magyarázat. Várd meg, amíg ő hív fel téged. Biztosan megteszi!

•

- Kérem, foglaljon helyet – mutatott Cecile a kanapéra és várakozóan helyezkedett el vele szembe az egyik fotelbe. – Miről is lenne szó? – emelte rá tekintetét.

- Az istállótűzről – felelte lezser módon és fürkészve figyelte a nő reakcióját.

- Micsoda? Istállótűz? Mégis hol és mikor? – játszotta az értetlent Cecile, pedig nagyon is jól tudta, hogy miről is van szó. Bill Broxton viszont elég régóta volt a szakmába, hogy tudja, ki mikor hazudik. A nő pedig épp ezt tette!

- A Wilson rezidencián, a partit követően – adott felvilágosítást, hátha átértékeli az előbbi mondatát.

- Á, szóval arról van szó – trillázta Cecile és elmosolyodott. Tényleg, Elizabeth barátnőm megemlítette, hogy volt egy kis tűz. – Miért? – tette hozzá túlságosan is gyorsan a kérdést.

- Csak megkérdezném, hogy nem látott-e valami gyanúsat? – indult el messziről a nyomozó és kinyitotta a jegyzetfüzetét. Bár az előbb a titkárnő azt monda, hogy a gyárba kizárólag dolgozók és családtagok léphetnek be, Cecile minden bizonnyal könnyen hozzáférhet – ha akar

– egy belépőhöz. Aki ennyi éve a család barátja, annak ez nem okozhat gondot.

- Gyanúsat? Én? Azt sem tudom, merre van ott az istálló! Különben is félek a lovaktól! – háborodott fel Cecile és nyugtalanul pattant fel a helyéről. Minek nézi ez az ostoba ember őt és mi ez a gyanúsítgatás? Várjunk csak, honnan tudta meg, hogy akkor ott volt? Hiszen nem látta senki, csak az ő ismeretlen partnere – kapcsolt egyből érdeklődővé. Talán lehet, hogy tőle megtudja, ki is az a férfi? – helyezkedett vissza a fotelba és elszedte egyik bűbáj mosolyát.

- Nos rendben, köszönöm – állt fel a nyomozó és már indulni készült. Cecileről lehervadt a mosoly és lelombozva nézett fel rá.

- Ennyi? – vékonyodott el a hangja és csalódottságot tükrözött. – Miért, látott valaki? – mondta meggondolatlanul. Fogalma sem volt, hogy sokkal többről van itt szó, mint arról az egyszerű kis tűzről. Ő csak egy nevet, egy egyszerű nevet szeretne hallani, a többit már ő is megoldja! De folyamatosan zsákutcába fut. Pedig látnia kell, muszáj lesz ismét találkoznia vele! Olyan jó lenne látnia!

- Nem, csak... - ment át védekezésbe a nyomozó.

- Csak mert lehetséges, hogy tényleg arrafelé sétáltam. Sötét volt és én... mint mondtam, fogalmam sincs, merre van az istálló – kezdett magyarázkodásba a saját kérdésére Cecile. Broxton nyomozó érdeklődve figyelte, ahogy a szerepek felcserélődtek.

- Nos, köszönöm kisasszony – ment tovább az ajtó felé, megérezve, hogy a nő biztosan akar még mondani valamit és minél gyorsabban akar távozni, annál inkább sarokba szorítva fogja magát érezni. Cecile azonban elhallgatott.

- Lenne még itt valami – fordult vissza már a ház előtt állva és úgy tette fel a kérdést: - megtudhatnám, mihez kellett a partin készült összes kép?

•

- David, gyere már ki a fedélzetre, ne csináld ezt! – nyüstölte barátját Tommy, de nem járt szerencsével. Bár mintha David kissé megnyugodott volna, amióta a jelentősen leszűkített listát átfaxolták a nyomozónak.

172

- Nem, jó ez itt nekem – telepedett le az irányítópult mögé, majd leállította a motort. Teljes csönd telepedett rájuk.

- Te, David, a feleséged miért nem volt a listán?

- Most hülyéskedsz, hiszen majdnem meghalt! Különben is, miért tette volna? Bár mindent ő örökölne egyedül utánam, de... - bicsaklott meg David. – Nem, biztosan nem! Akkor belelökött volna a tengerbe – jutott eszébe a monacoi hajókázás. Tommy persze egy szót sem értett ebből, csak azt látta, hogy David a lánnyal kapcsolatban szemellenzőt visel. Az érzelmei megakadályozzák, hogy akár helyesen is lásson!

Egy cinkostárssal, aki nem avatta be mindenbe, aki a gyerek apja – próbálta elbizonytalanítani Davidet.

- Ne, már te is ezzel jössz itt nekem, hogy a gyerek nem tőlem van! – pattant fel David dühösen, Tommy viszont nem hagyta annyiban:

- Én csak belőled indulok ki: te kértél meg, hogy csábítsam el! Csak gondoltam valakire gyanakszol és... próbára teszed... szóval csak ezért – dadogott Tommy. – Tudod a te társadalmi helyzetedben... szóval vigyáznod kell. A nők sok mindenre képesek a pénzért, főként érzelmek eljátszására... és ebbe egy gyerek igazán belefér. Tényleg ugyanúgy érez irántad, ahogy te őiránta? – gondolkodott reálisan Tommy.

- Jaj, neked fogalmad sincs semmiről! – temette David a fejét a kezébe.

- De látom, amit látok! – mondta kétértelműen Tommy.

- Nézd, biztos vagyok benne, hogy a gyerek az enyém és hogy nincs semmiféle vetélytárs. Nem is volt és nem is... izé lesz.

- Hát igaz, nem dőlt be nekem, pedig eléggé ellenállhatatlan vagyok – gondolkodott hangosan, majd észbekapott. - Á, a nászút! – mosolyodott el hamiskásan. - Biztosan ki sem mozdultatok a szállodából! – bökte oldalba Davidet.

- Nem, vagyis igen. A francba! – káromkodott egyet David. Jócskán csőbe húzta Tommy, de talán itt az ideje, hogy beavassa.

•

A nyomozó nagyon jól látta, hogy Cecile szája erősen megremeg és hirtelen azt sem tudja, hova kapja a tekintetét. Most megvagy! – csapott le rá gondolatban. Ezt magyarázd ki!

- Hát... én... az igazság szerint kerestem valakit. Láttam a partin, de csak messziről és ismerősnek tűnt... egy régi ismerős és reméltem, hogy a képeken talán rajta lesz – mondta el majdnem a teljes igazságot Cecile és igyekezett a lehető legártatlanabb képet vágni hozzá. Broxton nem tudta, hogy erre mit reagáljon, higgyen-e neki vagy ne.

- És... megtalálta? – érdeklődött, hátha egy nevet is elkotyog a nő.

- Nem, butaság. De talán nem is láttam jól – lódított Cecile, de egyáltalán nem tudta hozni a színészi teljesítményt hozzá. Broxton viszont érezte, hogy most kapta el a gyeplőt. Ilyenkor szokott előállni a rövid és pörgős kérdéssorozatokkal, félbeszakítva a válaszokat. Ilyenkor könnyen a csőbe húzhatja a gyanús elemeket. Most is így tett:

- Biztosan nem sikerült?

- Nem, ahogy már...

- Milyen volt a parti?

- Unalmas és csak úgy...

- Mit csinált utána?

- Hát sétáltam és...

- Ismeri Antonio Mendezt?

- Kicsodát?

- Milyen melltartót hord?

Cecile erre a kérdésre már nem válaszolt, betelt nála a pohár. Egész egyszerűen a nyomozó orrára vágta az ajtót. Úgy felidegesítette, hogy alig kapott levegőt.

Az övé volt – állapította meg Broxton és felvéste a füzetébe. Az istállóban Cecile mulatott. Kérdés, hogy kivel? Mert Antoniot tényleg nem ismeri. Akkor valaki más lehetett, valami fontos vagy kényes személy... a kiléte... mert a jelek szerint nagyon nem akarja, hogy mindez kiderüljön.

•

- Nézd, el kell mondanom neked valamit – kezdett hozzá David a vallomáshoz, de rögtön elbizonytalanodott. Tényleg elmondja-e neki az egészet? Hogy játéknak indult? Bosszantásnak? Csak aztán kicsúszott az irányítás a kezéből? És most, most mi a helyzet? Már nem játék? Várjunk csak, mit is mondott Tommy, hogy ő is úgy érez iránta, ahogy te őiránta?

174

Mire célzott ezzel? Belezúgtál! – jutott eszébe a korábbi megjegyzése is. Tényleg, mit is érez iránta? Hiszen teljesen megőrjíti! Folyton csak rá gondolt! Pedig már megkapta tegnap éjjel, amit szeretett volna, és azóta? Ez elég volt? Kell-e még több? Akarja-e hallani a gyerekes butaságait, a megnevettető énjét, a rácsodálkozásait, az édes kis mosolyát a szája szélén? Mi ez az érzés? Mi történt vele? – szédült meg a felismeréstől. Rárontott egy állapotos nőre! Állatként viselkedett az éjjel, semmi kétség! – szégyellte el magát. Egyszerűen nem bírta kordában tartani önmagát! Az érzéseit. Miket? – rémült meg. Nem, az nem lehet, hogy ő... hogy ő kötődjön valakihez! Nem, az sebezhetővé teszi. Kiszolgáltatottá! És ő? Vajon mit gondol mindezek után? Szóba áll-e még vele? És Ő vajon hogy érez iránta? Érez-e egyáltalán valamit? Hiszen folyton hadakozott vele, elküldte. De önként lett az övé tegnap, vagy csak nem mert ellentmondani neki? Csak félt? Félt, mert ivott? – zavarodott össze teljesen David. Jaj, most ezzel tényleg nincs kedve foglalkozni, nem és nem! Most van ennél fontosabb dolga is!

Tommy eközben látta David belsejében lezajló tusát, de nem szólt közbe. Hagyta, hadd vívja meg a csatát egyedül, ő ebbe nem segíthet, bármiről is legyen szó.

David tudta, hogy kell valamilyen magyarázatot adnia barátjának, viszont az egészet nem mondhatja el neki. Nem, a megállapodásukat Kimberlyvel nem tudhatja meg senki!

- Szóval – kezdett hozzá a mondathoz David –, amikor elvettem Kimberlyt, akkor már tudtuk, hogy gyereket vár! – mondta el egy részét az igazságnak.

- Akkor már értem, miért volt olyan sürgős és gyors az egész – felelte erre a meglepett Tommy. David ráhagyta, hadd érje be ennyivel.

- Már a harmadik hónapban van – mondta szárazon.

- Te megbántad? – villant be Tommyba a kétely. – Ez az, ami bánt! – próbált magyarázatot keresni barátja viselkedésére.

- Nem, dehogy, sőt! – tiltakozott hevesen David, önmagát is meglepve.

- Nos, ebben az esetben szerintem igazán szólhatnál neki, hogy most merre is vagy és mi is a helyzet! Tudnia kéne róla, hova tűntél!

.

Antonio bizonytalan léptekkel közeledett az elegáns házhoz és magában átkozta azt a pillanatot, amikor eldöntötte, hogy eljön. Tisztára hülyét csinál magából! Mégis, mit képzel, hogy majd az a nő csak úgy a karjába omlik ismét? Józanul? Hiszen kicsoda ő, egy senki. De akkor is, muszáj megpróbálnia, ennyi kockázatot igazán vállalhat. Hiszen a főnyeremény, az igazán megéri! És a lelkét is meg kell nyugtassa, mert az elmúlt napokban egy tomboló vihar ehhez képest nem tesz annyi kárt semmiben, mint az ő érzései őbenne. Nem tud rendesen aludni, enni, dolgozni vagy bármire figyelni! Ehhez képest a börtön kész felüdülés. És ha csak egy halvány remény is van arra, hogy a nő egy kis jóindulattal is viseltet iránta, akkor azzal élni akar. Még ha csak egy konyharuhának akarja használni, amit naponta egyszer odébb hajít, akkor is bevállalja. Csak láthassa, csak a közelében legyen.

Megigazította nadrágját és görcsösen szorította a kezében tartott rózsacsokrot. Nagy levegőt vett és ráfordult a házhoz vezető útra, észre sem véve az onnan éppen akkor távozó férfit.

Broxton nyomozó a teóriáiba merülve csak jópár lépést követően kapta fel a fejét és érdeklődve fordult a gépként működő fiatalember után. Hmm, vajon ez meg ki lehet? – helyezkedett el megfelelő kémlelő pózba és máris új oldalra lapozott a jegyzetfüzetében.

•

- Te teljesen megőrültél! Nem hívhatom fel és mondhatom el neki, hogy szervusz drágám, nem, nincsen semmi baj, csak egy kicsit el akarnak tenni láb alól és eltűntem. De igazán nem kell aggódnod, hogy akár te is veszélyben lehetsz! – adta elő monológját David, majd meghökkent. Ebbe nem is gondolt bele, de akár igaza is lehet! Ha arról a fenevadról van szó, aki Laurát szemelte ki magának, akkor nem csak ő van veszélyben, hanem az egész családja is! – sápadt el és a telefonja után kezdett kutatni. Hogy felejthette el erről is tájékoztatni a nyomozót, pedig akarta!

- David, minden rendben? Valami eszedbe jutott? – nézett rá meglepetten Tommy.

David viszont erről egyáltalán nem akart beszámolni Tommynak. Nem, a Laura ügy nem tartozik rá! Azért valamit csak kéne mondania...

- Csak eszembe jutott egy régi ügy... talán köze lehet hozzá – motyogta, majd Tommyra nézett. – Kérlek, ne haragudj, de kimennél, amíg a nyomozóval beszélek?

•

- Mi a bánat – kapta fel a fejét a még mindig a kérdésözöntől remegő Cecile a csengő hangjára. Csak nem az a bolond ember jött vissza? Komolyan mondom, ha még egyszer meglátja itt ólálkodni, akkor feljelenti zaklatásért. Még egy ilyen kérdés és... ő bizony csak az ügyvédén keresztül fog a továbbiakban értekezni vele. Most meg úgy elküldi melegebb éghajlatra, hogy megemlegeti – vágta ki tövig az ajtót és már nyitotta is a száját, hogy egy paprikás megjegyzés közepette elzavarja. – Megmondtam, hogy ne jöjjön ide és... - hagyta abba a mondatot. A küszöbön álló személy ugyanis egyáltalán nem hasonlított a nyomozóra. Sőt! Földbe gyökerezett a lába és arca lángvörös lett. Ő állt ott előtte, teljes valóságban!

Antonio nem éppen ilyen fogadtatásra számított és csalódottan eresztette le a csokrot a kezéből. Akkor elmegy, ha ezt mondta neki – érezte meg a hatalmas tőrdöfést a mellkasában. Lehajtotta a fejét.

Cecile továbbra is bénultan, kívülről figyelte az eseményeket. Nem, bizonyára csak álmodik megint. Nem létezik, hogy is lehetne, hogy itt áll a férfi az orra előtt vörös rózsákkal a kezében és őt nézi! Biztosan csak az idegei meg az élénk fantáziája űz belőle megint gúnyt. Biztosan annyira felidegesedett az előbb, hogy elájult és ez csak álom! Nem, ez nem lehet a valóság? – nyitotta egyre nagyobbra a szemeit. Kábulatából a sövény mögött felcsendülő Karmen zenéje rántotta ki.

•

- Hogy az a... – kapkodott a zsebei után Broxton majd idegesen megnyomta a gombot. Hogy a bánatba nem volt képes némára állítani ezt az átkozott készüléket és miért most keresi valaki? Mikor épp megfigyelésen van, persze a legizgalmasabb résznél és most lebukott! Csak egy süket nem hallhatta meg ezt az átkozott zenét! Melyik gyereke szórakozott már megint? – – Tessék – suttogott bele a készülékbe, szemével tovább követve az ajtóban zajló eseményeket. De mintha csak egy állófilmet nézne, hiszen egyik fél sem mozdul. Mi a fene ütött beléjük, hogy még erre sem riadtak fel? – Mi, hogy ki? – kérdezett vissza a lassan egy perce hadaró hangra. – David Wilson? Á, visszahívom, épp az ügyében egy fontos ügyben megfigyelést tartok – dobta el a készüléket a bokorba, anélkül, hogy kikapcsolta volna. – Esemény van – motyogta. Mozognak a szereplők! Ó, hogy miért nincs nála távcső és miért nem tud szájról olvasni? – bosszankodott.

•

- Ne, kérlek, várj – kapott Cecile a távozni készülő férfi karja után és visszahúzta. Biztos volt benne, hogy az előbb muzsikaszót hallott. Mint egy romantikus marhaságban, amikor a nő meglátja A Férfit és akkor zenét hall. Ez történhetett most vele! Tényleg van ilyen, létezik! A jel! Megtalálta, ezek szerint megtalálta! Ő az!

- Én csak szerettem volna... - kezdett hozzá habozva a mondathoz Antonio, de nem tudott mit mondani. Felemelte a csokrot és a nő felé nyújtotta. – Ezt önnek szedtem.

Cecile ellágyuló mosollyal szorította magához a rózsákat és megbűvölten bámulta a férfit.

- Köszönöm – rebegte. – Csodaszépek – szagolta meg őket, továbbra sem véve le a szemét a férfiról.

- Én szeretnék bemutatkozni és elvinni egy randevúra – bátorodott fel Antonio és csak feltette a nagy kérdést. Bénultan bámult rá, gondolkozni sem bírt.

- Cecile Boreaux – nyújtotta a nő jobb kezét a férfi felé, aki illedelmesen meghajolva kézcsókkal látta el.

- Hölgyem, Antonio Mendez, örök szolgálatára.

- Kérem, várjon itt, átöltözöm és mehetünk – mosolygott rá Cecile és torkában dobogó szívvel behátrált a házba.

178

•

A bokorban Broxton nyomozó értetlenül vakargatta a fejét az iménti jelenetet látva és elmosolyodott. A jelek szerint a hölgy hódolójához van szerencséje, semmi több – csukta be a füzetét és nézte, ahogy a férfi egy nagyot ugrik örömében az ajtó előtt, még kurjant is hozzá. – Ó, a fiatalság. Ó, a szerelem! – lágyult el a nyomozó és elmerengve saját emlékeiben indult el az autója felé. Neki itt már nincs keresnivalója, ez már messze nem a rendőrségre tartozik – nyitotta ki az ajtót és beült a járműbe. Neki most más feladata van. De mi is az a sürgős ügy? Valami volt az előbb, na ejnye, csak nem jut az eszébe! Ja persze, felhívni azt a Wilson fiút. Ejnye, hova is tettem a telefonomat? – kutatta át zsebeit.

•

Cecile eközben szélsebesen rohangált a ruhásszekrénye és a fürdőszoba között és teljesen tanácstalan volt. Mit vegyen fel, feltűzze-e a haját vagy ne, mennyi sminket kenjen magára, egyáltalán milyen cipőt vegyen és mihez? Jaj, hol van a kedvenc fülbevalója és hova tűnt a körömlakklemosó? Jaj, mi lesz most, soha nem fog elkészülni! – aggodalmaskodott, majd kivágta a szekrényét. Randira megyek! Már nem is tudom mikor volt ilyen! – ujjongott. Mit is illik felvenni egy első randira? – futtatta végig a tekintetét a sok kihívó ruhadarabon. Nem, ez sem, ezt pláne nem, nem, nem, nem – lökdöste egyesével odább a fogasokon lógó darabokat. Most mi lesz? Nem, ezt nem ronthatja el, itt biztosra kell mennie! Ez nagyon fontos este lesz és jaj, mit tegyen? Úgy érezte magát, mint bakfiskorában, amikor először ment el egy estére egy férfival. Ezért sem hívta be, ezért hagyta kinn. Nem, most nem csak a szexről lesz szó, azon különben is már túlvannak, ennél többet akar kapni. És ő is, ha eljött érte és randira hívta. Randira megy! Most mindent úgy kell tenniük, ahogy azt egy normális kapcsolat kialakításakor. Egy normális férfival, aki őiránta érdeklődik. De mit kell ilyenkor tenni? Jaj, fogalmam sincsen! – esett pánikba. Ehhez megfelelő ruha kell. Nem elcsábítós, arra most nincs szüksége. Most megnyerő kell – nyomta be a fejét a szekrény hátsó sorába, ahol a ritkán vagy soha fel nem vett darabok sorakoztak. – Ez az! – kiáltott fel, amint meglátta a hófehér, egyenes szabású, oldalt felvágott, egyszerű vékony ruhát, melyet a világ minden kincséért sem vett volna fel világosban az utcára. Most viszont tökéletesen erre van szüksége! – emelte ki diadalittasan és már rántotta is magára. A tükör elé állt és körbeforgott. Nem is olyan rossz... - motyogta és megigazgatta a pántokat. Pompásan állt rajta. Egyszerű, diszkrét, semmi hatalmas dekoltázs – locsolta máris magára a parfümöt. Nem, most nem aggat magára gyöngysorokat és nem keni ki vérvörössel sem az arcát. Elege van a könnyűvérű női imázsból, már nem dobja fel. Mostantól konszolidáltabb lesz! – szemlélte meg a végeredményt, majd már rohant is az ajtóhoz és feltépte.

•

David idegesen dobolt a fotel karfáján és újra próbálkozott a hívással. – Francba! – káromkodta el magát, amint megint meghallotta a foglalt jelzést. – Szórakozik itt velem – préselte ki hangosan is a szavakat magából. Már vagy fél órája azt ígérte, hogy visszahívja, de semmi és egyfolytában foglaltat jelez. Ennyit nem lehet pofázni senkivel! – dühöngött.

Fogalma sem volt arról, hogy eközben Broxton négykézlábra ereszkedve a tujasort tapogatja végig egyesével, aprócska kis készülése után kutatva. – Hova a csudába hajítottam azt a vacakot! – csapott egyet az egyik ártatlan bokorra tehetetlen dühében, majd villámgyorsan fejjel belevetette magát. – Már csak az hiányzik, hogy észrevegyék – pislogott kifelé a távozó pár után. – Hú, ezt megúsztam – porolta le magáról a leveleket, majd lépett egyet. A recsegő hangra felkapta a fejét és elsápadva nézett le a cipője alá. – Szentségit! – emelte ki a talpa alól a betört üvegű készüléket és óvatosan megrázta. - Ha meghalt, nem tudom, mihez kezdek! – motyogta és nyomorgatni kezdte a billentyűket, hogy valami életet leheljen bele. Bárcsak értene ezekhez az elektromos kütyürékhez.

•

Kimberlynek rá kellett döbbennie, hogy az elmúlt fél órában mást sem tett, mint mereven bámulta a telefonját, hátha megszólal. Pedig nem így történt. Kész, vége, nem mehet ez így tovább! – állt fel a székről és

180

kiment a szobából. Ki kell szellőztetnie a fejét mert itt benn úgy érzi, hogy mindjárt megfullad. Egy kis levegő minden bizonnyal jót tesz majd neki – lépett ki a gyár hátsó udvarára és önkéntelenül is az összedőlt épület fclé vcttc az irányt. Nem járt itt azóta, amióta kimászott a romok alól, de most úgy érezte, hogy szeretné megszemlélni, honnan is menekült ki. Muszáj lesz szembenéznie vele, kiűzni a rossz élményei közül. Nem lehet folyton az benne, hogy nincs biztonságban egyetlen zárt helyiségben sem! Biztosan ez is tehetett arról, hogy olyan rosszul lett az imént. Meg kell szabadulnia a félelmeitől. Hiszen ez pusztán egy fatális balszerencse volt, hogy bement a lebontásra ítélt épületbe. De miért nem tudták, hogy le akarják bontani és hogy ilyen veszélyes? Ilyen jellegű figyelmetlenség egyáltalán nem vall Davidre! – kezdett el kombinálni. Hiszen mindig annyira figyel a részletekre, arról nem is beszélve, hogy ez az incidens nem tett jót az üzletnek. Hallotta az osztályvezetőket az előbb, hogy árfolyamcsökkenésről beszélnek. De akkor mi ez? – állt meg a törmelékek tetején és egy bekerített részre lett figyelmes. Ez meg mi? – ment közelebb a sárga szalaggal bejelölt részhez és egy szabályos fekete lukat vett észre a földön, amelyhez képest koncentrikus irányban követtek a törmelékek. Kimberly döbbenten bámult a lukra és merengeni kezdett.

•

Broxton nyomozó régen örült annyira a megszólaló telefonnak, mint most és örömmel vette fel a készüléket. Ezek szerint nem ment tönkre az a vacak!

- Igen? Á, David, persze, köszönöm, hogy újra hívott! Hallgatom!

- Ó, igen, szóval eszembe jutott valami. Egy régi ügy – kezdett bele David a beszélgetésbe. – De ez nem igazán telefontéma! – eszmélt rá. – Viszont nagyon is lehetséges, hogy kapcsolatban áll a mostani üggyel. Akkor viszont más is veszélyben lehet. Az egész családom.

- Igen? – emelte meg Broxton a hangját és kíváncsi lett. – Akkor?

- Kérem, keresse meg Laura Bertrant. Nem, nem is, nem jó ötlet. Hátha figyelik és egy rendőr megjelenése nem kéne. Nem, jobb, ha nem tudják, hogy tudhatjuk. Akkor inkább az apámat. Nem, várjon csak, ő sem jó. Akkor mi legyen? – tépelődött hangosan David, miközben a nyomozó

181

csak értetlenül kapkodta a fejét. Ki lehet az a Laura? És miről hadovál ez itt?

- Nos? – szólt bele a némaságba.

- Azt hiszem a legmegfelelőbb személy Kimberly lenne – sóhajtott egy nagyot a férfi. – Talán igen, vele beszéljen. Keresse meg! De előbb még beszélek vele. Lehet, hogy rossz nyom, de ha nem, akkor a családom is veszélyben van, nemcsak én – maradt továbbra is titokzatos David, majd letette a telefont. Broxton értetlenül bámult maga elé. Elég kusza ez az ügy már így is, erre egy újabb szál merül fel, egy újabb szereplővel – jegyzett fel egy új nevet: Laura Bertranét.

•

Kimberly a törmelékkupac tetején ücsörgött és a lukat bámulta. Nagyon nem tetszett neki, amit látott és belegondolni sem mert, mit is jelenthet mindez. Már nem tűnt annyira véletlennek semmi. Talán az sem volt olyan véletlen, hogy reggel itt járt az a nyomozó. Hát persze! Hiszen Mary is félrebeszélt. Mi folyik itt és miért nem mond neki senki semmit? És főképp hol van David? – csörrent meg ebben a pillanatban a telefonja. Kivételes eset volt, hogy magával hozta.

- Igen? – szólt bele az ismeretlen feliratot mutató vonalba. – David! – örült meg a férfi hangjának és elvörösödött. Elfelejtve az összes kellemetlen gondolatát, kételyét érezte, hogy kezdi kiverni a víz és forogni vele a világ. Végre, felhívta! – rugaszkodott el a valóságtól.

- Igen, én vagyok. Minden rendben? Hol vagy most? – tett fel egyből két kérdést is. Zavarban volt, nem is kicsiben. De az öröm alapján, a jelek szerint mintha nem neheztelne rá – nyugodott meg egy árnyalatot és alig fogta, mint is felelt a kérdéseire.

- A gyárban. Épp az épület törmelékén ücsörgök és gondolkozom – felelte őszintén a lány, nem gondolva végig, hogy ezt talán éppen nem kéne mondania. Szerencsére David nem reagált semmit az elhangzottakra, így még hozzátette: – És te merre vagy?

- Én... én éppen Mexikóban vagyok. Váratlan üzleti út – lódított hirtelenjében David. – Ezért is csak most hívlak, mert egész nap tárgyaltunk. Még pár nap. Nem tudom egészen pontosan, mennyi.

Kérlek, holnap tudnál benn helyettesíteni? – beszélt összefüggéstelenül. Hogy lehetek ilyen idióta? – kapkodott levegő után. Miért nem mondtam el neki, miről is van szó, hiszen ezért hívtam? – próbált kiigazodni saját magán. Menekül, egyszerűen menekül előle, semmi kétség.

- Persze – hallotta meg a beleegyező választ. Szóval menekül előle – konstatálta csalódottan. – Izé, David... minden rendben? – fogalmazta inkább át a kérdését általánosra Kimberly, miközben a telefon képzeletbeli zsinórját csavargatta az ujjára. Szerette volna tovább nyújtani a beszélgetést, csak nem tudta, hogyan. És szerette volna azt is megtudni, hogy nem-e miatta ment el ilyen hirtelen. Válasz azonban nem jött. – David... ugye nem miattam mentél el ilyen hirtelen? – bukott ki belőle a kérdés és legszívesebben a föld alá süllyedt volna. Hogy lehet ennyire szemérmetlenül rámenős?

- Jaj, kicsim, dehogy! – felelte vigasztalóan David és egy pillanatra ellágyult, de gyorsan magához tért. Már megint olyan messzire került az eredeti tervétől! Hiszen egyáltalán nem erről akart vele beszélni, ezt megkérni tőle! Tartsd a távolságot! – intette a belső hang. Csak semmi kötődés! – Mondtam, hogy üzleti út! – váltott erélyesebb hangnemre.

Tommy azonban sajnálatos módon pont ezt a pillanatot választotta ki arra, hogy tűköljön egyet és beindítsa a hajómotort. David az egyértelmű zajokra elsápadt.

Kimberly felismerte a hangokat és azonnal két lábbal a valóságban találta magát. Messzire tűnt az előbbi becézés és az a mámoros érzés, hogy Daviddal beszélhet. Már megint hazudik neki és játszik vele! – jött rá.

- David, mi folyik itt? Hova tűntél és miért? Mit keresett itt délelőtt a nyomozó és mi robbant fel az épületben? – rakta össze egy pillanat alatt majdnem tökéletesen az eddig rendezetlenül heverő információdarabokat.

XXVI.

Kimberly már lassan egy órája ücsörgött a rendőrségen ezen a kényelmetlen széken és biztos volt benne, hogy ha még egy percig ott kell maradnia, akkor beleőrül. Hol marad ennyi ideig a nyomozó, mikor azt monda, hogy mindjárt itt lesz? Mennyit várjon még rá, hogy elbeszélgessen vele? Kimberly megpróbált lassan feltápászkodni, hogy óvatosan nyújtsa ki elgémberedett derekát. De megfájdult a háta! Jaj, ne, már megint – kapott a gyomrához. Ekkor jutott eszébe, hogy nem sok mindent evett a mai nap, olyat, ami benne is maradt, meg még kevesebbet. Kezét a szája elé kapta és rohanni kezdett kifelé. Az ösztönei eddig mindig kisegítették a bajból, csak így lesz most is – esett neki a mosdó feliratú ajtónak és villámgyorsan benn termett. Nem foglalkozott azzal az aprócska ténnyel, hogy már megint nem a női szakaszban kötött ki, pusztán az érdekelte, hogy megint időben érkezzen.

Remegő lábakkal rogyott le a kőre és a vécépapírral megtörölgette gyöngyöző homlokát. Nem lesz ennek jó vége! Talán el kéne mennie az orvoshoz – pihegett, de egyre jobban érezte magát. Majd ha holnap is ez lesz, akkor elmegyek – döntötte el, majd kivonszolta magát a külső részbe.

- Elnézést, első gyerek – küldött egy halovány mosolyt az aggódó egyenruhások felé, akik közül ketten készségesen kikísérték.

Nem, nem marad itt tovább, nincs olyan állapotban. Inkább hazamegy és lefekszik. Nem is haza, hanem David városi lakásába, az lesz a legjobb. Az sokkal közelebb van és oda akár a nyomozó is eljöhet – írta fel a címet egy papírdarabra és otthagyta a rendezetlen asztal tetején.

•

Cecile háttal a bejárati ajtónak támaszkodva levegő után kapkodott és mámorosan érezte magát. Ez volt élete legszebb délutánja, az már biztos! Úgy érezte magát, mint egy tinilány. Antonio elvitte a városon kívülre és lovagolni vitte. Piknik, csend és beszélgetés – és ő élvezte! – perdült táncra Cecile. Semmi elegáns étterem vagy uncsi parti. És elköszönt az ajtóban, nem is próbálkozott bejönni. Igazi lovag. - Azt hiszem, elment az eszem – mondta ki hangosan és felnevetett. Tisztára bezsongtam! Hiszen semmit nem tudok róla, de mégis... ó, Antonio, mit tettél velem!

.

- Hogy mi? Hogy egész este? És én erről miért nem tudtam! – ordibált Broxton a beosztottjával, majd idegesen intett, hogy tűnjön el minél előbb a szeme elől. – Tehetetlen banda, itt szerencsétlenkednek, miközben a rosszfiúk kinn garázdálkodnak – zsémbelődött és már az autója felé is indult. Két helyre is be kell nézzen, de sürgősen. És közben még telefonálnia is kell.

- Á, igen, David, én vagyok. Hogy aludt? Na mindegy, sajnálom – felelte a nemleges válaszra. Mit is mondhatna? – Na, amiért hívom, az az volt, amit kért tegnap, hogy ellenőrizzem. Tud követni? Remek. Ne is tudjon senki erről az ügyről. Akkor tájékoztatnám, hogy az a szál tiszta, kihúzhatjuk a listáról. Rosszfiúk börtönben, nem gyanakodnak, minden rendben. Célszemély csak egy van, ha ez megnyugtatja valamelyest. Ó, igen, remek, szóval Mexikóban van üzleti úton, igen, ez nagyon hihető és jól hangzik. Pompás! Van egy másik nyomom, most ellenőrzöm. Majd jelentkezem – tette le elégedetten a telefont. Nagyon úgy fest, hogy még a mai nap pontot tehet az ügy végére.

.

- Már megint maga az? – nézett ki álmosan a résnyire nyitott ajtón Cecile, aztán meggondolta magát. – Két percet kap – nyitotta ki az ajtót Broxton előtt. A nyomozó csak két lépést tett befelé, nem akart túl sok időt itt sem tölteni. Kimberly Wilsonnál is csak pár percet volt, hogy tájékoztassa, megnyugodhatnak. Bár addigra már a férje is felhívta.

- Nos, akkor egyből a tárgyra térnék: miért mondta azt tegnap, hogy nem ismeri Antonio Mendezt, aztán meg az egész estét vele töltötte! – szegezte neki a nőnek a kérdést.

185

- Mert nem tudtam, hogy így hívják – mondta unottan Cecile. Miért? – kérdezte meg ártatlanul.

- Csak nem azt akarja mondani, hogy azt sem tudta, hogy most szabadult a börtönből?

- Tessék? – emelkedett fel a kérdésre Cecile, majd halálsápadt lett. Ha a nyomozó nem kapja el, minden bizonnyal elvágódott volna a földön.

•

- Én... én a Wilson partin találkoztam vele és nem mutatkoztunk be... érti, ugye? – kezdett hozzá a töredelmes vallomáshoz Cecile húsz perccel később, pár nyugtató hatását követően. – Érdekelt. Aztán őt kerestem a fényképeken, hogy újra láthassam. A szemét, csak játszott velem – kapta el a zokogás. Broxton türelmesen várt. Ez egyáltalán nem volt színelőadás, ebben biztos volt. Cecile nagyokat hüppögött, majd folytatta. - Tegnap meg felbukkant maga után, virággal és randira hívott – bőgte el újra magát. Miért nincs szerencsém a férfiakkal? – nézett rá könnyes szemmel.

- Aranyom, szerintem szerencséje van, hogy ennyivel megúszta. Azt a férfit rablásért és testi sértésért tartóztatták le! – vigasztalta a nyomozó nem éppen azon a módon, ahogy azt a nő hallani szerette volna.

- Én meg azt hittem hogy... éérdeekleem – trombitált tele egy újabb zsebkendőt.

- És a tűz? Azzal mi volt? – kérdezte meg váratlanul Broxton.

- Baaleeseet – törölgette meg a szemeit. Één... brühü, csak azt hittem eengem vééd.

- Biztos, hogy baleset volt?

- Igen – szedte össze magát Cecile és némiképp nyugodtabban folytatta. - Még a lovakat is kihajtotta és oltott.

- Akkor ő volt a másik oldalon – konstatálta hangosan a tényeket Broxton.

- Kérem? – kérdezett vissza Cecile.

- Semmi, semmi drága. Köszönöm. Megoldotta az ügyet. Az egyiket – tette hozzá magában. - Most pedig pihenjen és ha tanácsolhatom, ne beszéljen vele többet. Ne is engedje be – állt fel a nyomozó és már távozott is.

•

John Wilson bosszankodva bámulta a monitort és nagyon nem volt elégedett. Az elmúlt három napban közel húsz százalékkal estek vissza a vállalati részvényei a tőzsdén és ez maga volt a vég kezdete. John villámgyorsan fel tudta állítani a trendfüggvényt, ami nem kecsegtetett jóval. Ha legkésőbb vasárnapig nem állnak elő valamivel, akkor hétfőre a felére esik vissza az értéke. Biztos volt benne, hogy ez nem a véletlen műve! Ahhoz túlságosan szabályosan és rendezetten zajlik minden, mondhatni tervszerűen. Itt az ideje, hogy ő is lépjen valamit! Igen, már megint neki kell közbelépnie a tehetetlen fia helyett. Az az átkozott kölyök képes lenne mindent tönkretenni ennyi idő alatt. Most pedig nincs képe a szeme elé kerülni – emelte fel a telefont. Muszáj lesz egyeztetnie Daviddel!

•

- Nocsak, nocsak – tanulmányozta figyelmesen Antonio kinyomtatott adatlapját Broxton. - Minő véletlen! – látta meg a hadseregnél eltöltött szolgálatra vonatkozó bejegyzést. – Tűzszerészet! Már csak indítékot kell találjon, de az is biztosan lesz. – Nem is tudom, kit kéne inkább kihallgasson a családtagok közül. Talán az anyja lenne a legjobb!

•

- David, hol a csudában vagy? Láttad a legutóbbi tőzsdei indexeket? Mikor akarsz már lépni? – esett neki egyből a fiának John és nyugtalanul rángatni kezdte a zsinórt. – Mi? Mi a fenét csinálsz Mexikóban? Igen, persze, gondolhattam volna, hogy Mr. Alvarez áll a dolog mögött, de szerintem ő is nézi a részvényindexeket! Hogy pont amiatt vagy ott, hogy megnyugtasd, hát az igazán kedves! Nézd, sürgősen tenni kéne valamit, mert ez a gyári incidens nem sok jóval szolgál. Hogy mi? Robbantás? Ezt eddig senki nem mondta nekem! – üvöltötte a telefonba vörösödő fejjel.

Mióta tudod ezt, ha szabad kérdeznem? És miért nem mondtad előbb? Ez mindjárt más! Máris hívok egy újságírót! Mit mondd a rendőrség? Szándékos? Van gyanúsított? Hogy mi? Nincs még? Akkor legyen mondjuk szabotázs. Biztos egy üzleti ellenfél volt, aki így akarta megakadályozni a terjeszkedésünket, nem nézve jó szemmel az üzleti sikereinket. Ez hogy tetszik? Jó, máris intézkedem, ahogy mindig. Nélkülem meddig lapítottál volna ezzel az információval? Itt milliókról van szó! Tudod, hogy ha ez már egy órán belül fenn lesz a világhálón és a délutáni lapokban is megjelenik, akkor már a tőzsdezárásra visszakúszhatunk a hétfő reggeli szintre? Jó, rendben, akkor még most veszek egypár Bergen részvényt, mielőtt visszamászik – csapta le a telefont. Legalább ennyi hasznuk hadd legyen az ügyletből.

•

- Én tényleg nem tudom, hol van most – tördelte a kezeit Rose Mendez és próbálta visszatartani a könnyeit. Még mindig nehezen tudta túltenni magát azon a tényen, hogy a múltkor nem mondott igazat ennek a nyomozónak és az sem nyugtatta meg háborgó lelkét, hogy most bocsánatot kért tőle és elmondta az indokait. – Kérem, árulják el, most mit követett el? – nézett rá kétségbeesetten az összetört asszony.

- Nem, semmit – mentegetőzött Broxton. Legalábbis olyat, amiről ők biztosan tudnának – tette hozzá magában. – Csak a szokásos eljárás, amit minden frissen szabadultnál megteszünk. Nyomon követjük a visszakerülésüket a társadalomba. Megelőzés – terelte el a gyanúját az asszonynak. Volt némi igazságalapja ennek, de hát sajnos a gyakorlatban nem jut rá idejük. Mindenesetre ez a nő biztosan elhiszi mindezt és legalább nyugodtan kikérdezheti eközben. Gyanútlanul.

- Akkor jó. Jó gyerek az én fiam, csak rossz társaságba keveredett. Tudja hogy van ez... fiatal volt és forrófejű. De leülte a büntetését és megbánta, amit tett. Nekem azt mondta, hogy új életet kezd.

- Kérem, meséljen róla. Miért ment el? Milyen volt a viszonya a háziakkal? – kérdezte meg Broxton nyomozó nyugodt hangon.

- Nos, hát nem is tudom. A fiatalúrral rengeteget voltak együtt. Főként az idősebb fiammal, vele egy korosztály. Ő meg ment utánuk, lógott rajtuk, őt ugráltatták. Imádták a lovakat, folyton kinn lógtak hármasban. Persze összevesztek nőkön, kártyán, italon – ahogy ez bizonyos korban szokás. Aztán úgy tíz éve elhagyta a házat. Új életet akart kezdeni, tanulni akart, kitörni.

- És pontosan miért is ment el? Csak nem veszett össze valakivel?

- Nem, nem hiszem, hogy ilyen is állt volna a háttérben – bizonytalanodott el kissé Rose. – Bár vitatkozás volt... de hát ez érthető... - tette hozzá elgondolkozva.

- És David Wilsonnal milyen volt a kapcsolata? – terelte végre a számára fontos irányba a beszélgetést Broxton.

- Hát... jóban voltak... bár a végén már mintha nem nagyon szóltak volna egymáshoz – bámult maga elé Rose és némi szünetet tartott. - De higgye el kérem, hogy azért a kiborított tál salátáért biztosan nem robbantotta volna rá a gyárat! – fejezte be váratlan fordulattal a mondatot Rose.

•

- John, azonnal csinálj valamit! – ordított hisztérikusan a telefonba Elizabeth. – Látod, megmondtam, hogy ez lesz a vége! De nekem senki nem hisz! Ó, hogy miért is ilyen vakok a férfiak és hagyják, hogy egy bizonyos testrészük irányítson mindent! – drámázott az asszony. Johnnak ennyi egyenlőre elég is volt és az asztalra tette a telefonkagylót. Nem akart tudomást venni mindarról, amit az elkövetkezendő tíz percben felesége a fejéhez vágna. A szokásos litániát a férfinemről, feltehetően a szokásosnál még hosszabban. Hallotta ezt már nem egyszer és most tényleg nem volt hozzá türelme! Lizzie az utóbbi napokban teljesen kiállhatatlanná vált és állandóan szekálta. Pontosan azóta viselkedik így, amióta megtudta, hogy unokája lesz. Ez teljesen a padlóra küldte és kiforgatta önmagából. De nem csak őt!

Jól ismerte feleségét és tudta, hogy milyen mondatok kíséretében közeledik a szentbeszéd végéhez. Még egy pár mondat, és vége – emelte fel ismét a telefont, hogy meghallgassa a zárszavakat. A készülék még egy ideig rikácsolt, a szidalom középpontjában most is a menye állt. John meghallgatta az utolsó mondatokat, melyek minden bizonnyal az elmúlt tizenöt percben csak ismétlődtek, az első mondatokkal együtt. Ennyi neki

189

bőven elég is volt, hogy megértse, mit is akar. Aztán váratlanul elnémult. Elizabeth befejezte.

- Nos drágám, azt hittem egyértelmű volt a hírekben, hogy szabotázs történt. Akkor meg mégis hogy jutott ilyen csacskaság az eszedbe, hogy David felesége tehette? Hiszen megsérült ő maga is! – mondta szenvtelenül.

- Ugyan már, az csak a látszat volt! – intette le Elizabeth egyetlen mondattal férjét. Annyi pénzért, amennyihez jutna a fiam halálával, ilyen kis kockázat igazán belefér! – jelentette ki határozottan. John elképedt, egyben elbizonytalanodott. Lehetséges, hogy nem is olyan csacskaság ez az ötlet és lehet benne valami? – gondolta végig. Hiszen Lizzienek igaza van és az a házassági szerződés csak nem készült el! Addig húzták és annyi minden jött közbe. Tényleg jól járna Kimberly, de még hogy!

- Igazad lehet – nyögte bele a telefonba, teljesen összezavarodva.

- Remek. Akkor én felhívom azt a nyomozót, hogy intézkedjen, te pedig szóljál Davidnek, hogy legyen óvatos. Tényleg, hol van David? – jutott eszébe a saját fia és a tény, hogy aggódnia kéne érte.

•

- Elnézést, hogy mondta kérem? – kapkodott levegő után Broxton nyomozó, alig térve magához Rose asszony előbbi kijelentését követően. – Ezt meg honnan tudja? – szólta el magát.

- Hát a tévében mondták! – jelentette ki határozottan. Ott volt a hírekben, hogy robbanás volt és minden bizonnyal szabotázs vagy mi történt. Bár azt nem tudom kérem, hogy micsoda, nem ismerem én ezeket a robbanószereket, de az biztos, hogy Antonionak ehhez nincs köze! – jelentette ki kerek-perec. Dúlt-fúlt magában. Ez a nyomozó teljesen ostobának tartja! Méghogy ellenőrzi a fia visszailleszkedését, aztán meg arról kérdezi, hogy milyen kapcsolatban állt Daviddel? Ennyire nem lehet átlátszó!

Broxton még mindig nem tért magához és csak pislogott.

- Ez biztos, a tévében? – ismételte meg az előbbi mondatot. – Hogyaza... – préselte ki magából és már nyúlt is a telefonja után. Lesz egy kis megbeszélnivalója Daviddel! Hogy lehetett ennyire felelőtlen,

190

hogy ország-világ tudomására hozza az ügyet és hogy megpróbálták megölni! Hiszen pont erre építette a nyomozást, hogy a tettes nyugodtan garázdálkodhasson újra, teljesen abban a meggyőződésben, hogy senki nem gyanakszik merényletre, pusztán csak egy balesetre. A csoda vigyc el!

•

- Cecile, én vagyok az, Antonio – ismételte meg a férfi és tovább toporgott a küszöbön. Mi a csuda üthetett ebbe a nőbe, hogy nem engedi be! Hiszen tegnap olyan jól érezték magukat, ekkorát nem tévedhet! Látta rajta, hogy tetszett neki minden! Akkor meg most miért játssza a sértődöttet? Azért, mert tegnap este nem folytatták?

- Menj el! – hallotta meg a nő kedvesnek éppen nem nevezhető kemény kijelentését.

- Nem, ez nem lehet igaz, itt valami félreértésről lehet csak szó! – gondolta Antonio.

- De Cecile, nem értem... - kezdett bele a mondatba, de abbahagyta. Villámként csapott bele a felismerés, mi lehet a gond. Megtudta!

- Nem akarlak soha többé látni! – mondta Cecile az ajtó mögött. Antonio azonban nem hagyta ennyiben.

- Kérlek, legalább hadd magyarázzam meg! – esett kétségbe. – Nyisd ki az ajtót, szeretnék veled beszélni. Kérlek! – fogta könyörgőre, Cecile azonban hajthatatlannak bizonyult.

- Kihívom a rendőrséget zaklatás miatt, ha nem mész el – fenyegetőzött. Antonio viszont úgy érezte, hogy nincs vesztenivalója. Már nincs. Ha Cecilenek sem kell, akkor senkinek. Akkor nincs értelme a hadakozásnak, a küzdelemnek. Az életének. Akkor felőle bárhol lehet, akár egy cella mélyén. Ott élhet tovább a tegnapi nap emlékeiből. Abból a leírhatatlan érzésből, hogy az imádott nő vele van. De harc nélkül nem adja fel, nem és nem! – határozta el magát.

- Tudtam, hogy a múltam kísérteni fog és ez ellen nem tehetek semmit. De az isten szerelmére nem kezdhetek el úgy udvarolni valakinek, hogy a második mondatban elmesélem, hogy hány évet ültem! Hallgass meg kérlek, csak ennyit kérnék tőled!

- Menj el – jött az elutasítás, azonban egyre kevésbé meggyőzően. Antonio megérezte ezt a megingást és mint egy szalmaszálba, úgy kapaszkodott bele.

- Akkor így mondom el ajtón keresztül. Sőt, ha kívánod, kikiáltom a világba! – emelte meg egyre jobban a hangját és hátrábblépett a bejárattól. – Cecile, az egyetlen bűnöm az irányodba tanúsított érzéseim! Én szerelmes vagyok beléd azóta, amióta megláttalak! Hallottad? Cecile Boreaux, én szeretlek téged és ha hiszed, ha nem, a szándékaim teljesen tisztességesek! És azt, hogy egyáltalán nem érdekellek, nem hiszem el! A saját szádból szeretném hallani, úgy, hogy közben rám nézel! Mert addig innen el nem megyek! – telepedett le a lépcsőre elszántan.

Cecile háttal a bejárati ajtónak támaszkodva próbálta megnyugtatni felkavart idegeit, kevés sikerrel. A fenyegetettség érzete helyébe egy teljesen ismeretlen és leírhatatlan érzés került. Még soha senki nem vallott neki szerelmet! Hiába a sok férfi és a sok csábítás, kacérkodás, ilyeneket még senki nem mondott neki. Még ha esetleg érzett is volna hasonlót. – Most mit csináljon? – csúszott le az ajtón végig guggolásba helyezkedve. – Hihet-e neki?

.

Broxton nyomozó már a sokadik telefonját bonyolította le rövid időn belül és most elégedetten nézett maga elé. Ha minden jól alakul, legkésőbb egy órán belül elkapják a feltételezett tettest. Taktikát kell váltania, de még ez is megoldható: majd a kihallgatás eredményre vezet. Elvégre indíték az van. Elfogatóparancs aláírva. Akkor meg miért nem elégedett maradéktalanul? – nézett maga elé. Hiszen örülnie kéne! Miért érzi úgy, hogy az ügy túl egyszerűnek tűnik?

.

Antonio a legkisebb ellenállást sem mutatva beletörődve hagyta, hogy a bilincs kattanjon a csuklóján és hogy két rendőr az autóhoz kísérje. – Nem jött ki, még csak egy pillantásra sem méltatta! – tört össze teljesen és lehajtott fejjel szinte vonszolta magát. Képes volt kihívni a

rendőrséget, tényleg komolyan gondolta! Nem kellek neki! Nem akar!
– zuhant mélységes önsajnálatba. Úgy érezte, mintha egy tőrt döftek
volna egyenesen a szívébe. Hátrafordult, hogy egy utolsó pillantást
vessen a házra. A helyre, ahol olyan boldogságot érzett, amit előtte soha.
A helyre, ahol a szeretett nő él. A házra, amit soha többé nem fog látni!
Lassan fordult meg és tekintete megakadt a nyitott ajtón. Cecile kinn állt
a lábtörlőn és őt nézte. Antonio jól látta, hogy a tekintete elszántságot
tükrözött, miközben a mellette álló rendőr beszélt hozzá. Amint meglátta,
hogy nézi, elkapta róla a tekintetét, Antonio viszont képtelen volt erre. Le
sem véve róla a szemeit addig nézte, amíg az autó elhaladt előttük és a fák
eltakarták. – Isten veled, kedvesem, örökre! – mondta magában.

.

- Mi? Hogy ki? Antonio? – bámult értetlenül David és próbálta
értelmezni, amit a nyomozó mondott neki. – Nem, én nem hiszem, hogy
ő lett volna – motyogta.

Ő lenne a nagy gyanúsított? – tette fel magának a kérdést jóval azután,
hogy letette a telefont. Ez meg hogy lehetséges? Hiszen eltűnt vagy tíz
éve és azóta nem hallottak róla. Nem, ez blődség, hogy most jönne vissza,
ennyi idő után. És miért ártana neki? Hiszen nem is volt semmi. Nem
miatta ment el! Hiszen még meg is beszélték, még a tanácsát is kikérte,
hogy mi legyen! Nem érti. Miért nem mondott többet Broxton? Csak
ennyit tud felmutatni? Nem, az már biztos, hogy innen el nem mozdul,
amíg a tettes, az igazi tettes nincs a rács mögött!

.

Kimberly igyekezett jó képet vágni ahhoz, hogy Laura egy újabb
ruhaboltba húzta be. Biztos volt abban, hogy megint próbababaként fog
viselkedni és egy csomó cuccot fel kell próbáljon. De már így is annyi
mindent vettek – igazgatta meg a kezében tartott négy szatyrot, hogy
nincs is szükségük többre. Arról nem is beszélve, hogy még egy pár hét és
ezekből semmi nem fog rámenni. Tiszta pazarlás! Talán le kéne állítani a
továbbiakat. De hát ő akarta mindezt, ő egyezett bele a vásárlásba. De arra

nem gondolt, hogy a délelőtt 10-ből, amikor is nekivágtak a beszerzésnek, több órás megavásárlás lesz? Ő már nagyon fáradt és elcsigázott és különben sem érzi még magát jól. Nem merte elárulni Laurának a David ügyet, csak azt mondta neki, hogy üzleti úton van. Nem akarta megrémíteni feleslegesen. Éppen elég, ha ő nyugtalan emiatt, Laura már eleget idegeskedett életében. Ennyi aggódás! Alig tudott valamit enni a közös ebédnél is. Jaj, ebéd, úgy megkívánta a pattogatott kukoricát!

- Laura, én már nagyon fáradt vagyok. Nem ülünk be – egy moziba? – jutott hirtelen eszébe a mentő ötlet. Arról nem is beszélve, hogy ott tényleg van kukorica.

- Méghogy mozi? Hmm – esett gondolkodóba a nő, majd ránézett Kimberlyre. Tényleg kissé nyúzottnak tűnik. Nagyon hiányolhatja Davidet, az biztos! – gondolta. Én meg bezzeg majd kicsattanok a vidámságtól és az élettől, míg ő meg utána sóvárog. Na jó, azért elég húzós hete is volt, a fejére dőlt egy épület. Talán már tényleg sok volt ez a kikapcsolódás, ideje lesz befejezni. De egyszerűen élvezni akarja, hogy bárhova mehet nyugodtan, mert nincsenek azok a rémképek, hogy valaki követi. Ebben teljesen biztos. Megszűnt az a szörnyű érzés, hogy figyelik minden mozdulatát. Igen, nagyon úgy néz ki, hogy végre megtörtént az, amiért idejött, amiért vissza kellett jönnie: hogy tovább tudjon élni – félelem nélkül.

- Na jó – mondta Laura beleegyezően. – De még ezt az egyet – nézett könyörgően Kimberlyre, fejével a bolt felé biccentve. Meglátva sógornője reakcióját, gyorsan hozzátette: - Te elmész és meglesed a moziműsort, én meg addig bemegyek még ebbe az utolsó boltba. Láttam a kirakatban egy isteni sálat és meg akarom nézni közelebbről is! De aztán jó csöpögős film legyen! – mondta felnevetve és már neki is indult a boltnak.

•

Kimberly mintha egy mázsás csomagot húzna maga után, úgy vonszolta el magát a mozgólépcső irányába. Hányadikon is van a mozi, a harmadikon vagy a másodikon? És ő most egyáltalán hol van? – forgolódott közbe a mozgólépcsőn, a feliratokat tanulmányozva. Miért nem lehet jobban kiírni, hogy mi hol van, tisztára kiborító. Itt minden

194

emelet tök egyforma! – dühöngött Kimberly és morcosan lerogyott a fordulóban. Ha így halad, akkor visszatalálni sem fog Laurához. Koncentrálj Kimberly, Koncentrálj, nem lehet ez olyan bonyolult! – ösztönözte magát. Nocsak – nézett el az egyik irányba és ismerős arcot pillantott meg. Felvillanyozódott. Csak nem...?

- Ó, üdvözlöm, hogy van? – köszöntötte meg a láthatóan a gondolataiba merült férfit, aki a megszólításra felkapta a fejét.

- Jónapot – motyogta szórakozottan és idegesen pislogott körbe.

Kimberlynek mindez fel sem tűnt és máris megjegyezte: - Nocsak, milyen rövid lett a haja!

A férfi erre láthatóan nagyot nyelt és dühös képet vágott. Kimberly meghökkent és hátrált egy lépést. Nem ilyennek ismerte meg Tomot és ezt sehogy nem tudta a képbe illeszteni. Mi folyik itt? Megbántotta valamivel? – ráncolta össze a homlokát és gondolkodóba esett.

- Nem érek rá az ilyesmi hülyeségekre – csattant fel a férfi és már indult is volta tovább, amikor Kimberly megszólalt:

- Maga nem is Tom – csúszott ki a száján –, ő soha nem viselkedne így!

- Á, tényleg, úgy gondolod? – fordult erre vissza a férfi és elkapta Kimberly karját. – Na ide figyelj kisanyám! Történetesen te tehetsz arról, hogy így néz ki a fejem! Úgyhogy kotródj az utamból, ha jót akarsz magadnak, különben még olyat teszek, amit én is megbánok! – vágta a lány fejéhez, majd eleresztve a karját szélsebesen odébbállt.

Kimberly reszketve hajolt le, hogy felnyalábolja a földre potyogott csomagjait, miközben lecsúszott a válláról a retikülje és kiborult. Kimberly mechanikusan pakolászta vissza a szétgurult tartalmat és közben nyalogatni próbálta a kiszáradt száját. Ez a hang, ez a viselkedés teljesen megrémítette. Ó, hát hogy a fenébe nem tűnt neki eddig fel a szemmel látható külső hasonlóság Tom és William között! Hiszen ikrek, hát persze! De a hasonlóság csak külsőre igaz, Will ugyanis láthatóan gyűlöli őt – borzongott meg, majd felállt.

- Hova is indult? Ja, a mozi – pillantotta meg az orra előtt villogó óriás feliratot.

•

- David, én vagyok az, Kimberly! Laura eltűnt! – szólt bele remegő hangon a telefonba Kimberly és közel járt a síráshoz. Már az is megviselte, hogy eltűnt a telefonja és egyetlen számot sem tud fejből, kivéve Davidét. És most ez is! Lassan két órája körzött az áruházban, egyik osztályról a másikra, de Laurát mintha a föld nyelte volna el. Már bemondtatta a hangosbemondóba, és még mindig semmi. Abban a boltban nem látták, hogy mikor ment ki, a másikban nincs, a mozinál nincs, a parkolóban ott az autó, a telefonszámát meg nem tudja fejből. Tényleg nem tudja, hogy mitévő legyen. Olyan különös, olyan gyanús minden és ő fél. De nagyon. Előbb David, most meg Laura. A következő ő lesz, ez már biztos. Itt nem csak valami egyszerű ügyről van szó, itt sokkal bonyolultabb minden.

- Biztos? – hallotta meg David megremegő hangját, amint visszakérdez.

- Igen! Már két órája! Tűvé tettem mindent, de sehol és én aggódom mert ez nem normális és felhívni kéne mert az enyém nem tudom hova tettem és azok után ami történt még lehet hogy nem is meglepő és mit tegyek? – beszélt össze-vissza.

- Kimberly, kérlek, nyugodj meg! Ülj le egy padra egy forgalmas helyen és ne mozdulj! Ne állj szóba senkivel! Máris küldöm oda a nyomozót, jól melléfogott...hogy az a... Hol is vagy pontosan?

•

Broxton már a sokadik kávéját döntötte magába és megdörzsölte fáradó szemeit. Már órák óta bámulta kollégáival együtt az áruházi biztonsági kamerák felvételeit, de eddig eredménytelenül. Mrs. Wilson ugyanis nem tudott túl sok használható információval szolgálni sem a bolt nevét, sem az emeletet illetően. Annyira összezavarodott és megrémült, hogy képtelen volt bármit felidézni. Az időpontot pedig csak órára tudta megsaccolni. Így aztán több tonna kazettát kell átbogarásszanak – pörgetett végig egy újabb felvételt egy unalmas ruaboltról. Lelkiismeret furdalása volt az üggyel kapcsolatban, hogy ilyen alaposan melléfogott. Ó, hogy miért is nem hallgatott az ösztöneire! Hol az a DNS eredmény, miért nem várta meg? Állítólag találtak valamit a robbantás helyszínén is. Most mi a fenét csináljon ezzel a Mendez fiúval? Ő nem tehette, nem rabolhatta el a nőt! De a bűntársai viszont igen! De hát most szabadult,

196

lehetnek máris bűntársai? A régi cimborák, akik ismét akcióba léptek? Bár az is lehetséges, hogy köze volt a Mariann Wilson incidenshez? De hogy létezik, hogy Bergen kisasszony eltűnt, mikor tényleg megnézte a régi ügye szálait. Nem létezik, hogy nem volt elég alapos és körültekintő! Vagy mégis? Életek múlhatnak ezen a figyelmetlenségén és azt nem bocsátaná meg magának!

De legalább a Wilson család házi őrizet alatt áll ma éjjel, ami némiképp megnyugtatja. Csak találnának valami használható nyomot végre! – tapadt újra a képernyőre. Ha kell, egész éjjel bent lesz, de mindenképpen meg kell találnia!

- Bill, azt hiszem nyomon vagyunk – kiáltott be a szobájába az egyik kollégája és Broxton már repült is a hang irányába.

- Mutassátok! – állt meg a monitor előtt, ahol a közepes minőségű felvételen egészen jól felismerhetően látszott, amint Kimberly és Laura megáll egy bolt előtt és beszélget. – Ez az! – csapott rá a tévére Broxton és már pörgettette is előbbre a szalagot. – Megvagy! – bökött rá a homályos férfira, aki bár kockázva, de láthatóan karon ragadja Laurát és kivonszolja a boltból. – Kinagyítani, nyilvántartásban megkeresni! – parancsolta.

Amíg mögötte rendőrök és szakértők fel-alá futkostak, ő csak szótlanul bámulta a kimerevített képet. Gondolkozott.

•

Kimberly arra ébredt, hogy teljesen kiszáradt a szája és borzalmasan rosszul érzi magát. Görcsösen rándult egyet a lába. Mi lehet ez? – rémült meg és felült az ágyban. Máris jobban érezte magát. Biztosan attól van, hogy teljesen elzsibbadt a karja a feje alatt meg hogy annyira ideges – futott át az agyán és lekászálódott az ágyról. Enyhén émelyegve vonszolta ki magát a fürdőszobába és megmosta az arcát hideg vízzel, majd kortyolt egy kicsit. Némiképp jobban lett. Holnap reggel azonnal bemegy kivizsgálásra, mert ez egyáltalán nem tetszik neki – mászott vissza az ágyba és szinte azonnal mély álomba merült.

David eközben nyugtalanul forgolódott az enyhén ringatózó ágyon már órák óta, de képtelen volt elaludni. Jobb, ha sétál egyet a fedélzeten a friss levegőn – döntötte el és már ki is mászott az ágyból. Kinn teljes sötétség fogadta, a fényt csak a szikrázó csillagok ontottak magukból. David bámulta a félholdat, közben idegesen cigarettára gyújtott. Nem bírja ezt a tétlenséget! Legalább az a tény megnyugtató, hogy a házat rendőrök védik, de mi van Laurával? Nem lehet az, hogy most, hogy megtalálta, újra elveszítse! Legalább jelentkeznének, de nem és ez a legidegőrlőbb! – fújt egy nagyot, majd a csikket a vízbe dobta és már rá is gyújtott a következőre.

•

Kimberly úgy érezte, hogy menten szomjan hal, ha nem kap inni. Csak futott és futott, de mindenhol homok és forróság vette körül. Sehol egy fa, egy árnyék, egy hely, ahol megpihenhet. Csak az égető homok és a perzselő nap. Ő meg egyre elcsigázottabb. - Vizet! Vizet! – motyogta egyre elhaló hangon és a földre rogyott. Vergődni kezdett. – Állj fel, Kimberly, állj fel! – biztatta a belső hang, de nem tudott engedelmeskedni neki. Megadóan végignyúlt az égető felszínen és lehunyta a szemeit. Nagyot nyelt, hátha attól enyhül a szomjúságérzete, de ez sem segített. Lassan ismét kinyitotta a szemeit.

Amit először megpillantott, az a plafon volt. Megmenekült! Mindez csak egy újabb rossz álom volt! – tért lassan magához. Kipattant az ágyból és a csapra szívta magát. Csak nyelte és nyelte magába a vizet, mintha soha nem lenne elég belőle, majd kimerülten rogyott le a fürdőszoba hűs csempéjére. Mi a fene történik vele? – bámult maga elé, majd eszébe jutott a tegnapi nap. Azonnal le kell menjen és érdeklődjön, hogy mi történt – húzta fel erőtlenül magát és bebámult a tükörbe. Rémesen fest – nyúlt a szappan és a fogkefe után. Gyorsan rendbe kell szednie magát.

•

Broxton elzsibbadt nyakkal ébredt fel. Nem túl gyakran aludt az íróasztalára borulva, de éjjel itt érte utol a buzgóság. Lassan masszírozgatta meg elgémberedett nyakát, majd nagyon nyújtózott.

198

- Helyzet? – szólt át a szomszéd asztalnál dolgozóra, aki intett a fejével és a terem másik oldala felé biccentve, ahol kisebb csoportban öt-hat rendőr vette körül a nagyfőnököt. Broxton felállt és nyugtalanul arrafelé vette az irányt. Miller nem szokott ok nélkül lejönni a pazar főnöki irodájából!

- Broxton, végre! Utánam! – szólt rá meglehetősen ingerülten Miller, amint meglátta, majd a többieket zavarta el a munkára felkiáltással és már a lift felé vette az irányt. Broxton rosszat sejtve követte, nem véve tudomást a szánakozó pillantásokról. Bárcsak tudná, hogy mire jutottak az éjjel, az sokat segítene – morfondírozott, miközben követte főnökét a liftbe. Miller alig várta, hogy az ajtó becsukódjon.

- Mi a fene van magával, Broxton? Hibát hibára halmoz! – üvöltötte és fenyegetően nézett Broxtonra. - Teljesen téves nyomon van! Sőt, nincs is semmilyen nyomon! – folytatta. - Megvan a laboreredmény és semmi köze nincs ahhoz, akit maga rács mögé juttatott! Sőt, még alibije is van a szerencsétlennek! Meg sem kérdezte? – tette fel a keresztkérdést. Broxton összehúzta magát. Ezt tényleg elfelejtette volna? De Miller nem hagyta abba a leteremtést: - Közben az igazi tettes kinn garázdálkodik és szedi az áldozatait. Házi őrizet ide vagy oda. Most hívtak, hogy Kimberly Wilson kórházban van. Összeesett otthon. Súlyos mérgezés – mondta mérsékeltebb hangon, szánakozva és kis szünetet tartott. - Ja, és az a Bergen nő vagy ki meg előkerült. Írt sms-t, hogy felbukkant a barátja vagy már a vőlegénye Európából és máris távozik. Egy pásztorórára, ami után elaludtak! Csak a barátnője elhagyta a telefonját, amin befutott az üzenet. Az éjjel megtalálták az áruházban takarítás közben. Maga meg ráuszította feleslegesen az összes emberemet azonosításra! Ahelyett, hogy nyomokat keresnének! Most pedig takarodjon a szemem elől és addig elő ne jöjjön, amíg valami használhatót fel nem mutat. És még maga a legjobb nyomozóm! Mi van, még mindig itt áll? Irány a kórház! – förmedt rá.

•

- Hogy mi? Ne! Mikor? Hogy van? – tett fel egy csomó kérdést David a telefonba Rose asszonynak, aki idegességében eddig csak hadart.

- Nem tudok semmit azóta, hogy elvitték – felelt a legutolsó kérdésre, amit hallott. David azonban már nem is foglalkozott a válasszal. Elejtette a telefont és a vezérlőpulthoz rohant. Azonnal a kikötőbe kell mennie! – indította be a motort és máris eszeveszett sebességre kapcsolt. A hajó szinte rázkódott, úgy szelte az enyhén viharos vízfelszínt, közel járva teljesítőképessége végső határához. David azonban ezzel mit sem törődött. Ott kell lennie mellette, muszáj mielőbb odaérnie! Hiszen szüksége van rá!

Eszébe sem jutott barátja, Tommy, aki arra ébredt, hogy leesett az ágyról.

- Mi a bánat – vonszolta el magát az irányítófülkéhez, nekizuhanva nemegyszer a berendezésnek. – David, mi történt? – lépett a férfi mellé.

- Kimberly nagyon rosszul van. Megmérgezték – mondta és mereven előre nézett. Az ő hibája, igen, az. Egyedül ő tehet róla! Otthagyott mindenkit, hogy mentse az irháját és ez lett a vége: Laura eltűnt, Kimberly meg... ki tudja, lehet, hogy már egyikük sem él! – bámult maga elé összeszorított fogakkal.

- M-e-g-m-é-r-g-e-z-t-é-k? – kérdezett vissza meghökkenve Tommy, majd gondolkodóba esett. – Lehetséges volna, hogy eredetileg sem te voltál a célpont? – jutott értékes következtetésre.

•

Broxton nyomozó pontosan ugyanezt a kérdést tette fel magának közvetlenül az után, hogy Kimberly Wilson kezelőorvosával beszélt. Ennyire nem nézett még el semmit, mint ebben az ügyben! Hogy lehetett az, hogy még csak fel sem merült benne ez a lehetőség? – kínozta önmagát. Nagyon felkavarta mindaz, amit az imént megtudott a beteg állapotáról, ami felettébb aggasztó volt. Letelepedett egy üres várószékre és új oldalt nyitott a füzetében, tetejére felírva a Kimberly Wilson nevet. Ki akarhatott ártani ennek a nőnek? – tett kérdőjelet a neve mögé és máris új teória után kutatott. Ki tudhatta, hogy ő megy be abba az épületbe és nem a férje? Ki bízhatott ebben? Ki láthatta? – tett újabb kérdőjeleket a felírt kérdések mögé, majd felállt. Ideje, hogy kikérdezze a családtagokat. Még ha ma szombati nap is van. Ja, de előbb felhívja Mr. Wilsont. A nagy

200

zűrzavarban el is felejtette tájékoztatni, hogy előkerült a húga – nyúlt a telefonja után. Hova a csudába rakta már megint? – forgatta át zsebeit, majd lehasalt, hogy a szék alatt megnézze. Az előbb itt volt! - vakarta meg a fejét, majd észrevette, hogy ott van a széken.

•

- Kérem, doktor úr, ki tud felvilágosítást adni Kimberly Wilson állapotáról? – támadta le az első útjába kerülő embert a kétségbeesett David az intenzív osztályra érve. Már az is kikészítette, amikor a tájékoztatás során ezt a helyet kapta meg, ahova jönnie kell. Ennyire nem lehet rossz a helyzet? Miért nem mondd senki semmit, csak küldözgeti tovább?

- Én csak egy ápoló vagyok, az orvosok a másik irányban vannak – adott készséges tájékoztatást a nővérke és sajnálkozóan nézett David után. Még jó, hogy nem neki kell közölnie a rossz híreket a hozzátartozókkal – gondolta megkönnyebbülten.

David a nagy sietségben szinte beleütközött Carpenter doktorba. Egyből felismerte a férfit: ő kezelte a múltkor is Kimberlyt.

- Kérem, David Wilson vagyok és a feleségem után érdeklődöm, ide hozták be – hadarta el már sokadszor az előbbi mondatot, reménykedve, hogy nem kell többet feltennie.

- Á, igen, jöjjön kérem velem – mutatott az irodája felé, ahol nyugodtabban beszélhetnek.

- Hogy van? Láthatnám? Kérem! – nyugtalankodott David. Nem tetszett neki ez a szobára menetel, alaposan megrémült. Kimberlyt is biztonságban akarta tudni, nemcsak a húgát.

- Kérem, mielőtt odakísérem, előbb szeretném mindenről tájékoztatni – nyugtatta meg némiképp Davidet, majd belökdöste a szobába. – Üljön le! – parancsolt rá. Nos, hol is kezdjem. Mérgezéssel állunk szemben. Eléggé heveny és súlyos mérgezésről van szó és most várjuk a pontos laboreredményeket. De az már biztos, hogy egy erős káliumtartalmú, gyorsan felszívódó szer. Valószínűleg műtárgya. Ez a szer teljesen felborította a vízháztartását, komoly gondokat okozva. Szerencsére egyetlen szervet sem károsított, a mája is rendben van. Csak a vérképe

201

rossz. És kiszáradt. Ezt igyekszünk most javítani – tartott egy kis szünetet, megmaradva tárgyilagosnak. Az már a rendőrség dolga, ha ez szándékos volt, az ő feladata annyi, hogy meggyógyuljon a beteg. És ha ehhez az kell, hogy senkit nem enged a közvetlen közelébe, akkor ezt teszi.

David lesújtva ült a széken és a legrosszabbtól tartott.

- És rendbe jön? – kérdezte meg halkan.

- Igen, elég bíztatóan javul az állapota. De... de sajnálom... – kezdett hozzá.

- A gyerek? – kérdezett David közbe, az orvos lehajló feje azonban egyértelmű válasz volt.

- Sajnálom – ismételte meg együtt érzően az orvos, majd felállt. Jobb, ha most magára hagyja.

•

- David – tette a férfi vállára a kezét Laura és leült mellé a folyosón. – Hogy van, mi történt? – kérdezte csendesen, mire David csak egy jobban-t tudott megereszteni. Teljesen összetört.

Én tehetek róla! – fakadt ki belőle és hagyta, hogy Laura magához ölelje. – Miattam történt mindez! Mert nem vigyáztam rá eléggé! Miért? – tette fel a kérdést hangosan is, de még képtelen volt tisztán gondolkozni. Nem tudott rá választ adni. Mélységes fájdalmat érzett. Elvesztette a gyerekét. Igen, ez a büntetése mindazért, amit tett!

- Na... jobban lesz hamar, meglátod! – vigasztalta Laura és kissé eltolta magától a férfit, hogy a szemébe nézzen. Vajon miért nem mondta el nekik egyikük sem, hogy gyerekük lesz? – értetlenkedett. És még ő gyötörte Kimberlyt, hogy vásároljanak! Ő is tehet róla! – jutott az eszébe és bűntudata támadt. - Tudod van az úgy, hogy valami mégsem stimmel a kicsivel és ezért alakul így. De biztos vagyok benne, hogy lesz még gyereketek, nem is egy! – próbálta vigasztalni az összetört férfit.

David felemelte a tekintetét és ránézett. Hiszen Laura nem tud semmiről! – jött rá. De talán nem is baj. Higgye csak azt, hogy nincs semmi veszély és Kimberly azért van csak kórházban, mert elvetélt.

XXVII.

- Anya, ugye nem te voltál! Válaszolj, de őszintén! – rángatta meg David dühösen az anyját.

- Ezt meg hogy képzeled! – kérte ki magának felháborodottan Elizabeth és legbelül mélységes csalódottságot érzett. Csak nem feltételezed, hogy idáig süllyednék! – tette hozzá.

- De igen, sajnos igen – köpködte David a szavakat, majd elfordította róla a tekintetét. Látni sem bírta. - Ha képes voltál eljátszani azt, hogy halálos beteg vagy, hogy keresztbe tegyél nekünk, akkor te bármire képes lehetsz! Tudom, hogy mélységesen gyűlölöd!

- Na de fiam! – vörösödött el teljesen Elizabeth és hápogni kezdett. David azonban nem foglalkozott vele tovább, hanem átfordult a szobában tartózkodó apja felé.

- És te? Neked van valami mondanivalód? Nem bírtál tovább várni a szerződés aláírására, inkább mást léptél? Egy biztosabbat? Főleg mióta megtudtad, hogy nagypapa leszel és ezt nem tudtad elviselni? Hát most megoldódott az ügy, félig igen! Örülhettek! – őrjöngött David. John nem is szólalt meg, teljesen értelmetlennek tartotta. Mit is mondhatna? A fia teljesen szembefordult velük. Elveszítették.

- Na mi van, nem szólaltok meg? De figyelmeztetlek titeket, ha megtudom, hogy bármelytöknek a legkisebb köze is van ehhez, akkor nem állok jót magamért! – viharzott ki David a szobából, hátra hagyva a meghökkent szüleit.

- Khh... Elizabeth, nincs valami mondanivalód a számomra? – törte meg a csendet John és kérdőn a feleségére nézett. Elizabeth már túl volt azon, hogy meglepődjön.

- És neked, John? Neked nincs véletlenül közöd mindehhez? – kérdezett vissza egyből.

•

Két nappal később Broxton nyomozó jegyzeteit lapozgatta és értetlenül csóválta a fejét. Lassan minden számításba jöhető ember kikérdezett, de nem halad semmivel. Bárcsak ma már annyira magához térne Mrs. Wilson, hogy őt is megkérdezze. Magától ugyanis már senkit nem mer meggyanúsítani. Főleg ezek az ellentmondások azok, amik nem tetszenek neki. Láthatóan senki nem bízik a másikban és nem árulják el, mit is gondolnak valójában.

Broxtonnak csak sejtései voltak arról, hogy mi is zajlott ez idő alatt a háttérben: hogy a Wilson családban teljes a bizalmatlanság.

Végignézve a potenciális tetteseket, meglehetősen nagy a választék. Szegény kis nőt nem sokan szerették – kezdett újabb okfejtésbe Broxton. Itt van rögtön a férje, akit ugyan senki más nem említ meg, de neki mégis ő a legkézenfekvőbb. Hiszen mint megtudta, egy hirtelen és elhamarkodott házasság és úton lévő, nem kívánt gyerek, házassági szerződés hiánya na és persze az a tény, hogy a férj aztán végképp tudhatta, hogy ő nem lesz ott a robbanáskor. Ezt a felszívódó mérget meg bárhova elhelyezhette a távozás után, amit azok a kétbalkezes helyszínelők azóta sem képesek megtalálni, hol van! Ha racionálisan nézzük, akkor neki kéne lennie. Személy szerint az ő tippje David. De mi van az érzelmekkel? Tehet ilyet egy olyan valaki, aki az elmúlt napokat a kórházban töltötte? És nem gyanúsít senkit, bár szerinte mintha a szüleire gondolna?

Aztán itt van az anyós. Köztudottan utálja és keresztbe tesz neki. Még ha az egészségi állapota ingatag is – látszólag – ravasz egy nőnek tűnik. Alkalma nagyon is sok lehetett arra, hogy elkövesse mindezt, hiszen egy lakásban élnek. De képes lett volna-e rá? Gyűlöli-e annyira? A gyanúsítottja nyíltan Cecile. Hmm. Na és nem nyíltan? Mert a kapcsolata a barátnőjével mintha megszakadt volna.

Az após. Tulajdonképpen egy kalap alá vehető a feleségével. Gyanúsítottja nincs. Csak nem mondja el, hogy a feleségére gondol? Bár célozni célzott rá.

Na és nézzük Cecile-t. A dobott ex. A sértett nő. Indoka lett volna rá nem is egy, alkalma is. Hiszen bejáratos a házba, legalábbis volt. Gyanúsítottja Elizabeth. Szép kis barátnő!

Ezzel a családi kör be is zárult. Ha megnézzük a találati arányokat, az anyós vezet hárommal. Ha belevesszük a cselédség vallomását is,

204

akkor még többel. Gyakorlatilag őt tippelné mindenki. Ez a robbantgatás azonban nem rá vall! És még itt van ez az ismeretlen DNS minta is. Vajon kié lehet?

Aztán itt vannak a barátok, őket sem szabad kihagyni. Például ez a Will Morgan. Bár köztudottan Davidet utálja, de miért ne lehetne képes a feleségének ártani? Bár nyerne-e vele akármit is? Hiszen most ő Cecile barátja – vagy az az Antonio bekavart? Szakítottak? De akkor miért nem Cecile a célpont? Á, bonyolult egy ügy.

A legjobb lesz, ha ma ismét körülnéz a gyárban. Ott kell lennie a megoldás kulcsának, teljesen az a megérzése! És most hallgatni is fog az ösztöneire. De előbb még bekukkant a kórházba, hátha megtud valamit.

•

Kimberly önmaga árnyékaként feküdt a kórházi ágyon és csendben sírdogált. A könnyek folyamatosan folytak le az arcáról anélkül, hogy bármit is tett volna ellenük. Hagyta. Mióta megtudta, hogy mi történt vele, már nem sok minden érdekelte. Ő tehet róla, csakis ő! Hiszen annyit idegeskedett, nyugtalankodott. Soha nem maradt a helyén vagy fért a bőrébe. Nem csoda, hogy ez történt. Nem bírta tovább a szervezete. Elvették tőle, hiszen nem érdemelte meg. Meghalt, igen, elvesztette a gyerekét. Az apróságot, ami az élethez kötötte, ami tartotta benne a lelket, hogy érdemes küzdenie. Ami segített a túlélésben. És most nincs. Itt hagyta. Csak addig volt vele, amíg igazán szüksége volt rá. De még nem érkezett el számára az idő, hogy megszülessen. Nem megfelelő a környezet. Hogy is lehetne az? Most már nélküle kell boldogulnia.

– Menekülj! – szólalt meg a belső hang. Tudta, hogy igaza van, mint mindig. Itt az idő, hogy tovább álljon. Úgysem szerette itt senki. Csak ellenségeskedés vette körül. Már nem köti semmi ehhez a családhoz. Sem Davidhez.

A halkan nyitódó ajtóra reménykedve fordította oda a fejét, majd csalódottan látta meg az orvosát a nyomozó társaságában. Nem őt várta, nem rá számított. Egyáltalán mit keres itt? És miért nem látogatja meg senki?

•

- Tudna válaszolni a kérdéseimre? – lépett közelebb Broxton bizakodóan Kimberly ágyához, miután látta, hogy egészen jól viselte a hallottakat. Az orvos jelenlétében az előbb mesélte el röviden, hogy mi történt vele. Hogy szándékosság történt. Ígérem rövid leszek! – mondta Broxton az orvosnak, akit láthatóan sokkal jobban nyugtalanított a helyzet.

- Hallgatom – felelte a beteg és kérdőn nézett Broxtonra. Egyáltalán nem volt abban az állapotban, hogy bármit is felfogjon az előbbiekből.

Broxton viszont pontosan erre játszott és a legelső intuícióira volt kíváncsi.

- Elképzelhetőnek tartja, hogy a férje képes lenne ártani önnek? – szegezte neki a kérdést.

- Nem – felelte egyből Kimberly és megdöbbenve nézett vissza. – Nem – ismételte meg. – Akkor otthagyott volna a vízben – tette még hozzá és futólag elmosolyodott. – A szüleiről viszont sokkal inkább – felelte őszintén és nyugtalan lett.

- Ennyi elég is lesz – tolta ki az orvos a nyomozót, látva a lány egyre zaklatottabb állapotát. Most kezdi felfogni, hogy mivel is áll szemben – súgta feléje, majd az ajtóra mutatott. Egy enyhe nyugtatótartalmú anyagot fecskendezett a lány karjából kilógó cső végére. Nem árt egy kis pihentető alvás neki.

•

- Hogy mi? Maga teljesen megőrült! – felelte teljesen nyíltan Mary Hardy a nyomozó iménti kérdésére, miszerint David képes lenne-e ártani a feleségének. – Az az ember majdnem egyedül vágott neki a romoknak, amikor megtudta, hogy alatta van Kimberly! Nem tenne ilyet, nekem elhiheti! Hiszen teljesen odavan érte! – csóválta még mindig a fejét az előbbi képtelenségre. – Nem, keressen valaki mást! Itt szerintem biztosan valami üzleti leszámolásról lehet szó, mert azt az épületet Mr. Wilsonnak szánták! – jelentette ki magabiztosan. Olyan béna ez a nyomozó, hát ennyi idő alatt csak erre az eszement következtetésre jutott?

206

Hát ilyenkor hol vannak azok a zseniális helyszínelemzők a ketyeréikkel meg a laborvizsgálattal? Egy hét telt el és semmi bizonyíték nincsen? A huszonegyedik században! Ez nevetséges!

De nem ő maradt alatta, ahogy a mérget is Mrs. Wilson kapta – kontrázott a nyomozó. Bosszantotta, hogy ez a kotnyeles nő beleártja magát az ő nyomozásába és kioktatja. Mit is ért ehhez ez a nőszemély? Hiszen csak filmeket látott, azok meg mindig teljesen mások, mint a valóság!

- Nos... egy robbantás az férfire vall – érvelt Mary. A méreg viszont sokkal inkább nőies. Biztos, hogy egy ügy? – gondolkodott hangosan, anélkül, hogy igazán végiggondolta volna, mit is mond. A nyomozó azonban meglepő módon előkapta a füzetét és heves lapozásba kezdett. Hozzá pedig hümmögött.

- Asszonyom, maga zseniális! – pattant fel váratlanul a helyéről, majd megrázogatta Mary kezét. – Hogy ez nekem eddig miért nem jutott az eszembe – morogta magában távozás közben. Pedig már ez a tűzeset is... arra figyelmeztetett, hogy ne erőltessen a kapcsolatot és most ez is... hát persze... - motyogott magában lefelé a lépcsőn.

Mary megvonta a vállát és visszaült a számítógépe elé. Hiszen semmi extrát nem mondott, igazán nem is érti. Épp elég munkája van a főnök hiányában, nincs ideje még ezen is töprengenie – kezdte el verni szélsebesen a billentyűket.

.

David tisztes távolságba állt Kimberly ágyától és onnan nézegette a halálsápadt lányt. Végre beengedték hozzá, végre közelről is láthatja! De milyen látvány! Nézte a hófehér arcát, a beesett, karikás szemeket, a piros orrot, ami arra utalt, hogy biztosan sírt és az erőtlen kezeket. Ez nem az ő Kimberlyje. Mindez az ő műve, igen, az övé. Miatta van ilyen állapotban. Ő hozta ebbe a házba, ő kényszerítette rá a barátait, az életstílusát, ő hozta rá a veszélyt is. Akárki is áll az ügy mögött, az neki köszönhető.

- David... én... - tördelte megint a mondatokat, ahogy azt eddig is tette. Egy nem könnyű beszélgetés közepén jártak, érthető is volt. – Már nem köt semmi hozzád – mondta ki a kemény szavakat.

- Én sajnálom... - mondta lehajtott fejjel és a lány látta, hogy így is gondolja.

- Én... szóval... már nincs miért... neked... nem kell... az ígéreted... - próbálta meg körülírni. – Elválhatunk – nyögte ki nagy nehezen.

A szó majdnem megfullasztotta. Az elmúlt órákban volt min tépelődnie. Tele volt kétséggel, bizonytalansággal, de mióta David belépett a szobába, mióta újra láthatta, a felismerés ereje felkorbácsolta érzelmeit. Ha most elengedi, akkor nincs miben reménykednie, nincs miért küzdenie. Akkor nem számított neki semmit. Akkor az az éjszaka sem jelentett neki többet számára, mint egyet a sok közül. Akkor el kell felejtenie! Ki kell törölnie a szívéből. Nem pazarolhatja olyanra az érzéseit, aki ezt nem viszonozza. Hogy is viszonozná? Hogy is lehetne az övé David? Hogy is reménykedhetne abban, hogy egy ilyen férfi figyelemre méltatja. Egyedül lesz, teljesen. Senkije nincsen. - Kérlek, mondd, hogy ne! Hogy ne menj el! Mondj nemet! Kérlek, kérlek, kérlek! – mondta önmagának egyre kétségbeesettebben.

Davidet szíven ütötte ez a szó. Válás. Ő erre nem is gondolt! De... de tényleg az lenne a legjobb, ha elengedné, ha hagyná elmenni. Ha maga mellett tartja, az a vesztét okozhatja. Hiszen ő tehet mindenről, miatta van az egész. Hagynia kell elmenni, hogy életben maradjon. Bár fáj neki, de most nem gondolhat magára. El kell engednie! – nézett rá zavartan. Villámcsapásként érte a felismerés: ő nagyon is kötődik ehhez a lányhoz. Ő nem akarja, hogy elmenjen! Hiszen ő... szereti ezt a lányt! Igen, beleszeretett!

Kimberly tekintete mintha üzent volna neki: ilyen rémületet még nem látott benne soha. Fél, igen, láthatóan fél, retteg! Könyörög! – értelmezte félre a lány üzenetét.

- Ahogy akarod – mondta ki az ítéletet, majd nagyot sóhajtott. Így lesz a legjobb mindnyájunknak, ezt kell tennie! Nem tarthatja maga mellett akarata ellenére. Hiszen nem kell neki, ő mondta, hogy el akar válni. Meg akar szabadulni tőle. Hogy is érezhetne bármit iránta, mikor úgy bánt vele? David, itt az ideje, hogy továbblépjél. Képes leszel rá! – rohant felindultan az ajtó felé és feltépte.

Kimberly darabokban hevert az ágyon és ebben a percben úgy érezte, hogy nem is akar újra teljes egészet alkotni. Nincs miért. Ekkora fájdalmat minek is cipeljen egész életében.

•

Antonio soha nem gondolta volna, hogy egyszer megtörténik vele, hogy nem szívesen hagyja el a rendőrség épületét. Most viszont teljesen úgy érezte, hogy sokkal jobb lenne neki idebenn. A kinti világ már nem szolgál számára túl sok élménnyel. Még egy ideig nem. Legjobb lesz, ha elfelejt mindent és jó messzire megy innen. Vajon hányszor tud egy ember új életet kezdeni? Meddig képes rá? Mikor adja fel teljesen? Miért van az, hogy ez a fojtogató érzés mit sem csökkent az elmúlt napokban?

Nem, most nem mehet el úgy, mint a múltkor. Nem szökhet el. Hiszen tanult a hibáiból és nem fogja elkövetni ugyanazokat. Igenis tartozik annyival az édesanyjának, hogy elköszönjön tőle. Igen, meg kell látogatnia!

•

Cecile idegesen járkált a kórházi előtér egyik folyosóján és arra várt, hogy David végre felbukkanjon valamelyik irányból. Tudta, hogy ez lehet a legutolsó esélye a férfinál és abban a lelki állapotban volt, hogy ezt be is vállalja. Hiszen mi vesztenivalója van? Hátha bejönnek a számításai és David vigaszt keres majd nála. Igen, talán szüksége lehet rá, ahogy neki is szüksége van őrá. De még mennyire! Ismerte a férfit annyira, hogy tudja, most pontosan erre van szüksége: megértésre. Erre pedig ő tökéletesen megfelel. De hol van már? – nyugtalankodott. Talán ha felmenne arra az emeletre, ahol van? Ha nem itt lenn várakozna? – döntötte el és a lift felé indult. Türelmetlenül nyomkodta a hívógombot és nézte, ahogy a számkijelző vánszorogva halad: 6-5-4. Csigalassú. Végre elért a nulláshoz és az ajtó feltárult. David rontott ki rajta feldúltan és egész egyszerűen elszáguldott Cecile mellett, anélkül, hogy észrevette volna. A nő azonban utána vetette magát. Csak a kórház előtt érte utol. Lihegve állt az útjába és megszólította:

- David? Minden rendben? – próbált meg a lehető legkedvesebb és legangyalibb módon rákérdezni minderre.

- Nem, semmi nincs rendben! – vágta a fejéhez David dühödten és megkerülte a nőt. Egyáltalán nem volt kedve a társalgáshoz, pláne nem most. Egyedül akart lenni, hogy nyugodtan átgondoljon mindent.

- Tudok esetleg valamiben segíteni? Szívesen meghallgatlak, ha ez számít valamit? – rebegte Cecile, miközben a férfi után szaladt. David megtorpant.

- Kérlek, Cecile, hagyj magamra! Egyedül akarok lenni! – villantotta meg a szemeit.

- De... biztos? – nézett rá ártatlan nagy szemekkel Cecile és közben finoman megérintette a férfi karját. Ez volt a kedvenc nézése és eddig még mindig bevált. David azonban most mintha nem is látott vagy érzett volna.

- Igazán feleslegesen strapálod magad. Most pedig elmegyek! – vágta be az orra előtt az autója ajtaját és felbőgette a motort.

Cecile nagyon is megértette, hogy ennyi volt. David számára örökre elveszett.

•

- Anya! – szorította magához Antonio az édesanyját és egyikük sem tudta visszatartani a könnyeit. Rose érezte, tudta, hogy fia megint búcsúzni jött el hozzá. El kell engednie újra, hadd járja a maga útját. El kell innen mennie, mert itt a múltja örök kísértés lenne a számára. Vajon látja-e még ebben az életben? – szorította még jobban magához, mintha ez lenne az utolsó alkalom.

- Mihez kezdesz? – kérdezte meg nagy nehezen, amikor végre összeszedte magát annyira, hogy meg tudjon szólalni.

- Még nem tudom – tolta el egy kicsit magától az anyját, éppen csak annyira, hogy rá tudjon nézni. Meglátta a homlokán lévő mély barázdát, amely a múltkor még nem volt ott. Miatta van ott! Hiszen ő okozta anyjának a sok szenvedést és bánatot. – Anyja, kérlek bocsásd meg, hogy nem olyan lettem, amilyenre számítottál. Amilyennek neveltél. Én... úgy sajnálom! – fogta össze a kezeit és a szájához emelte.

210

- Ne, kérlek, fiam, ne mondd ezt! Bármit teszel is, mindig az én fiam maradsz és én szeretni foglak és tudom, hogy egy nap még büszke leszek rád!

- Ó, anya! Én... én gondolkodtam, hogy újra a seregbe lépek. Van ott egy külön program a szabadultak részére és...

- Igen, tedd azt, amit jónak látsz!

- És te? Ti? Apa? – érdeklődött családja után.

- Apád majd előbb-utóbb megbékél, bízd csak rám! Menj, köszönj el a bátyádtól! Ott van hátul! – tolta ki a fiát a hátsó ajtón.

•

Will magányosan ücsörgött a golfklubban egy pohár ital társaságában és végtelenül unatkozott. Amióta összeveszett a barátaival, semmi nem úgy alakult, ahogy azt szerette volna! Pedig azt hitte, hogy megéri mindez és Cecilelel való kapcsolata kárpótolja mindenért, de a haverokat ez sem pótolhatja. Különben is, mostanában olyan kedvetlenné vált. Már alig beszélnek és egyáltalán, nem is érti. Mintha megváltozott volna. Már nem is vonzza annyira. Nem öltözik olyan kihívóan, nem flörtöl másokkal, nem jár el annyit otthonról. Mintha belekényelmesedett volna a kapcsolatukba. De nem, ő nem fogja magát behálózni, az nem az ő asztala. Akkor inkább odébb áll. Igen, méltányos cserének tűnik Cecileért cserébe a haverok társasága. Hiszen ha dobná a nőt, akkor talán visszaszerezhetné a barátait. Hiszen miatta orroltak meg rá! Hmm, talán tényleg ezt kéne tennie! És akkor nem kell egyedül ücsörögnie itt a klubban sem.

•

Antonio már a taxi hátsó ülésén ült és a lehajtott ablakon keresztül szorította anyja kezét.

Ezúttal tényleg írok rendszeresen, megígérem! – mondta búcsúzóul és eleresztette anyja kezét. – Isten önnel, anyám! – felelte és összeszorította a száját. Nem, még nem sírhat, erősnek kell maradnia. Nem szabad, hogy az anyja meglássa rajta, mennyire el van keseredve. Bíztatóan

211

kimosolygott az ablakon és legnagyobb meglepetésére a bejárati ajtóban meglátta az apját, aki lassú léptekkel, de feléje közeledett.

- Egy pillanat – állt a jármű elé, majd reszkető kézzel egy borítékot horgászott elő bő munkásnadrágja egyik zsebéből. – Erre még szükséged lehet – nyújtotta be az ablakon. Antonio visszafojtott lélegzettel várt, majd elvette a borítékot.

- Köszönöm, apám – felelte.

- Nos, isten áldjon! – mondta és hátat fordított az autónak, majd meggondolta magát. Hirtelen megfordult és benyújtotta a kezét az ablakon. Antonio örömmel fogadta el. Mázsás súlyt hullott alá vállairól. Igen, érdemes miért harcolni, miért élni. Ha ilyen csodás emberek a szülei, akkor igenis meg kell nekik mutatni, mire is képes.

•

- Kimberly, kérlek, szeretnék kérni tőled valamit! – lépett közelebb David Kimberly ágyához és a lányt figyelte. A tegnaphoz képest ma már sokkal jobb színben volt és ennek felettébb örült. Rohamosan gyógyult és ha így halad, akkor holnap már haza is viheti. Haza... dehogy viheti haza, hiszen el fognak válni! Nem fog vele hazajönni és ez az, ami aggasztja. Nem hagyhatja magára, még nem!

- Hallgatlak – mondta Kimberly beletörődött hangon és felnézett a férfire. Bár a teljes ürességnek nincsenek fokozatai, de mintha ma egy árnyalattal jobban érezte volna magát. Jobban? Hiszen borzalmasan van! Nem, mással kell foglalkoznia, nem tépelődhet ennyit önmagában. Ránézett a férfira. David nyúzott volt és összetört. Éveket öregedett, mióta megismerte. És ő tehet erről, igen, az ő hibája. Biztosan ő is rájött erre és ezért is egyezett bele mindenbe.

- Kimberly, nézd... még nem vagy olyan állapotban, hogy egyedül maradj. Szóval... szóval szeretném, ha a kórházból hazajönnél velem. Felügyeletre van még szükséged és... és én Laurának nem mondtam semmit. Nézd, a húgom a hét végén hazamegy és szeretném, ha addig nem tudna meg semmit. Hogy... higgye azt, hogy minden a legnagyobb rendben van. Én... én... - dadogott David. Nem tudott mi mást mondani.

- Rendben – felelte egyszerűen Kimberly. Igen, képes eljátszani még egy pár jelenetet. Persze, hogy képes rá. Legalább addig David közelében marad. Igen, még pár nap, annyit persze, hogy kibír!

•

Cecile egyenes derékkal ült az egyik belvárosi étterem teraszán és megpróbált úgy tenni, mintha nagyon is érdekelné, miről beszélnek asztaltársai. Az igazság azonban az volt, hogy mérhetetlenül unta a felszínes csevegést a legközelebbi jótékonysági estélyről, ami novemberben lesz. Hát nem elképesztő, hogy négy hónappal előre már olyanokról vitatkozzanak, minthogy a szalvétán kék vagy rózsaszín apró virágminták legyenek? Ez nevetséges! – biggyesztette le ajkait, majd az itala után nyúlt. Még jó, hogy rakatott bele egy kis Martinit, mert anélkül nem tudja, meddig tudná mindezt elviselni. Kezdte nagyon fárasztani minden. Már Will is kezdett az idegeire menni. Pedig azt hitte, hogy jó ötlet lesz, ha újra lefoglalja magát egy férfival és visszafogadja. David végső elutasítása után. Antonio után. De nem így történt és fogalma sincs, mit tehet. Elege van mindenből és mindenkiből! Izgalomra vágyott, valami jelentős változásra, amely kirázza ebből az egyhangúságból. Mert kezdte mindezt nagyon, de nagyon unni. És ezen az sem segítene, ha átruccanna Miamiba, ahogy ebben az évszakban megszokta. Nem, ennél tartósabb és jelentősebb változásra van szüksége!

•

Antonio percek óta állt a postaláda előtt, kezében szorongatva egy levelet. Feladja vagy ne adja fel? – tépelődött magában azóta, amióta napokkal ezelőtt elkezdte megírni. Össze sem tudja számolni, hány variáció készült, hányszor írta át, de ez a legutóbbival tényleg elégedett. De valóban feladja-e? Érdemes-e magyarázkodnia Cecilenek? Megéri a fáradtságot? Azok után, hogy megtudta, nem a nő uszította rá a rendőrséget, ismét pislákolni kezdett benne a remény. A láng azonban egyre halványult. A napok teltek és a nő nem jelentkezett. Antonio a reményből a teljes reménytelenségbe zuhant át. Nem, meg sem érdemli, hogy egyáltalán foglalkozzon vele, hiszen tálcán kínálta fel magát neki. De mit is adhatna? Hiszen ő csak egy börtönviselt, amíg Cecile a társadalom elismert tagja és dúsgazdag? Csak játszott vele, szórakozott egy kicsit, semmi többről nem lehet szó. Akkor meg miért érzi mégis úgy, hogy ennél több történt? Csak félremagyarázza a dolgokat? Beleképzeli, hogy érdekelte akárcsak egy halványit is? Felemelte a levelet és a nyíláshoz helyezte. Feladom! – döntött az érzelmes énje. Minek? – ellenkezett a racionális én. Akkor is feladom! – kerekedtek felül az érzelmei és belökte a levelet a ládába. Azonnal megbánta. Jaj, hogy tudná kiszedni onnan? Ennyire nem szolgáltathatja ki magát – toporgott a láda mellett. Gyerünk, Antonio, itt az ideje, hogy induljál. Mire elolvassa, te már úgy is rég messze jársz. Ha egyáltalán elolvassa és nem tépi azonnal cafatokra!

•

Cecile átpillantott a szemben ülő Elizabethre, aki természetesen mindezt észrevette. Tekintetük összevillant. Cecile biztos volt benne, hogy a nő legalább olyan szépeket és kedveseket gondol róla, mint ahogy ő teszi ugyanezt. Legszívesebben meg tudná fojtani egy kanál vízben! Hiába játssza itt a jól nevelt úri dámát, rajta nem fog ki. Hiszen ő nagyon is jól tudja, hogy honnan jött és hogy jutott el idáig. És ha ezt a többiek megtudnák... ezért nem tesz neki nyíltan keresztbe, mert akkor kitálalna. Mindenről. Nem, aranyoskám, a titkaink kötnek össze egymáshoz. Hiszen pontosan ugyanannyi rejtegetnivalóm van nekem is, mint neked! Nem, úgysem fogsz soha elárulni, bármennyire is szeretnéd, mert akkor magammal rántalak. És biztos vagyok abban, hogy te sokkal nagyobbat zuhannál, mint én! – eresztett meg felé egy gunyoros mosolyt.

•

Manuel Mendeznek egyáltalán nem volt hangulata a munkához és ez ritkaságszámba ment. Hogy őt a lovak ne hozzák lázba, hogy ne élvezze a velük való munkát, az szinte elképzelhetetlen volt. Az utóbbi napokban viszont határozottan érezte, hogy egyre kedvetlenebb és semmihez sincs kedve. Öccse váratlan felbukkanása és viharos távozása csak növelte nyugtalanságát. Rájött, hogy ő is erre vágyik: az önállóságra! Hogy az állatok tényleg az ő állatai legyenek és azt tegyen, amit akar. Egyedül. Családdal. Igen, saját családdal. Az elhatározás egyre csak érlelődött benne, a legutóbbi fejlemények hatására azonban kiforrott: ő elmegy, tényleg hazamegy! Irány Argentína! Már csak arra kéne rávennie a szüleit, hogy ők is jöjjenek vele. Elvégre mint legidősebb gyermeknek, neki kell gondoskodnia róluk.

•

Tommy csodálkozva bámult rá a telefonja kijelzőjére, amikor meglátta a kiírt nevet. Hmm...

- Igen? – szólt bele a telefonba egyszerűen, hátha csak valami félreértésről lehet szó. Talán Tom lesz a túloldalon és összecserélték a telefonjukat. Ilyen már vele is előfordult, amikor véletlenül David készülékével ment el. Pedig nem is ugyanolyan a színe, de hát csak felkapta és zsebre tette. Aztán jó kis zűr volt emiatt...

- Tommy? Itt Will. Beszélhetnék veled? – hallotta meg a férfi hangját a túlsó oldalon. Ezek szerint még sincs szó semmiféle cseréről. Tényleg Will az. De vajon mit akarhat? – tépelődött Tommy.

- Parancsolj – csüngött máris kíváncsian a telefonon. Komoly oka lehet annak, hogy Will rászánta magát erre a hívásra és szóba áll az ellenséggel.

- Nos – kezdett hozzá nem túl eredeti módon Will és máris hatásszünetet tartott. – Ez nem annyira telefontéma, de... de szeretném a segítségedet kérni – folytatta. – Én szeretnék kibékülni Daviddel és arra gondoltam... szóval hogy ebben esetleg te... tudnál segíteni.

- Ezt most komolyan gondolod? – szegezte neki kertelés nélkül Tommy a kérdést.

- Teljesen komolyan! Én szakítottam Cecile-lel is – tette még hozzá. Hiányoztok – ismerte be nem olyan könnyen. Tommy nagyot sóhajtott.

- Gondolom tudod, hogy ez nem éppen a legmegfelelőbb idő David számára, tekintettel a körülményekre. De ígérem, hogy segíteni fogok. Őszintén, azóta nem minden a régi számunkra sem.

- Ennek azért örülök. És köszönöm! – tette le Will a telefont és elégedetten dörzsölte össze a kezét. Ha minden jól megy, hamarosan nem kell egyedül ütögetnie a golflabdákat.

•

Cecile úgy érezte magát, mintha két szék között a padlóra került volna. Nem is kettő, inkább három szék közül. Két nap alatt két férfi tette őt lapátra és ez sokkal több volt, mint amit el tudott volna viselni. Reszketve indult el az italszekrény felé és egy nagy adag gint öntött a poharába, tisztán. Aztán meggondolta magát és az üveget ragadta nyakon, azzal vonszolta ki magát a kertbe. Még jó, hogy már késő este van és sötétség veszi körül, így legalább elbújhat a világ elől. David nem akarja látni és Will sem. Úgy érezte, hogy alapjaiban dőlt össze az élete. Bár nem ez volt az első eset, hogy ő tette lapátra valamelyiküket vagy ők tették ugyanezt vele, ez valahogy más volt. Sokkal keményebb, Végérvényes. Mihez fog kezdeni nélkülük? Mert hogy egy társaságba már nem mehetnek. Egy ideig biztosan nem. Hogy fogja mindezt túlélni? – húzta meg az üveget. Valami komoly váltásra van szüksége, az már biztos. De erre nem akar ma gondolni. Ma még nem. Majd holnap. Holnap talán minden könnyebb lesz. Igen, holnap...

XXVIII.

- Ne, kérlek, ne! Hagyd abba! Ne, kérlek, ne! – hallatszottak a kiáltások a szomszéd szobából, mire David felriadt. - Ne – jött az újabb kiáltás, mire a férfi villámgyorsan átszáguldott oda, idegenek után kutatva a sötétben, majd felkapcsolta a kislámpát. Nem talált senkit. Az ágyon viszont a lány vergődött.

Ez volt a második éjszaka azóta, amióta hazavitte a lányt a kórházból a városi lakásába, immár mondhatni szokás szerint és csak remélni tudta, hogy nem az utolsó. Talán sikerül itt tartania egy pár napig még, mielőtt ő is elhagyja. Akárcsak Laura. Ő holnap elutazik.

- Kimberly, nincs semmi baj, ébredj, csak egy rossz álom volt – vette a karjába a még mindig kiabáló lányt és próbálta megnyugtatni. Itt vagyok, nem lesz semmi baj, nyugodj meg – dajkálta, mint egy kis gyereket. David sejtette, hogy a nem is oly régi sebek felszakadtak és mélyültek. Kimberlynek nem is egy oka van a sírásra.

- Apa... ismételgette elhaló hangon, teljesen összevizezve a férfi mellkasát. David nem kérdezett semmit, csak ringatta a lányt, mint egy gyermeket. A kislányukat. Azt, aki az övéké lett volna.

- Gyakran álmodsz rosszat, igaz? – kérdezte meg David a lányt, de sokkal inkább kijelentésnek szánta, hiszen jól tudta, hogy már nem először történt ez vele. – Nyugodj meg, vége! – próbálta vigasztalni és puszit lehelt a hajára.

- Ne menj el kérlek, ne hagyj te is magamra! – könyörögve nézett rá. David ellágyult. Vajon mit álmodhatott, hogy ilyen állapotba került?

- Mit álmodtál? – kérdezte meg finoman pár perccel később, mikor már a lány nyugodtan lélegzett.

- Én... én – villantak be kivételesen egészen tiszta képek... – csak a farm és el kell hagyjuk és... apa elrángat és nem akarok... a lovam, a kutyám - jöttek szaggatottan a szavak. Kimberly most először tudott felidézni bármit is ebből a nyomasztó érzésből.

- Biztosan szándékosan akartad törölni a rossz emlékeket és azok így törtek a felszínre – mondta pszichológiai hozzáértéssel David.

- Lehetséges – motyogta Kimberly, de nem akart ezen gondolkodni. Örült, hogy David itt van mellette és lassan ismét álomba merült.

David nem akarta felébreszteni, így ott maradt vele, hagyva, hogy a lány feje háttal a mellkasán nyugodjon. Nehezen tudott másodjára is elaludni és próbálta bemesélni magának, hogy az, aki hozzábújva ott alszik, csak öt éves és a lánya, nem Kimberly. Majd megőrült, hogy nem érhet hozzá. Ilyen állapotban viszont nem akarta zavarni. Aztán a fáradtság győzött felette.

•

Kimberlynek váratlanul kipattant a szeme és úgy érezte, hogy teljesen tisztán lát. Igen, rájött, hogy mit jelentenek az álmai! – sóhajtott egy nagyot és megérezte, hogy David a kispárnája. Igen, pontosan ez az! Azért jöttek elő megint a rémképek, mert attól fél, hogy újra elveszít valamit, ami nagyon fontos a számára. A szülei és a gyermeke után az utolsót, ami igazán számít. A férfit, akihez kötődik. Davidet. És meg sem próbál ez ellen tenni valamit is. Pedig... Kimberly, legyél rámenős! Próbáld meg elcsábítani! – piszkálta a magabiztos énje. Micsoda? Hogy ráerőszakold magad valakire, aki semmit nem érez irántad? – szólalt meg a bizonytalan énje. Lehet, hogy ez lesz az utolsó esélyed! – egyezett ki mindkét fele és elszánta magát. Mielőtt még meggondolna bármit is. Azzal a férfi arca fölé hajolt. Kimberly, szedd össze magad! – hajolt egyre közelebb.

Érezte, hogy David lassan eszmél, de visszacsókolja, lassan, finoman. Aztán a csók kezdett szenvedélyessé válni. Kimberly teljesen belefeledkezett.

Davidnek össze kellett szednie magát, nem is kicsit, hogy habozva, de el tudja tolni magától a lányt. Felült az ágyban. Nem, ezt nem teheti vele, hiszen nincs is magánál! Hiszen félig biztosan alszik, ha nem is teljesen. Nem élhet vissza ezzel – megint! Nem kezdődhet minden újra, még ha akarná is! Fogalma sem volt arról, hogy Kimberly tökéletesen tisztában volt arról, hogy mit művel. Csak lassan eszmélt a férfi elutasítására.

- Ne haragudj, de ez már nekem sok; mégiscsak férfiből vagyok! – mondta David zilálva.

Kimberly erre vérvörös lett.

218

- Én... én... – makogta zavartan, de belül mérhetetlen boldogságot éreztek. Davidre a jelek szerint nagyon is tud hatni! Igen, képes arra, hogy összezavarja!

- Jobb, ha most megyek – állt fel az ágyról a férfi, mire a lány megragadta a kezét.

- Kérlek, maradj, ígérem jó leszek – unszolta. Nem akarta, hogy elmenjen, úgy kapaszkodott bele. Nem utasíthatja el! Nem lehet, hogy ez az utolsó közös éjszakájuk. És hogy holnap tényleg kirakja. Nem mehet el, nem veszítheti el!

Közben lecsúszott a válláról a hálóing. A férfi erre felnyögött.

- Az már nekem kevés! – mondta és kimenekült a szobából.

.

Cecile hajnalban a szőnyegen hasalva próbálta meg összeilleszteni a papírcafatokat, ami egyáltalán nem volt könnyű. Ó, hogy miért is végzett olyan alapos munkát tegnap délután, amikor kézbe vette a borítékot és meglátta a feladó nevét? Miért kellett miszlikbe aprítania az egész levelet, hogy aztán meg egész éjjel álmatlanul hánykolódjon és azon tipródjon, hogy mit is tartalmaz? Igen, muszáj lesz elolvasnia, hogy megnyugtassa saját magát. Az önbecsülését, amely még mindig ingatag lábakon áll. Nem, addig úgy sem nyugszik meg, amíg nem zárja le ezt az ügyet magában. Antonio – borzongott bele most is. Rá kellett jöjjön, hogy a férfi sokkal jobban megérintette, mint előtte bárki. Hogy nem lesz olyan egyszerű kivernie a fejéből. David és Will is csak pótlékként jöhetett volna szóba vele szemben. De miért vonzódik ennyire hozzá? Mivel szédítette meg így? Hiszen mennyire alatta áll a társadalmi ranglétrán és mégis? Mégis mi? El kell olvasnia a levelet! Igen! – illesztett egy újabb darabot sikeresen a másik mellé. Egészen jól halad és még egy kis kitartás, és feltárulhat a kézzel írt levél tartalma.

.

David nagyot sóhajtva engedte el Laurát és igyekezett nem meghatódni. Mégsem sírhatja el magát, hiszen férfi! – gyűjtött erőt és

219

nagyot szipogott. Beletelik majd egy jó időbe, amíg újra láthatja. Európa azért nincs a szomszédban. De majd beszélnek telefonon! Nézte, ahogy Kimberly könnyeivel küszködve vesz búcsút a barátnőjétől, közben ő kezet fogott Laura választottjával. A harmincöt körüli, nyugodt férfi igen kedvező benyomást tett rá elég hamar és David nyugodt szívvel bízta rá a kishúgát.

- Majd elmegyünk az esküvőtökre! – simogatta meg Laura arcát, gyengéden letörölve róla a könnyeket. – Na, ne sírj kérlek!

- David, vigyázz Kimberlyre! Sokkal jobban megviselték a történtek, mint azt mutatja! – figyelmeztette bátyját. – Nagyon törékeny! – súgta a fülébe, kihasználva azt az időt, amit Kimberly orrfújással töltött. David rámosolygott a távozókra és átkarolta Kimberlyt, aki arcát a férfiba fúrta. Vége – gondolta Kimberly és nemcsak a távozók miatti fájdalom és üresség volt az, amit érzett. Sokkal inkább az a tény, hogy eljött az idő: mennie kell. Ó, bárcsak visszacsinálhatna mindent! Bárcsak képes lenne rá! – szívta magába David illatát, talán utoljára.

•

Cecile már sokadszor olvasta el az agyoncelluxozott, összegyűrt és viharvert sorokat, de újra és újra felkavarta. Az a közvetlenség, amellyel elé tárta életét és érzéseit, teljesen kizökkentette az eddigi képmutató és felszínes világából. A gazdagok gondtalan életével szemben leírta a nyomorúságot és a kétségbeesést és azt, hogy mindez hova sodorta. Antonio más ember lett a börtönben, ez teljesen bizonyos. Már az is, hogy írt neki mindazok után, ami történt. Amiket gondolhat róla. De mégis... - facsarodott össze a szíve. Elmegy, beáll a tengerészetbe. Valaki akar lenni, bizonyítani akar. És szereti őt! Igen, valaki tényleg szereti őt! – szorította magához a levelet és bepárásodott a szeme.

•

- David Wilson? – állította meg két komor képet vágó egyenruhás férfi Kimberlyt és Davidet, akik épp a lakás elé érkeztek.

- Igen, tessék, én vagyok – felelte udvariasan David és várakozón pislogott a férfiak felé. Csak nem végre van valami eredmény a nyomozásról? Broxton úgy eltűnt az elmúlt napokban és semmilyen hírrel nem szolgált. Csak annyit habogott, hogy a szakértői véleményre vár. Nem megnyugtató mindez – jött rá arra, hogy az elmúlt két napban szerencsésen sikerült elfelejtkeznie a veszélyről. Figyelmét sokkal inkább más kötötte le.

- Letartóztatom sikkasztásért és gyilkossági kísérletért. Kérem adja a kezét. Jogában áll hallgatni, ügyvédet fogadni... - kezdte el ismertetni Daviddel az ilyenkor szokásos formaságokat az egyik rendőr, miközben a másik bilincset helyezett a csuklójára. David meghökkenve bámult rá a csuklójára, majd Kimberlyre nézett, aki mindezt remegő szájjal figyelte.

- Kérlek, azonnal hívd az ügyvédemet, a száma ott van a telefonomban és szóljál a szüleimnek. És menjél valami biztonságos helyre! Itt valami félreértésről lehet szó – kiáltotta még utána és tehetetlenül hagyta, hogy a rendőrök magukkal húzzák lefelé a lépcsőn.

- Nem, az nem lehet, Davidnek nem lehet köze ehhez az egészhez! Azt nem hiszi el! Nem és nem! – nyomogatta reszkető kézzel az aprócska készüléket és képtelen volt megtalálni bármit is benne.

•

John Wilson maga elé meredve ült a nappaliban és még mindig a kezében tartotta a telefonkagylót. Erre a fordulatra aztán végképp nem számított! Hogy David képes legyen ilyenre, hogy elsikkassza a vállalat pénzét, majd hogy elterelje erről a figyelmet, felrobbantja az egyik raktárépületet és majdnem megölje a feleségét! Ezt aztán végképp nem gondolta volna! Teljesen elvette az a lány az eszét, semmi kétség. Begolyózott.

Nem, ő erről semmit nem akar tudni, ki akar maradni az egészből. Hogy volt erre képes? Hogy árulhatta el így őket? Vége, mindennek vége, az üzletnek, a cégnek, a jó hírének. Itt a legfőbb ideje, hogy kiszálljon mindenből. Képtelen lenne végignézni, ahogy minden kártyavárként omlik össze. Az egész életének a munkája. És még képes volt megvádolni őket! Hogy merészelte őket gyanúsítani? Nem, teljesen elvesztette az

221

eszét, ez már biztos. Pontosan ezt is fogja mondani a rendőröknek. Tőle ne számítson már semmire! Számára abban a pillanatban elveszett, amikor nyíltan ellenük fordult.

Az viszont nagy kérdés, hogy fogja ezt tudni beadagolni Elizabethnek?

•

Kimberly képtelen volt bárkit is utolérni telefonon ezen a forró vasárnapi napon. Ki is ücsörögne otthon vagy a mobilja társaságában és nem inkább egy medenceparton, pálmafák alatt, koktélt kortyolgatva, elfelejtve a világ baját? Pedig sürgősen tennie kéne valamit! Miért nem veszi fel Tommy sem a készülékét és miért van Tom is kikapcsolva! Ilyen nincs, ez nem lehet! Talán Dylan. Hiszen ő ügyvéd és az ügyvédek soha nem pihennek! Igen, ez az, kicsöng!

- Kérem, itt Kimberly Beckett... izé Wilson, David felesége. Ügyvéd úr, ön az? Sürgősen szükségünk van önre! Davidet letartóztatták! – hadarta a telefonba egy szuszra.

- Hogy mi? – ordított a túloldalon a készülékbe Dylan és kis híján ejtette a kezéből a fakanalat. Épp ebédet főzött. – Azonnal, rohanok, hova menjek? – tépte le magáról a kötényt és már nyúlt is az autókulcsaiért. – Igen, persze, természetesen beviszem önt is.

•

Broxton elégedett mosollyal járkált a kihallgató szobában elhelyezett asztal körül és élvezte, ahogy gyötörheti áldozatát. Imádta ezt a pillanatot, ahogy az áldozat lassan felmorzsolódik a kérdései hatására, megérezve tette súlyát a vállán. Semmi kétség, mégiscsak neki volt igaza! Tudta nagyon jól, hogy nem hagyják cserben a megérzései és ez most is így lett. Csak a bizonyítékra várt, ami előkerült: megtalálták David íróasztalfiókjában a meghívót a G raktárépületbe. Igen, ő volt az, aki odarendelte a feleségét, hogy aztán előadhassa a mártírt. Rá így senki nem gyanakodott. Kitűnő húzás volt a részéről és majdnem be is jött, az ő eszén azonban nem járt túl. De a sikkasztásnál nem volt elég körültekintő és hagyott maga után egy nyomot. Milliós Kajmán-szigeteki bankszámla!

222

- Nos, hadd gratuláljak, remekül keverte a lapokat. Elismerésem. Majdnem engem is átvert! – csapott elé az asztalra és egyenesen a férfi szemébe nézett. A megbánásnak azonban a legkisebb jelét sem fedezte meg a tekintetében. Kemény dió lesz, az biztos. De ő megtöri, ha törik, ha szakad!

- Még egyszer mondom, nem követtem el semmit! Nagy hibát követ el! Értse meg, eközben Kimberly teljesen védtelen és kiszolgáltatott! – ismételte meg újra és újra ugyanezeket a mondatokat.

Broxton látta, hogy taktikát kell váltson. Talán egy szembesítés az ő jelenlétében. Talán ez lenne a legjobb sokkterápia.

- Majd meglátjuk! – vicsorított rá és intett, hogy engedjék ki a szobából.

•

Kimberly lassan egy órája ült a váróteremben és hagyta, hogy Dylan intézze az ilyenkor szokásos eljárást. Biztos volt abban, hogy valami nem stimmel az ügyben és rá akart jönni, hogy mi az. David erre nem lenne képes! Soha nem bántaná, hiszen számtalan lehetősége lett volna rá és nem tette! Különben is ismeri annyira, hogy nem ilyen eszközökhöz folyamodna. Méghogy megmérgezné? Nem, ezek a trükkök nem jellemzőek rá, a nyers erőszak sokkal inkább. Nem, David nem pazarolná az idejét ilyesfajta kombinálásokra, hogy levelet írjon és rádöntsön egy épületet. Nem, tudja, érzi, hogy ő nem tehette!

- Kérem, asszonyom, velem jönne? – lépett mellé Broxton és a folyosó felé mutatott. Látva a lány húzódozását, még egyszer hozzátette: – Kérem.

Kimberly erre méltóztatott felállni és követni a megadott irányba.

- Hova visz? – kérdezte meg nyíltan.

- Szembesítésre! – jött a válasz, amit Kimberly egyáltalán nem értett. Mit jelent az, hogy szembe sértés? Az meg milyen újfajta orvosi eljárás?

•

Dylan megadóan hajtotta le a fejét. Ő részéről tényleg mindent megpróbált, de a tények, a bizonyítékok nem segítenek. David nem kerülhet szabadlábra, nincs akkora óvadékösszeg, hogy ezt megléphessék.

Szegény barátja tényleg nagyon úgy fest, hogy nagy zűrbe keveredett. Méghogy meg akarta ölni a feleségét? Hiszen ez teljes képtelenségnek tűnik! Nem, itt valami nagyon, de nagyon nem stimmel! Már mióta ismeri Davidet és az ilyesmi nem vall rá. Jó, tényleg forrófejű, és képes lenne hirtelen felindulásból megfojtani vagy agyoncsapni valakit, na de egy robbantás a saját gyárában? Ott, amire annyira büszke volt, hogy végre csak az övé lehet és teljesen egyedül irányíthatja, apja beleszólása nélkül? Nem, itt valamit nagyon elbaltáztak. És ez a kedves kis asszonyka, ő sem hiszi el az egészet! Mi a csoda kell ezeknek a rendőröknek még ahhoz, hogy elhiggyék, David ártatlan!

•

- Kimberly, jól vagy? Minden rendben? – pattant volna fel David, ha nem nyomják ketten is vissza a székbe.

- Igen, köszönöm, miattam ne nyugtalankodj. Elhoztam Dylant, mindjárt intézkedik – ült le a férfival szemben és megpróbálta kikapcsolni a zavaró tényezőket: a halom rendőrt, akik őket figyelték, az üvegfalas szobát, amelyről tudta, hogy a túloldalán további emberek figyelik és biztosan felvételeket is készítenek. Igyekezett nyugodt maradni, ami egyáltalán nem bizonyult könnyű feladatnak.

- David, tudom, hogy nem te voltál – jelentette ki határozottan és David keze felé nyújtotta a kezét. - Biztos vagyok benne, hogy hamarosan mindenki belátja, hogy nincs közöd ehhez az egészhez – szorította meg a férfi meleg kezét. Fogalma sem volt arról, hogy mindez milyen sokat jelentett David számára. Kimberly hisz neki és már más nem is számít. Most már nyugodtan megvárja azt is, hogy mindez ténylegesen is kiderüljön, akármeddig tart is.

- És a sikkasztás? – tette fel a kérdést mindkettőjüknek Broxton. Arról sincs fogalmuk? Kiderült, hogy a könyvelést alaposan kozmetikázták az elmúlt fél év során, több milliótól szabadítva meg az adóhatóságot.

- Hogy mondta kérem, fél éve? – kérdezett vissza az éber Kimberly. - De hát akkor még David sehol sem volt! – lepődött meg. – Mit mondott, könyvelés? – jutott eszébe valami.

Igen, természetesen – nyugtalankodott Broxton és értetlenül nézett a lányra. Mi a fenét akar mindezzel elérni?

- Kimberly, mi jutott az eszedbe? – kérdezte meg David nyíltan. Meglátta, hogy Kimberly szeme felcsillan, ami akkor szokott történni, ha valami ötlete támad.

- Utánanézek valakinek. Eszembe jutott valami. Ne aggódj, viszek magammal erősítést – tolta hátra a széket és köszönés nélkül libbent ki az ajtón. Legfőbb ideje, hogy ő tegyen pontot az ügy végére! Ha már a rendőrség ilyen tehetetlen!

•

- Ő meg mit keres itt? – szólalt meg köszönés helyett Kimberly és Will felé bökött az ujjával, majd csípőre tett kézzel nézett Tommyra. Épp elég ideges volt az akció miatt és az is kellőképpen felkavarta, hogy visszajöttek arra a környékre, ahol élt és ahova végül is annyi élménye kötötte. Ahol a gyerekkorát töltötte. De ez, ez már közel sok volt.

– Nem mondom, hogy benned túlságosan megbízom, de tudom, hogy David legjobb barátja vagy és érte megteszed. Na de Will? Ha jól emlékszem elég csúnyán összevesztek és nem tudok olyanról, hogy kibékültek volna? – szegezte neki harciasan a kérdést Tommynak. Arról nem is beszélve, hogy megsértette őt nem is egyszer – de talán ezt inkább hagyják is. Nem valószínű, hogy bárki tud róla! Mereven bámulta Willt, aki viszont a megbánás legkisebb jelét sem mutatta. Legalább bocsánatot kérne az áruházi viselkedéséért! – bosszankodott, szúrós tekintettel válaszolva arra, hogy Will végre méltóztatott ránézni.

Tommy közben határozottan hátrahőkölt a hangnem hallatán és meglepetten nézett fel Kimberlyre. Ez a nő aztán tényleg nem semmi! Ott áll a maga kis törékeny alakjával és így képes lehordani bárkit is. David, te aztán jól beválasztottál!

- Nyugalom, mindenki maradjon nyugodt és próbáljon a feladatra koncentrálni. Will azért van itt, hogy Davidnek segítsen és talán mindez hozzájárulhat ahhoz, hogy elinduljanak a békülés útján.

Bízhatunk benne? – kérdezte meg Dylan is és megnyugtatta az a tény, hogy mind Tom, mind Tommy is egyetértően bólint.

- Ő hozta a furgont és a felszerelést is – tette hozzá Tommy. És állt elő az akciótervvel is.

Nos, akkor egyes kommandós egység kész? – mondta katonásan Tom és Tommyra nézett. A férfi felhúzta a sí maszkot az arcán és egy oké jelzést mutatott. – Kettes? – nézett a másik irányba, ahol Will ugyanígy tett. – Hátvédek? – fordult Dylan felé és ő maga is megnézte a felszerelését.

- Egyeztessük az időt. Nálam huszonhárom óra kettő van. Kérem a sofőrt, hogy guruljon előbbre és ott várakozzon – adta ki az utasítást Kimberlynek. A lány karja libabőrös lett erre a kérésre, de igyekezett nyugodt maradni. Mindig is sejtette, hogy egyszer még vissza fog ütni, hogy egyáltalán nem tud vezetni. Tényleg ideje lett volna megtanulni! De ezt most jobb, ha nem köti a többiek orrára, talán nem is akkora baj ez. Hiszen majd átadja a kormányt! Jobb, ha meghagyja őket abban a tudatban, hogy minden a legnagyobb rendben – azzal egy oké jelzést küldött ő is a többiek felé. Ilyen izgalmas dolog még soha nem történt vele és nem akarja kihagyni egy ilyen apróság miatt!

- Akkor indulás! – rontott ki a négy férfi az autóból és már el is tűnt a szegénynegyed lakótömbjei között.

•

Cecile csábos pillantást vetett a dekoltázsába bámuló köpcös vénemberre és nem mutatta, hogy közben megfordult a gyomra. Látszólag az ifjú zseninek kikiáltott sznob festő képkiállításának egyik borzalmasra sikeredett alkotását nézegette, de szinte alig látta az egymásba folyó vonalakat és színeket. A köpcös felbátorodva lépett a nő mellé és mohón kapva a keze után bemutatkozott. Cecile leereszkedően nézett le az alacsony figurára és azonnal megállapította, hogy a fején található hajhoz nem sok köze van. Gyorsan magába döntötte a pohara tartalmát. Szinte már látta maga előtt, ahogy a vénember – valami olajvállalat milliárdos tulajdonosa végigtapogatja és összenyálazza, majd közönséges módon dicsekszik, hogy mekkora vagyona van és milyen ékszerekkel halmozhatja el őt. Cecile átbámult a tömegen és tekintete megakadt az egyik pincéren. Csak nem Antoniot látta? – kapta oda a tekintetét, majd csalódottan állapította meg, hogy nem ő volt. Az utóbbi

226

napokban mindenhol őt véli látni, tekintetével őt keresi. Pedig nincs itt, nagyon jól tudja! Kinn van valamelyik tengeren, ki tudja hol és igyekszik őt minél gyorsabban elfelejteni. Ó, Antonio! – érezte meg valaki forró leheletét a nyakán és villámgyorsan hátraperdült. Mögötte egy újabb potenciális párnapos kaland méregette kíváncsian, zavartan igazgatva szemüvegét. - Nem! Nem és nem! Ő ezt nem akarja! Ő ezt itt nem bírja tovább! – esett kétségbe és kiszáguldott a teremből. A bejárati ajtóban lerúgta vagyont érő topánkáját. Megfullad! – rohant végig mezítláb az utcán, nem törődve a csodálkozó tekintetekkel.

·

- Gyorsan, az ajtót! – kiáltotta az egyik álarcos bandita és már lökte is befelé az összekötözött csomagot a kisfurgon belsejébe és utána ugrott.
- Gyorsan, taposs a gázba! – sürgette a másik hang és Kimberly kétségbeesetten próbálta beindítani a motort.
- Fiúk, ez most nem fog menni, túl ideges vagyok! – mentette ki magát és átsiklott a másik oldalra, hagyva, hogy Tommy átmásszon alatta.
- Sikerült? – fordult hátra a másik két férfi felé és örömmel nyugtázta, hogy mind Tom, mind Dylan vigyorognak.
- Szerintem bebrunyált, úgy megijedt! – nevette el magát Tommy és erős fékcsikorgások közepette lőtt ki az elhagyatott parkolóból.
- Igazán nem értem, hogy ha ennyi suskája van valakinek, akkor miért ezen a borzalmas környéken lakik? – mutatott közbe Will és értetlenül csóválta a fejét. – Itt képtelenség élni! – tette hozzá.
Kimberly magában elismerte, hogy ő is nehezen bírta itt ki. De érdekes módon az emlékek olyan távolinak tűntek, mintha egy másik életében történt volna mindez. Pedig három hónapja még ő is itt lakott!

·

- Kérem, könyörgöm, engedjenek el! Rengeteg pénzem van és mind odaadom csak hagyják meg az életemet! – szűkölt a gúzsba kötözött személy a furgon platóján egész úton és tehetetlenül vergődött. Kimberly undorral nézett rá és szíve szerint odaköpött volna. Micsoda féreg!

- Tényleg, megkérdezhetem, hogy jutott mindez az eszedbe? Vagyis az eszébe? – kapott észhez Tom, hogy letegezte Kimberlyt.

- Nyugodtan tegezhet...sz, mindezek után – fordult hátra a lány és elmosolyodott. – Tulajdonképpen a könyvelés szóról jutott eszembe. A nyomozó azt mondta, hogy a sikkasztás fél éve kezdődött. Aztán eszembe jutott, hogy Michael bár eléggé szánalmas egy alak, de pokolian jó könyvelő és pont fél éve nevezték ki főkönyvelőnek. David meg kirúgta, mihelyt idekerült. Tiszta ügy!

- És a robbantás? Az hogyan?

- Jaj, fiúk, körülnéztetek azon a környéken? Ott pénzért bárki bármire hajlandó, legyen az akár egy házilag összeeszkábált szerkezet. Na hozzuk ki Davidet!

•

Broxton nyomozó megsemmisülten hallgatta Michael Folie töredelmes vallomását és még életében nem szégyellte magát ennyire. A beismerésnek köszönhetően eltekintett attól a ténytől, hogy a gazfickó kézre kerítése nem éppen a szokásos módon zajlott. Sőt, kissé átlépték a hatáskörüket: még hogy rajtaütésszerűen kirángatni a lakásából? De eredményes volt és az számít most már. Az eredmény a lényeg.

Broxtonnak be kellett ismernie, hogy ennyire még nem fogott mellé egyetlen ügyével kapcsolatban sem, mint ezzel. Két téves gyanúsított, ráadásul az egyik személye meglehetősen kényes. És a tetejébe még nem is ő oldotta meg az ügyet, hanem egy fiatal csitri, aki még nincs is húsz! Nem, nem tudja elviselni ezt a megaláztatást, azt már nem. Hogy nézzen most a nagyfőnöke szemébe? Hogy kezdjen majd így el egy másik ügyet? Ekkora kudarcot! – zuhant teljesen magába.

- Nyomozó – szólította meg David Wilson és Broxton elképedve látta, hogy David a kezét nyújtja felé. – Nincs harag! Köszönettel tartozom önnek azért, hogy a tévedésének köszönhetően megtudtam, hogy ki az, akire számíthatok. – Azért ne adja fel, kitűnő rendőr! – verte hátba és csatlakozva haverjaihoz a kijárat felé vette az irányt.

- Hol van Kimberly? – nézett körül, mire a barátai megnyugtatták:

- Az autóban alszik a hátsó ülésen. Teljesen kimerült a mi hősnőnk!

XXIX.

John nyugtalanul törölgette a homlokát és egyáltalán nem érezte jól magát. Nagyokat kortyolt az ágya mellett elhelyezett pohár vízből, majd töltött még eggyel a kancsóból. Utálta, ha így kellett felébrednie, egy telefonra, ennyire hírtelen. Tiszta szerencse, hogy tegnap már nem volt lelki ereje beszélni a feleségével! Már csak az hiányzott volna neki! Szóval David ártatlan... hmm... jól melléfogott. Na mindegy, már nincs jelentősége az ügynek és Elizabeth is majd amikor egyszer megtudja, hogy mi is történt, akkor már úgy fogja tudni, hogy hát igen, egy ideig David is volt gyanúsított. De hogy foghattak azok a szerencsétlenek ennyire mellé? – csattant fel hírtelen. Azok a semmirekellők, ennyi barmot egy rakáson! De majd ő ma bemegy és megmondja nekik a magáét. Így meghurcolni az ő nevüket! Megkapják még ezt, de meg ám! Igen, gyorsan ki kell derítenie, hogy mindebből kitudódott-e már valami? Hol van egy számítógép, azonnal látni akarja a tőzsdei árfolyamokat. Az ázsiai piac még nyitva van!

•

Antonio Mendez kedvenc helyén, az anyahajó hátsó fedélzetén ácsorgott a korlát mellett és a fodrozódó vizet bámulta. Szeretett ide jönni, mert itt egyedül lehetett. A hatalmas hajón itt nem érezte egyedül a bezártságot. Tetszett neki a szigorú fegyelem és a kemény és sok munka, amely segítette abban, hogy minél kevesebbet gondoljon az otthoniakra. A családjára. A nőre. De még így sem volt könnyű, hiszen ott voltak az éjszakák. Cecile emléke folyton elkísérte. Ó, mikorra lesz képes kiűznie a fejéből? Képes lesz-e egyáltalán erre? – nyúlt a kabátja zsebébe és előszedett egy újságból kivágott aprócska képet. Ránézett, majd szinte azonnal el is tette. Nem gyötörheti itt folyton magát! – lépett vissza a hajó belsejébe. Úgyis lejárt az ebédidő, vissza kell mennie a műhelybe. Holnap reggelre működőképes állapotba kell hoznia a kapitány zuhanykabinját, különben megnézheti magát! – tért vissza a csavarkulcsai közé.

230

●

David idegesen töltötte ki a teát a kannából és meg kellett fognia a másik kezével is, hogy eltalálja a csészét. Ennyire nem lehet nyugtalan! – szidta meg önmagát és lerogyott a székre. Miért fél ettől a beszélgetéstől annyira? Pedig egyáltalán nem bonyolult! Csak meg kéne mondania Kimberlynek, hogy maradjon és kész. Ennyi! – nézett rá a szemközt ülő lányra. Kimberly lehajtott fejjel bökdöste az előtte lévő tányéron az aprócska pirítóscafatot, láthatóan nem túl nagy lelkesedéssel.

Kimberly, beszélnünk kell! – szólalt meg David és reménykedett abban, hogy a lány ránéz. Csalódnia kellett. Bele kell vágjon! Gyerünk David, nem olyan nehéz, csak egyetlen szó.

- Kimberly, én... én örülnék neki, ha... - jutott el idáig a mondandójában, amikor megcsörrent a mobilja. David felnyögött. Bárki is legyen az, halállal lakol, amiért pont most zavarja! – állt fel az asztaltól és felvette a készüléket.

- Mr. Wilson? Itt Broxton nyomozó! – szólt bele hadarva a telefonba a férfi. David az égre emelte a tekintetét, de nem tett semmilyen megjegyzést. Inkább nem. Még a végén lecsukják a hatóság megsértése miatt! Éppen elég szörnyű állapotban volt és nem akart ezen rontani.

- Igen? – eresztett meg egy nem túl érdeklődő igent. Egyáltalán nem volt arra kíváncsi, hogy már megint mi a fene baja van. Hagyja őket békén, az lesz a legjobb! Ma végképp! Most pláne!

- Lenne itt egy nagyon fontos dolog. Csak tegnap a nagy kavarodásban már nem volt alkalmam mondani. Szóval... kiderült, hogy a két ügy különálló! Ez a robbantás ön ellen irányult, a mérgezés viszont egyértelműen a felesége ellen. Vagyis szeretném figyelmeztetni, hogy Mrs. Wilson nincs biztonságban! – mondta el egy szuszra.

- Hogyan kérem? – kérdezett vissza David és közben átsétált a hálószobájába. Jobb, ha ezt Kimberly nem hallja. Lezökkent az ágyra. Már kezdte nagyon is érdekelni a dolog.

- Azt akarja mondani, hogy még egy gazfickó kinn szaladgál a szabadban és fogalmuk sincsen, ki az? – szegezte neki egyértelműen a kérdést. Broxton csöndbe burkolódzott, majd csak kinyögte:

- Hát... igen.

- Ezt nem hiszem el! – csattant fel David és felpattant az ágyról. – És a nyomok? A helyszínelés? A nyomozás? Nem képzeli, hogy elhiszem, hogy nem jutottak semmire? Elvárják, hogy ezt az ügyet is mi oldjuk meg? – ordított David egyenesen a telefonba. Broxton érezte, hogy összehúzza magát.

- Én csak annyit szeretnék kérni, hogy újra gondolják végig, ki árthatna neki. Mert ez figyelmeztetés volt. És helyezze biztonságba!

David feldúltan vágtatott ki a szobájából és már el is felejtette, épp mit akart mondani a lánynak. Megállt az asztalnál és határozottan kijelentette:

- Kimberly, pakolj, azonnal el kell menned!

•

- Mendez közlegény, a fedélzetre! – hallotta meg Antonio a váratlan utasítást és meglepetten húzta ki a fejét az egyik szórófej alól. Még soha nem hivatták, pláne nem a fedélzetre! Hiszen ott akárki csak úgy nem mászkálhat, csak külön engedéllyel! Ez akkor meg mi? – képedt el és némi ijedelemmel a torkában követte a tisztet a fedélzetre. Lehet, hogy csak ennyi volt és vége a munkájának? – kezdett el aggódni. Csak nem küldik máris haza?

•

- Azonnal menned kell – visszhangzott Kimberly agyában ez a mondat végig a hazaúton. Jóval azután is, hogy David megmondta neki. Mint egy zord ítélet, ami teljesen visszavonhatatlan. Igen, David most mondta, hogy lejárt az ideje. Egy perccel sem várhat többet! – párásodtak be a szemei. Mindennek vége. Teljesen egyedül marad és fogalma sincs, mihez kezd majd. Életében nem érezte magát ennyire elhagyatottnak.

De miért nem szól hozzá? Miért nem stimmel itt valami és miért nem mondja meg neki? Miért ilyen feszült és miért kerüli a pillantását? Miért nem tudhatja meg ő is? Miért? Miért?

Kimberly, fejezd be a töprengést! – szorította a kezét a fejéhez. Mindig is ez volt a baja, hogy meg akarta tudni a dolgok mikéntjét. Most miért nem éri be pusztán annyival, hogy el kell menned? Hiszen te kérted ezt tőle!

•

Cecile nyugtalanul ficánkolt a borzalmasan zajos gépmadárban és idegesen igazgatta a fülvédőjét, mely a jelek szerint nem sokat segített. Már órák óta repültek a tenger felett és bárhova is néz, sehol nem lát semmi életjelet – forgatta fejét az aprócska ablakok irányába. Itt még beszélgetni sem lehet, nem mintha szóba akarna állni bármelyik marcona férfival, akik itt szemben ülnek vele. Hiába a katonai egyenruha, amely mindig is a gyengéje volt, ezek a férfiak ilyen zord tekintettel egyáltalán nem vonzóak a számára. Sőt, sokkal inkább rémisztőek! - Cecile, te mi a fenét csinálsz itt? – tette fel magának a kérdést az elmúlt napban nem egyszer. Hogy gondolhattad mindezt komolyan? – jutott eszébe az az őrült pillanata, amikor felhívta a hadügyminisztériumban dolgozó befolyásos barátját és előadta, hogy azonnal derítsék ki, melyik hajón szolgál Antonio Mendez. Idáig még nem is lett volna olyan nagy gond, de hogy jutott az a képtelenség az eszébe, hogy ő is idejöjjön? Miért nem lett volna elég felhívnia vagy egyszerűen csak írnia neki?

- Készüljenek fel a leszálláshoz – hallotta meg a pilóta utasítását és gyorsabban kezdett verni a szíve. Igen, hamarosan láthatom! – járta át a bizsergés, amitől egyből rájött: neki tényleg ide kellett jönnie. Húzott egyet a biztonsági övön és csendben szitkozódott azon, hogy közben az egyik körme beszakadt. Még jó, hogy kiváló úszónak számít, ha ez egyáltalán jelent valamit a tengeren. Ha esetleg belepottyanna. Jaj, nem vagyok normális! – sikított egyet, amikor a helikopter erősen bedőlt az egyik irányba. Le fogunk zuhanni! – szorította össze a szemeit és görcsösen markolta meg a feje mellett található kapaszkodót.

•

David szótlanul vette ki az óriásbőröndöt a szekrényből és az ágyra tette. Nem bírt a szobában maradni, inkább kimenekült a fürdőbe, hogy ott nézzen körül, mi nem az övé. David, miért nem mondasz el neki semmit? Hiszen joga van tudni róla! Tényleg! Biztos, hogy jó megoldás azért óvni az igazságtól, mert így is elég baja van? És hova akarod elrejteni? És meddig? Hogy lesz később? – bámult maga elé, majd felnyúlt a tükör előtti kis polcra.

- Csudába! – kapott a levert fogkrémes tubus után, amely nekipattant a mosdótál szélének, majd a földön landolt. David felemelte a tubust és megtapogatta a rajta keletkezett horpadást. – Na még ez is! – húzta el a kezét és meglátta rajta a fogkrémet. – Micsoda egy vacak hogy ennyitől kiszakad – mosta le a fehér habot az ujjairól és megdöbbenve látta, hogy a fehér hab halványbarna csíkot ereszt magából. – Mi ez? – bámulta a csíkot, majd kitekerte a tubust és beleszagolt. Mentolos és... barna? – nyomott ki egy adagot a mosdótálba. Várjunk csak... - nyúlt felé, majd visszahúzta a kezét. – Mit is mondott a nyomozó, hogy felszívódó méreg? És ha ez... - emelte le a lány fogkeféjét a poharából és a tubussal együtt bevágta egy zacskóba, majd feltépte az ajtót.

- Állj, hagyd abba a pakolást és ne mozdulj innen, amíg vissza nem jövök érted! – szólt oda a lánynak mindössze ennyit és a telefonja után nyúlt. Már lefelé vágtatott a lépcsőn, amikor a nyomozó megszólalt a vonal túlsó végén.

- Itt David Wilson. Találtam egy gyanús dolgot. Izé, fogkrémet. Azt megnézték? Kérhetek egy vegyelemzést vagy mit? És ide tudna küldeni valakit érte? – ért a konyha mellé. Fogalma sem volt arról, hogy a szavait kristálytisztán más is hallotta.

•

Antonio kíváncsian figyelte a közeledő óriás gépmadár mozgását és semmi szokatlant nem látott rajta. Látszólag a szerkezet tökéletesen működött, persze ez nem zárta ki azt, hogy valami elromolhatott odabenn. De akkor sem értette, hogy mit keres ő itt, hiszen nem is ért a repülő micsodák szereléséhez? Ő vízvezeték szerelő és semmi több. Persze nagyon is érdeklik ezek a madarak és szívesen beléjük nézne, de ennyire

234

nem akar előre rohanni. Alig van itt egy hete, nem akar egyből váltani. Vagy lehet, hogy így alakul és segítenie kell? – járta át az izgalom. Követte a mellette várakozó férfit, aki intett neki, hogy jöjjön a géphez. Antonio fél szemmel látta, ahogy a helikopterből egyesével ugrálnak ki a katonák, de figyelmét sokkal inkább a rakomány kötötte le. Á, szóval ezért kellett ide, megjöttek a kért alkatrészek is az új vízelosztóba. Pompás! – rántotta le a hatalmas ládát játszi könnyedséggel, mintha csak egy pihéről lenne szó. Letette a földre és kíváncsian nézett bele a gépbe. Vajon még mi mindent rejt a rakomány? – nézett a kipakolt holmikra és megakadt a tekintete az egyik kiszálló utason. Terepszínű egyenruha és bakancs ide vagy oda, a fejvédő sisakot akkor is olyan eleganciával viselte, mintha egy hatalmas kalap lenne és épp egy hercegi esküvőn venne részt. Nem, az nem létezik, biztosan csak káprázik a szeme. Mi a fenét keresne itt Cecile ezen az olajos, isten háta mögötti helyen a semmi közepén?

·

Kimberly értetlenül bámult a sebesen távozó férfi után és vállat vonva ült le az ágyra. Neki aztán édes mindegy, hogy mikor megy el, egy-két órán már igazán nem múlik – emelte magához az ágyon heverő családi fotóalbumot. Nem baj, most legalább lesz rá alkalma – és főként ideje – hogy elvigye valahova, ahol el tudják olvasni a képfeliratokat. A családja történeteit. Igen… hmm… talán nem is lenne akkora butaság, ha megkeresné a rokonait! Igen! Hiszen itt élnek ők is valahol. Vagy esetleg elmenne a gyökereihez. Japánba. Hahó, Kimberly, ébresztő, miből? És egyáltalán hogy lesz? Hiszen még azt sem tudja, hogy ma éjjel hol fog aludni, nemhogy ilyen messzire tervezzen? – bámult maga elé. Észre sem vette, hogy közben kinyílt az ajtó és valaki a szobába lépett.

·

Cecile bizonytalanul lépett kettőt a kissé ingatag felszínen és nem tudta eldönteni, hogy itt van-e nagyobb biztonságban, vagy előbb a helikopteren volt. Aggódó tekintettel nézett körül az óriási felszínen és résnyire húzta össze a szemeit a hirtelen feltámadó szél miatt. Hát itt van, szóval ez az – fordult meg és észrevette, hogy egy fekete szempár mereven nézi. Kezét a szeme elé tette, hogy a pont abból az irányból vakító napfényben arra nézzen. Bár tudta, hogy mindez felesleges, hiszen megérezte, hogy ki lehet ott. Nem véletlen, hogy elkezdett remegni a lába. Antonio úgy állt ott, mint aki gyökeret vert és a meglepetés ereje teljesen bénítóan hatott rá. Nem, ez biztosan csak káprázat, ez nem lehetséges – bámult abba az irányba, ahol a nőt vélte látni. Cecile addigra bizonytalan léptekkel elindult felé. Antonio végre újra tudta irányítani a mozdulatait. Szélesre tárt karokkal sietett a nő elé, majd felemelve magához ölelte.

- Cecile, tényleg te vagy az és nemcsak álmodom ezt az egészet? – duruzsolta a hajába és úgy ölelte magához, mint aki soha nem akarja elengedni.

- Én már nem bírtam tovább nélküled... – rebegte Cecile, de többet nem tudott mondani. Antonio ajkai elnémították.

•

- Most nem menekülsz! Meglakolsz mindenért! – rikácsolta egy hang, amire Kimberly felriadt. Megdöbbenten bámult rá Marthára, a szobalányra, aki a kezében egy nem akármekkora kést tartott. Egyenesen feléje jött.

- Te? – nyögött csak ki ennyit Kimberly és elsápadt. – Nem értem... - csúszott hátrébb az ágyon és lebénultan figyelte, ahogy a vérben forgó szemű nő egyre közelebb ér hozzá.

- Ne játszd nekem itt az ártatlant, engem nem csapsz úgy be, mint a férjedet! – sziszegte a fogai között vészjóslóan és Kimberly felé döfte a kést. A lány sikoltva gurult hátra az ágyon és leesett a túloldalon.

- De... - próbált volna beszédbe elegyedni, de rá kellett döbbenjen, hogy teljesen felesleges. Marthat mintha az ördög szállta volna meg.

- Nem engedem, hogy elvegyed tőlem! Őt nem! Ő csak az enyém! – ugrott Kimberly után az ágyra, hogy a túloldalon utolérje. Közben kiesett a kés a kezéből. Kimberly eközben az ágy alatt átkúszott a másik oldalra. Ki kell jutnia innen! El kell hagynia a szobát! Segítséget kell hívnia!

- David! – kiáltott egyet Kimberly, abban a reményben, hogy a férfi meghallja.

236

- Nem, dehogy. Manuel! – felelte erre Martha és a lány után vetette magát. Elkapta a lábát. Kimberly erre felsikított, majd rugdalódzni kezdett. Nem, ez nem lehet igaz, ez a nő teljesen megőrült! Hát mi köze lenne neki Manuelhez? – próbálta kétségbeesetten kiszabadítani a lábát, sikerrel.

Az ajtó felé szaladt, majd feltépte. Martha azonban fürge volt és túl is szaladt rajta. Akkora lendülettel érkezett, hogy a lejárati folyosó irányába lépett, így Kimberly előtt nem maradt más menekülési út, csak a másik, zárt folyosórész. Kihasználva a meglepettség erejét, hogy nem próbál meg kitörni a lépcső irányába, bemenekült a piros szobába és bevágta az ajtót. Gyorsan, el kell torlaszolja valamivel – rántotta elé a kisasztalt és a két széket rátette. Most hogyan tovább? – nézett az ablak irányába. Ez az egyetlen lehetőség! – tépte fel az ablakszárnyakat. Hátha meglát valakit az udvaron és segítségért tud kiáltani, vagy kimászni! Ha kell, leugrik innen, mit bánja ő – nézett az ablak alá. A terasz kőfelszíne azonban minden volt, csak nem hívogató. Kétségbeesetten fordított hátat az ablaknak, amint meghallotta, hogy az ajtót lökdösni kezdik kintről. Most mit tegyen? Egy fél perc és itt lesz? – kezdett el nagyon remegni a lába.

•

David egy emelettel alattuk teljes nyugalommal figyelte, ahogy egy rendőrautó fékez le a házuk előtt és kinyitotta a bejárati ajtót. Körülnézett, majd kisietett a kiszálló rendőr elé. Nem Broxton volt az! Bizalmatlanul méregette a férfit, majd amikor megtudta, hogy a csomagért jött, hogy elemzésre vigye, megnyugodva adta át a csomagot.

- Kérem, ujjlenyomatot is vegyenek! De siessenek, mert nem vagyunk biztonságban! – tette még hozzá. Nem vette észre, hogy háta mögött két kutya is irtózatos tempóban száguld befelé az ajtón és az emelet felé veszi az irányt.

•

Martha egy újabb nekifutásnak köszönhetően belökte a hevenyészett barikádot és a szobában termett. Harcias tekintettel nézett körben a szobában, a lány után kutatva.

- Úgy is tudom, hogy itt vagy! – mondta vészjósló hangon és lassú léptekkel indult meg a szekrény felé. – Megvagy! – tépte fel az egyik szárnyat és nem vacakolt, egyenesen beszúrt a ruhák közé. – Semmi? – tolta szét a felakasztott darabokat, majd dühösen tépte le a fogasról. – Ne szórakozz itt velem! – rikácsolta és a másik irányba nézett. – Csak nem voltál olyan ostoba, hogy kiugorj az ablakon? – indult el a lengedező függöny irányába, majd kilesett az ablak alá. – Semmi! – csapott egyet a párkányra és megfordult. – Akkor meg hol lehetsz? – nézett fel a plafon irányába, majd ismét az ajtó felé indult. Mögé bújt volna és ő nem vette észre? – tolta el az ajtót, majd ismét kinyitotta. Két vicsorgó és nyálban úszó ebbel találta magát szemben.

·

- Mi ez az éktelen ugatás bentről? – kapta fel a felét David a csaholásra és megdöbbent. – Csak nem? – fordított hátat a rendőröknek, majd egy szó nélkül bevetette magát a házba és az emelet felé vette az irányt. Nagyon rossz érzések kerítették hatalmába. Kettesével szedte a lépcsőket, nyomában két felfegyverzett rendőrrel.

Megdermedt, amint meglátta a folyosó végén csaholó ebet.

Kórom, álljon félre – tolta el csendben el az egyik rendőr az útból, majd intett a társának, hogy álljon a másik oldalra.

- Állj, rendőrség, fel a kezekkel! – rontottak be a szobába és egy pillanat alatt ártalmatlanná tették a szobalányt.

·

- Kimberly, merre vagy? – kiáltotta David kétségbeesetten és kis híján nekiesett a megbilincselt lánynak, hogy mit művelt vele.

- Itt vagyok David, a szomszédban! Mariannál – hallotta meg a lány hangját.

238

- Jól vagy? Nem bántott? – futott ki David a folyosóra és rángatni kezdte a kilincset, hogy bejusson Mariann szobájába. – De ez zárva van, hogy mentél oda?

- A titkos átjárón – nyögte ki Kimberly.

- Miről beszélsz? Milyen titkos izé? – lepődött meg David. Már megint mi az, amiről ő nem tud? Hogy ebben a házban lenne ilyen is? És ő erről miért nem hallott még?

- Ugye elkaptátok? Ugye már nincs ott? – kérdezte kétségbeesetten Kimberly. Addig bizony nem mondd semmit, amíg ezt nem tudja!

- Igen, most teszik be a rendőrautóba – hadarta David. - Elárulnád végre, hogy jutok be hozzád!

•

- Nos, akkor itt kérném aláírni a vallomását. Igen, nagyszerű, remek – mondta Broxton nyomozó és elégedetten csúsztatta be a papírokat a fiókjába. Még talán soha nem örült ennyire annak, hogy egy ügye lezárult. Mit bánta már azt, hogy elviekben nem sok köze volt ennek a megoldásához sem, ez most már egyáltalán nem számít. A lényeg, hogy a rendőrök, akiket ő küldött, pont a legjobb időben érkeztek és lekapcsolták a közveszélyes nőt. A jelentésekben pedig ez a rész fog szerepelni – vigyorgott rá a fáradt arcú Kimberlyre. – Nos, kedvesem, végre megnyugodhat. Már semmilyen veszély nem leselkedik önre, így nyugodtan élheti az életét – állt fel Broxton és a kezét nyújtotta.

- Viszontlátásra! – habogta Kimberly és elfogadta a felkínált kezet.

- Hohó, nem úgy van az kérem. Bár nem akarom megsérteni, de jobban örülnék neki, ha többet nem találkoznánk! – nevette el magát Broxton és a kijárati ajtó felé tolta a nyúzott lányt. Legfőbb ideje, hogy nekilásson a papírmunkának!

•

Kimberly kitámolygott az ajtón és tekintetével Davidet kereste. A férfi a bejelentő pultra könyökölve támaszkodott és egy rendőrrel beszélgetett. A lány abba az irányba vonszolta magát. Még mindig nem tudta elhinni, hogy mindez tényleg megtörtént vele! Hogy egy esze ment, féltékeny nő képes volt rárontani és az életére törni! Ki se nézte volna mindezt a csendes, észrevétlen Marthából. De még mindig nem érti, hogy gondolhatott olyat, hogy ő és Manuel! Hiszen alig beszélt vele egyáltalán! Biztosan rosszul látott vagy csak képzelődött, egész egyszerűen ilyet kitalálni? – nézett fel bágyadtan Davidre, amint odaért hozzá.

- Gyere, legfőbb ideje, hogy egy nagyot aludj! – közölte vele a férfi és már előre is ment. Kimberly szó nélkül követte.

•

Elizabeth nyugtalanul járkált az előszobában és egyre csak a bejárati ajtót leste. Mióta megtudta, hogy mi zajlott a házban, az ő házában, azóta nem tudott megnyugodni. Hogy lehetett az, hogy egy gyilkossal élt egy fedél alatt annyi ideig? Kitéve ekkora veszélynek? Ez képtelenség! És erről is az a némber tehet! Amióta idejött, azóta történik ez a sok rossz. Biztosan nem alaptalanul rontott rá egy késsel, kellett lennie valami magyarázatnak. De hol van már az ő fiacskája? Hadd szorongassa meg végre, hadd nyugodjon meg, hogy a saját szemével láthatja, nincs semmi baja? Hol maradnak már ennyi ideig? – lesett ki az ablakon. Á! – vidult fel az arca, amint meglátta a bekanyarodó járművet. Megjött! – szaladt az ajtó felé.

- David, kisfiam, minden rendben van? – ugrott a nyakába és szorongatni kezdte a nyakát. Davidet meglepte a heves üdvözlés, anyja mindig is hűvösen viselkedett – próbálta eltolni magától egy kicsit, hogy kapjon némi levegőt. – Én úgy aggódtam! Gyere, mesélj el mindent részletesen, hadd tudjam meg én is! Apád semmit nem volt hajlandó elárulni és biztos vagyok abban, hogy már sokkal korábban is tudott az ügyről – küldött megsemmisítő pillantást az éppen akkor belépő John felé. Visszafordult David felé és sugárzóan mosolygott rá, majd ráfagyott a mosoly az arcára. – Ez meg mit keres még itt? Azt hittem már rég megszabadultál tőle! – bökött az épp akkor belépő Kimberly felé.

•

Manuel Mendez az álmatlanul töltött éjszaka után már korán reggel kiosont a konyhába, hogy valami harapnivaló után nézzen. Képtelen volt elaludni azok után, amit tegnap megtudott. Martha... ki gondolta volna róla, hogy az a lány fülig szerelmes volt belé? Pedig ő mindebből semmit nem vett észre! De hogy ilyenekre legyen képes? Miatta? Bántani szegény és teljesen ártatlan Mrs. Wilsont? Vajon honnan vette azt a képtelenséget, hogy ők ketten? Hiszen ha összesen kétszer beszélgettek, akkor sokat mondott. Na meg a tűzoltás – jutott eszébe. Lehet, hogy az volt a gond? Hiszen ketten voltak csak ott de hát... nem érti akkor sem. Nem érti a nőket. Soha nem is értette és ezek után kétli, hogy egyáltalán meg is akarja őket érteni. Főleg ezeket az amerikai lányokat. Nem, képtelen itt maradni. Itt az ideje, hogy felkerekedjen. Már csak be kell adagolja a szüleinek.

Nem is gondolt arra, hogy anyját már ilyen korán a konyhában találja. Rose szintén egy átvirrasztott éjszaka után volt és karikás szemekkel meredt a fiára. Egyből látta rajta, hogy ő sem sokat aludt. Az ő nagy fia, aki még mindig velük él. Hogy is tudott volna aludni az a szegény pára, mikor most derült ki, hogy egy belé halálosan szerelmes lány ilyet műveljen? Martha... gyilkos szándékokkal... itt élt velük és ők mindezt nem látták, nem tudtak róla! Főleg ő – érzett erős lelkiismeret furdalást. Hiszen ő volt a legtöbbet vele, neki igazán észre kellett volna vennie, hogy valami nem stimmel vele! Nem, ezt nem lesz könnyű megemésztenie, ehhez idő kell, hogy feldolgozza.

- Anya, én már régóta gondolkozom rajta és szerintem most jött el az ideje, hogy elmenjek – kezdett hozzá Manuel a nehéz beszélgetésnek és ránézett az anyjára. Rose szemében könnyek csillogtak.

- Számítottam már rá fiam, régóta... - tudott ennyit kipréselni magából, többet azonban nem. Reszkető kézzel nyúlt a zsebe felé.

- Anya, én szerintem hazamegyek Argentínába és örülnék neki, ha ti is velem jönnétek! Kérlek, gondolkozzatok el ezen!

•

David résnyire nyitott ajtónál kukucskált be Kimberly szobájába, majd látván, hogy a lány alszik, óvatosan csukta vissza az ajtót. Jobb, ha nem kelti fel és hagyja pihenni – indult el lefelé a lépcsőn. Felidézte, ahogy tegnap a lány kimászott a szekrényből, majd megmutatta neki, milyen átjárót rejt a szekrény hátsó fala. Egy ajtót, amely lehet, hogy az életét mentette meg. Bámulatos, hogy mennyi mindenre jött rá ilyen rövid idő alatt, amit itt töltött. Igen, ma beszél vele. Ma megkéri, hogy ne menjen el. Igen, ma elmondja neki! – ért le a nappaliba és meglepődve látta, hogy apja teljes nyugalommal ül az egyik fotelban és az újságot lapozgatja. Hétköznap délelőtt nem az irodájában van!

- Apa! – mondta meglepetten és még gyanakodni is elfelejtett. John lehajtotta az újságját és a fiára emelte a tekintetét.

- David, jól aludtál? – kérdezte udvariasan és rámutatott az egyik szemközti fotelra. A férfi értette a célzást és egyből beletelepedett.

- Igen? – nézett várakozón rá. John látta rajta, hogy teljesen gyanútlan. Vagyis most, ma kell lépnie. Meg kell próbálnia! Csak ügyesen kell hozzálátnia, hogy ne fogjon gyanút.

- Nos, hát arra gondoltam, hogy... hogy lassan visszavonulnék. Fokozatosan – tette még hozzá és várta a fia reakcióját. Davidnek láthatóan leesett az álla!

- Hogy mondtad? – kérdezett vissza önkéntelenül.

- Arra gondoltam, hogy lassan kiterjeszteném a hatókörödet és a felelősségedet – ismételte meg. – Én... tudod elgondolkoztam és... azok, amit történtek rávilágítottak, hogy már nem leszek fiatalabb és ez bármikor velem is megtörténhet – csavarta a mondata fonalát olyan irányba, hogy minél megtörtebbnek tűntesse fel magát. Na azért ezt a fiatalabb-at kihagyhatta volna, hiszen ő még tényleg annak érzi magát!

- Biztos? – ráncolta David a homlokát. – Apa, szerinted kibírnád munka nélkül? – kérdezett rá nyíltan.

- Mondtam, hogy fokozatosan, ne örülj annak, hogy máris átadom az elnöki széket! – csattant fel a kelleténél erősebben John, hozva a szokásos formáját. Davidből egyből eltűnt a kétség: ez valóban az ő apja.

- Vagyis? – kérdezett vissza, várva, hogy megtudja, ez pontosan mivel is fog járni. Több munkával, az biztos. De több lehetőséggel is egyben! – csillant fel a szeme és már látta is maga előtt, hogy ha teljes irányítással fog bírni, mi minden újítást tud majd bevezetni.

- Vagyis arra gondoltam, hogy az új befektetőkkel már neked kéne kezdeni. Délelőtt jönnek.

- Ma? – kérdezett vissza David.

- Igen. Természetesen elkísérlek és én is ott leszek, de te vinnéd az egész ügyet! Ugyan már, tudom hogy mindent tudsz ezzel kapcsolatban és biztos vagyok benne, hogy kitűnő munkát fogsz végezni! – hízelgett egy kicsit a fiának, várva, hogy David ráharapjon. Így is lett. John elégedetten dörzsölte össze a tenyerét, amikor David eltűnt az étkezőben, hogy egyen egy kis reggelit. Teljes a siker! Ő a feladatát megtette! Most pedig Elizabethen a sor, hogy tegye a dolgát!

.

Kimberly teljesen kipihenten szaladt le a lépcsőn és dudorászva indult el a konyha felé. Még mindig itt van! De meddig? – fogta el a kétség, majd elhessegette. Most előbb a reggelire koncentrál. Farkaséhes! – fordult a konyha irányába, nappali egyik foteljában azonban meglátta Elizabethet. Beléfagyott a jókedv. Ó, hogy miért nem tudja elkerülni? Hiszen már mióta nem beszéltek, legalábbis ő nem, csak nyelt, amikor anyósa szidta. Talán most is sikerül ennyivel megúsznia és szokás szerint levegőnek nézi.

- Megállnál egy pillanatra? – hallotta meg Kimberly a nő hangját és a libabőr végigfutott a hátán. Szólni sem bírt, csak közelebb lépett hozzá két lépést és a pillanat tört részéig ránézett. – David fiam kért meg arra, hogy tolmácsoljam a szavait – felelte. Kimberly akaratlanul is megremegett. David szavai? És miért nem ő mondja el neki?

- Hallgatom – sikerült kipréselnie magából ezt az egy szót.

- Van is mit! – jött a vészjósló válasz. – Arra kért, hogy mondjam meg neked, hogy mire hazajön a munkából, már nem akar itt látni!

- Ezt magától tőle szeretném hallani! – szólt vissza Kimberly és maga is meglepődött, hogy erre képes volt.

- Nem tudja felfogni a tudatlan és műveletlen agyával, hogy David már látni sem bírja? Hogy mióta betette ide a koszos kis lábát, azóta baj-bajt követ? – állt fel közben Elizabeth és csípőre tette a kezét. Igen, most kell ütnie a vasat, jó irányba halad! – gondolta.

243

- Tőle akarom hallani! – ismételte meg makacsul Kimberly. Elizabeth érezte, hogy ideje taktikát váltania.

- Múlt héten beadta a válókeresetet, nem tudta? – felelte hanyagul. – Na nem kell izgulnia, csinos kis összeg úti a markát, amíg talpra nem áll! – tette még hozzá. Kimberly érezte, hogy a lábai megrogytak. David már be is adta a válópert! Tényleg megtette! Rögtön, ahogy a kórházban megkérte! Kimberly, tényleg nincs itt keresnivalód! Menekülj!

- Nem fogadok el egyetlen vasat sem az ő pénzéből, boldogulok én magamtól is! Nem kell innen semmi! – vetette oda. – Nem tartok semmire igényt sem tőle, sem öntől!

- Micsoda önérzetes és ostoba liba vagy – sziszegte Elizabeth. – De aztán eszedbe ne jusson pénzért kuncsorogni, hogy meggondoltad magad! Most pedig látni sem akarlak! Kifelé! Ennyi pénz biztosan elég lesz egy ideig! – dobott elé a földre egy vastag borítékot. Kimberly azonban nem mozdult érte. Megfordult és felfelé indult a lépcsőn.

Rose mindezt az ajtó mögül figyelte és mukkanni sem mert. Hogy is szólhatna közbe? Hiszen nem is olyan rég megígértette vele David úrfi, hogy visszatartja a lányt, bárhova is akarna elmenni. Most viszont úgy látta, jobb, ha nem avatkozik közbe.

- Most meg hova mész? – rikácsolta utána Elizabeth.

- Az irataimért – felelte kimérten és továbbra is méltóságteljesen vonult a szobája felé.

XXX.

David egy újabb adag italt töltött magába, már nem is számolta, hogy hányadikat. Üveges szemmel bámulta a vele szemközt ülő Willt, aki tökéletes és felettébb csöndes ivótársnak bizonyult.

- Még egy kört – intett a pincér felé, majd amikor felemelte az üveget, hogy töltsön, kivette a kezéből. - Jobb, ha itt hagyja – csapta oda az asztalra. Muszáj sokat és erőset innia, mert nem bírja ki anélkül. Túlságosan nehéz a feje, szúr a szíve és ezen az érzésen csak az ital képes tompítani. Kimberly elhagyta! Nem várta meg, hanem elment, anélkül, hogy elköszönt volna. Anélkül, hogy meghallgatta volna! És az a levél, amit hátrahagyott! Nem, kést döfött a szívébe! Nemcsak hogy már be is adta a válókeresetet, még követeli a vagyona felét is! Ami jár neki! Nem, ennyire nem árulhatta el, ennyire nem ismerhette félre! Végig a szüleinek volt igaza és a bolondját járatta vele, az orránál fogva vezette! Kér mindent, mindennek a felét. Csak megcsapta őt is az, hogy mekkora vagyonról van szó! És ő meg bedőlt annak, hogy nem kért ékszereket, ruhákat, drága holmikat. Altatta. Egy mocskos színjáték áldozata volt! Sőt, még az is lehet, hogy nem egyedül találta ki. Tényleg lehet, hogy van egy cinkostársa! És még a gyerek sem tőle volt! Nem, végzett a nőkkel egyszer és mindenkorra, tényleg. Már nem fogja érdekelni senki. Nem akar tudni egyetlen nevet sem. Nem és nem! – töltött Will poharába, majd koccintott a férfival. Ő sincs éppen a legjobb állapotban, jól dobta Cecile! – nézett szánakozóan Willre. Legalább annak örült, hogy a baj újra összehozta barátjával. Igen, a haverok. Legalább bennük nem kell csalódnia!

•

- Nem jött el ma sem! – lábadt könnybe Kimberly szeme és beletrombitált egy újabb zsebkendőbe. Már második napja, hogy eljött a Wilson rezidenciáról és a reményei szinte teljesen elszálltak. Az első nap még azt hitte, hogy David meggondolja magát és eljön érte. A második nap csak bízott benne. Nem, holnap már reménykedni sem fog. Vége, jobb, ha beletörődik, hogy tényleg vége – nézett le a karikagyűrűjére és megforgatta az ujján. Nem volt ereje levenni.

- Na, ugyan már, Kimberly, nem szabad feladnod! – karolta át Mary és hagyta, hogy a lány a vállán sírja ki magát. Kimberly végtelenül hálás volt a barátnőjének, hogy befogadta pár napra. – Biztos vagyok benne, hogy valami félreértésről lehet itt szó! Hiszen láttam amit láttam, hogy David odavan érted! Hogy fülig szerelmes beléd! – jött elő a szokásos szövegével. Kimberly felnevetett.

- Mondtam, hogy az csak színjáték volt! – tiltakozott a szokásos módon. – Tényleg jó színész és... - trombitált egy újabbat a kendőbe. – Tényleg nem volt benn ma sem? – nézett rá vörös szemekkel.

- Nem és furcsállom, de nagyon. Tegnap szólt, hogy nem jön oda, de a mai napról nem tájékoztatott. Már lassan kezdek aggódni és nem tudom hova tenni a dolgot. A telefonok csörögnek, az üzenetek érkeznek, a teendők halmozódnak és lassan kicsúszik a kezemből az irányítás – lendült megint bele a beszédbe, majd észbe kapott. Nem a legmegfelelőbb pillanat ez erre.

- Egy teát? Gyere, kiülünk a kertbe. Vagy kérsz valami erősebbet? Most már ihatsz nyugodtan – tette hozzá meggondolatlanul és majdnem leharapta a nyelvét. Hogy lehetett ennyire tapló!

- Igen, egy erős valami jöhet. Még ha csak átmenetileg is segít, de talán tényleg jó lenne, ha leinnám magam! – felelte Kimberly.

•

- Uram, kérem, ezt igya meg! – tolta David orra elé Rose a kávéscsészét és erőltette, hogy legalább egy kortyot sikeresen belediktáljon. Nem mehet ez így tovább! David már két napja egyfolytában vedel és nem úgy néz ki, hogy a közeljövőben önként is leállna vele. Egész éjjel ivott már megint és most is teljesen el van ázva! Ilyen állapotban még nem látta! Kimberly kisasszony távozásához van köze, az biztos, de ki fogja deríteni. El kell neki mondania, hogy nem tudta átadni az üzenetét. – Kérem, uram próbáljon meg rám figyelni egy kicsit! – rázta meg Davidet, eredménytelenül. Muszáj lesz drasztikusabban fellépnie! – vonszolta maga után a fürdőbe és benyomta a fejét a csap alá.

- Mi a bánat – prüszkölt David és úgy nézett ki, hogy legalább magához tért egy kicsit.

Hall? Érti, amit mondok! Mert nagyon fontos! Hahó! – rázta meg a férfit, aki úgy nézett ki, megint elmerült. A feje ismét a csap alá került. Nem, ma teljesen felesleges bármit is mondania neki, úgysem emlékezne rá!

- Eresszen el! Mit képzel magáról! – próbált meg tiltakozni David, de teljesen esélytelen volt a termetes asszonnyal szemben.

- Maga csak itt ne játssza az úri gyereket! Pisis korától ismerem és ha akkor nem is vertem el a fenekét, most bizisten megteszem! – fenyegette meg Rose és újabb adag vizet eresztett a férfira. - Így ni! Most pedig szépen válaszol nekem: Mi miatt iszik?

- Takarodjon! Mi köze van hozzá? – mordult egy újabbat David.

- Kimberlyről van szó? – tette fel másként a kérdést.

- Nem, róla nem akarok hallani semmit! – mondta lassan forgó nyelvvel. Ki ne ejtse többet a nevét! Most pedig magamra hagyna végre! Hánynom kell!

Rose szabályszerűen kimenekült a fürdőből. De legalább biztosan tudja, hogy mi a baja.

•

- Drágám, nem lőttél egy kicsit túl a célon? – szólt egy emelettel lejjebb John a feleségéhez és szeme nyugtalanságot tükrözött. Tökéletesen tisztában volt azzal, hogy David az elmúlt napokat a pohár fenekének tanulmányozásával töltötte. Sokkal rosszabbul reagált rá, mint azt gondolta volna.

- Ugyan már, John, mit túlzol? Egy kis részegeskedés még nem a világ vége! Holnapra kijózanodok és holnap utánra már el is felejti! – legyintett Lizzie és bámulni kezdte tökéletesen manikűrözött körmeit. A lényeg, hogy a tervünk tökéletesen bevált! Igyekezett minél flegmábbnak tűnni, miközben mindezt mondta. – És hogy haladnak a papírok? Sikerült már aláíratnod vele a válást?

•

David egy hosszú alvást követően iszonyatosan zúgó fejjel csak pislogni tudott az ágyból, de még az is nehezére esett. Bár nem szokott ilyet kérni, most viszont úgy érezte, hogy képtelen lenne levonszolni magát a konyháig. Telefonon szólt le Rosenak, hogy hozzon fel egy kancsó jó erős kávét. Arra viszont egyáltalán nem kérte, hogy hozzá lelki fröccsöt is tartson neki! – nézett vörös szemekkel a nőre.

- Uram, bocsássa meg, hogy beleszólok, de nem bírom nézni, ahogy itt tönkreteszi magát – feleslegesen – esett neki egyből Rose.

- Jól mondta, ne szóljon bele! – mordult rá David és mohón öntötte magába a fekete mérget. Nyomban szomjan hal!

- Kérem, ez fontos! Kimberlyről van szó!

- Nem! Minden vele kapcsolatos dolgot töröltem az agyamból! És ha megkérhetem, ne ejtse ki többet ezt a nevet előttem! – csattant fel David, majd a fejéhez kapott. Már csak ez az idegeskedés hiányzik neki!

- Márpedig én akkor is elmondom! – kontrázott Rose. - Az anyja egész egyszerűen kidobta! Ezért nem volt itt, amikor hazajött, ezért nem tudtam átadni az üzenetét, hogy várja meg!

- Az anyám nem ezt mondta – nézett rá David és elvigyorodott. Épp ellenkezőleg! Még visszatartotta!

- És ezt még el is hiszi? Hiszen mindig is azt akarta, hogy elmenjen! Még hogy visszatartotta volna... - háborodott fel Rose. David egy árnyalatot elbizonytalanodott. Ilyen aggyal viszont képtelen volt bármibe is belegondolni.

- Tulajdonképpen mit akar tőlem? – nézett rá David a kotnyeles asszonyra.

- Menjen és hozza vissza! – jelentette ki kerek-perec.

- Hogy mit? Hiszen ő ment el! – csattant fel David.

- Nem, most mondtam hogy elüldözte! – ismételte meg önmagát Rose. Nem, nem hagyja annyiban!

- De hát még levelet is írt hogy elválik és elviszi a pénzt...

- Ezt nem hiszem! Hiszen az anyja fejéhez vágta, hogy egy vasat sem fogad el tőle!

- Márpedig abba azt írta, hogy a vagyonom fele kell neki!

- Na de... - tiltakozott Rose, azonban David lekeverte.

- Magamra hagyna végre! – üvöltötte el magát.

•

David egy kisebb vágtát követően lassabb ütemre ösztönözte a lovát. Hogy hiányzott már neki a lovaglás! Ez a mámorító szabadságérzés, amitől mindig sikerült feltöltődnie! Egyszerűen nem is értette, hogyhogy nem volt rá ideje mostanság. Olyan rég nem ült már lovon és járt erre, már szinte nem is emlékszik, hogy mikor – gondolkodott el, aztán rögtön pontosította magát. Dehogynem emlékszik arra, hogy mikor járt itt legutóbb! Hiszen Kimberlyvel jött pontosan erre! Nem, David, felejtsd már el azt a lányt! – csattant fel és nagyot húzott a kantáron. Itt az ideje, hogy leheveredjen a fűbe. Egy kis szieszta jól fog jönni az iszonyatos másnaposságára – vagy inkább harmad, negyednaposságára. Ledőlve a fűbe és arcát a nap felé fordítva behunyta a szemét. Nem bírta sokáig a perzselő napon, kénytelen volt feltápászkodni, hogy egy fa árnyékában keressen menedéket. Legutóbb persze nem volt ennyire meleg, akkor milyen élvezettel fürödhetett a napfényben – egészen addig, amíg a lány fel nem keltette. David, már megint rá gondolsz! – eszmélt. Hát meddig fog ez tartani, mikor fogja tudni száműzni a gondolataiból? – állt fel nyugtalanul és a lova után füttyentett. Jobb, ha más hely után néz, ahol egyetlen fűszál sem emlékezteti rá! – pattant fel a nyeregbe, majd a lóra bízta a választást. Teljesen elmerülve az ürességbe bámult maga elé, nem véve tudomást, hogy nagyon is ismerős irányba halad. Csak akkor eszmélt fel, amikor a ló megállt a fakunyhó alatt. David felpillantott az ingatag épületre és hangosan felnyögött. Nem, ez így nem mehet tovább! – rántott egyet a kantáron. Muszáj lesz tennie valamit!

•

Kimberly lapos kúszásban közelítette meg a konyhát, út közben nem egyszer nekiütközve egy-egy bútordarabnak. Még soha nem volt másnapos, de még soha nem is ivott ennyit. Nem, még pontosabban, még soha nem is ivott. Ááá – szorította két kezét a fejére, hogy megtapogassa, tényleg kétszer akkora-e a mérete, mint ahogy ő érzi. Ez egyszerűen elviselhetetlen! Kávé, igen, ilyenkor kávét szoktak inni, az segít – nyúlt a géphez és elégedetten mosolyra húzta a száját, amint meglátta, hogy az edényben van kávé. Legalább nem kell főznie! – öntött tele egy nagy bögrét és a kert felé vette az irányt. Mi a bánat – hunyorgott össze a fényre. Nem, jobb, ha ezt elfelejti. Ez az erős fény a végén még megöli! – váltott irányt a nappali felé. Jaj, miért nincs senki ebben a lakásban? Miért dolgozik mindenki vagy iskolában van? Itt hagyva őt teljesen egyedül...

•

- Rose asszony, kérem – tépte fel David a konyhaajtót és nem vett arról tudomást, hogy éppen Manuellel, a fiával beszél. - Hol keressem? Nem mondott semmit? – szegezte neki egyből a kérdést. Muszáj megtalálnia, azonnal beszélnie kell vele! Magyarázatra van szüksége!

- Önnek kell ismernie! – vágta hozzá nem túl készségesen Rose. Bosszantotta, hogy félbeszakította ezt a fontos beszélgetést. Ránézve a férfira azonban rögtön átértékelte a helyzetet. - De ha a női reakcióra kíváncsi, én a legjobb barátnőmnél keresnék menedéket! – adott némi támpontot. David egy árnyalatnyi hezitálás után hangosan reagált.

- Mary, hát persze! Köszönöm! – azzal már ki is száguldott a konyhából.

- Mi volt ez? – nézett utána Manuel értetlenül, Rose azonban somolyogva csóválta a fejét.

- Semmi, fiam, semmi. David úrfi végre észhez tért. Meghozta a nagy döntést – ahogy én is – terelte vissza beszélgetést a megkezdett irányba. Fiam, úgy érzem itt az ideje, hogy mi is hazalátogassunk, veled. Akár végleg! – tette még hozzá. Az új fejlemények tükrében ugyanis világosan látta, hogy itt már nem lesz szükség rájuk.

•

- Mary? Itt David Wilson. Kimberly maguknál van? – tért egyből a tárgyra a férfi, amint meghallotta, hogy felvették a telefont a másik oldalról.

- Miért? – kérdezett vissza ártatlanul Mary, közben magában diadalt érzett. Igen, csak eljutott odáig ez a férfipéldány is, hogy rájöjjön, nő nélkül még csak nem is félember. Ennyi idő kellett neki, hogy észhez térjen? De nem, nem fogja hagyni, hogy David gyötörje, ha csak ezért hívta fel. Mert ha csak amiatt keresi, akkor ő bizony tagadni fog!

- Na ide figyeljen maga kotnyeles nőszemély! Úgy kipenderítem az állásából, hogy csak pislog! Szóval, Kimberly ott van?

- Még mindig nem értem! – ismételte meg ártatlanul Mary, jól játszva az értetlent. David ígéretesnek tűnt: ha ilyen ideges, akkor talán tényleg érdekli, hogy mi van a lánnyal. De nem, addig továbbra sem mondd semmit, ameddig nem árulja el, mit is akar! Fenyegetőzhet, őt aztán nem hatja meg ezzel!

David olyan ideges lett, hogy érezte, a kezében remegni kezd a készülék. Egy nagy levegőt vett és úgy folytatta:

- Nos, bár egyáltalán nem tartozik magára, de beszélni szeretnék vele! – mondta nyugodtabb hangon, de aztán már nem tudta türtőztetni magát. Üvöltve folytatta: - Most pedig elárulná végre, hogy hol lakik?

•

- Ez meg ki lehet? – kapta fel Kimberly a fejét a csengő hangjára, majd feltápászkodott a fotelból. – Hova tettem a távirányítót? – kérdezte meg magától és mint egy lassított felvétel, úgy nézett közbe a fotel körül. – Á! – emelte fel a földről az aprócska eszközt, majd kinyomta a tévét. Vánszorogva közelítette meg a bejárati ajtót és egyetlen mozdulattal kitárta. A beáramló erős fény szinte teljesen megvakította. Hiába borították az eget felhők, így is hunyorgott. Semmit sem látott! Soha nem értette, hogy a filmekben a szereplők miért viselnek vastag napszemüveget egy átmulatott éjszaka után, mellyel csak még feltűnőbbek. Most már viszont átérezte és mit nem adott volna ő is egy olyanért. Bár az elmúlt este korántsem mulatott olyan jól, de most igencsak zavarta a fény. Éles kontraszt volt a szoba sötétje után. Összébb húzta a szemeit, hátha úgy sikerül kivennie valamit az előtte álló alakból a körvonalain kívül is. Bár mintha azok is ismerősnek tűnnének...

- Szia! – nyögött ki mindössze ennyit magából David és fürkészve vizsgálta a lányt. Meglehetősen rémesen festett! Kócos haj, karikás vörös szemek, sápadtság. Másnaposság? – hökkent meg David. Kimberly képes volt inni? Csak nem... miatta?

- David? – nyögte ki Kimberly. – Te meg hogy nézel ki? – tette hozzá önkéntelenül is. Még soha nem látta a férfit borostásan, most viszont rendesen volt rajta. Mi ez az ápolatlanság? Sehol egy frizura vagy illatfelhő? David ruhája gyűrött volt és nem éppen friss. Lószagot árasztott.

- Gyere velem! – ragadta meg a férfi a kezét és az autója felé vonszolta. Kimberly egyáltalán nem tiltakozott, nem volt abban az állapotban. Készségesen hagyta, hogy David kinyissa előtte az ajtót és benyomja az ülésre. Közben csak azon morfondírozott, hogy az előbb becsukta-e maga mögött Mary házának ajtaját.

•

David és Kimberly néma csendben ültek az autóban és a másikra is csak lopva mertek nézni. Mindketten azt várták, hogy a másik kezdi majd el a beszélgetést. Aztán egy piros lámpánál David csak elszánta magát és Kimberly felé fordult:

- Miért nem vártál meg? – kérdezte David.

- Mert anyáddal üzentél, hogy menjek el! – felelte Kimberly.

- Én? Én nem üzentem vele! Te hagytál hátra neki egy levelet! – makacskodott a férfi.

- Neki? Én nem írtam semmiféle levelet! Kellett volna? – háborodott fel a lány.

- És ez? – bökte az orra alá a zsebéből előkotort, meglehetősen összegyűrt papírdarabot. Kimberly elvette tőle és olvasni kezdte. Az írás kétségtelenül hasonlított az övéhez, de... micsoda? Ő ilyet soha nem kérne!

- David, fogalmam sincs, mi folyik itt, de én ilyet soha nem írtam és nem is írnék le! – csapta le a levelet az ölébe. – Mondtam, hogy nem kell a pénzed!

- Nem hiszek neked! – nézett rá szúrós szemmel David. Mögöttük egy dudaszó figyelmeztette, hogy már rég zöld a lámpa. David a gázba taposott.

- Tényleg beadtad már a válást? – kérdezte meg Kimberly jó pár perccel később.

- Mi? Hogy én? Inkább te, nem? – füstölgött David és éles kanyart vett.

- David, ez nem vezet sehova! Kérlek! – fogta könyörgőre Kimberly, nem értve semmit a dologból. Davidnek viszont kezdett sok minden nem tetszeni. Rápillantott a Kimberly ölében nyugvó levélre és meglepetten vette észre, hogy a lány kezén még ott van a karikagyűrűje.

- Te még hordod? – ragadta meg a kezét és felemelve mutatta meg neki, hogy mire céloz. Kimberly a váratlan mozdulatnak köszönhetően nem engedte el a levelet, így a keze azzal együtt emelkedett fel. Fogalma sem volt róla, hogy mit feleljen erre? Azt mégsem mondhatja, hogy képtelen volt levenni!

David azonban már el is felejtette, hogy mit akart, szeme megakadt a levél záró mondatán. - Mi? Hogy szívélyes üdvözlettel?

- Anya! – ejtette ki bosszúsan a nevét. Végre összeállt a kép benne! Hát hogy nem jutott mindez előbb az eszébe? – ráncolta össze a homlokát és erőteljesebben taposott a gázba. Minél előbb tisztáznia kell mindent!

•

- Nem értem miről beszélsz – adta az ártatlant Elizabeth és igyekezett nem mutatni, hogy mennyire megrémült. David az előbb száguldott be hozzá és a reakciója komoly aggodalomra adott okot. Lebukott, nagyon úgy fest, hogy lebukott. Idehozta a lányt, nagyon jól látta az ablakból! Visszahozta! Igen, ott ült mellette az autóban! Ha ez sem sikerült, akkor semmi, tényleg nincs már mit tennie! De csak nem fog kezet emelni rá az egyetlen gyermeke?

Ez a te műved, valld be! – nyomta David az orra alá az általa írt elköszönő levelet Kimberly nevében. Mérhetetlenül dühös volt rá! Ennyire alattomosnak soha nem képzelte volna! Hogy idáig elmerészkedjen...

- De fiam, hogy képzeled – fújta fel magát Elizabeth, David viszont leintette.

- Anya, nem kell nekem itt az előadás. Csak annyit mondj meg kérlek, miért?

Elizabeth viszont némaságba burkolódzott. Soha nem fogja bevallani, hogy ő tette és ha a fia nem jött rá magától, hogy mindent érte tesz, akkor kár is erőltetnie!

- Fiam! – vetette magát a távozó férfi után, David viszont úgy nézett rá, hogy az már szinte fájt.

- Ezt soha nem fogom megbocsátani neked! – préselte ki magából a szavakat és távozott a szobából.

•

- John, kérlek, csinálj már valamit! – vetette magát hisztérikusan a férje karjaiba Elizabeth. John épp időben lépett be a szobába, hogy mindent halljon. A fia reakciója azonban teljesen egyértelmű volt számára: David döntött!

- Lizzie, drágám, vége! – karolta át az asszonyt és csitítani kezdte. Nincs mit tennünk, David már választott!

- De... de biztosan lehetne... még vannak ötleteim – kezdett újabb tiltakozásba Elizabeth, John azonban félbeszakította.

- Nem és nem! Ismerd be, hogy vesztettél és ennyi volt! És hogy nem próbálsz meg ártani nekik a jövőben! – tolta el magától a hisztérikus nőt és megrázta. Ez az egyetlen lehetőséged arra, hogy visszakapd a fiad!

- Nem! Azt soha! – kiáltotta az asszony, mire John két leheletnyi pofonnal térítette észre.

- Márpedig azt teszed, amit mondok! – üvöltött rá. És elfogadod a választását!

- Nem! – makacskodott tovább a nő.

- Pedig David ki fog tartani mellette, bármit teszel is mostantól! Mert szereti azt a lányt és harcolni fog érte! Ahogy én is harcoltam régen érted.

254

Emlékszel? – juttatta a nő eszébe a saját példájukat. Elizabeth megtört.
– Azt hiszem legfőbb ideje, hogy pihenjünk egy kicsit – kettesben. - Mit
szólnál egy európai körúthoz? – nézett rá a megtört asszonyra. Talán
most jött el az idejc annak, hogy eltávolítsa ebből a házból, hogy új élctet
kezdjenek. Elizabethnek meg kell tudnia végre az igazságot, hogy a lánya
mégsem halt meg!

.

Kimberly vegyes érzésekkel sétált a kertben és igyekezett mindent úgy
megnézni, hogy örökre az emlékezetébe vésse. Örült, hogy visszajöhetett
és legalább alkalma nyílik arra, hogy mindent még egyszer láthasson.
Utoljára. Már elbúcsúzott az egész kerttől, melyhez annyi, de annyi
élménye fűződik. És nemcsak rosszak! Mennyi kedves és mulatságos
eset, mennyi öröm. És mennyi bánat. Már csak a lovak vannak hátra és
utána végzett is mindennel. Utána már részéről mehet. Remélhetően itt
lesznek a közelben és nem valahol távol legelnek – kerülte meg a tető
nélküli istállót és a karámok felé lesett.

Táltos! – kiáltotta el magát és elégedetten mosolygott, hogy a szép
csődör hallgatva a nevére egyenesen felé veszi az irányt. – Szerbusz, te
szépfiú, hoztam ám neked valamit! – emelte fel a kezét és hagyta, hogy
a tenyerében lévő zabot kiegye. – Na, megpaskolhatlak? Gyere ide, hadd
kényeztesselek egy kicsit... még utoljára! Már az is csoda, hogy nem
felejtettél el! Na, jó? – duruzsolt Kimberly az állathoz, aki váratlanul
nagyot nyerített. Kimberly érezte, hogy szemei megtelnek könnyel. –
Tudod, hogy hiányozni fogtok nekem? Persze, nagyon is! Ahogy ezek a
csodás legelők. A fák, a madarak, a hinta, ez a mérhetetlen nyugalom.
Igen, a rózsakert a maga pompázatos illatával és José úr morgolódásával.
Na igen, Rose asszony főztjét se hagyjam ki – nevette el magát, majd
elkomorodott. – És persze David. Ő a leginkább – ismerte be magának.
David, az ő Davidje. Ó, hogy fogja tudni kibírni nélküle? Anélkül,
hogy láthatná, hogy szúrós szemekkel nézne rá, hogy megszidná, hogy
veszekedne vele, hogy megcirógatná. Végtelenül hosszú időbe fog telni,
hogy kitépje őt a szívéből. Mert száműzni biztosan nem fogja tudni. Nem,
ahhoz túlságosan szereti! Igen, szereti! – ismerte be végre magának. Bár

annyit gyötörte és ellökte magától, ez mégis bekövetkezett! Nem tudja pontosan, mikor, de így igaz! A megvilágosodás ténye elemi erővel hatott rá. Ennyi érzelmet képtelen volt magában tartani. – Te, elárulok neked egy titkot, jó? – cirógatta meg a ló nyakát. – De ez titok, ne mondd el senkinek, kérlek! – tette még hozzá. – Én... én beleszerettem a férjembe! Látom, hogy értetlenül nézel rám, de így van, én szeretem Davidet!

- Ezt mondd a szemembe is! – hallotta meg Kimberly a háta mögül a férfi hangját és megállt benne az ütő. Érezte, hogy az arcába zúdul az összes vér! Vajon mióta állhat itt a férfi és hallgathatja az ő marhaságait?

- Kimberly, kérlek, ismételd meg! Kérlek – lépett mögé David és finoman megfordította, majd a kezével felemelte a fejét, hogy a szemébe nézhessen. – Kérlek! – mondta végtelenül gyengéden. Muszáj lesz hallania, különben nem hiszi el, hogy tényleg hallotta és nem csak a képzelete űzött belőle gúnyt. Hiszen az szinte teljes lehetetlenség, hogy ezt Kimberly kimondta volna! Hogy is szerethetné őt, hiszen annyit bántotta! Annyi szomorúságot okozott neki. És annyiszor a tudtára is adta, hogy nem akar tőle semmit. De ha egy halvány reménysugár mégis lenne, amibe kapaszkodhatna, akkor ő meg fogja próbálni! Nem engedi el innen addig, amíg nem éri el a célját. Neki kell Kimberly! Igen! Szüksége van rá! Bár fogalma sincs róla, hogyan és mikor, de teljesen az élete részévé vált. Nem tud és már nem is akar nélküle akár létezni is! A gyerekes mondásai, a bájos ügyetlenkedése, a nyughatatlansága, amely gyakran felszínre engedi a benne szunnyadó tüzet. A beszédes szemei és az ajka... szüksége van arra is!

Kimberlynek eközben remegni kezdett a lába és érezte, hogy kiszárad a szája. Miért néz rá így David? Ilyen kedvesen?

- Én... - kezdett hozzá, majd abbahagyta. Nagyot nyelt. Kimberly, szedd össze magad! Legalább egyszer az életben! Gyerünk, mondd meg neki aztán menekülj el innen! – szólalt meg a belső, nyugtalanító hang. Úgysem bírnád ki, hogy a szemedbe nevessen! De legalább mondd meg neki!

- David Wilson, én... én szerelmes vagyok beléd! – esett túl a mondaton és várta, hogy kineveti. Arra a válaszra azonban nem számított, amit válaszként kapott.

Jól hallotta, tényleg jól hallotta! – ujjongott magában David. Semmi kétség, a lány tényleg ezt mondta!

- Én is! – felelte David és erősen átkarolta a lányt. Kimberlynek szüksége is volt rá, mert érezte, hogy a lábai nem bírják tartani. Mit is hallott? Tényleg ezt mondta? – nézett rá a férfira bizonytalanul, majd a tekintetét látva megdöbbent. Most vette csak észre, hogy mi volt David kifürkészhetetlennek tűnő nézésében már eddig is ott. Hogy nem látta meg előbb? Azokat az apró kis táncoló csillámokat a tekintetében. A mosolyt a szemében! Tényleg szereti!

- Kimly, drága Kimly, ugye itt maradsz velem? – tette fel a nagy kérdést, amire Kimberly már olyan régóta vágyott.

- Igen, David, veled maradok! Örökre! – rebegte a lány, de mást már nem tudott hozzátenni a meghatódottságtól. David biztonságot nyújtó karjai körbefogták és tudta, hogy végleg hazaérkezett. És abban is egészen biztos volt, hogy a belső, nyugtalanító és őt űző hang ezzel örökre elhallgatott benne.

•

VÉGE

www.ingramcontent.com/pod-product-compliance
Lightning Source LLC
Chambersburg PA
CBHW080726020726
47503CB00010B/2803